读客® 知识小说文库

读小说，学知识

64场精密骗局、58种设局手法、9种诈骗话术、5个连环套，

全面揭秘网络诈骗，教你防范最新骗局。

反骗案中案

2

常书欣　著

《余罪》作者

图书在版编目（CIP）数据

反骗案中案．2 / 常书欣著．— 南京：江苏凤凰文艺出版社，2021.7
ISBN 978-7-5594-5342-6

Ⅰ．①反… Ⅱ．①常… Ⅲ．①长篇小说 - 中国 - 当代
Ⅳ．① I247.5

中国版本图书馆 CIP 数据核字 (2020) 第 216904 号

反骗案中案．2

常书欣 著

责任编辑	丁小卉
特约编辑	李晓宇
封面设计	刘小梅
责任印制	刘 巍
出版发行	江苏凤凰文艺出版社
	南京市中央路 165 号，邮编：210009
网　　址	http://www.jswenyi.com
印　　刷	三河市龙大印装有限公司
开　　本	680 毫米 ×990 毫米 1/16
印　　张	19.5
字　　数	284 千字
版　　次	2021 年 7 月第 1 版
印　　次	2021 年 7 月第 1 次印刷
标准书号	ISBN 978-7-5594-5342-6
定　　价	49.80 元

目　录

“因为他曾经上过道，所以才坚决选择了与之背道而驰的方向，每个人心里都有一块不容亵渎的净土，或是亲情，或是爱情，或是某种信仰。可能他的纠结就在这儿，他好不容易改变了自己，而任务却是让他变回曾经的自己。”凌总队长道。

“那不还是没戏？”邵承华愕然了，听不太懂。

“错，一个在大是大非面前能守住本心的人，知道该做什么。”凌总队长道。

这句话似乎明白了，他是警察，只有一种选择，去做正确的事。

“我无法确定，可我有一个可怕的想法。”斗十方道，看着向小园，可能她是唯一能吐露心声的人，他轻声道，“我觉得所有人，不管是这些大小骗子，还是我这个内线，包括警察，在她眼中都是棋子，可能她要把我们都耍一遍。而我这个棋子，可能要被她放在棋眼的位置。”

长安诈骗大案新闻的影响力极其有限，普通群众以及网络上的吃瓜群众更津津乐道的是那些娱乐八卦、明星逸事以及桃色花边，只有这些警察依旧在紧张地忙碌着，嫌疑人尚有在逃的，案情尚须补充侦查，涉案的资金尚未完全追回。这些都亟待解决。

案子，有结案，但没有结束。反诈骗，依然在路上……

第一章
女扮男装深入迷局

一去两地，望眼欲穿

一个女人的脸能美到什么程度，有时候和她不要脸的程度是成正比的。

邹喜男心里跳出这么一句话。他写笔录的手抖了一下，抬眼看着坐在被审位置的美女——聂媚。

“你再说一遍，你和张光达是什么关系？”邹喜男愕然地问。

聂媚朝他微微一笑，道：“按你们的定义，就是不正当的男女关系啊！”

“哦，看来你是职业的啊。”娜日丽道。第五次提审了，除了听聂媚承认了一大堆不正当的男女关系，一无所获。

再恶毒的话也刺激不到不要脸的女人。聂媚笑笑，很优雅地道：“就算是吧。”

“这个人，认识吗？”娜日丽亮出一张电子肖像，转移了话题。

那是根据户籍资料恢复的杜其安的照片。聂媚看着照片皱了皱眉头，似乎在思考。娜日丽面无表情地提醒了她一句：“看仔细点。你的罪不重，可别让偷驴的跑了，剩下你这个拔橛子的扛罪。”

“哎哟……”聂媚迟疑了片刻，摇摇头道，“真不认识。”

“你确定？这可是给你一个机会。”娜日丽道。

“谢谢这位警官，我真不认识。我要是不认识还胡说，万一把你们带沟里，我岂不是真有罪了？”聂媚很委婉地给出了个不配合的态度。

和前几次一样，审讯进行不下去了。熬了两个小时，笔录还是寥寥一页。邹喜男同娜日丽交换了一个眼神，把笔录打印出来，递给聂媚签字捺手印。看着她捺手印的娜日丽随口问了一句：“女看守所的生活怎么样？不想早点出去啊？”

“呵呵，这个我说了不算，谢谢关心。”聂媚头也不抬地道。

“有时候命运把握在自己手里，其实我们掌握的情况比你想象中的多，你真想扛这罪啊？”娜日丽语带威胁。

聂媚捺完手印，抬头很淡定地道：“这个，您说了也不算，再次感谢关心。”

“带走吧。”邹喜男烦躁地挥挥手。聂媚起身，上铐，被看守带离。临走时，她还不忘回头朝两位提审她的警官嫣然一笑。

人走了，娜日丽才有点失态，鼻子里哼哼着，拳头攥得指节咯咯响了几下，一副浑身气力无处发泄的样子。邹喜男起身道：“走吧，人审不下来，别把自己给气着了。”

“哎哟，气死我了，人怎么可以不要脸到这种程度啊！”娜日丽愤慨地道。

对此，邹喜男报以牙疼的苦笑。没有抓到张光达、杜其安、黄飞一伙人，没有截获他们在登阳已经转走的赃款，只负责教唆以及跟关键人物上床的聂媚，肯定是一推六二五，什么也不认了。诈骗成立的先决条件是以非法占有为目的，而这位，根本就没碰过钱。

两个人出了登阳市看守所，驾车返回中州。侦破“货到付款诈骗案”的兴奋已经消散十几日了，其实算不上侦破，只是骗局的崩盘比预料中早了一些时日而已，而且与其他案例一样，留下一个庞大的烂摊子，让各级警务单位处理到焦头烂额。

“大邹，案值标的最终是多少？”娜日丽问。

“还没有统计出来，但是肯定超乎想象。这个杜其安厉害啊！除了咱们发现的中州、登阳，他们还在中原、南安、成阳几市搞付快递费就送体验装，就算一件只赚几块钱，也发了几十万件货。哎哟，我的天哪，现在省厅都查得头大，各地都开始对快递公司进行规范了。”邹喜男道，他停顿了片刻，又想起一件事来，补充道，“咱们的斗大师都没想到这茬儿吧？”

“要完全破解骗子的思维，哪有那么容易？他预料到有三层诈骗已经很不错了。”娜日丽道。斗十方的惊艳表现，实在是让她叹为观止。

“还有个问题啊，十方跟着傻雕这家伙已经跑到长安十来天了，不会被骗了吧？”邹喜男道。

娜日丽的心蓦地揪起来了，脱口道：“别胡说。”

“我知道，现在大家对他的期待无限提升了。可是反过来想啊，聂媚这算中层了吧，同伙都把她扔在这儿不闻不问。你说就傻雕那货色，团伙能把他当回事吗？他可能知道多少？我觉着啊，没准这家伙是胆怯，就忽悠着斗十方把他们俩带离中州。别忘了，他也是个骗子啊，从业时间比咱们警龄都长。”邹喜男判断道。

那这就是最差的一种情况，此案到此也就中止了。除非聂媚指认，否则就只能等到那些嫌疑人下次犯案，因为目前的人证和物证，包括电子证据，都没有指向张光达和杜其安的。

“唉……”听到娜日丽一声长长的喟叹，邹喜男不敢再说了，随着时间的推移，这层忧虑可能要越来越深了。

“小络啊，来，我问你个事儿。”陆虎招着手，搬着涉案物品的箱子坐下来。他背靠着的，就是本次货到付款诈骗案中的“货”。现在整幢楼的大厅、食堂，包括会议室走廊，都是这玩意儿。

拿着本子清点物品的络卿相踱过来，边写边问着：“啥事儿？”

“你那位兄弟……靠谱不？我是说，装骗子这行当。”陆虎问，问得莫名其妙。

不过络卿相能领会其中的意思，他笑着道：“他没来时你担心他品行不端，现在嘛，是不是担心他品行不够不端，然后万一被骗子识破，咱们追的案子功亏一篑？”

“难道你没这种担心啊？所有的线索都悬到他这一个点上了，他这儿一断，整个案子就完了。”陆虎道。

络卿相愕然道：“这你让我怎么回答？”

“你和他交往不少，总该知道点嘛。”陆虎道。他明显是心绪不宁，想找点安慰而已。

络卿相想了想，却不知道该怎么说。陆虎提醒道：“我总觉得他有一种世外高人的风范。记得他头回来中心吗？三言两语就点出了我们天网排查出现的疏漏。第二回来更了不得，把我们挨个戳了一遍，虽说是江湖伎俩吧，可还真不是一般人能办到的。”

说到这茬儿，络卿相鬼祟地笑着问：“你是指刺激俞主任，还是忽悠你们？”

“也不全算忽悠吧，最起码眼力和思维方式过人嘛。”陆虎现在对斗十方全是正面的评价了。

“人和人的差别，有时候比人和狗的差别还大啊。你要经历一次他那成长经历，你也能达到那水平……你是纠结，这种眼力和思维，能不能和杜其安这类的骗子在同一层面上PK，对吗？”络卿相问。

陆虎点点头，兴奋道：“对！如果这可行的话，那我们就等于在未知的领域多了一双眼睛，这可比诈骗嫌疑人的数据库价值还要大啊。”

“怪不得你今天神情恍惚，敢情是‘做梦娶西施’啊。这是钱加多才会犯的错误，怎么你也会犯啊？”络卿相问。

陆虎一下子没明白，愕然地问：“做梦娶西施——怎么讲？”

“想得美呗！呵呵。再怎么说他和咱们年龄相当，高能高到哪儿去？是你的期待太高喽！”络卿相斥了一句，按部就班地忙自己的事去了。

陆虎悻然而坐，正郁闷着，手机来了信息，一看是俞主任发来的。他知道是什么事儿，一看信息内容，猜测得没错，又是让他去段村斗十方的家里探望，信息里强调：“一定、务必照顾好斗十方同志的家人，有任何情况都要第一时间向组织上汇报。”

这就是他的任务。想想堂堂公安大学毕业的高才生，干着这婆婆妈妈的事，而不能亲赴一线，实在是让他壮志难酬。有时候他甚至觉得自己连钱加多都不如，那家伙死皮赖脸地跟着程一丁待在长安市不回来，现在都算得上实打实的外勤了。哪像他，这么循规蹈矩的人，却只能去做点家里柴米油盐的琐事。

他郁闷了良久，又一次来了信息催促时，才有点不情愿地起身，准备再去段村扮演一回保姆的角色。

此时俞骏和向小园正坐在谢副厅的办公室里，几百页的资料摆在办公桌上。陈颢元局长汇报了十几分钟，明显觉得谢副厅听得心不在焉。俞骏又补充汇报了一下案情进展，谢副厅听得几次皱眉，从表情上都能看出他对本案的进展不甚满意。

确实不太满意。如果能早几天发现骗局已经如此大，如果能早几个小时追到丰乐樱花园，此刻可能就是另一番情形了。而不是像现在一样，几个涉案嫌疑人，连上追逃网的证据都不足。

"哦，从时间上来看，其实在小向刚入职反诈骗中心时，也正是我们几个第一次坐在一起讨论有关'风马燕雀金评彩挂'八大骗的时候，他们就已经在我们的辖区把骗局铺开了啊！"

谢经纬副厅长插了一句话，手指敲击着桌面。桌子上摆着三张打印的肖像，杜其安、张光达，还有一个最早在登阳发展"金叶"代理的女人，身份尚未确认，只知道叫"胡总"。

"嗯，是这样的，现在这事的后果才慢慢浮现出来。我们接到的来自全国各地警方的协查通报已有几十份了，都是有关货到付款诈骗案的，金额也不算大，基本都是68元、88元。多数受害人发现上当之后未必会报案，即便他们报案了也没被重视，等各地警方发现数量很多、成规模之后，时间上也已经晚了。"俞骏解释道。报案顶多是去辖区派出所，几十块的案值恐怕连民警也没法办，等积累和汇总起来发现不对劲，再通过上一级、上上一级跨省通报，传回始发地，这其中耗费的时间足够骗子脱身了。

陈颢元局长看领导脸色阴晴不定，插话道："我们正在组织相关警力排查详细案情，而且正在组织讨论善后事宜，消除不良影响，同时会同工商等部门，对全市快递行业来一次大的整顿，以确保不会有人再钻这样的监管漏洞。"

“亡羊补牢的事好做，但偷羊的逮不住，下次羊还得丢……小向，资金追踪是什么情况？”谢副厅开口了，明显对善后情况的兴趣不大。

向小园闻言汇报道：“还是典型的操作方式。我们追踪了十九个涉案账户，一部分是嫌疑人用登阳微商的身份证注册的个体工商户，一部分是买来的普通账户，注册时都用‘金叶日化’‘金叶日用品’等相似的字眼蒙混。这些账户到账即走，分流到二级、三级账户里，然后再进入不同的个人银行卡，被取现或者消费。一共涉及六省二十多个地市，整个过程在48到72小时内完成。”

“那这就说明，他们背后有专业的人士甚至专业的团队在支撑？”谢副厅表情肃穆地道。这种操作算不上高明，可难就难在分散，动辄就跨好几个省市，真要查清楚，怕是黄花菜都凉了。

“是这样的。”向小园点头道，“一笔或者几笔钱，分流到几十甚至几百个账户里，操作非常烦琐，不是一个人能办到的事。追踪他们信息来源时，我们发现在选择侵害目标的时候，他们选择的都是有过网购甚至就是有过货到付款网购的人，这一点和电信诈骗的操作模式也有共通之处。”

谢副厅脸上的肃穆更深了几分。原始的电信诈骗是撒大网捞小鱼，对一个地区进行无差别的电话轰炸。等骗子进化后，通过某些手段获取比如银行存款、个人消费甚至家庭情况的翔实信息之后，就演化成精准的批量诈骗了，这种危害是呈几何级增长的。

这些信息指向的是一个更严重的情况。谢副厅犹豫地道：“你是说，他们和地下黑产有关联？”

“应该有，我们中心随机抽取了十万例受害人样本，其中百分之六十有过网购或者货到付款历史。如果没有准确的信息支撑，骗子不可能完成作案。”向小园道。

“形势严峻啊，同志们！我们办案在向数据化迈进，他们也在向数据化迈进；我们有大数据，他们有黑产。在虚拟世界的较量里，我们一直站在防守的位置，并不占优势啊！”谢副厅道。

网络安全，立足点是整个民用商用网络的整体安全，再好的防火墙也防不住无所不在的黑客或者内鬼，骗子一旦与那些非法获取的数据结合，便促进了整个黑色产业链的升级。就像卖红薯和卖粉条一样，那些本来只值块把钱的非法数据被骗子一加工，价值就翻倍了。

越深挖，越心惊，沉默片刻，谢副厅收起了桌上排的那三张肖像。看看两位显得有点疲惫的下属，他心情有点复杂地道："反骗和其他警种工作有差别，什么差别呢？其他案子是越查越明朗、越办越兴奋。而反骗呢，就相反了，越查越迷茫、越办越失望，你们现在就处于这种情况啊。"

"对，我们反诈骗中心现在都快成仓库了。关键的嫌疑人只抓到了聂媚，而且我们可能都无法给她定罪，她根本没有沾钱，连教唆都不承认，只说自己是帮忙宣传。"俞骏道。

陈局长也插了一句话："今天我还看到一组新闻，南方某市对一例特大传销案宣判，20多名A级头目，分别被判处了一年零三个月到一年零五个月刑期。这些人可是把上千人骗进了传销团伙里。刑责轻也是这类案高发的原因之一啊。"

"正是因为这种情况，才更倒逼着我们要查得更清、刨得更深，也只有这样才能打击得更准更狠，你们两个，"谢副厅把眼光投向了向小园和俞骏，他的肃穆背后是一种莫名的兴奋，安排道，"虽然没有任何嘉奖，不过坦白说你们远远超出了我的期待。下一阶段，我不对你们提具体要求，就四个字——穷追不舍！"

"没问题，我们已经在做了。"俞骏道。

"另外，你们下了一步好棋啊，我一直在考虑这个事，这一步棋要是奏效的话，我们有可能事半功倍，从内部攻破犯罪团伙的堡垒啊。"谢副厅期待地道。

俞骏笑了，难得被领导这么当面夸赞，他解释道："这是临时的决定。当时我们只是想通过席青山把王雕和包神星这两个关键嫌疑人找出来。没想到刚找出来，斗十方就刨出了杜其安这条线，于是我干脆让他跟着王雕一起离开，这些人被打散了肯定还要重聚，如果能等到那个时候，找杜其安就容易了。"

"可能除了杜其安，还会有其他未露面的骗子的行踪……所以啊，这是一步好棋。现在的情况怎么样？"谢副厅的兴奋点原来在这儿。因为这步棋，他把货到付款诈骗案的进展都暂时搁一边了。

俞骏对向小园示意了一下。向小园掏出手机，调出视频，递到谢副厅面前，解释道：“我们两位外勤跟着策应，今天是第十三天，他们还在长安，还没有和上线接触。这是昨天拍到的视频。”

谢副厅点开了视频。三个人，当中一人戴着墨镜，正带着一高一矮两个人从饭店里出来，高的在发牢骚：“这他妈裤带面还真跟裤带似的，嚼着干巴巴的，跟咱们那儿的比差远了。”矮的又说了：“一方水土，一方吃食，就这味道吧。”带头的那位嘚瑟着：“你俩听着啊，没文化是不行的，泡妞不会你只会嫖娼，吃面不懂你只配喝汤，看人家墙上那诗‘半碗面条半碗汤，半条裤带惹祸殃。做面本是为糊口，何必非要争面王’。这里头有个典故，宋代赵匡胤的皇家御厨省亲来此地，和此地的面王有一场PK……”

视频是偷拍的。那三个人一闪而过，余音袅袅不知下文。视频里这三个人吊儿郎当、一步三晃的步姿，似乎让谢副厅很在意，他又多看了两遍，然后好奇地问：“哪个是咱们的人？”

实在不好分辨。向小园蓦地笑了。俞骏说：“话多的、说典故的那个。”

“哦，你们特事特办、破格入籍招到反诈骗中心的就是这个人啊！”谢副厅怔住了。他皱着眉头看陈局和俞骏两个人，两个人尴尬得眼珠子直向下瞟，不敢直视省厅领导的眼睛。

货到付款诈骗案的所有线索全部中断。杜其安、张光达等人不知所终，就连黄飞也销声匿迹，现在只能期待王雕能找到他的组织。所以这枚棋子其实已经处在了棋眼的位置，这盘棋能不能走活，能不能继续下去，现在全维系在这枚棋子身上了。

只不过这么高尚的远景要和这么个其貌不扬的形象结合，实在让人觉得不够和谐。谢副厅默默递回手机，给了句奇怪的赞扬，道：“气质不错，最起码没人认得出来这是个警察。”

说不清是贬是褒，也说不清是对是错，一切都在未知之中，越是未知也就越是让人充满期待。后来，这次汇报会议，演变成了对任何有可能出现的突发情况的评估会议。会议讨论的结果是：该任务进入保密序列，执行任务警员的所有档案由保密处封存。

密级：两个A。与本次货到付款诈骗案的档案密级一致。

士别三日，刮目相看

钱加多贼头贼脑地从饭店出来，往下扣了扣比脑袋小的帽子，快走几步，钻进了一辆民用牌照的车里。里面的程一丁接过他手里的东西，一掀开，是羊杂汤配两大饼，还裹了两个柴鸡蛋。程一丁往嘴里塞着，忙不迭地说谢谢。

此行可真是发现了钱加多身上的优点，能吃会玩，出手又大方，每天变着法子找好吃的，把程一丁感动得，都不觉得这货的业务水平很次算个事了。这不，一顿饭吃得他赞不绝口。钱加多说了，这是看网上的点评找来的，这十几天，傻雕一伙儿全城转悠，他们跟到哪儿，钱加多一准就能把盯梢地的美食给找出来。

“多多，多亏你了啊。这么多年，我是头回出外勤盯梢任务干得不想结束。”程一丁笑着道。

钱加多附和道：“其实都不用盯啊，明儿去华清池玩呗，贵妃洗澡的地方，咱去泡泡？”

“哎哟，这可不行。万一家里查岗，那咱们怎么解释啊？”程一丁道。

钱加多教唆：“就说那几个货去洗澡了，咱们跟去啦？”

“啧啧……消停点，他们随时都有可能接触上线。万一那个时候盯不住，就麻烦了。”程一丁拒绝了。

钱加多不死心，央求着：“程哥，去吧，有十方在，盯啥？他不把那俩蠢货卖了都算好的。”

“那这样，晚上你去，我守着。”程一丁妥协了一步。

钱加多却发牢骚：“一个人多没意思，要不我喊上十方去？”

“哎哟……”程一丁差点给噎着，忙不迭说着，“千万别。你和那俩照过面，一看这架势，那不明摆着有问题啊，把这两盲流惊走了可没地方找了。”

“我觉得我也有卧底潜质。你看我像警察吗？肯定不像嘛……不过我也不算是，那个，其实这活儿我都能干了，你看他们每天干什么？吃、睡、逛，这多简单。”钱加多心痒道。那仨人玩得可比他跟得自在。

“这顶多算个钓鱼任务，卧底？都不知道对方团伙什么情况，卧什么底啊，别瞎咧咧。”程一丁道。

“意外无处不在啊，还有一种情况你得考虑到。”钱加多严肃道。

程一丁听乐了，好奇问道：“什么情况？学得挺快啊，都会分析啦。”

“必须的，程哥你教得好啊。这情况是，你说万一骗子团伙相中他啦，把他带走又给钱花，又派美女陪睡，十方这定力能坚持吗？”钱加多道。

这分析听得程一丁直瞪眼，噎得吃不下去了。钱加多唯恐天下不乱似的，又分析道：“再加一种情况，那万一人家犯罪组织相不中他，可他又跟了上去，你说他是不是得被摁着揍一顿，套上麻袋、看不见谁动手那种，一转眼生活都不能自理了，那咱们不也瞎啦……性生活吧不用考虑，反正他也没有。”

程一丁听得哭笑不得道：“你……你……你这是巴望着十方出事？”

“不出点事多无聊啊，登阳还没有开干呢就收场了……这种情况你得考虑到啊，登阳那女的，聂什么来着，长得多漂亮，把信用社主任勾搭到使劲往外贷公款呢，要是那种水平的女人勾引十方啊，顶多两分钟，他就得把咱们卖了。”钱加多道。

“你就这么信不过自己的同志？”程一丁问。

“我是将心比心啊。我觉得要换成我吧，也就支撑两分钟，他应该和我差不多。”钱加多得意扬扬道。他以自己为标准，把所有人的底线都拉低了。

程一丁边吃，边笑，边被噎，又到了一天最乐和的时候。吃到中途，斗十方几人出现，钱加多早已警惕地弯下身子，打开了安装在车上的隐形摄录设备。两个人猫着腰看那三位吃了晚饭，一摇三晃地逛在长安市的大街上，到这个时候，一天的追踪也接近尾声了……

“我的忍耐可是有限度的啊。傻雕，你不是骗我吧？”

走在前面的斗十方表情凶神恶煞，回头瞪了傻雕一眼。

吃人嘴软、拿人手短，这又吃又拿的，人就矮三分了。王雕解释着："咱兄弟间能有点信任不？都这个时候了，我骗你有啥意思？"

"那人呢？公园快遛遍了，我都快跟老头儿老太太学会扭秧歌了。"斗十方怒道。

"兴许有事绊住了，再等两天。我们这行当经常不太靠谱，时不时地有人给警察提溜走。"王雕给了个不确定的解释。

斗十方回头一把揪住王雕领子，瞪着眼问："那你们这一路花了我好几千块怎么算？我就剩几百块了，还能支撑几天？车都卖了，回去不要路费啊？"

"喂喂，哥，哥，消消气，兴许明天就有办法了。"王雕陪着笑脸。包神星一贯有点怕斗十方，也弱弱地劝着："斗哥，你不赔啥嘛，不还抢了我两千多块呢。"

"我靠本事抢的，那就是我的，怎么能算你的？你偷到的钱还不就当你的，难道是别人的？"斗十方脱口一嘴歪理，偏偏这歪理能折服烂人。

包神星咧嘴道："那倒是。可您发火也没用啊，我觉得多大个事啊，大不了咱们兄弟抱团整钱呗，也不会混不下去啊。"

"哎……对对，这倒是个办法。斗哥你这么牛，混口饭不是什么事儿。"王雕赶紧拍着马屁。

斗十方放开了王雕，很霸气地道："对我来说当然不是个事儿了，但带着你俩就是个事儿了。你偷吧，没贼胆；你骗吧，没骗技……你俩一点儿都不注重个人修养，业务水平这么次，怎么带啊？"

哎哟哟，把两个人训得羞到无地自容，包神星难堪地求着："那你教教我们，我们好好学呗，活人总不能被尿憋死啊。"

"'贼不入空门，骗不走生路'不懂啊？这人生地不熟的，你拿钱不怕被人砍啊。"斗十方扭头不理会他了。

包神星还要央求。王雕拉着他，道："别瞎折腾，听斗哥的，实在没辙咱们再想办法……这其他人应该来了啊，我叔不可能骗我啊。"

"骗子还认什么亲戚？有感情的骗子，根本不可能登峰造极。高手骗人的时候先骗自己。”斗十方道。

“骗自己怎么骗？”包神星听不懂了。

王雕一拉他，道：“我叔也说过这样的话，先给自己洗脑，才能把事办好……我们没血缘关系，他不是我的亲叔，是我爸的工友。我爸在时他去过我家，后来我家一倒，我天天搁外面混。他找到我把我收留了，也不算收留，反正就是干活儿让我搭把手。”

“哎哟我去，这是找了个便宜马仔啊，你还把人当叔供着？”

“那没办法，我进监狱的时候都是他照应着，我在里头也没受啥罪，一报还一报呗。”王雕随便道，表情有点落寞。这个表情被慢行一步的斗十方看在了眼里。他随意地把手搭在王雕肩上道：“兄弟，当好人，就认认真真做好事；当坏人呢，就踏踏实实做坏事。这仁义和仗义可要不得，会害死你的。”

嗯？！这句话不知道蕴含着什么样的哲理，拨动了王雕这个骗子的心弦。他奇也怪哉地斜眼觑着斗十方，恍若初识一般。斗十方愣了一下，问：“怎么？我说错了吗？”

“很奇怪，你说的好多话，我听我叔说过差不多的……没错，我记住了，谢了啊。”王雕收回了那种惺惺相惜的眼神，难得地谢了句。

“哎，我看啊，要不咱们分手吧，花的那俩钱只当喂了狗了……你这兄弟俩可有点坑啊，我看哪，没他妈什么好处可占，就等着把我当个便宜冤大头玩呢。”斗十方牢骚着试了试水。

一试就灵。包神星急得拽上了他的胳膊，求着：“别啊，斗哥，这大晚上了，一毛钱没有，让我们去哪儿？”

“斗哥，要不你走吧，别管我们了……花的钱只当欠着，山不转水转的，等咱们再遇上一并还你，你看成不？”王雕道。

斗十方心里一惊，这是个选择关口，人总不可能知道另一个人心里想的全部。这个傻雕的心思可比一般人要深得多，是真让走还是试探一下就值得商榷了。

让外勤逮了算。斗十方心里如是道。想起已经离家十几天了，一念至此，他脱口道：“那成……老子抢过你们两回，也帮过你一回，扯平了……以后碰上是有缘，碰不上就算了……我这兜里还有八百块，一家一半。告诉你一句啊，你那什么杜风头，我看也稀松扯淡。你当狗腿跑了这么多年，他都不把你当回事，别他妈跟他玩了，混不下去了回中州找我，老骗、青狗那档子事，我替你了了。”

他说话间扔给王雕四张百元大钞，把剩下的钱一揣，大摇大摆走了。走了很远，眼看着背后无人，斗十方在个小摊前买了个雪糕吧唧吧唧舔着，心里盘算着该怎么和家里交代。刚一想，电话就来了，一个陌生的号码，接听，传来俞骏的声音：“怎么回事？”

“我试探了下，他让我走，有两种可能，第一种是他觉得我不是一路的，想走开；第二种是，他能联系上自己人，想甩开我。”斗十方道。

“那你也不能真走啊！”俞骏轻声道。

“不走，就是继续转圈耗下去，这一走就试出来了，他们要还在闲逛，联系地方警力直接抓回去。”斗十方道。

“我怎么觉得是你想回来啊？”俞骏道。

“没错，我也真想回了。这俩货知道的情况不多，价值不大。”斗十方道。

“啧……哎哟，都还没接触上，怎么又擅作主张啊？”俞骏道。

“主任，我爸在家那情况，我天天搁外地这么游手好闲，我自己心里都硌硬啊，干脆逮回来得了，他们知道的情况我也摸得差不多了。”斗十方道。

“等着。”俞骏不容分说，挂了电话，肯定是去和另一边追踪的联系了。

斗十方悻然装起手机，像街头的小混混一样，蹲在马路牙子上舔雪糕，浑然不觉此时已是深秋要入冬的季节。随着夜色的降临，天气正变得越来越凉……

“X1，什么情况？”向小园在办公室呼叫着。

“有点不对劲啊，这两个人不是没目标地闲逛，好像在找什么。”程一丁汇报。

“需要呼叫预备队吗？零号已经和他们分开。”向小园道。

“不用，在市区他们跑不了。想抓容易。”程一丁道。

“继续监视，注意他们在接触谁。”向小园道。

双方通话暂停，俞骏使劲地以拳击掌，鞭长莫及了。他愤愤地道：“你看看，这、这…… 简直无组织无纪律，自己说脱离就脱离了。”

“兴许他确实无法取得对方信任，毕竟他们曾经有过节儿。”向小园道。

“信任肯定不会有，但也不至于撵人走啊，都没接触上线，怎么可能会知道？”俞骏道。

“可……”向小园语结。

俞骏指着她道：“别替他说话。咱们说的都白说了，他根本没把任务当回事。”

“不至于。”向小园刚说了一句，步话又响了，传来程一丁的声音：“目标方向，似乎还是去找零号。”

“继续监视。”向小园道。

听到这儿，向小园笑吟吟地看着俞骏。俞骏说了：“我就说嘛，患难之交，十方又身怀绝技，他们纳头便拜有可能，分道扬镳怎么可能？”

“嘀，理都被你占了，好话都被你说尽了。”向小园不屑地回了句。

此时陆虎接收到视频，似乎是隐藏拍摄的，能看到王雕和包神星快步奔着，追上了斗十方……

“钱都分了，你俩咋又来了？我就准备今晚回去呢。”斗十方道。

“别这样，斗哥，你走了兄弟们多不好意思。”包神星劝道。

王雕喘着气道：“我就随口那么一说，您咋还当真啦？今晚兄弟我给你找个去处，圆你心愿，成不？”

“哟，这是试探我呢？”斗十方一听，不悦了。

“这我当不了家，上头让试探您。您要是还和我们纠缠着，那我们就得想办法把您甩喽；可您要执意走，那我就得把您找回来。”王雕解释道。

“什么什么？乱七八糟的。”斗十方不幸猜中了，一点惊喜也没，恐怕自己无意间恰好通过了对方的试探。他猛然间又恍然大悟道：“哟嗬，你这个混蛋，早联系上人了，带着我遛弯玩呢？真不地道啊，亏我还给你留了钱。”

“嘿嘿……冲斗哥您这么仗义，我这不完全被您折服了？走，见见我这头的兄弟去。”王雕邀着。两个人殷勤地拽着斗十方，说话间行不多远，不知道什么时候手里已经有手机了，王雕拨着电话等车来。斗十方奇也怪哉地盯着他。王雕讪讪地解释着：“我也是昨天才联系上，您没注意。”

“什么时候，我没注意到？”斗十方愣了，心里暗叫失策，被这个小骗子给蒙了一把。

“就裤带面那隔壁，我上厕所的时候联系的，那就是我叔教我上岸的地方呀。”王雕笑道。这会儿连包神星也不悦了，竖着中指骂：“雕哥你太不够意思了，我还发愁吃喝没着落呢。”

“逢人只说三分话，不可全抛一片心啊。”王雕语重心长地说了句，视线的方向却是盯着斗十方，像给他说的。斗十方竖了竖大拇指，说：“不错，老子觉得有点心虚了。要不我还是走吧，你小子有点阴。这便宜看来占不着了。”

“你全部身家就八百块了，还分了我们一半，去哪儿呀……车来了。”王雕指着一辆驶来的加长面包车。车在几人身侧停下，唰一声门一拉。斗十方瞅见里面人影幢幢，正觉不妥，后面的王雕推了他一把，车里的人一拽，干净利落地让斗十方从原地消失了。

“嗨……嗨，干什么？”斗十方紧张了。车上多了三个人都不觉得挤。上车有人摁住他，他刚一反抗，咚一声挨了一拳，他哎哟叫疼，骂着：“卧槽，傻雕，怎么回事？”

“你不是要入伙吗？进门不得受点教育？”王雕在副驾上道。

“嗨嗨……别打别打，自己人，自己人。”斗十方又挨了两拳，赶紧认㞞。

前面阴阴的一声道：“噢，自己人就老实点，扣上。”

眼前一暗，全黑了，似乎是袋子扣脑袋上了。紧接着他被两个人挟制，手被勒了根扎带，是扎线的那种塑料条子，俗称“勒死狗”的那种。一刹那斗十方后悔万分，这可是终日打雁反被雁啄了，被个小毛骗给耍得团团转。

“傻雕，不简单啊，居然跑回来了。听说飞哥都差点折了。”陌生的声音道。

“万幸呗，老费，给我点儿钱，我都快穷疯了。”是傻雕的声音，对方应该是熟人。

“‘给’字不合适吧？”陌生的老费道。

“你不是缺人吗？后面这两头卖给你，都是好手。”王雕道。

“哦，这还差不多……可说好了啊，不守规矩我可按规矩来。”陌生人道。

“你掏钱，你做主。”王雕道。

敢情真把斗十方给当货卖了，不过把包神星也卖了。于是这货就急了，往前一凑，道：“雕哥，是不是兄弟啊？卖他就行了吧，连我也卖？哎，这位大哥，他骗您呢，我啥都不会，只会吃。你买我也没用。”

“嘭……嘭……”“哎哟哎哟！”连挨两拳两脚，包神星委屈地差点哭出来，不敢吭声了，那陌生的声音道：“第一天出来混啊？兄弟还不就是让卖的……你们居然和傻雕当兄弟，他卖给我的人都快有一个连了，哈哈……安生点，给你们找个好地方学本事，说不定你们待几天都不想回来了。”

小破车冒着黑烟加速驶离，大街钻小巷，小巷进小区，三转两转，在监控的视线里消失了，这个情况猝然一出现，把远在中州的反诈骗中心搅得乱成了一锅粥，谁也没有想到，对方是这种见面方式，干净利索，让人凭空消失……

千算万算，终是失算

和谐号高铁缓缓靠站时，程一丁迫不及待奔向了站台，焦急地看着出来的旅客。看到熟悉的面孔时，他大喊着吸引对方的注意力。向小园带队，陆虎、娜日丽提着随行设备跟着。程一丁迎了上去，匆匆出站。

所有人的神情都很凝重。这个意外来得太突然，刚刚确定任务密级就出岔子。谢副厅当夜专程赶到了反诈骗中心，先把俞骏从头到脚骂了一通，然后一边组织赴长安的人员，一边和长安警方联络协助，要不是协调需要时间，恐怕半夜就把人派来了。

上车，驶出车站。向小园这才开口：“具体什么情况？”

“东西在这儿，应该是零号被挟制上车时故意丢掉的。我当时的距离太远，根本来不及反应，而且我对这里的地形不算熟悉，一转眼就追丢了。”程一丁交出捡回来的手机。屏破了，开不了机，但这是陆虎的长项，向小园直接把破手机递给了陆虎，陆虎在车上打开笔记本电脑，立即上手操作了。

程一丁驾着车，半晌又开口了：“向组长，对不起，我大意了。”

“不是你的错，我们都大意了，一次次低估这些骗子的危险性。”向小园安慰道，又问，“多多呢？”

“我提前把他送到红侦总队等着了。”程一丁道。

出了这事，其他事都上不了心了。向小园思忖片刻问着：“以你们的经验，你们觉得会是什么情况？零号被识破了？”

娜日丽摇头：“不可能，根本没有牵涉利害关系，不可能被识破。即便被识破了，又不像杀人贩毒那类案子，他们总不至于还杀人灭口吧？”

“那为什么要绑人呢？说不通啊。”向小园一直搞不清此事的蹊跷，她回忆道，“昨晚很奇怪，零号已经和他们分手了，还知会家里干脆把他们控制算了……他已经走了，是王雕和包神星又追了上去，然后就发生了这事，当中究竟发生了什么啊？”

“应该是我们没有注意到的时候，王雕已经和这里的人联系上了。”程一丁道，又补充了句对不起，又一次失误。

“斗十方都没发现，你们追踪的人当然也不可能发现。”向小园道。

陆虎出声了：“哟，这儿可能有答案，被挟制的时间段他的手机是开着录音的，文件没有损坏，我放一下……”

“钱都分了，你俩咋又来了？我就准备今晚回去呢。”

“别这样，斗哥，你走了兄弟们多不好意思。”

“我就随口那么一说，您咋还当真啦？今晚兄弟我给你找个去处，圆你心愿，成不？”

“哟，这是试探我呢？”

“这我当不了家，上头让试探您。您要是还和我们纠缠着，那我们就得想办法把您甩喽；可您要执意走，那我就得把您找回来。”

“什么什么？乱七八糟的……哟嗬，你这个混蛋早联系上人了，带着我遛弯玩呢？真不地道啊，亏我还给你留了钱。”

“嘿嘿……冲斗哥您这么仗义，我这不完全被您折服了？走，见见我这头的兄弟去……我也是昨天才联系上，您没注意。”

“什么时候，我没注意到？”

“就裤带面那隔壁，我上厕所的时候联系的，那就是我叔教我上岸的地方呀。”

哦……这样啊，这段对话录音解释了过程。众人恍然大悟，连听数遍。向小园问地方在哪儿，程一丁说了个凤城八路林贸集市某胡同，估计是个犄角旮旯的地方。沉吟良久，无计可施的向小园喃喃道：“看来这次我们的麻烦很大，本来最熟悉王雕的就是零号，现在倒好，我们得先找他。”

“肯定不好找，但只要有了天网权限，其他人应该好找。王雕以及可能已经潜逃回来的黄飞，我想只要能盯上他们，就应该能找到零号。”程一丁道。

娜日丽百思不得其解，纳闷道：“我想了一路，实在想不通他们抓人的意义何在。整个非法拘禁，和诈骗的罪名比都不轻呢。”

“先别胡思乱想了，答案得我们自己找。”向小园道，又和家里联系着。

这次可真是不但丢了人，而且丢人了。一行人个个心情都有点沉重，不一会儿到了长安市经侦总队。总队派了一位副政委接待，先热情地把同行一行人安排到了招待所里。办案地点下午才能腾出来，就在总队大院里，不过现在嘛，肯定是什么都做不了，向小园一行只能开始漫长的等待……

第一次梦中呓语，包神星翻了个身，没醒。

不过光溜溜的身子贴过来，倒把另一位吓醒了，斗十方迷迷糊糊有了知觉，当发觉自己摸着一个光光的肉体时，啊的一声，吓得坐起身来了。一拉被子，看清了光着全身的是个男子，斗十方尖叫的声音又大了几个分贝，把包神星吓醒了。包神星也猝不及防，啊的一声尖叫。两个人面对面尖叫，蓦地停了。

“你又不是女的，你喊什么？”斗十方骂道。

“是女的我才不喊呢，你没对我做什么吧？”包神星下意识地伸手往自己身后摸。斗十方愤愤地道：“我还怕你对我做什么了呢……这咋回事，我衣服呢？”

“被……被子，冻死我了。”包神星拽着被子，两个人一人一角，开始找衣服。这小房间除了床和一个散发着尿臊味的便池别无他物。此时才发现被子也黑乎乎油腻腻的，不知道被多少人盖过了，斗十方嫌弃地想扔到一边，不过试了试，冷得没勇气扔开，毕竟还光着呢。

没找着衣服，包神星回忆着，脱口道：“坏啦，傻雕把咱们卖了。这不是做人肉包子的地方吧？”

“什么年头了，还会有这玩意儿，想什么呢？”斗十方倒不是很恐惧。

“那会不会取肝割肾呢？我听说黑市有做这生意的。”包神星又冒出个想法，吓得自己发抖了。

斗十方想想摇摇头：“你没听傻雕才把咱们卖了一千块钱吗？要是卖器官，不可能是这个价。”

“真是个傻雕，卖便宜了啊。那卖这么便宜，不会是打黑工吧？是不是砖窑，那可恐怖了啊，老话怎么说来着？‘好驴不进磨房，好男不进砖厂’，干一年身体就垮啦。”包神星紧张地说。他想坐起来，又怕冷。此时斗十方才注意到这货细皮嫩肉的，小样儿还蛮帅。他逗包神星，说：“会不会让你卖肉啊？”

“那屠夫的活儿我更干不了啊。”包神星不信。

“不是。我是说，会不会让你卖身赚钱去？”斗十方严肃地道。

“这破地方，不像夜总会，倒像黑社会。”包神星纠正了斗十方的话。

斗十方一掀被子，光溜溜地从被子里出来了，吓得包神星尖叫一声，赶紧抱紧了被子。包神星警示道："别胡来啊，我不好这口。"

"吓死你……多有前途的卖淫职业你不干，非要当贼。贼也不好好当，又想学骗子，看看，被人卖了吧。"斗十方起身上卫生间，捎带着吓唬了包神星一句。

卫生间连门都没有，不过有个窗户。斗十方放水的工夫察看着环境。外屋也就十来平方米，卫生间两三平方米，老式的白炽灯泡，那线走得似乎还有监控线路，但没有发现探头。他站在卫生间一踮脚就能看到窗外，离路面有几百米，其间是菜地大棚，车声隐约可闻……这环境让他熟悉得喟叹了一声。

太像看守所了。窗户是拇指粗的钢筋，就差一队巡逻的武警了。

怎么办？

逃？不可能，最起码暂时不可能。

可要暂时不行，会发生什么就不可预料了。现在斗十方倒希望这是个黑工厂什么的，让干活的话就没有安全之虞了。可他又觉得不像黑工厂，这个地方离马路太近了，设什么样的黑工厂都不安全。

那会是什么？难道是……他在努力地搜索着记忆，在看守所见过种种奇葩的犯罪，现在和很多都像，可没有一种能确定。这时候他开始怀疑自己是不是哪儿露馅儿了，可从头到尾盘点了一遍，也没发现啊。就像他没有发现王雕背后搞小动作一样，王雕也绝无可能发现他真正的身份。

所以肯定是临时起意，否则他不至于连同伙也卖了。想到此处，斗十方伸头看看包神星。那娃可真傻到心大的程度，居然开始点着头打瞌睡了。撒完尿，斗十方出来嗨了一声，一下子钻进被窝里了，吓得包神星光着屁股滚下了床。房间里冷，冻得他又往床上爬。斗十方捂着被子露着脸贱贱地笑，一副不怀好意的样子。包神星下意识地喊着："救命啊……救命啊……"

这次喊得奏效了。大门当啷一响，仨男人进来了，看戏似的看着光溜溜的两个人。当头一个满脸络腮胡子，形象比傻雕还猥琐的汉子嚷着："嚎什么呢？"

包神星紧张地捂着胸。那三个人哈哈直笑，然后包神星发现不对，又紧张地捂着下体。

“来了俩活宝……衣服，穿上。”另一个马脸大汉扔过来了一堆衣服。

只有内衣秋衣是自己的，外衣和裤子却变成了工作服，两个人麻利地穿上。斗十方注意到胸前印着“和平果业”的字样，不过却不知道是什么。穿戴整齐后，马脸让两个人靠墙站好，两个人依言站好，倒让马脸惊讶道：“虎哥你看，这绝对是受过教育的，这背挺得多直啊……你叫啥？”

“包神星。”

“住过多长时间？”

“一年。我和傻雕一个号子。他把我卖给你们了，没跟你们说，苦窑里我和他是兄弟。”

“说了，他说你有点蠢，让我们教育教育。”马脸汉子直接无视了包神星的套近乎，眼睛盯向了斗十方，他一抬眼皮，“你呢？”

“斗十方。斗地主的斗，十全十美的十，方向的方。大哥您好，多多关照！”斗十方鞠躬道，所谓礼多人不怪。当看守的好处是，最起码见了什么类型的坏人都不意外。

“住过几年？”

“在看守所待过两年零八个月。”

“哦，资历够老啊。”

马脸盯了一会儿，似乎没发现什么，他回头征询着络腮男。那络腮男斗十方分辨得出来，正是昨晚驾车接他们的人。络腮男还未开口，斗十方赶紧又是一鞠躬：“大哥好，多多关照。”

“瞧这眼力见儿，这一千块钱花得不亏啊。走，跟我来……”络腮男表扬了斗十方一句，一伸手，顺手扇了包神星一巴掌，教育着，“就你不懂事，啊，乱瞄什么呢？老实点，记住这里的规矩啊，第一条规矩，离开这幢楼，两条腿一齐给你打断，听到了吗？”

“是，大哥。”斗十方抢着说道。包神星又慢了一步，挨了马脸一脚。

“第二条规矩，让干什么就干什么，一切听从安排，不好好干，干不好的……”

包神星抢答了：“是，大哥，打断两条腿。”

络腮男被抢词了，回头就是一耳光，骂道：“抢着说什么？是打断三条腿。”

这时候斗十方才适时点头：“是，大哥，我知道了。”

哎哟，把包神星郁闷得快哭了。

“第三条规矩，强子，告诉他们。”络腮男头也不回地说。

马脸训话了：“第三条规矩，教你们什么，就认真、用心以及刻苦地学习。偷懒、误工、误时的，我只当你们逼我出手。就像昨晚，把你们麻翻了，扔哪儿、胳膊腿全不全乎，可就没谱了啊。”

斗十方听得微微一怔，觉得这像是传销。不过他仍然是简单地重复：“是，大哥。”

包神星听得心一虚，又忘了挨打的事情了，好奇地问：“大哥，我活这么大只会干坑蒙拐骗的事，我哪懂学习啊，学习啥呀？”

马脸男一笑，一扬手，吓得包神星以为又要挨打，赶紧缩脖子。却不料马脸男手一落，揽着他的肩膀，笑着解释：“这次抢答对了，学习的内容就是坑蒙拐骗。能学好了呀，你都不想走了。”

“两位兄弟，别介意啊，这地方特殊，不能让外人知道，所以只能用这种方式把你们请来。别误会，这里不是黑工厂、不是传销点，不是任何你想象的、要从你们身上骗钱的地方，恰恰相反，是让你们学会赚钱的地方。相信我，在这儿学成出师的，月薪过万很轻松啊……请。”

络腮男在一处大门处推开门，做着请的手势。

画风突变得让斗十方很不适应，实在猜不出这葫芦里卖的什么药。他和包神星踱步进去，从踏入此地的第一刻起，他的整个世界观，瞬间被颠覆了。

通透的大房间，入眼全是电子产品，准确地讲是电脑。工作台上摆放着各式各样的电脑、手机，靠窗户的地方是像书架一样的架子，不过摆的不是书，而是手机，齐刷刷的七八层，每层都有十几部手机，而这样的架子在这个房间里有好几个。被电子产品围绕着的，是二十多个长相各异的男女。对了，居然还有几个女人，踱步在手机架之间来回看，间或哪个手机屏幕一亮，她会喊一句：“第128号，谁负责？回信息。”

这时候工作间后的声音回应："联系上了。"

又一个声音响起："199号，要照片。"

另一个声音提醒："199文件夹，别传错了。"

说话的声音和电脑主机的嗡嗡声相应，斗十方和包神星傻了足足几分钟。想一千思一万，可怎么也想不出，被掳来的是这种环境。

"欢迎你们踏入财富之门……惊不惊喜，意不意外？"络腮男得意地道。

包神星没看明白，斗十方明白了一半，他小心翼翼道："莫非是……传说中的杀猪盘？"

"天才啊，哈哈。"络腮男一笑，脸一正，又纠正了他，"不全对，准确地讲这是开盘前的训练营。只有学习努力、成绩优异的同志才有机会出国赚钱啊……不过别担心，这里面揽到的业务，扣去开支也会给你们分成。恭喜二位啊，这机会可不是谁都能碰上的……来，菊儿，你过来一下。"

他招手叫了一个女人。那女的也穿着和平果业的工作服，称呼着"老板"走上来了。络腮男一指两位新人道："他们归你带，练练看是不是这块料。"

然后他又回头警示两个人："三条规矩，记住了吗？"

"记住了。"斗十方和包神星齐齐点头。没有落入黑工窑之虞，这倒完全放心了。

"去吧，好好干。"络腮男一挥手，打发他们上工了。他转身出门走了，而马脸那两个人却是从里面关上了门，悠闲地抽着烟，看样子对他们并不完全放心，必须时刻警惕着。

两台组装的破电脑，一份全新的职业，没有任何入职门槛，这就上工了。那个叫菊儿的女人虎着脸拿了几张废报纸，往两个人面前一扔，教学就两字："打字。"

这是摸摸功底。斗十方自然轻车熟路，拉开键盘噼里啪啦开打了，虽然比不上这里的"员工"的水平，但底子这么好，让菊儿眼睛一亮。她向马脸竖了个大拇指。另一位就惨了，十根指头在眼前摆弄了好久，却不知道该怎么往键盘上放。菊儿气得啪唧就是一巴掌，骂着："这年头还有没玩过电脑的人？你会不会呀？”

“不会。”包神星苦着脸道。

“上过几年学？”菊儿训着。

“上过小学。”包神星紧张道。

“上过小学就应该会呀？”

包神星憋了片刻，弱弱地解释：“小……小学没念完。”

啪唧又是一巴掌，菊儿骂：“没念完也能学会。”

“啊……救命啊，我打不了字，你们还是打我吧。”包神星痛不欲生地往键盘上一趴，开始耍无赖了。马脸走上前来，果真满足了他的愿望，揪着耳朵一脚一脚踹得包神星喊救命，一会儿又强迫着他坐回来。包神星一把鼻涕一把泪，抽抽搭搭地开始在键盘上戳拼音了。

还真别说，暴力出奇迹，真把包神星揍得一上午就学会打字啦……

遍寻无处，窥径有门

向小园第一次体会到一线那种满满的焦虑和难处。

这边是中州的天网等着接入长安，那头的协调还在一个部门一个部门地走，因为这个案子牵扯过大，不得已动用的是省厅级别的部门协调，电话里俞骏急得都开始骂娘了。而先到长安市的小组也遭遇了不算太友好的待遇，自己辖区的事得自己办是警察的共识，这么一个小组突然到来，又要地方经侦协助，又要天网权限，偏偏还不共享案情信息，那就对不起，只能坐着冷板凳等了。

于是这个小组就开始了漫长的等待。先是娜日丽坐不住了，起身到向小园的房间，一出门发现向小园早站在门口了，两个人刚说几句话，陆虎和程一丁也开门出来了，两个人期待地看着向小园。向小园给了个带着歉意的表情，道：“大家再安心等等吧，毕竟是两地省厅的协调，又是个保密任务，估计还得一点儿时间。”

“时间越长，找到的可能性越小啊。”陆虎道。此言只是让向小园更深地喟叹了一声。程一丁提醒道："我们不能过于依赖天网，也要研究其他的信息……比如，王雕接上头的地方。"

"那货张口满嘴瞎话，怕是不可信啊。"娜日丽道。

"要不……"程一丁用征询的眼光看着向小园。

向小园没吭声，摆了下头，于是大家都明白了，齐齐往外走。这动静把钱加多惊动了，他伸出脑袋问："喂喂！去哪儿？"

"嘘，别吭声，继续睡，别出来啊，要是政委来找，通知我们啊。"程一丁说着，把钱加多的脑袋摁了回去，直接关上了门。

众人同乘一车，汇入了这个陌生城市的车流。

"我从斗十方留下的手机里恢复了他们这十几天的行程，基本都是乱转悠，但是……这个点儿去过三次。是不是就在这儿？"陆虎在电脑上标记着。

程一丁看了眼，道："没错，老秦家裤带面，很出名。"

"看来我们还是低估王雕了。"向小园懊丧地道。

娜日丽说道："我一开始觉得傻雕都快被零号忽悠傻了，难道他是装出来的？我听了好几遍，我的想法是这样的。因为一直没有下文，零号不耐烦了，又像往常那样说分手，以前都是王雕和包神星纠缠着舍不得分，可昨天突然就同意了。之后零号给家里打电话，觉得他们应该没料了，建议对他们采取强制措施。当然这其中可能有零号的私心，他也想回来……在这种情况下，假如他们识破了零号的身份，或者根本不信任他的话，他们为什么还要追上去啊，就此摆脱他不是更好？"

"你觉得呢？"向小园问。

"我有种奇怪的感觉，恰恰是信任他才这样做。"娜日丽道。

"可信任……为什么又挟持人呢？"陆虎道，接下来的事就讲不通了。

"我同意娜娜的判断。"程一丁道，"别忘了这是江湖，他们的行事风格不能用正常思维去思考，就比如他们在中州的联络方式，谁能想到是一个不起眼的寻人广告？"

"那你的意思是，他入伙了？"向小园一千个不相信。

"说不好。"程一丁摇摇头。

卡住了，那个未知的领域恐怕车上没人接触得到，接触不到也就无从判断。一行人一路怀着好奇直趋这个传说中的面馆，午后时分食客寥寥，几人佯装食客进店，一人要了碗面。饭间程一丁、陆虎、娜日丽都借故上了趟卫生间。一上倒是有收获了，这卫生间是设在饭店后厨外的简易旱厕。估计是这一溜出租房屋公用的厕所，又脏又臭，都快入冬了，那味儿还几乎能把人熏晕过去。

带回来的收获是厕所墙上各式各样的涂鸦、广告，专治性病、专治梅毒、祖传老中医、知名老军医那种。这一行人边吃边分析着这花里胡哨的广告、涂鸦。娜日丽说，如果有线索，广告应该是刚做的，旧的不用考虑；程一丁凭着经验判断，应该在显眼的地方，不可能漏掉那种；陆虎判断，措辞应该有某种不合理的地方，让别人一看就忽视，但要看的人绝对不会忽视的那种。

于是争论就开始了。有人说是治湿送疣的，有人说是做二手车广告的，还有人觉得那明目张胆贴找小姐的广告似乎有问题，争着争着觉得这话题不对，都没胃口吃饭了。向小园低头思忖良久才抬起头来，看着众人不确定地说："我刚学的口语叫'贼不空手，骗不回头'，用同样的经验判断不同的事，容易出错……这里面有个细节我们忽略了。"

"什么细节？"娜日丽问。

"你们回忆一下，王雕和包神星在中州被席青山的人堵在小胡同搜了一遍，身上值钱的东西早被抢了个光溜溜，他连饭钱都没有，更别提手机了。"向小园道。

程一丁一拍脑袋："对对，把这茬儿忘了。我们根本没见他打过电话，如果打电话，零号肯定会知道。"

"是啊，如果连手机都没有，那通过广告联系的方式就说不通了，手机都收起来吧，这顿饭恐怕都没胃口了。"向小园道。

说得大家不好意思地收起了手机。陆虎蓦地有点明悟，他看着向小园，脸上有点兴奋，脱口而出："是不是最直接的方式？"

"应该是。这里太符合他的生存环境了。你们看呢？"向小园问。

午后时分，这里依然熙熙攘攘。吃喝用度加上小卖铺、菜摊，一条巷路二十家店铺。附近就是老居民区，时不时进出的车辆，就挤在店铺之间人车混行的路上乱摁喇叭。

“是什么呀？”娜日丽没明白。

陆虎提醒道：“接应的人就在附近，直接见面了。”

“啊？！可能吗，这么简单？”

就像哥伦布竖鸡蛋一样，竖鸡蛋的手法一亮出来，那合理性就跟着出来了。

众人越想越觉得是这样，饭没吃几口就出了饭店。以饭店为中心，以上个厕所的时间为限制，在这个迷宫似的胡同巷子里开始转悠了……

午后时分，城市的某个角落，睡醒的王雕洗漱下楼，接着电话出了门。

出来的地方挂着某快捷酒店的霓虹招牌。他换了身休闲的打扮，不过还是习惯性地将长舌帽子压得很低，打完了电话，他握着手机随手一拦，出租车远远地驶了过来，他上车即走。

目标是六村堡，没有更具体的地址。司机还纳闷呢，那儿除了个四层的立交桥就没去处。嗨，还就是那地方。王雕说了，就去那桥下。

不一会儿驶到目的地，下车的王雕像当地的闲汉一样沿着立交桥下的人行通道走来走去，四下搜寻着目标，很快便找到了。一个靠着桥墩抽烟的墨镜男打了声呼哨，朝他招手，王雕奔近了，兴冲冲地说着：“飞哥……哟，还有一位啊？”

蹲着的还有个人，居然是中州那位负责金叶公司的“沈凯达”。这货又被打回了原形，畏缩地裹着衣服蹲着偷瞄王雕，脸上还带着几处未愈的伤疤。

“我把这兄弟送到个娘儿们那儿准备犒赏他，谁知道青狗居然摸到那儿了……把这兄弟打惨了。我回头找着他时，都差点没认出来。”黄飞一弹指，把烟头弹了老远。王雕却是紧张道：“飞哥，这人怎么弄回来了？”

“本来不用弄，可聂姐折了，这人就非弄不可了。就这德行被雷子一敲巴，那还不得啥都撂啦……走了，沈总。”他踢了两脚，“沈凯达”畏畏缩缩地跟在他背后。黄飞揽着王雕前头走着，且走且问：“你没事吧？怎么老费说你送了两块料？另一个是谁？”

“就是中州抢了我们两回的那个家伙。那天青狗堵住我们了，亏他拉了我一把。”王雕简略地讲着当天的经过。黄飞皱眉道：“不会吧？就你这货，还有人帮你？”

“帮我肯定不会，肯定是想趁机在我身上捞点好处……不过还是被忽悠得送了我们一程。”王雕得意道。

黄飞心里生起了一丝警惕问：“来路不明啊，敢用吗？”

“来长安十几天了，有事早出事了。那小子挺厉害的，‘风马燕雀’都门儿清，和中州老骗、青狗都熟悉，咱们的切口唇典（黑话）说得比我还溜。估计是哪个老混子家的二代。”王雕道。

和混子熟悉，又能讲唇典，那担心就几乎没有了。更放心的是，人被扔到老费那儿了，黄飞笑笑道：“你狗日的也够缺德的啊，卖了他也就算了吧，把憨炮也捎带卖了？”

“让他搁老费那儿学学本事啊。你还不知道那货多蠢，真没人带，他吃饭都成问题……你知道他怎么进苦窑的？”王雕道。

“不是盗窃吗？”黄飞道。

“啊。跟个小姐鬼混，白嫖了人家不说，还把人家钱和手机偷走了，气得那姐们儿把他点了。”王雕道。

这事确实没出息了点，听得黄飞笑得浑身哆嗦。王雕继续道：“偷没技术，抢没胆子，毛病还多。进了苦窑不打勤的不打懒的，就打他那号不长眼的，一天得挨三顿啊……我是看他实在可怜才带带他。”

“看不出你有同情心啊。”黄飞笑道。

“倒不是同情，就是让我想起我没入行的时候，也是这么个被人揍来揍去的德行……啧，不说这个了，我叔呢，咋安排的？”王雕问。

黄飞顺手递来一沓钱。王雕接过直接揣了起来，就听黄飞道：“这次有点走火，暂时别回中州了。叔说歇歇看风头。你呢，两件事：第一，自己去找牛老板，他那儿缺人，一准得用你；二呢，把这个货给我处理下，我带着总不方便。”

“啊？这废物能干什么？”王雕一看是让安排“沈凯达”，头疼了。

“就看你的本事了，变废为宝不是你的长项吗？这货口才不错，是没有遇到机会，遇着了没准还真行……啊，就这么说定了，咱们消停几天再见面。”黄飞安排着，拍拍王雕的肩膀以示鼓励，自己走向一辆红色的本田轿车，上车走人了。

包袱扔给王雕了。王雕往路牙子上一坐，招手。“沈凯达”畏畏缩缩地上前来，卑躬谄色地应了声：“雕哥。”

“你家里还有啥人？”王雕随口问。

“自打我欠了一屁股债把家里房子抵了，家里亲戚早不把我当人了。”“沈凯达”道。

“身份是肯定不能用了。”王雕为难道。

“啊，失信名单、黑名单上都有。”沈凯达道。

“这回得上追逃名单了。”王雕斜眼觑着，又加了点砝码。不过他看到“沈凯达”漠然的表情，倒是有点佩服这货了。一无所有、一无是处、一文不名……穷不稀罕，可已经穷到绝望的程度，还真稀罕。

“活了干，抓了算，迟早得吃公家饭……看来你有心理准备了啊？”王雕问。

“沈凯达”点点头，道：“我都想早点进去了。但不是犯的事不够大，就是犯了事警察也找不着我，我也没办法啊。”

“那好办……走了，给你介绍点够刺激的活儿。绝望到巴不得被警察抓，你这种人才是刚需啊。”王雕道。他在前头走着，开始拨电话了。

王雕在前面和电话里的人聊着，一口一声“牛老板”：“找你谋点儿活计。手头紧啊，我还带了个兄弟……放心，政治合格，绝对是要钱不要命、一切听指挥的那种，你打着灯笼都难找啊……”

后面的“沈凯达”亦步亦趋地跟着，去哪儿、干什么他都没有问，也不关心是什么事。对他来说，只要能活下去，干什么还真无所谓。

两个人拦了辆出租车，消失在林立的立交和楼厦间，不知在城市的哪个角落又开始了犯罪的勾当……

“开饭了，开饭了。”

随着铁门铛铛一敲，门开，一室人鱼贯而出。食物的香味扑鼻而来，恍惚间斗十方还以为回到了看守所，只不过错位的是，现在他处在被看管的位置。

中午吃过一顿了，米饭烩菜，就那种一海碗米饭上面再扣一勺菜那种，神奇的是滋味还不错。可没想到晚饭还是烩菜，配的是馒头。斗十方走到灶前，盛上了半碗，学着别人的样子，用筷子叉了两个馒头，看看这房间里的桌子并不足以容纳所有人，他没敢坐，老老实实地靠墙蹲着，吧唧吧唧吃上了。

确实轮不到他坐。络腮胡老板、长脸和另一打手，包括这个团伙中的四个女人，隐隐像是团队的核心。他们来得迟，直接坐到了桌边，早有人端着饭送到了面前，还多给添了几碟小菜。他们且吃且聊，听一听都觉得开眼界。

一女问："费老板，怎么俩月了都没出海的？"

费老板解释了："菲律宾、缅甸、马来西亚好几个地方都出事了，一出事就给端窝，一飞机一飞机往回拉。风头上，上面的老板也不敢铺大摊啊。"

"那咱们这团队就耗着啊？"另一女问。

费老板说了："耗着呗，所以实践得改成实战啊，自力更生，艰苦创业。嗨，别说，兄弟们搞得不错啊……老王，周末拉车啤酒犒赏下大伙啊。"

团伙，噢不，团队有人应声，吃着的人齐刷刷地喊了声："谢谢费老板！"

不得不提一句这个奇葩团队。都不知道老板是怎么找到这么一个加强排的屌丝的，长相奇形怪状暂且不说，裤子破了个大口连秋裤都露在外头的、拇趾把胶鞋顶了个大洞露在外头的、头发脏成一绺一绺的，至于胡子，就长短不一、以各种形态拉碴在脸上。这让外人瞅见，绝对是支逃难的队伍。

又一女的说话打断了斗十方的思绪："老板啊，这儿可快两个月了。"

"嗯，这个我知道。"费老板使了个眼色，让她别说了。

别人可能不明白，斗十方心里跟明镜一样。核心人员肯定了解大形势，而大形势是全国性的扫黑除恶及打击跨国电信诈骗。在这个趋势下，安全自然要提到重中之重的位置，那么要安全，肯定得不断变换作案方式和作案地点了，一个地方肯定不能待得太久。

当专案组的保密案情资料变成活生生的真人和真事，那种怪怪的感觉既让斗十方兴奋，又让他多了几分担心。兴奋的是这消息恐怕哪一级警务单位都求之不得，担忧的是，这消息可怎么带出去啊？

"那个，小平头那个……手快，没问题。这个笨了点，得两三天入门……情绪没问题。"

似乎是在说新人，斗十方慢慢吃着，抬眼偷瞄，他和包神星的直接上司、那个脸上有雀斑的姑娘，正评价两个人。

费老板抹抹嘴角，又审视了几眼，出声道："嗨，你们两个，新来的。"

斗十方放下碗，站起来，躬身问："老板叫我？"

他起身时顺便踢了包神星一脚。包神星端着碗正吃着，被吓了一跳，一张口嘴里的菜喷了别人一头，被喷的拿筷子狠狠戳了他一下。包神星干脆呸了一下，一嘴全吐那人脸上、头上了。那人站起来要打，费老板警示着："行了行了，闹什么闹？"

那位压下火气，瞪了一眼，一抹头脸，居然还继续若无其事地吃。这个意外的插曲似乎让那雀斑妞对包神星多看了几眼，眼光里竟然多了分赞赏。

"忘了跟你们说了，这儿不能打架，想打架跟他俩打。"费老板示意了一下两个膀大腰圆的打手，威慑自不待言。包神星谄媚道："不会不会，老板放心，我正努力学习呢，都学会打字啦。"

"呵呵，那就好……跟你们俩提一嘴啊，这地儿是凭本事吃饭。招你们给了中间人两千块，一天伙食咋也得三五十块吧？你们俩把我这个开支给赚回来，再赚的钱咱们双方就开始分成了啊。就这屋里吃饭的兄弟们，你打听打听，别看个个像叫花子，哪个赚得都不少……小河北，上月你分了多少？"费老板说着，叫了一人的绰号。

角落里一个不起眼的小伙，看样子二十啷当岁，笑笑道："一万多块。"

"看看，月薪过万，赶上北上广白领的水平了。好好干，兄弟们，美好的生活在向你们招手。以后是开放型政策啊，谁要走，提前跟我说，到每个月结算完，我负责把他们送走，一拍两散就当不认识……现在问一句，这个月有人想走吗？”费老板不知道是真心还是假意，大声问道。

包神星和斗十方是肯定不敢吭声。余下的呢，可是起哄了，有的说了：“不走不走，打工哪能赚这么多？”有的说了：“哪个王八蛋才走呢。”还有的说了：“费老板，我不走啊，除非您撵我。”还有人补充：“撵我也不走。”

这一片忠心表得费老板一脸嘚瑟。不过斗十方看得出来，这绝对不是虚情假意。费老板肯定不想让人走是真的，这些人不想走也假不了，由此可见团队的凝聚力不是一般的好。

似乎是故意做给两位新人看的，费老板饶有兴趣地看看包神星和斗十方，出声道：“我知道你俩不放心，打个赌，干完一个月，撵你你都未必走啊……好，赶紧吃吧，菊儿，人交给你了，带上道。”

那个雀斑女应了声。

这个环境和看守所大抵类似，真实姓名属于被刻意忽略的细节，称呼多是绰号，而且是现取的，比如打饭的师傅叫“老王”，这是最文雅的一个，剩下“臭屁”“呼噜”“卷毛”“粪蛋”之类的称呼比比皆是。

大家就在这些相互恶心的称呼里吃完了晚饭。天色已黑，团队众人匆匆又回到工作间，还像白天那么忙碌着。包神星打字打得手都有点疼了，他上楼时悄悄挨近了斗十方道：“这是骗子‘风马燕雀’哪派啊，还加班？”

“这是个小门派，叫加班派。”斗十方开了个玩笑。

包神星苦着脸问：“咋办啊？好好当骗子怎么不行，学文化非憋死我。”

“安生点，跑得了吗？”斗十方示意着楼下。独幢院，周遭没有灯火，只有远处偶尔有过路车辆的灯光。想脱离这个环境需要搞定一扇铁门、两层铁栅，还有费老板虎视眈眈的两个打手，肯定很难，最起码目前来说是不可能实现的。

包神星“唉”了声，不想了，开始咒骂王雕这个缺德货出卖兄弟。

斗十方无语了，傻雕这一卖，卖得他都没脸回去了。反骗的栽在个骗子手里，那滋味真是一言难尽啊。

上楼，进工作间，第一件事是拉下不透光的窗帘。工作仍然在继续，不知道都在忙什么，忙得这么专心。包神星和斗十方刚坐下，那位负责的雀斑女就叫了："你……你……还有新来的，到培训室，快点。"

叫了四个人，包神星和斗十方在其中。四人离座，进了隔间的小屋，进去后情景又是一变，墙上居然像模像样地有块黑板，除了黑板，满墙贴着许多打印纸张。来不及细看，四人规规矩矩地蹲着，站在前面的雀斑女开讲了，她先扫视了一遍众人，另外两个来的时间早，对着她谄媚地一笑。

这俩穿着透趾胶鞋、蓬着一头乱发和胡茬的男子一笑的风情，绝对有让女人恶心、男人恶寒的效果，而且身上还散发着一股馊味，呛得包神星离他们远了点。

"先给你们起个名字，方便以后称呼……本名是什么自己记着就行了。你叫……大丫，你叫二丫……"雀斑妞点了前两个。那俩下意识地往回缩了缩露在外面的脚趾，有点不好意思。这丫，肯定是脚丫的丫。

"你……"雀斑女似乎对包神星稍有好感，想想道，"包子……你，斗斗。"

只是按姓氏随便起了个名，斗十方觍着脸未敢评论。包神星却是喜出望外，拍拍手道："好，我叫包子……好听，谢谢美女小姐姐。"

这赞得那雀斑女脸上闪过一丝羞色，她掩饰似的转身，"笃笃"敲敲黑板，写下了第一行字：一个男人如何扮演好一个女人的角色。

她回头说道："你们在这里要学会的只有一件事，如何变成一个女人。如何在心理、气质、语言以及感觉上，变成一个彻头彻尾的女人……"

语罢，包神星瞬间糊涂了，他被"变成女人"的话吓得一痉挛，直接惫懒地又滚地上了。他狠狠赌咒道："头可断、血可流，老二不能丢。死也不干！"

开场即笑场。斗十方瞬间明白这个诈骗的类型了，这是最简单的一种，但也是最难的一种，是所有杀猪盘成员必修的基本功。

简单的地方在于：就是靠聊天骗钱，没有门槛。

难的地方在于：要在不同性别、不同性格间自如转换。

一刹那，他的兴趣被提起来了，很好奇这位雀斑女能不能把这种简单的骗术讲出花来……

初窥门径，与尔同行

“有人说女人好骗，而在女人的眼里，男人更好骗。这两个观点其实都正确。那么都正确也就可以得出这样一个结论，人都好骗，骗人很容易。”

雀斑女开讲了，第一句斗十方就举手了，她顺势一点，道：“斗斗，有什么问题？”

“老师好，我的问题是，既然都好骗，那为什么让我们扮女人去骗男人，为什么不直接本色出演，去骗女人呢？”斗十方故意挑刺儿。

包神星没有自宫之虞后，已经恢复到正常状态了。他看看雀斑妹故意道：“一个男人怎么可以骗女孩子呢，真无耻。”

大丫二丫听得出包神星在拍马屁，偷偷地嗤笑。那位雀斑老师笑道：“问题很好。有句话是这样说的，‘男人喜欢上一个女人，总会给她一点；而女人喜欢上一个男人，会给他一切。’我们是做短平快生意的，骗太多回来还真消化不了。所以只要‘一点’，不要‘一切’，懂吗？”

“越不起眼越安全。”大丫出声了。

“对，还有一个解释是，要想触动女人的心，需要很多小事慢慢地积累，这需要精力和时间；而男人不同，只要精虫上脑或者心血来潮，只需要几秒钟就搞定了……懂了吗？”雀斑女笑着道。

四位听讲的男士糗着脸，不好意思说懂了。不过肯定是说对了，没人反驳。

“站起来，看你们左手向的墙面——不要看内容，看那些名字，微信名、QQ名、陌陌名，你们不需要面对面地去想方设法，其实只需要在虚拟世界来一次小小的邂逅，就把要办的事办喽。在说服他们转出电子钱包里的钱之前，你首先要了解，你面对的会是一个什么样的男人。”

雀斑女说着，顺手拿起了一根树枝削的棍当教鞭，指着墙上，道：

“比如‘不瘦十斤不换头像’‘不瘦十斤不改网名’，多半是个越减越肥的胖子，这种人好逗、好撩也好骗；这种名字前面带A的，通常是微商或者代购，这种人就算了，他们算咱们同行，甭指望能从他们身上骗到钱；这种公司名加自己的名字的，多数是销售、中介，或者保险公司的业务员，都是些人精，骗这种人的成功概率也不高；这两种，直接用真名，或者用比较有禅意的成语作网名，比如‘宁静致远’‘云淡风轻’等，通常是中老年大叔专用，可能还是混得不错的那种……你们要学会在一刹那做出最正确的判断。供料组每天会给我们海量的信息，我们添加好友，可能成功，也可能不成功，但如果成功地加为好友之后，那能否再进一步，就取决于你在那一瞬间的判断了。”

雀斑女仔细讲着判断方法：“比如用英文名加姓的，如Andy朱或者AndyLiu的，别紧张，大部分是水平不怎么样还想跩一下的小文员；比如用英文名加表情符号做网名的，如果是女的，就是个公主病患者，如果是男的，多数是个娘炮；比如用某某酱，像鱼酱、欧尼酱等，一般是长相令人着急的二次元，自拍只能靠Faceu补救的；再比如，×××备考中、×××加班中等，或者使劲发学习内容的，年纪小的就是班干部，年纪大的肯定还没当上干部，通常是最不出色的工作狂，让人极度反感的那种；又比如，名字是空白或者只有一个表情、数字、符号的，绝对重度装B犯，然而并没有人在意他。”

“那这个名字呢，王小小要努力力力力……”包神星挑出个另类，问雀斑女。

那女人一笑，没有被难住，解释道：“一长串的名字。比如这个，或者‘听说名字要很长才能×××××’，反正就是打到不能再长为止，通常名字越长，是傻×的概率越高，属于情绪型的那种人。你不会就是那种吧？”

“不、不、不是。”包神星糗着脸否认着。斗十方暗笑了，这个女骗子绝对是火眼金睛，八成早看出来包神星用过这种网名。

“熟悉一下，男人有五颗心，触动其中的任何一颗心，都可能达到我们的目的。”雀斑女背手而立，给四位新人解释着。

“五颗心？”斗十方一下子没明白。

“爱心、色心、羞耻心、同情心、虚荣心。比如名字很长的这种傻×，最容易被触动到的是哪颗心，知道吗？”雀斑女征询地看着斗十方。

“虚荣心。”二丫抢答了。这货一说话就扑面而来一股口臭，刺激得雀斑女满脸厌恶。

“是羞耻心。”包神星悠悠地道，“越努力去活，就活得越㞞，像我们一样。”

斗十方吃惊地斜觑包神星，看来每个人都有聪明的时候，谁也不是一味地傻。那位雀斑女似有触动，笑了，看了包神星良久才说了句：“正确，已经㞞到底了，就不会更㞞了。当你开始反弹的时候，该蒙羞的就是别人了。”包神星慢慢侧头，和雀斑女凝视的目光相触，目光碰撞中，似乎有某种火花迸出。斗十方在心里暗笑着，这个饥渴的妞也有颗心蠢蠢欲动了……

“嘀……嘀……”的提示音响起，网络连接成功，接入长安天网的微机一下子活了。随着陆虎鼠标的点击，广场、银行、车站、主干道的车来人往，一下子被拉到了屏幕里，寻址的方框在这一时间嵌入了监控画面。向小园看看时间，正好二十一点。

“围绕面馆主干道我设了四个点。”陆虎道。

向小园问：“查一下高峰中介。”

“正在查。”陆虎道。

今天的收获拿在手里。一行人围着裤带面馆绕了几个小时，验证数次之后，最终确定面馆隔壁的“高峰中介”疑点很大，王雕在无意间说的是实话。这里有后门直通，如果王雕在上个厕所的时间完成联系，并拿到一部手机，这里最有可能，否则应该会被零号发现。更关键的是，这个中介公司的注册法人叫费才立，有诈骗前科，曾因合同诈骗被判处两年缓刑，就正常经验判断，骗子和骗子有关联属于合理范畴。

“有了……费才立，43岁，20××年被判处两年缓刑，名下注册两家中介公司，九辆车？”陆虎讶异了。

娜日丽纳闷了：“九辆车，这么土豪？”

“哎哟，中介。收车顺便上到自己的名下，很正常。”钱加多开口了，弱弱地补充了句解释。

要论社会经验，钱加多可也不差，这个解释被向小园接受了，给钱加多来了个嘉许的眼神。她回头提醒道：“有没有可能查到，王雕和零号离开的时间、那辆车的去向，他不可能躲过所有的监控。”

“正在查……六村堡到河堤路、横桥路……横桥方向有一个公安检查站……等等……”陆虎寻着址，拖着时间轴。拖过了，看到了程一丁开的车，然后又往回返，一帧一帧把那辆加长面包车拖到了摄像头正对的方向，截下了模糊的画面，然后一点一点过滤。他嘴里喃喃道：“这是江湖人办事，应该没有刻意掩饰……半个脸，半个脸就够了……OK，有了，就是他。”

余众全聚到了屏幕前，案底资料上的照片和截屏照片比对，嘀嘀嘀的告警音响。这位费老板可能确实也没当回事，除了额头，整个脸都露着，一脸的络腮胡子，和他当年被刑事拘留时的胡子居然还高度一致。

“居然连车牌都是真的，不过不在费才立名下，应该是收购车后双方达成协议，在办过户手续之前，还要有一段时间……他肯定是顺便开了辆车去拉王雕他们了。”陆虎道。

“有了目标就好……另一个人是谁，看能不能在数据库里找到匹配的。”向小园问。

陆虎又开始忙碌了，叫着钱加多去拿打印出来的东西。钱加多等着打印的东西出来，殷勤地递到了向小园手里，向小园放在面前，心情复杂地盯着桌面上这个络腮胡子的体貌肖像，半晌无语。

“能追着人不？”钱加多小心翼翼地问娜日丽。

娜日丽道：“如果不走乡道、村道、二级路，就有可能追到。”

这下钱加多蔫了，那是不可能的。基本的反侦查措施谁都懂，只要出了市区，这帮人肯定会绕路走。一绕就瞎了，自己人还落在他们手里，怎么办都是投鼠忌器。

“不可能追到。”程一丁道，“如果是个隐蔽的窝点，那他们肯定就要用反侦查手段了。只要在我们视线之外换一次车，追踪就失效了。”

“顺着藤能摸瓜，那顺着这只瓜，摸回藤去不难吧？”娜日丽道。都知道目标了，她不明白向小园和程一丁脸上的难色为什么更凝重了。

程一丁笑了笑，眼神示意了下沉思的向小园。娜日丽皱着眉头，程一丁做了个噤声的手势，生怕打扰到向小园的思考似的。

娜日丽明白了，可能又一次到选择的十字路口了，是抽刀断流还是顺水推舟都不好选择。摁了费才立肯定能找到人，说不定还能捣毁个窝点。但零号的作用也止步于此，仅限于能摁这么个嫌疑人而已。

“你们觉得这个费才立……我是说，会有多大价值？”向小园组织着语言问，听得出她有点凌乱。

“一般参与总跑不了。”娜日丽道。程一丁补充：“可能也仅限一般参与。”

“等等……可能不止一般参与，我说件可能你们不相信的事，我居然能找到他和我们中州‘6·12跨国电信诈骗案’的关联。”陆虎道，把电脑屏幕推向了众人。

密密麻麻的关联线，自上而下有六层，源自查到的一张用于购买出国机票的银行卡，这张卡属于一个未涉案的普通人，已经作废，但银行的数据留存着。协调的信息显示此人是出售的空卡，该卡除了购买机票还使用过两次，一次是接收款项，来源公司已不可考；另一次是通过网络支付购买过汽车配件，收货地址就是长安市六村堡，恰是面馆附近。肯定是假名字假电话，但货收了肯定假不了，而那一带的环境，在座的人都知道，除了这家经营二手车的，还真没有需要汽车电路总成的商户。

“有意思了。”向小园翻查着这其中若即若离的关联，捋着思路道，“可能是机票打折，钱没花完，他就顺便用这个钱购买了点配件……不是自己名字办的卡，也没有用自己的名字收货，收货的电话卡完全可以用完即扔，即便查到这儿警察也无计可施，没有证据……呵呵，看来是个狡猾的老骗子啊。”

“‘6·12跨国电信诈骗案’里，国内的策应团伙一直没有下文，不会根是在这儿吧？可是案卷里显示，话本似乎来自中州啊？”娜日丽问。

“中州距长安不过两个小时高铁行程，两地的经济往来非常密切，就隔了一座山。货到付款诈骗案涉案人员出逃的方向都是这儿，这应该不是单纯的巧合了……资料汇总一下，回头给俞骏主任发一份。”向小园安排道，陆虎应了声，继续顺着发现往大处刨。向小园思忖良久，再看众人时，众人也正痴痴地看着她，她尴尬地道了句：“你们的心事，也是我的心事。干脆咱们敞开来说吧，两条路。一条路是，就凭现在的证据抓住费才立没问题，找到咱们的人也没问题；另一条路是，以费才立为中心，可能找到更多的人……可能籍贯就在长安的黄飞、可能出逃的杜其安以及那个姓胡的女嫌疑人，都在费才立的联系人里。”

当然后者是最佳的选择。唯一的问题是，如果选择后者，那就得选择对零号暂不采取援救行动了。

“这个……心理上有点接受不了。再一个问题是，他不会有什么危险吧？”娜日丽不确定地问道，目光朝的是钱加多的方向。钱加多明白了这层意思，他倒不怎么担心，想想道：“我觉得问题不大。”

“理由呢？”向小园问。

“他上学的时候，被人骗进过传销团伙里一回，你们不知道吧？”钱加多爆着料。

程一丁眼一直，愕然地问：“还有这事？”

向小园好奇道：“然后呢？”

“有什么然后啊，他实在拿不出钱来，还老勾搭传销团伙的女成员，后来传销团伙赔钱给他路费，求着他走的，他回来时还养胖了好几斤。”钱加多道，惹得几人面面相觑。然后陆虎和娜日丽憋不住，“扑哧”一声大笑了。钱加多生怕别人不信似的补充着：“真的，他给你讲‘今天睡地板，明天当老板，搏一搏，单车变摩托’，溜着呢……这诈骗团伙能让他干什么？你们觉得当骗子对他来说有难度？”

“那倒是啊，就是……”陆虎笑笑，下文没说。

向小园接着说了：“我相信这点他应该有谱。真干什么大活也轮不到他这种新人吧？老程，你的意思呢？不要推诿，实事求是地说。”

“向组长，您想过没有？如果我们做最正确的选择，那对他来说可就是最差的一种了。人性是经不起考验的，孤身在犯罪团伙会发生什么事，除了他自己谁也无法想象……而且关键是，将来即便他毫发无伤地走出来，能理解我们今天做出的决定吗？”程一丁比较老成，把几个担忧全部说到了。

向小园思忖片刻，看着众人严肃的表情，她正色问：“假如是你，你会做什么选择？”

“我们只有一种选择，正确的选择。因为，我们是警察，哪怕再无法理解的任务，我们也得选择接受。”程一丁淡淡地道。

“既然扛着职责，就连谴责也一起扛吧，准备一下，开工。”

向小园决定了。说完像是很不舒服一样起了身，在楼外来回踱步，时不时地唉声叹气，她想起了自己刚入职反诈骗中心时和俞主任的一次讨论：“你凝视着深渊时，深渊也在凝视着你。思考诈骗这个问题的过程，将无可避免地改变思考者本身，可能也就是改变问题本身。所以思考者最终获得的答案，一定不是最初想要的答案。继续往下推论，‘骗人和被人骗’会变成一个没有结果的循环，无限制地怀疑、实践，就有了下一句叫‘与魔鬼搏斗的时候要谨防自己也变成魔鬼’。”

现在似乎就是如此。她都不知道自己什么时候心变得冷了、变得狠了，几乎没有太多的犹豫，就做出了这样让她可能永远难以心安的决定……

彼之毒药，我之甘饴。雀斑妹子有关坑蒙拐骗的授课，听得斗十方对诈骗的兴趣高涨，又精进了一个层面。咋说呢，别的事是高手在民间，这事得说高手在实践，人家这种天天实践的，真不是一般人能比得上的。

雀斑妹当场玩了个骗局，群发钓鱼信息：我有个软件，给别人发红包，别人只要点了红包，不但收不到钱，反而会把微信的钱自动转给我。这个软件我现在卖600元，想要的联系。

乍一听，这骗得也太白痴了，肯定没人信。就像大家常说的“没图没真相”，这不是问题啊，马上给你做出图来。于是把准备好的聊天记录截屏当证据给那些咨询的人看。证据当然是假的，但做得惟妙惟肖，截图有、录制视频有、客户见证有，你只要想验证，如你所愿，怎么着都行。

当然，大部分有基本常识的人是骗不住的。雀斑老师说了："智商欠费是一方面；另一方面，想赚快钱、焦虑、懒、没有道德感是现代一些年轻人的通病……不要认为这个很难，假设成功的概率只有百分之零点五到百分之一，你每天发给几百人，总有那么几个会上当……事实上傻子比骗子要多得多，骗子根本不够用。第一组用这法子每天都能骗十几个人，高峰的时候，他们一天能骗到一万多块钱。"

这成果听得斗十方直吸凉气，几个新人小伙伴都惊呆了。

第二个再玩一种抽奖，交五十中了一百面额的手机游戏缴费卡，等傻子拿着得到的卡号和密码去官网充值，哟，充不了，出故障了。回来投诉，客服再给你一个退款通道，服务好着呢，不但给你退款还给你补偿，等你占了小便宜兴奋劲儿一上头，按流程输入支付密码……哎呀妈呀，又被骗了一百多。

这时候，斗十方发现团队居然有后台技术支持，小程序做得像模像样的，网址就比运营商的官网多了一个不起眼的字母。

如果这种技术含量稍高的还有门槛，那就来个更简单的。雀斑老师双手各一部手机，单手操作运指如飞，能在一分钟里至少给十个人发问候信息，而且不耽误她言传身教，这怎么玩呢？

有色心的，就跟他聊点暧昧的、小黄的话题，偶尔发张露个肩、露个腹、千万别露点的照片，资源库里多着呢，随便找。当然不能白发，你给妹妹个红包才能给你看……虚荣心重的，你就使劲表扬他、吹捧他，妹妹这么崇拜你，瞅机会要个红包你总不好意思不给吧；有同情心呀，你就得扮离家出走的小姑娘、父母双亡跟着爷爷奶奶的小女孩之类的，要个文具钱还是没问题的；至于对付那种自恋及傻×货，你得用更二的手法激将他们。

整套手法在说话间已经完成了，雀斑妹亮出一部手机，只有短短的几句对话。

通过朋友验证，雀斑妹只是发了个奇怪的表情，一个名字叫"自在真情在人心"的网友，好像把她错认为是车站遇到的美女了，连问她是不是。

雀斑妹："不告诉你，就不告诉你。"

网友："肯定是，我猜得没错。"（几个坏笑的表情）

雀斑妹："男人为什么都这样，好无聊哦。总不能遇到个美女就期待要和人家发生点什么吧？"

网友："咱不是那样的人。"

雀斑妹："就是，就是，你就是。"

网友："我就是你还加我？"（好奇）

雀斑妹："你看着顺眼呗。"

网友："我猜对了吧，就是车站旁边那位。"

雀斑妹："（坏笑）不告诉你，除非你发个红包。"

网友："你不是骗我红包吧？"

雀斑妹："发一个，让我骗你一次……今天我要连你的心都骗走……"

叮咚，红包果真来了。

四个学员看得大眼瞪小眼。一眨眼，雀斑妹又给另一位发了张KTV里一群妹子围坐的照片，又换来一个66元红包，发红包的网名叫"女生宿舍楼下卖黄瓜致富的神秘男人"，果真是名字长度和傻×程度成正比，他居然被撩得想和雀斑妹视频。雀斑妹左撩右撩，那货又给发了两个红包，1元和131.4元，再视频时，直接被雀斑妹拉黑了。

两分钟进账两百多块。雀斑妹收起手机，看着四位傻眼的学员，她笑道："你们要突破自己的心理障碍，把自己想象成萌萌哒小萝莉，奶声奶气地和人家说话；或者把自己想象成骚浪贱的女人，勾引一个男人时嗲声嗲气地说话；可以哀求、可以撩骚、可以发火、可以娇嗔、可以逗弄……一句话，在骗别人的时候，你先要骗倒自己。像催眠了自己一样，无所谓身处的环境，无所谓自己的性别和相貌，你想成为什么样的女人，你就是什么样的女人。懂了吗？"

懂了，四人凛然受教，可似乎又不太懂。他们面面相觑，心理上和生理上背道而驰，那似乎也太难了点吧。

"自己看吧，右手边的墙上都是经典的撩骚对话，找找感觉，这么简单的致富途径你们要是还上不了道，那就安心当屌丝吧……开始吧，晚上十一点睡觉，早上六点起床。明天正式开工，每天都有金额要求啊，达不到最低标准，后果会很严重哦…… 帅哥，看好你啊。”

雀斑妹结束了一个多小时的授课，拍拍包神星的肩膀，径自出去了。被关在一室内的几位愣了片刻，都下意识地站到了墙边，观摩学习着这些打印的截屏对话，不同的口吻、不同的语气、不同的表达，但有一个共同的目的…… 每次对话的末尾，都有一个红包。

“这好像也不难啊。”二丫发声道。

“而且很好玩。”大丫道。这个猥琐男咬着手指，那对未来浮想联翩的表情一出来，整个人的精神面貌大变，显得更猥琐了。

“瞧人家多专业，还整个毛‘风马燕雀’，神神道道不顶个屁用……眼看着要脱贫致富，走上人生巅峰啊，我得好好学学。”包神星兴趣上来了，趴在墙上认真地学习。

斗十方扫过一遍，平静的表情掩盖着心里的震惊。他判断得出，这有一个后台在支撑，不断提供非法客户资源以方便诈骗。而眼前所见，这个简单的方式已经被演绎成专业化、团队化、集中化的流程操作，而且可以想象到的是，背后肯定还有转账、洗钱的操作。

只可惜难识庐山真面目，身处其中的他只能目睹庞大冰山的一角。他觉得自己可能要成为史上最悲催和尴尬的化装侦查员，如果在这个骗子窝里待下去，不可能不逢场作戏，可假戏真做之后呢，将来还能说得清吗……

虎落平川，龙搁浅滩

每个城市的夜生活都大同小异，不是灯红酒绿莺莺燕燕的脂粉之所，就是蒸炒煎炸琳琅满目的美食之地。这两种地方长安都有，而且很有名，比如，东郊大唐芙蓉园。

晚7时左右，一辆商务车在保安的指挥下，好不容易塞进了逼仄的车位，从副驾下车的是络腮胡子费才立。他西装革履，腋下夹着个包。他随手抽出几张钞票给了司机，摆手让司机自己寻个地儿吃饭，有事再叫他。司机就是那位马脸，千恩万谢地走了。

迎着旗袍迎宾妹子尊崇的笑容、踏着轻快的步子，费才立快步进了电梯。五层到站，一报房间号，他被领进了一个金碧辉煌、宛如皇宫装饰的房间，在座的赫然是黄飞和王雕。两个人起身让了个座，费才立瞅瞅这地儿，看看黄飞和王雕小人得志的脸，很忌妒地用手指点着道：“这是暴发户的派头、土豪的风格啊。在哪儿发财了，也不拉兄弟一把？”

“没有没有，就捡了点小钱，今天不是我请客，是傻雕兄弟替牛老板做东。”黄飞一拍旁边傻雕的肩膀道，“傻雕，我他妈真不知道你是个天才还是个傻屌，牛老板那儿的生意，十个里头有八个不敢接，出事概率百分之百……哎，我去，你一个顶十个人给他干。”

“什么，牛老板的生意？”费才立愣了下，然后表情黯淡了，那生意他居然一点都不眼红，他只是随口说了句，“傻雕，找钱可以，别去找死啊。”

“死道友不死贫道啊，怕什么？还是飞哥给的人好。那小子一见钱眼就红了，红得都不要命了。”傻雕道，端着茶水敬着说，“这得谢谢飞哥和牛老板，给了我两棵摇钱树呢。”

“我真后悔，怎么没想到能这么干。”黄飞有点懊丧，似乎是那位“沈总”让他错失了一个很好的发财机会，不过他也算大气，啜了口茶水道，“操点心啊，差不多就行，那快钱得拿了就走。”

“放心吧，我有谱，明儿把这货换个点关起来，谁也找不着……哎，对了，老费，我给你那俩干得咋样？”王雕突然想起他“卖”的两位，一转眼都快一周了，现在手里有钱了，都有点想念那俩苦哈哈的兄弟了。

费才立道：“有一个还行，有一个实在是上不了道。”

“就知道那憨炮不长进，多揍几回呀。”王雕道。

费才立说着：“揍了，还饿了几回，脑子不开窍啊。”

“不至于差到那种水平，你那儿骗红包的那套玩意儿，猪都能学会了。”黄飞道。

费才立愕然地说：“我也觉得，是头猪过咱们这一回，怎么也得学会骗其他猪吧？他就是不会，能气死你。打字也没问题，问啥都懂，操作也很上心，邪了，就是业绩为零。”

“算了算了，憨炮那是真蠢，别看他长得细皮嫩肉像个人样，蠢起来真能气死你。”黄飞摆着手，要终止这个话题。却不料听到这儿费才立明白说岔了，纠正道：“你说的是那长头发的、一直说和傻雕在苦窑里的兄弟？”

“对呀，就是他。”傻雕愣了下，没明白。

“不对。”费才立一拍大腿纠正了，“那小子上路。别看小学没毕业，打字也不利索，嗨，那小嘴甜的，就学了一天，第二天上工就骗了十几个红包，这两天都快赶上个熟练工了……我说的是另一个，就那个看着也老实，说啥他都应承，小平头那个。”

啊？！黄飞震惊了，没想到包神星居然发光散热成新星了。而王雕是惊讶于斗十方那水平，怎么可能比包神星都差，他喃喃道：“岔了岔了。”

“没错，小伙子不姓包吗，那个不上道的姓斗。”费才立道。

“这个没岔，我是说……斗十方不可能那么差啊，说起话来一溜一溜的。”王雕奇怪地问，麻雀变凤凰好接受，凤凰堕落成麻雀，就不好理解了。

“那他肯定是不适合干这个。就比如我从中州带回来那块料，哎哟，简直他妈一无是处，嗨，傻雕往老牛那儿一送，我去，成摇钱树了。”黄飞小声道。

费才立好奇道：“车手的危险性可太大，一抓着得全卖了。”

“呵呵，招人还得老派江湖人，这点啊，傻雕不比安叔差。”黄飞侧头，小声地给费才立说了几句这其中的关窍。傻雕招的是穷到绝望、连身份都没有的人，那类人怕是连杀人放火的事都干得出来，干点车手的活儿，那太小儿科了。

“好吧，你这我学不来。”费才立道。

“但你们手里的废材可以给我啊。”黄飞道。

咦？费才立一看黄飞和王雕两个人的表情，立时明白了，不悦地道：“我说二位，咱们商量好的事早几个月就该办了，一直拖着没办法。我们自己都开始实战了，这就又想挖我墙脚。”

“呵呵，一起办呗。要出海喽，准备收钱吧，你以为这么高规格的饭店是请你呀？”黄飞道。

费才立一下子惊喜了，忙不迭地谢着，再有要求都一口答应。热聊未久，来了一个风姿绰约的女人。她一进门，黄飞赶紧上前相迎，费才立给人家搭外套，王雕伺候着茶水。她坐在主位，其他不管什么来路的人，都被她当下人使唤……

“看不清啊。”

“调成远距成像模式。”

“调了。是个背影，头发又长。”

“我看看。”

娜日丽凑了上来，她的视线里，从两公里外的楼顶看到窗户上那位女客的背影。连续一周在追踪费才立，结果这家伙根本没有回过中介所。意外的是，天网逮着了黄飞的踪迹，接着又锁定了王雕，跟着蛇鼠一窝的，费才立自己出现了，这架势估计是骗子开会，肯定没啥好事。谁料到又突兀地出现了一个美女，看样子，是会议主持的级别。

看了半天，娜日丽道：“哎哟，这能急死个人啊。”

只见其人，未闻其声。外界怎么可能知道会议的内容呢？

眼睛又凑到观测镜上的程一丁有新发现了，惊讶道：“哟，哟……向组出现了，她……”

“怎么了？”娜日丽好奇地问。话音落时，程一丁笑了，把位置让给了娜日丽。娜日丽一看，出事故了。向组长驾着从中州开来的那辆车，撞到了一辆红色的奔驰车上，保安正在拦着她理论。

“我觉得呀，这是受到了钱加多的启发。”程一丁笑道。

“说不定就是多多提的建议，要不是和王雕照过面，他得亲自上，呵呵。”娜日丽道。他们已经看到了那个女人离座，很快看到了女人带着黄飞、傻雕一行人下楼，围着向小园理论，估计向组长得负此次剐蹭事故的“全责”了。

不为人知的是，街远处一辆通信车里，闷在车厢里的陆虎的电脑上，已经显示出了这个女人的肖像。因为“交通事故”，还留下了电话，紧跟着，电话号码关联的身份信息唰唰地在屏幕上显示，本来美女就把钱加多和陆虎看得有点发呆了，等信息出来，整个又上升了个层次，成目瞪口呆了。

她叫沈曼佳，居然是外籍，新加坡籍华人。

“哟嗬，国外来的骗子，这好玩啦。”

良久，钱加多兴奋地道。他没注意到，陆虎的眉头皱得更紧了。陆虎目光注意的角度是另一屏，处理完事故，驾车走开的向小园，似乎多了个尾巴，等进一步确认，他急急地拿起步话机喊着：“向组注意，你身后有尾巴。”

“啊？！这种情况怎么处理？”向小园问。

“直接走……放慢速度，往我的方向来。”程一丁在麦里道。

他和娜日丽且说且跑，迅速下楼，几处明暗交错，要对上火了……

此时，斗十方正蹲在诈骗团伙的学习隔离房间里，已经没有一点火气了。

在这里没有吃闲饭的人。业绩落后，每天会被罚站、罚做俯卧撑，而斗十方属于那种业绩极差、死活骗不回一个红包来的，这种惩罚就相对轻了，除了罚站和罚做俯卧撑，只多了一项，挨饿。一天只能吃一顿，还是剩饭，而且要加班学习，三天过去，斗十方身上就多了层逃难的气质，头发乱了、胡茬长了，表情怎么看怎么憔悴，走路晃晃悠悠的，就差吹过一阵风来，一头栽倒了。

“耶！又来一个。”

外间的包神星夸张地做了个握拳的动作，大丫赶紧凑上去瞧。88元的大包，看得他差点就流口水了，觍着脸道：“包哥，教教我。”

“很简单嘛，聊天记录就在这儿，自己看。”包神星得意地道。

“不难啊……美女这是下班了吗？哦……有空吗？……你有事吗……想约你？……约人家干吗？……能干吗呀？……好吧，发个红包给我，让我考虑一下，当你请我喝咖啡了……”大丫念着这简单的对话，一下子没明白其中的玄机。

包神星解释着：“我前天就钓上了，我故意什么都没跟他说，只说我住在那一片，工作一般，单身租房，空虚寂寞……头像就是照片，他能看到啊。”

“那什么意思？”大丫问。

“啧啧啧……你咋这么蠢呢，凡这种女人都是可靠的目标。这个得有经验，比如你包哥我，当年就在夜总会混过，从头牌到公主，我接触的没有一千也有八百，撩男人这个套路太简单了，曾经那里面有姐们儿撩得客人给她们买房了，要个红包也太简单了，等着看啊。”包神星已经跃居骗师地位了，他在电脑上输着字：“对我这么好干什么？”

包神星边发边扭着身体，仿佛整个人荡漾在幸福中，仿佛自己真成了个女人，连大丫都觉得恶寒了，可没想到对方的回复是：当然对你好了，这算什么，别说八十八，就八百八、八千八也不在话下。

包神星赶紧顺手打着：“那发188元吧，我给你点好加啡，在靠窗的位置等你哦……位置是这儿。”

假位置、假照片随便传过去了，大丫却是发现不对了，赶紧提醒着：“包哥，咖啡你打成加啡了。”

包神星无所谓地道：“精虫上脑的男人，男女都分不出来，他能认出个错字来？”

话音刚落，红包过来了，这时候连收红包的雀斑妞也笑出声来了，她在手机架旁远远地给包神星竖了个大拇指。这里的分工很明确，电脑同时登录数个微信，打字聊天的、收红包的、转账的都各司其职。四个女人属于领队，相互间都在竞争业绩，冉冉升起的包神星这颗新星，都让其他组有点忌妒了。

业绩越好，主管的脸色自然越好，雀斑妹倒了一杯水，给包神星放在电脑台前，提醒他道：“羊毛别只对着一只羊薅。”

“我在什么地方我自己都不知道，他们能找着我？”包神星不屑，问雀斑妹，“这是怎么做到的？这男的一直以为我在南京路。”

“技术，随便换呗。实在是因为月亮上没人，要不显示在月球都没问题。”雀斑妞笑道。

“那多好，有首歌不是那样，月亮代表我的心。”包神星道。

“你居然把你的心比喻成月亮，合适吗？”雀斑妞愣了下，没回过神来。她是被包神星手舞足蹈的样子给扰乱思维了。包神星贼兮兮地瞧着雀斑妞，补充着："合适。初一的月亮，全是黑的。"

哄堂大笑。自打包神星进入状态，他像开挂一样引领着全场的情绪，大家经常会被他的疯话逗得笑得合不拢嘴，连工作效率也捎带着提高了。说话间，又有红包源源不断而来，那四位女"高管"忙着在手机上点着接收、接收……

斗十方从门缝里往外瞄。那一百多部手机是插着电源线运作的，随着女骗子的纤指轻点，一个一个的红包被接收。一串串数字那可都是真金白银啊，从一个陌生的地方到另一个陌生的地方，从一个IP飞进不知道在哪儿的另一个IP，这个看不见的犯罪网络，轻松地收割着虚拟世界数字化的财富，一刻也不停歇。

怎么办？怎么办？

跟着狐狸钻进狼窝了，最初的设想全被打乱了，没有计划、没有后援、无法脱身……斗十方为难地向后墙撞撞脑袋，懵乎乎地清醒不了，拖延怠工肯定装不了太久，可全身心投入诈骗事业他又做不到。他没想到，自己在警察群体里是个另类，掉进犯罪团伙窝里，也是个另类，这是没办法的选择，总不能真当个骗子给团伙贡献力量吧？这里每个人每天的定量是一千块保底，骗不到这个数的，都属于不合格的"料"，他正想象着，这群骗子会怎么处理不合格的"料"。

揍一顿撵走？应该没那么轻松。

出于保密需求，这里应该没有"离职"这一说。

可真要蠢到一毛钱也骗不回来，团伙总不至于杀人灭口吧？看他们的操作方式，就是化整为零，这肯定是出于畏惧刑责，逃避打击的心理，肯定也不会涉足重罪。

那会是什么方式呢？斗十方想不出来，熬了几天，差不多该到极限了吧？

"嗵"一声，门开了，是一个打手踢开的。他站在门口，以一种同情的目光看着斗十方，半晌开口道："起来吧。"

斗十方手撑着地，慢慢站起来，有点想晕的样子。那人无语道："邪了啊，猪都能学会，你学不会，就没见过这么蠢的，怎么可能一个也弄不回来啊？就瞎猫逮死耗子也能撞上一个啊。”

“我运气一向很衰，真的。”斗十方弱弱地道。

这个解释不够。那男子撇着嘴道：“骗个红包还要什么运气？我他妈都学会了，没事干手机上戳戳一天都能整几十块的。”

“我也奇怪啊。您看我很努力啊，为什么就和红包无缘呢？大哥我饿了，给点吃的呗。”斗十方惨兮兮地道。

“跟我来。”男子前面走着，斗十方慢步跟着。在一室骗红包的人面前，迎接他的都是同情的目光。斗十方羞于见人似的掩着半张脸，跟着那男子出了铁门。

人是铁，饭是钢，饿过三顿心慌慌。那男子回头瞅了一眼已经萎靡不振的斗十方，除了厌恶和可怜，就剩下呵斥和打骂了。这类人他不是没见过，一般不上道的，揍一顿就能解决，再不济饿两顿，然后别说当骗子，当婊子都行。嗨，这位就奇怪了，连揍带饿一周了，愣是上不了道。

下楼的工夫，那男子回头又是怒其不争地甩了一巴掌，骂道：“妈的，还得伺候你。老板可说了啊，实在不行明儿把你送砖窑里，总之买你那一千块还有饭钱不能白掏喽。”

“大哥，要不我当大师傅吧，我做过饭。”斗十方退而求其次。

啪唧！回答他的又是巴掌。这个请求明显私心太重，那男的骂道：“饿得撑不住就好好干，干大师傅，想偷吃了是吧，可把你想得美的，快点。”

“哦。”斗十方跟着，下了二楼厨房。那男子看着他，灶台上的半碗冷米饭和剩菜扣在一块儿，示意着他吃，这是今天仅有的伙食了，斗十方端起来狼吞虎咽地吃着，耳朵不时地耸耸，像在听什么，眼珠子不时地瞟瞟，像在看什么。

对了，今天络腮胡和马脸不在，就这一个家伙，机会来了……

这个时间点，娜日丽和程一丁快步从楼里冲出来，恰好看到了停在红灯处的向小园，跟踪她的车距离她五六个车位，在两车后缓缓停下了。娜日丽向程一丁一使眼色，她快步跑向这辆车，直接笃笃一敲驾驶位置的车窗，男司机好奇地摇下窗玻璃，可不料模样尚可的微笑妹子瞬间变成母夜叉了，一伸手就卡脖子，另一手一扳车门，那头程一丁趁机上车，扭了车钥匙，顺手一按他的安全带，这头的娜日丽再顺手把他拽出了驾驶室。程一丁弓着腰从副驾坐到了驾驶的位置，等车重新启动，那跟踪的男子已经被摁在车后座上了。

不愧是刑警出身的，这兔起鹘落的利索动作看得向小园都有点羡慕了。绿灯亮起，启车即走，走出两公里泊停到路边，向小园开门下车，听着耳麦里的汇报，急急奔向后车，愕然问："确定吗？"

"可能……确定。"程一丁尴尬道。向小园弯腰看后座，那个被摁住铐上的跟踪男，正诧异地看着她，火冒三丈地怒道："放开，我是警察。你们哪个队的？"

"你是哪个队的？跟踪我干什么？"向小园不信地问。

"反了吧，该我审你们吧。"那男子不屑道。此时听到了警报的声音，两辆警车尾随而来，横亘一停，哗啦啦蹿下来一批警察，直接荷枪实弹地把向小园一行围在中央了。

岔了，岔了，全岔了……

长安经侦某队指挥后台，一位领队在气急败坏地摔电话。

当地经侦总队的紧急联络电话响个不停，自中州省厅来的协调十万火急要求放人。

屋漏偏逢连阴雨，偏偏处在被监控位置的沈曼佳一行似乎有所察觉，匆匆离席，把布控在酒店内的便衣给搞了个措手不及，指挥部不得已只能下令放弃。

可能最纳闷的是钱加多和陆虎了。他们眼见着中州这一小组，是被两辆警车给带回来的，而且被隔离看管在总队部，刚进来还没明白怎么回事，跟着乌泱乌泱来了一大群警车，都奔队部去了，仿佛中州同行是什么重大嫌疑人一样。两个人尝试着联系，还没下文，连他们俩也被临时看管起来了……

第二章

忍辱负重再入虎穴

逃出生天，不啻天裂

这个灯光昏暗、喝口水都有泔水味的冲鼻地方斗十方太熟悉了。他边吃边谋划着怎么干，等着碗快见底，他在心里演绎过无数次，终于找到防守最薄弱的机会了。

他放下碗，顺手伸进了调料盒子，手抓了一把黏糊糊的东西，对着没注意到的打手男道："大哥，我吃完了。"

"走，继续面壁，咋，还想回去睡觉啊？"那男子恶言恶语道。看着畏畏缩缩走向他的斗十方，照例顺手抬起来要扇一巴掌，可不料斗十方猝然发难，手快如闪电地摸向他的脸。他顺势后仰，可不料那手不是去打他，而是伸向他面部，扔了什么东西，哎呀……一瞬间眼不见物，刹那间传来火辣辣的疼痛。

啊？！第二下才是真动手，斗十方顺腿一蹬，直接蹬上了那货的裆部。那男子撞上了门框又反弹了回来，正好被斗十方揪住，脚一绊，"咕咚"一声栽倒，栽倒时，"啊"音才落。

面口袋顺手一扣脑袋，腰上、腿弯上各跺一脚，看守出身的斗十方最懂哪儿是疼处，那人疼得喊都喊不出来。斗十方从容地掏了他腰上的钥匙，抽出裤带绑了他的两手，这才疾步退出，开了一楼的门，奔向大门，从容地再开一道门，开门刹那，空气也是自由和清新的。他精神为之一振，回头瞄了眼，楼上才发现动静。他锁了门，一扔钥匙，拔腿就跑，迅速消失在漆黑的夜色里。

头回遇到这事，那几个女骗子都傻眼了，叫着那些“学员”，解腰带、打水冲脑袋。一脸面粉、豆瓣酱的男子，连洗带吐半天，一口气才喘上来，急得喊：

“快……快给老板打电话，人跑了，这可坏事啦。”

人跑了意味着什么谁都知道，刚刚学会的致富游戏可就要OVER了，可能出国留洋的梦想就成泡影了。老板的电话一打通，命令来了：“无论如何要把人抓回来，抓不回，这个点儿就废了。”

又是一阵慌乱，打手男挑了一拨入伙时间长、靠得住的学员，砸开门开始连夜追人了……

“哎哟，卧槽，傻雕你他妈害死我了。这孙子蔫不啦唧的样子，居然把大军给放翻了。”费才立放下电话，心揪起来了，这窝点要是漏了风，那最轻的后果也是集体搬迁，且不说地方不好找，要是真耽搁一段时间，那得少赚多少钱哪，更何况还有十几个技术熟练的人，那也是钱哪。

黄飞却是埋怨着：“我说老费，你好歹也沉住气啊，一听漏风了，沈总都吓跑了，好不容易约着人家，拿不到钱你别怨我们啊。”

“我这不急的吗？！”费才立懊悔道。

刚才接电话听说人跑了，他急得当场开始安排了，那个本就是来洽淡“买人头”的沈女士一听有漏风之虞，一言未发就离座而去了。

这一行就是如此，有任何风吹草动都是风声鹤唳。骗子的个性就是狡猾，狡者必多疑，有一点疑点，就不会跟你谈了。

沉默半晌，傻雕小心翼翼道：“那地儿成片果树的，不好跑啊，这大晚上的。”

“问题是也不好找啊。”费才立骂道，心绪不定地问着王雕，“对了，这人什么来路？”

“告诉过你了，中州哪个老混家的二代，‘风马燕雀金评彩挂’，门儿清，在中州坑了我两回。”王雕道。

费才立勃然大怒问：“那你不早说？”

“你不专治各种难剃的头吗？我想着关起来他就算三头六臂也没辙吧？”王雕道。

费才立再要启衅，被黄飞拦下了，他一句话让费才立稍稍安心了，只听他判断道：“我觉得就跑了也没事，他往哪儿跑，也不会往雷子那儿跑。傻雕身边清一水的烂人，自己还没准有多少案底呢。”

“对对对，那孙子坑、蒙、拐、骗、抢，厉害着呢，手也黑，我在中州逃出来时，亏他直接把青狗的人拍了两板砖。”傻雕道。

刚放心又揪心了，费才立欲哭无泪道：“咱就是骗子窝，你硬送个土匪进来，你他妈不是坑我吗？”

“才一千块你还想要啥人？正经人能干这事？”傻雕道。

“傻雕，我他妈跟你没完。”费才立大怒。

两个人隔着座位互掐上了，黄飞急得拉架，马脸司机踩着油门加速，驶去的方向，离市区越来越远……

坐下来冷静以后，向小园大致捋出可能是什么情况了，解释不难：肯定是费才立或者黄飞或者那个冒出来的沈曼佳正在被长安警方监视，把她当成接触的可疑人物进行跟踪了，没承想，长安警方也被中州警方当成“可疑”人物给摁了。

“对不起，向组，我担心他们对您不利。”娜日丽开口小声道。门口的看守就是被她摁了的同行，正似笑非笑地看着里面这个小组。

“说什么对不起，是我该说谢谢。”向小园坦然道。

“先别客气，这大水把龙王庙冲的，怕是麻烦了。”程一丁道。

这个是真麻烦，误会好解决，可要盯的是同一拨嫌疑人就不好说了。中州来的有越俎代庖之嫌，这不管对于哪一级警务单位，都是大忌。

话音刚落就兑现了。一阵凌乱而急促的脚步声，进来了一位面容肃穆、年届五旬的警官，中州一方众人齐齐起立，对此人敬礼。照片上见过，他是长安市经侦总队长凌宏业。而方来此地时接待小组的副政委站在人群里靠后的位置，这个娄子可能捅大了。

“你们可以回去了，代我向谢副厅问好。”凌总队长虎着脸说了句。

这就是态度，不要你的解释，也不给你解释。向小园鼓着勇气道：“报告凌总队长。”

“不用，你不是我的兵。”凌宏业有点怒意地看着这组，发泄了一句道，“你们惊走的是谁不知道吧？你们毁了刑侦同志们几个月的努力啊。小同志啊，不是老谢的面子，我非拿你们问责。”

“我们惊走的是沈曼佳，新加坡籍华人，没有案底。但我有理由相信，她和境外的电诈团伙有联系，应该是中间人的角色，这角色的任务是在内地负责组织人员出境，黑话叫‘买人头’，还有供料，很有可能和地下黑产有关联。”向小园答非所问，把自己的判断说了出来。

凌总队长一怔，看看下属，有位具体的负责人喃喃说了句：“哟，知道得蛮多嘛。”

“可能比您想象中的多，另外三人分别是黄飞、费才立、王雕。黄飞、王雕涉嫌中州的‘货到付款诈骗案’，我是一路追着他来的，然后通过王雕发现了费才立这条线。我们怀疑费才立应该和境外电诈团伙有关联，组织内地人员出境，他参与的可能性很大。”向小园道。

“虽然案情你了解很多，但这个嫌疑人归我们了。你不用请求，只需要配合。”凌宏业对向小园的极力表现给了个婉拒。

向小园有点下不来台了，这是下逐客令了，而且是最不客气的那种，她难堪道：“那总得让我们知道一下，捅了多大娄子，让我们死心啊。”

“费才立和高峰中介一直在我们的监视中，你刚才说的可能，不是可能，是事实，我们正在寻机把这个团伙一网打尽，等了数月，这位神龙见首不见尾的沈曼佳才出现，你们这一搅和，‘买人头’的生意可黄了。”一位高个子、很帅很清秀的男警道。

看似是经侦同行，向小园抱着希望问着：“那你们一定找到了费才立的窝点？电诈团伙要的都是熟手，国内打击严厉，他们都是散布存在，只有要出境时才会合到一起。这些窝点可以视作电诈团伙的训练营，如果有机会端掉，那就意味着有可能找到黑产源头。”

“思路不错啊，老谢手下的兵可以。”凌总队长思忖地审视着向小园，不那么咄咄逼人地逐客了。

那位男警却否决道：“虽然监控到了，但窝点是全封闭状态的，外人根本不可能进去。而且选址都是很特殊的地方，监控的难度非常大。想端窝太天真了，他们的网络水平不比我们网安差，可能还没到地方，他们就发现了。”

这时候，向小园脸上意外地露出了不易察觉的笑容，她正式请求了：“也许我们可以帮上点忙，让我们留下吧，犯罪可没有区域限制，我们何必有门户之见呢？”

“老谢也这么说了，但我没同意。你们这个娄子捅得很窝火啊，他们这一溜走，再露面可就不知道什么时候了。”凌总队长语气不善道。

“说不定我们能帮上点小忙。”向小园道，成不成，就靠最后一把大杀器了。

“还有什么瞒着我们的？”凌宏业好奇了。

“我们有位侦查员，可能陷在对方的窝点里了。”向小园道，这种细节恐怕谢副厅不会提及。

果不其然，凌宏业眼睛大了一圈，愕然地看着她，又看看自己的下属们。就在向小园自得时，凌宏业又一次勃然大怒道：“看看，我就说嘛，有可能是他们的人。”

“啊？又出什么事了？”向小园心揪起来了。

“炸窝了，都快失控了……跟我来，认认你的人。”凌宏业怒道。

这一行人直趋指挥室，一屏远拍的视频里，看到了一个黑乎乎的楼身，一个身影跑了出来。然后不久，一群人跟着跑出来了，人影幢幢，到处都是手电筒和手机灯光的亮点。在这种情况下，恐怕监视也得退避三舍。

“看不清楚啊。”向小园道，负责监控的换了一屏，是抓捕的场面。两个人飞快地从侧面扑向一个人，被袭击的那人反应同步，一矮身一个兔子蹬鹰，把扑向他的人踢出几米远，然后再一挺身，把第二个扑向他的一翻压在身下，“嘭嘭”就是几下老拳。可能他没有发现第三个人，似乎中了枪，“啊”的一声扑倒，被这两位挟起来，揪着头发照了照脸。一张胡子拉碴、头发蓬乱的脸，几乎走了形。

不过现场中州小组的都认出来了，就是斗十方。真不知道他经历了什么，变成这个样子。

“素质不错，打伤了我们两位外勤。”凌宏业道。

“人呢？”向小园急着问，有些失态了。

“当然被我们控制了，这是保护他，要被那拨人逮着，可有罪受了……你们过来，跟我说说这个人的情况。”凌宏业道。

事出突然，似乎还有什么紧急情况，向小园小心翼翼问着：“您……您对这个人有兴趣？莫非……”

“端老巢的条件还不成熟，这可能只是其中一个窝点。我们其实刚才在考虑是不是把人放回去，否则这拨人一惊走，再找又要大费周折了。”凌总队长道。

“绝对不行，把他带回来，我们回中州。”向小园一反常态，态度与先前大相径庭，这态度变化得让长安警方同行都诧异地看着她，仿佛看嫌疑人一样，满满的都是不理解……

世界上最悲催的事，莫过于斗十方今天遇到的事了，千辛万苦刚出贼巢，没跑多远就掉进了狼窝。

他被拖进的地方是一处砖窑，垒了一圈土墙院子，院子里还拴了条狗。他被捆着手，也像狗一样被踹到屋中央。这个鬼地方居然连电都没有，一盏昏黄的灯照得什么也看不真切，还不如在黑暗里目不视物，有了这种光线，反而更让人觉得阴森森的。

“这人黑着呢，疼死我啦。”

“看我这脸是不是肿啦？”

“黑青着呢。”

“哎哟，别按，疼死啦。”

两个挨打的互看着伤处。典型的西北大汉，要比斗十方高半个脑袋，偷袭都受了伤，实在让两个人有点郁闷。另一个没受伤的举着灯，照到了地上半躺着的斗十方身上。他心有余悸地检查了斗十方手腕上的扎带，似乎怕这货跑了。这家伙的战斗力实在让他捏了把汗。

“老关，电话。”有人说了。接电话的安排了句，让一位出去盯着追兵，他在门口低声接着电话，不一会儿急急地跑回来，示意着被打的同伴道：“快，解开。”

“啊？跑了谁负责，这瓜皮多横你又不是不知道。”被打的一位怒道。

“自己人，快解开。”接电话的道。

那人一听傻眼了。再催了一遍，他掏着打火机直接把斗十方手腕、脚踝上的扎带烧断，此时隐隐约约听到了人声，屋外放风的那位奔回来了。几人关了灯，只听到外面的狗猛吠起来，过了好大一会儿，那些追斗十方的人才退走。

人走了，灯重新亮了。这三位便衣打着灯，饶有兴致地看斗十方。一位道：“能混在骗子窝里，可真不容易。”

另一位驳斥了：“是不是混不下去才跑啊？”

老关似乎是带队的，纳闷地问着：“你们中州的，来我们辖区瞎掺和什么？”

斗十方看看这个，瞄瞄那个，却不好意思说，自己是被骗子卖了，无意陷进去的。他没吭声，那三位还以为斗十方怀疑他们的身份，一位亮着佩枪，另一位拿着手机发信息。片刻后，向小园、娜日丽、程一丁等人在指挥部的照片亮给斗十方了，这下子斗十方更尴尬了。

“自己人，说下里面的情况。”老关打开了通话，提醒道，“等着信息的是长安市经侦、刑侦联合办案组，我是外勤关跃龙，你叫斗十方吧？来自中州市反诈骗中心？”

“对。这个窝点里面干活的一共二十一个人，包括四个女的，其他人四人，一个大师傅，住在一楼。两个打手，一个马脸，一个酒糟鼻子的，领头的是个络腮胡子。他们中间我只知道一个人叫包神星，是中州‘货到付款诈骗案’的嫌疑人。其他人不知道姓名，我们相互之间都叫绰号，绰号都是现取的，应该是刻意不让大家相互知道名字……窝点的工作间在三层，通透的，电脑二十三台，其中一台应该总控制出口，手机架存放两百余部手机，基本是每个人控制十部手机。主要的诈骗手法是骗红包、裸聊敲诈、刷单等。一共分了四个组，四个女的是教练，负责教新人入行。据他们讲，这里成绩优异的，会被选送出国赚大钱，出国的机票都免费……就这些。”斗十方思路清晰地汇报道。

“涉案情况。”手机里传来声音。

“我没有参与，不太清楚准确数目，但数目应该不小。里面对员工的KPI要求很严，业绩每天落在最后一名的要罚做俯卧撑，连续三天末尾，要罚站加罚饿，每天最低的要求，红包组每人得骗到一千块钱，正常情况下，骗一两千没什么问题……哦，对了，这里的人成分虽然复杂，但明显受教育程度都偏低，不可能玩转网络这一块。我怀疑后台有平台支撑，可能就是传说中的供料、话术，甚至是黑产。里面所有手机装的都是数据卡，不能打电话，而且每天都会更新系统，系统的位置被动了手脚，会显示在全国任何一座城市，用他们的话说，位置显示在月球上都没问题。”

“每天出入的金额大致有多少？”

“保守估计，每人平均两千总是没问题的，四五万总是有的。具体我不清楚，我进入刚一周。”

“那为什么跑啊？”

“不跑当骗子啊？我真骗起来我自己都害怕，真待上一两个月，我骗上十几二十万，我咋交代？”

“咦？你难道不是……打入对方团伙的？”

“不是，我是跟着那个叫傻雕的骗子来的长安，任务是查找他上岸的地方，没准碰运气能逮到在中州作案的那拨人。谁知道一不小心，他把我卖给这个骗红包的团伙了，把我卖了一千块钱……我再次声明，这么多人见证着啊，我在里面一分钱也没骗到，就因为这个，天天挨打挨饿，这不被逼急了才跑……丢人我不怕，出来警证丢了我可丢不起。”斗十方难堪地道。

那三位看这孩子如此诚实，不知道什么地方透着幽默，惹得他们吃吃偷笑。又问了几句，斗十方不耐烦地回答完，把手机丢给了老关，直接道：“有吃的不？”

“哦，有……有……”

脸上挨打的那位，赶紧找出包，掏出个硬邦邦的饼子递给斗十方。斗十方一嘴咬下去差点硌了牙。另一位赶紧递给他一瓶矿泉水，斗十方嚼巴着，惊讶地问：“不会吧，这么艰苦？”

“这里离镇上还有十公里，一山大果树，物资奇缺。不敢运输啊，怕多了被人撞见。”老关解释道。

斗十方嚼着道：“比骗子团伙里的伙食还差，早知道我不跑出来了。”

“不跑还不是挨打？”一位道。

“挨打我扛得住啊，出来挨处分说不清楚，那谁扛得住？”斗十方道。

三位异地外勤互视一眼，说不出对此人是笑话还是敬佩，但扛到这种程度还能伺机跑出来的，确实也不多见。共同的出身让他们和斗十方的话多了起来，里面更多的细节，在谈话中一一披露了出来……有专业的网络传输、平台支撑，有专业的信息提供，甚至还有专业的话术教练，在会议室听着谈话的凌总队长面色渐渐凝重了。中州这一行人有点尴尬，“打入敌人内部”谓之英勇，可这位是被人“卖入敌人团伙”的，就不好说了，吹牛没几分钟就被揭穿的向小园有点脸红，还好没人注意到她。

“这些信息太重要了，比外围监视要翔实十倍不止。”那位帅帅的长安警方小伙向总队长说道。

“刚出来点意思，可就要止步于此了。”凌总队长犹豫道，目光不自然地看向了向小园。

向小园知道长安警方的想法，摇头道：“绝对不可能。他是无意陷进去的，我来此的最初目的就是援救，既然他跑出来了，也就引起对方警觉了，别说回去，可能这个窝点都要被弃置了。”

“那你们来一周了，为什么没有援救呢？也没有就此事寻求我们的协助。”那位帅警官提出了疑问。

程一丁接下了这个尴尬的话题，直接道：“我们判断他是陷进骗子窝里了，没有生命危险，所以就暂缓援救，迂回地从费才立、王雕、黄飞这几个人身上找线索。还好，我们找到了。”

“是啊，你们的线索找到了，但把我们的全掐喽？”帅警官撑了句。

程一丁不好意思地低下了头。

“等等，现在不是争论的时候。费才立一行已经回到了窝点，我们考虑个折中的方式行不行。现在的任务是，第一，确保这个团伙哪怕迁址，也不被惊动；第二，确保我们的追踪可以跟进。我们是不是可以尝试一下，再把这个人‘送’回去，或许让他们抓回去，这样就出现了两种可能，差一点的结果，他会被押到其他地方，可能是黑砖窑，可能是其他团伙。那好一点的情况……”

是那位政委在说话，总队长随口问：“是什么？”

“最差的情况都有了，剩下的都是好情况，都有可能期待更大的发现。”政委说了句囫囵话。

历来是政委说话屁都不顶，不过今天顶用了，凌宏业再一次期待地看向中州这个小组。他盯了很久才出声：“我看过这个人的资料了，我完全可以命令你们或者他这么做。他在团伙里宁愿挨打，也不愿当骗子，那对于上级的命令，绝对会硬着头皮顶上去……这是我们警察可悲但也是最可敬的地方。现在开始讨论方案，在我下这个命令之前，你们中可以去两个人见一见他……告诉他，辛苦了，即便他抗命，也不会记入档案。我会安排送你们回中州，可以开始了。”

凌宏业大手一挥，长安这边的参案人员全部讨论实施计划了。向小园一拨人默默退出来，有位外勤提醒着：“那地方很偏僻，四驱越野车才能上去。两个人。”

“我算一个。”向小园环视众人，大家都期待着。她没有挑其他人，唯一看向的是钱加多。

“给他带点儿吃的，看那样都瘦了一圈。”钱加多道，他洞悉到了最实际的一件事。

不过这话却听得向小园鼻子一酸，侧过脸，跟着长安警方这位外勤匆匆走了……

匹夫有志，愿取其辱

“人呢，人呢？”

“还没找着。”

“我不是问那个跑了的鳖㞞，没看住人的那个呢？”

“在楼上。”

骗子团伙里作为领队的月月姑娘小心地道。回到驻地的费才立已经怒极失态了，带着黄飞和王雕噔噔上楼。四女二男加上那位没看住人的大军留在家里，正焦虑地等着，不知道是留是走，一见主心骨回来了，都期待地看着他。

可不料主心骨也乱了方寸，上前揪着大军，狠狠一脚踹了他个屁墩，恶狠狠骂着：“你他妈不是练过散打吗？是不是吹牛啊，光练挨打是吧？这么大的个子，被一个几天没吃饭的放翻了？”

“大哥，那小子使诈，糊了我一脸豆瓣酱。我一不小心失手了。”看守不敢反犟，解释了句。

“那他妈还不去找，有功劳啊，躺在这儿挺尸？”费才立怒道，他这满脸大胡子，凶相一出来，威风凛凛的，吓得大军一骨碌爬起来，跟马脸汉子带着余众奔出去了，这回连女人也用上了。

包神星最后跟着出去了，他愤愤瞪了衣着光鲜的王雕一眼。王雕却是没皮没脸朝他笑笑。包神星朝他竖了个中指骂了句：“不仗义，出卖兄弟。”

“滚，又没卖多少钱，让你学本事呢。”王雕骂了句。包神星不敢再启衅，跟着跑了。

费才立指着包神星去的方向道：“啊……就这个蠢包，两天就上道了，撒起娇来比娘儿们还嗲。跑的那个家伙我一直很看好，又机灵又会玩电脑，可愣是上不了道，我早该看出来有问题。傻雕，这他妈到底什么人？”

费才立再看满室的电脑、手机，这吃饭家伙，换一个眼光看，让警察端了，可就成要命的事了。

王雕却是不耐烦地把脚搭在桌上道：“都跟你说过八百遍了，是个浑蛋里的精英，烂人中的翘楚。你咋就不信呢？”

黄飞一听这句赞道：“这话说得好，傻雕你不是文盲啊。”

“我跟牛老板学的。”王雕笑道。

“两位兄弟，大哥……活老天爷啊。”费才立苦着脸坐卧不安地踱着步说着，“你们还有心思开玩笑，咱这活儿，官方叫‘有组织地实施诈骗’。你俩不清楚这活儿什么德行，简直就是脱裤子打老虎，既不要脸又不要命。真出了事，苦窑里得把中老年一起过了。”

黄飞又笑了，连赞费哥也有文化了。王雕却是看看手机道：“这才十点多，不管是找人还是搬家，时间都充裕得很，你急有毛用啊。现在最急、最紧张的是斗十方，我不信，黑灯瞎火身无分文，肚子都没填饱，能翻起多大浪来？那状况我在中州经历过，快他妈逼得我一头撞死了。是吧，飞哥。”

“甭提那茬儿，安叔差点失了手，媚娘子都折了，下文还没等着呢。”黄飞道，糗事自然不想摆到桌面上来。

虽是闲话，但王雕这么经验丰富地一分析，倒让费才立安生了不少。他耐着性子坐了下来，不断地打电话催着外面的人……

贼窝里乱成一团，警营里也千头万绪。

这个由长安经侦、刑侦，以及后来补充网侦加入的专案组，是三侦合一联合办案的模式，阵容相当强大。总队长亲自挂帅，来自三侦方面的都是各单位遴选的精英。主办的那位帅警官姓邵名承华，是长安反骗领域的No.1。此案的外勤是重案大队挑选的精英，领队就坐在凌总队长身侧，姓曾名夏，一位浓眉大眼的西北汉子。对付恶性犯罪游刃有余的他今天有点尴尬，先是外勤跟踪被中州警方来人给摁了，还是个女的。接着在果园抓人又伤了两个人，如果不是配备着电击枪，怕是要出更大的娄子。

“这是他的履历。小曾你看怎么样？”凌总队长直接问。

“新人啊。没有专业训练过，辅警刚转正。”曾夏挑了几点提出疑问，明显是不太确定。

“承华，你的意见呢？”总队长再问。

“我们的主要诉求是，稳住对方，给我们争取更多的取证和排查时间。窝点好端，黑产难查，找不到黑产的线索，其实这些外围的骗子没有多大意义。端一窝，他们会很快再组织一批，有专业的话术教练，用不了几天就成气候了。”邵承华解释道，还有更严重的是，一旦训练出一批骗子，这些化整为零的就会转而化零为整，批量地输出国外，组织起更大的诈骗团伙。

行话叫“买人头”，要追踪的那位沈曼佳，就是买人头的中间人。

凌宏业总队长思忖片刻道：“根据刑侦局的研判，去年输出境外的诈骗团伙成员，多数来自我们邻省，中州地带。经过连续打击，他们很可能易地死灰复燃了。如何输出到境外的，中州警方迄今为止都没有找到相关线索，看这样子啊，八成是窝在咱们的地界。现在这个形势很微妙，基于合理性，我们务必出一个更稳妥的方案。”

“首先，取得一个骗子的信任很难。这跑了的，就别提信任了，所以只要被送回去，一顿毒打是少不了的。按照他们把人卖来卖去的风格，没准真会把人卖给哪个非法砖窑煤窑或者哪个偏远地区的黑工厂。稳是能稳住，但要去执行任务的这个人首先得能稳住……或者说，能扛住。”曾夏道，话里是满满的怀疑。人性经不起考验，这人，当然也包括警察。

看了眼众人，他继续道：“第二，连骗人都不愿骗，我真不知道中州警方是怎么培训的，执行特殊任务的外勤，处理特殊情况，再怎么说也情有可原。总不能因为这个跑吧？”

“这个我解释一下，他们是撵狼进了狗熊窝，意外。还有吗？”凌总队长问。

“连低调都做不到，那更证明是生手，风险太大。”曾夏如是下结论。

政委补充了句：“风险和收益是成正比的。在我们监控的两个月里，他们就送走了一个人，查实后发现还是个有轻微智障的人，这是真当不了骗子才舍弃的。我觉得他们轻易不会舍弃谁，因为舍弃对他们来说同样意味着高风险，就中州这拨同行，不是也没有采取积极救援吗，为什么？要对付的是一群骗子，而不是毒贩或者打砸抢的，骗子的武器是脑子，而不是凶器。”

政委在委婉地表达着赞同的意见。但纠结之处在于，即便回去没有性命之虞，但皮肉之苦是少不了的。这一点，不管是制订计划的长安同行，还是那位要执行计划的中州外勤，恐怕都难以接受。总不能眼睁睁地送自己人进去继续挨饿挨打吧？

所以这个任务的核心不在于方式方法的选择，那个很容易。真正的难点在于，执行计划的人自觉自愿——或者换一种直白的说法是——自己回去找死。

“稍等一下，我得和中州方面通个话了。我们大家的心结都一样，可能对自己下得了手，可对自己人却不可能下得了手。”

凌总队长纠结着拨通了中州谢经纬副厅的电话，他拿着电话起身了，两位同级别的警中大员，因为同一位警员的情况，不得不再次商议了……

“刚才路过的叫长甸镇，距离长安市67公里，属于春安县境内。这个县以盛产苹果闻名，全县一半的面积都是大大小小的果园，费才立这伙诈骗分子就是以收果子的和平果业为掩护，在这儿租下了原果脯厂的旧楼，实施诈骗……这一带收果子的很多，大部分是收获之后恒温存放，等着来年春季卖个好价钱。像他们这样的收果子的商家，长甸有八百多家。”

外勤娴熟地行驶在坑洼的山路上，也就是从进了山路他才开始说话，驶去方向未明，这种丘陵山地视线受阻，别说晚上，即便白天也看不出去多远。

这位外勤的解释向小园听明白了。流动人口和外来商户众多，就成了天然的掩护。她思忖道：“这个选址很有创意啊，按正常思维，高智商诈骗多发在城市地带，还真无法想象可以放到这种偏僻的地方来。如果仅仅是使用网络传输文字，就连数据流量上我们都监控不到，一天顶多几个G，也就是看两部电影的量。”

“对啊，所以你让总队很惊讶啊。我们摸到费才立的这个窝点用了几个月，而你们只用了几天。”那位外勤道。

“真是巧合了。我现在是满满的歉意，把你的行动全搅和了。”向小园道。

“没事，多行不义必自毙，抓住他们是迟早的事……你们那位不简单啊，其实在你们之前，我们总队已经尝试了很多次，想派人打进这个团伙，可均被识破了。那些骗子的眼睛可比我们侦查员的还尖，连车站搭讪那关都过不了……对了，他们招募的人大部分是从各地骗来的。也就邪了，这些人进去用不了几天，都心甘情愿地当骗子。”外勤道。

“利字当头，孤注一掷啊。”向小园道。她突然注意到远处影影绰绰的灯光，还未发问，外勤说了，肯定是找人的那些人，不过不用担心，这儿跑果子生意的都开的是他这种四驱破皮卡车，不会引起注意的。

不说还好，一说心又揪起来了。向小园莫名地有点伤感，本来期待从胜利走向胜利的一步棋，没想到却把斗十方陷到如此境地。她在纠结，这一次，可怎么开口啊？

又恢复了沉默。那些和他们方向相反的车疾驰而过，而向小园他们的车直驶上了一座山头，在山腰一座前房后窑的建筑前泊停，车未熄火。随着狗吠声起，出来两个人，领着向小园和钱加多进了土夯打就的院子，再往后面窑洞里一钻，一个别有洞天的地方呈现在眼前了。

桌上放着笔记本电脑，微型发电机正嗡嗡作业，窑顶信号放大器的功率可以让这里和长安无缝对接。一位便衣正处理着偷拍的视频资料，躺在屋里小床上的斗十方起身了，看到来人是向小园，眼睛蓦地一滞，然后有点尴尬，可能没料及是在这种最背的时候相见了。

钱加多提着兜子赶紧上前来，鸡腿、火腿肠、牛肉干，一股脑儿地往床上一倒，拆着包装道：“不是我说你啊，装逼逞能得有个度，装过头就不好了。看看，阴沟里翻船，被人家玩成傻逼了吧！”

他拆开包装，回头时却愣住了，一边是面相凄苦的斗十方，另一边是表情复杂的向小园，两个人居然都还没开口说话，还是进门时那样凝视着，仿佛石雕木塑一样，都定在原地。

“吃吧，吃吧。”钱加多递到了斗十方嘴边，斗十方感动地接过，刚感动了一下，钱加多的恶心话就出来了，酸酸地补充着，“怎么看女领导呢？你可真可以啊。”

刚来的外勤哧的一声笑了，斗十方这才狠狠咬了一口手上的东西，睨了一眼钱加多。钱加多明显感觉到了凛冽的杀气，立时后退几步。这多日不见，怎么感觉斗十方身上的气质大不相同了？不过一想也能理解，逼急了的兔子能变成狼，面前可是个被逼急带饿急的，变成什么样真不敢确定。

三两口就消灭了一个鸡腿，跟着又是一袋子牛肉干咬得咔嚓作响，吃着的时候斗十方默默地坐到了靠窑墙的位置，食速渐慢，但仍然没有说话，却不知是羞于启齿，还是无话可说。

钱加多要再说话，被屋里这位外勤拦住了，那位很识趣地拉着钱加多出了门。向小园拉过了他的椅子坐下，又觉得不妥，站起来了，可她有种莫名的感觉，似乎不管怎么都消除不了那种局促、不安，甚至还有些尴尬。

“哦，对了，看看这个，一直没联系上你。”向小园掏着手机，递给了斗十方。斗十方点下播放，那是陆虎在他家里拍的，陆虎也跟着来长安之后，络卿相接替了他的位置，一看到视频里的内容，斗十方的心就融化了，杜婶的唠叨，老爸“咿呀哦”地口齿不清，居然偶尔还能听懂一句了，是：“十方，爸快好了。”

能拄着拐走几步了，不过需要人搀着。斗十方痴痴看着，把所有的视频都看了一遍，向小园在旁边轻声道：“老人家恢复得不错，俞主任带着医生上门问诊过一次，医药费用别担心，基本报销了个差不多……不必对此有什么感激，你应得的。”

“谢了。”斗十方摩挲了片刻手机，递回给了向小园。向小园轻轻来回踱步，又卡住了，不知道下文该如何开口。

斟酌良久，她鼓着勇气道：“我不知道该怎么说。”

“那就什么也别说，我知道情况。”斗十方道。

“可能还有你不知道的情况，长安警方这边正在讨论。”向小园道。

“不知道也想得到。”斗十方道。

这就把天聊死了。一个尴尬地走来走去，一个蔫蔫地蹲坐在地，怎么着这话也难投机啊！向小园发现这个落差之后，干脆学着那些不修边幅的外勤的样子，往一边一蹲，一坐，和斗十方面对面了。斗十方的视线里出现了一双红色的高跟鞋，洁净的鞋面已经扑上了一层灰土。他慢慢地抬起了头，眼眸如星，看着期待、紧张，而且复杂凝视着他的向小园，其实连他也不知道该说什么。

“我直接说吧，我们两地的侦查撞车了，线索交织到一块儿了，你无意中掉进来的这个窝点，正好是长安经侦监控的重点。这里的电诈有可能联结着地下黑产，地下黑产也肯定联结着境外的电诈团伙……所以，长安同行这边，就有了更大的期待。”向小园道。

斗十方随着说下文：“稳住这个团伙，别让炸了群。”

“这个目标简单，只要找到你，他们就会认为危险解除。两地的期待可能更大一点。”向小园道。

“没错，最差的结果也可以稳住这个团伙，哪怕比最差稍强一点，都值得期待啊。但你想过没有，其实最好的结果，比最差也强不了多少。我所在的位置就是所谓的‘买人头’‘捡货’‘供料’那一类，都是蔑称，所有的从业人员，都会被诈骗团伙视为消耗品，不会当人看的。”斗十方道。

所以顶多能接触到底层的工作，最大的功效，无非是提供一个窝点所在的位置而已，再高恐怕不可能达到了。

“所以我反对这个计划。我来的路上考虑好了，两种情况，要么送你走，要么……带你走。”向小园道，凝视着斗十方的目光没有转瞬，斗十方并未出现她想象中的任何一种激烈情绪，这是让她最奇怪的，她好奇地问出来：“能告诉我，为什么不虚与委蛇，而是表现得这么刚烈非要逃跑吗？印象中你好像不是这样。”

“那是你不了解骗子。长肉最快的猪，上案板也会最早，你不至于期待我在那里成绩优异，被他们送到海外吧？”斗十方讪笑道。

向小园笑着道：“那也不至于一分不骗，扛打挨饿呀？”

“当骗子和当婊子一样，突破底线就没有下限了，要么一毛不沾，要么一往无前，没有回头机会啊。这里面被骗进去的人，用不了几天都会心甘情愿地当骗子，为什么？钱是一个目的，另一个目的是满足感和优越感，那东西会像毒瘾一样牵着人越陷越深……这些人几乎都是生活看不到希望、处处遭遇冷漠和遭人白眼的，一旦有一天他们发现其实世界上的蠢人还有很多，其实不用费心劳神地辛苦就可以赚到钱，你说谁还拉得住啊？”斗十方悠悠评价道。

“我只关心你，不关心其他。”向小园突然道。

“所以我才不敢辜负这些关心。我用了很多年才走出了父亲给我留下的阴影，又用了很多年才得到了一份梦寐以求的职业。我没有勇气去欺骗那些怀着善意、怀着爱心，哪怕对陌生人也没有戒备的普通人，更别说还是在诈骗团伙的指挥下去干这些。那里面有人一天可以骗到几万元，一个月最高的据说可以骗到十多万元，我真要做了，即便我不介意，可要有天回来了，我怎么面对你、俞主任，还有这些朋友、同事？”斗十方道。那是个两难选择，他选择了最难的一种扛下来了。

向小园听得心里微微触动，而且语结了，她不知道该说什么，看着斗十方憔悴、消瘦、凄苦的脸庞。那一刻，她情不自禁地伸出手，去爱怜地触摸他的脸，在轻轻地触到时，却又如遭电击，她的手抖了抖，僵在了斗十方的视线里……

“对不起。”向小园抱歉地轻声道，慢慢缩回了手，她不知道是为自己的失态，还是为其他什么道歉，那满是愧疚的表情让她显得楚楚可怜。

“是为已经发生的还是没有发生的说对不起？”斗十方笑了，如是问道。

“当看到你的那一刹那，我决定不让它发生了，如果能够重来，我甚至希望什么都不要发生。”向小园道，可能是因为斗十方所经历的让她无法接受吧，那压抑着的悲伤快把她击溃了。

斗十方饶有兴致地看着她，微笑着，脏兮兮的脸上是那种很难看的微笑，他笑着道：“谢谢你给了我一个坚持的理由，我进组虽然时间很短，可大家的善良、关心、帮助和期待让我感触很深，好不容易才找到的归属感，我可真舍不得辜负……回不去了，我是跨省过来的，代表的不仅仅是自己，真这么灰溜溜地回中州，恐怕我们都抬不起头了。”

“可是……”向小园为难地说道，被斗十方制止了……

长安市经侦总队指挥部，指挥的频道传来了两个人的对话，一室指战员静静地听着，声音越来越轻，似乎已经静默了，指挥部里静得连一根针掉到地上都听得到，静得能听到彼此加快的心跳和呼吸。

过了很久，一直沉思着的凌总队长抬起头来，轻轻地喟叹一声道：“我来跟他说吧，已经受了这么多苦，带回了这么多有价值的信息，我们不能让他再为难。”

专案组接驳着远程通信，调试片刻后，那张对于长安警方陌生的脸显示在屏幕上。凌宏业打着招呼道：“小伙子，您好，认识一下，我是这里的头儿，凌宏业，刚刚和谢经纬副厅通过话。你的经历虽然是一次意外，但给我们带回来了很多意外收获，我代表老谢及长安警方，向你表示慰问。”

斗十方站起来，敬了个礼，说了句“谢谢”，他的表情显得有点木讷，看不出更多情绪的波动。

“我开门见山地说吧，原本的计划是把你送回去，继续在这个窝点，针对这个诈骗团伙化装侦查。我个人对此期待很高，之前我们几次试图往这个团伙送自己人都失败了，能在里面待这么久，那说明你个人有独到之处，这一点你的上司向我介绍过你的特殊经历，很不简单。对于这类犯罪，可能你的理解要高于普通人很多，所以也才有了今天的这次意外，你因为很理解它，所以才不去碰它，对吗？”凌总队长问。

“是的，我的底子并不好，熬了很多年才有入籍的机会，这身警服对我来说很神圣，我不敢亵渎它。”斗十方道。

凌宏业长叹一声道：“那回来吧，可以归队了。”

两头都静默了，屏幕里斗十方露出了诧异的表情，似乎惊讶于上级能做出这个决定。

“我改主意了。”凌宏业下定决心了，“不用奇怪，我刚刚改的，我们是警察，总不能以欺骗普通群众的方式获取骗子的信任，那样即便能达到我们的目的，我们和骗子又有什么区别……你做的是对的，在任何情况下都保持本心，坚定信仰，才当得起警察的职责。所以，归队吧，小伙子，好样的，我们以你为荣。”

这个转折让斗十方皱眉了。凌宏业提醒道：“让驻守的外勤接线，他们会安排你回来。”

“等等。”斗十方打断了凌宏业的话。他狐疑地看着，似乎在屏幕前盯着在座的同行们看，未几，他犹豫道：“我能说几句话吗？”

“可以，怎么了？难道你对这个安排……有意见？”凌宏业奇怪地问。

“对，这等于放弃了一次近距离接触犯罪团伙的最佳机会。如果王雕、黄飞和费才立很熟悉，那可能意味着他们也参与了此事。我曾经听费才立无意透露过一句，说王雕卖给他的人都不止一个加强连……我在中州和他打过交道，在他的眼里，我是一个不折不扣的流氓地痞无赖的形象，他会把我想象成任何人，但绝对不会怀疑我有问题。”斗十方道。

“但突破底线的事，你不能做，我们更不能做。我们的宗旨是保护人民群众的生命和财产安全，总不能监守自骗吧？”凌宏业道。

“是啊，可要是针对骗子，我倒不介意去做。我既然能骗过他们一次，也就能骗过他们第二次、第三次……之前我是无意陷进这个绝地的，不知道该怎么办才想方设法逃出来，而现在，我知道了。”斗十方道。

凌宏业一阵激动，期待地道：“继续说。”

“只要我的‘逃跑’由于某种原因没有成功，那他们就不会怀疑有危险；只要没有意识到危险，那这个窝点就暂时不会散，因为即便易地也容易被追踪到。但回去的方式得斟酌一下，肯定不能被抓回去，那样的话我在他们眼里仍然和被骗来的‘料’没有区别，说不定真会被揍上一顿，然后卖到哪个非法窝点里。”斗十方道。

“你……所说的，似乎相互矛盾的地方很多，我还没理解。”凌宏业小心翼翼地说道。前面不愿参与诈骗，现在又愿意回到诈骗团伙，这种矛盾心态似乎无法正常理解。

“不矛盾。既然不能被抓回去，我可以自己走回去啊。”斗十方眼里，终于绽出了久违的笑容，那种坏坏的、不怀好意的、一如往常奸诈的笑容，就听他悠悠解释着，“给他们创造一个更微妙的处境如何？让他们既不敢不接收我，又不敢当普通成员用怎么样？那样的话，就只有一种可能了……”

“什么可能？”凌宏业听得一头雾水。

“我会在犯罪团伙里得到升职。”斗十方道。

现场哗声四起，事情越来越偏向诡异，本身就够绕了，又被斗十方加上了这么一层异想天开的色彩。在座的警官都皱着眉头相互交流，讨论着此举的合理性和可能性，可找不到更多的理论或者经验支撑。凌宏业直接道：“把你的想法敞开来说。”

斗十方开始侃侃而谈了，这些远程倾听的同行，脸上的表情拨云见日一样，慢慢阴霾尽去，取而代之的是一层期待，还有……惊喜。

似谎非谎，巧舌如簧

北地天寒，初冬的清晨像霾一样的水雾会把山地变得幻如仙境，这时候会格外冷，哪怕裹着冬装在户外也扛不住凛冽的逼人寒意。

窝点里也暖和不到哪儿去，差不多和外面一样冷。因为突如其来的变故，三楼的工作间已经全部打包了，要不是雾大的原因，半夜就得拉走了。对于参与者而言，这等于大家的财路就此断了，大家对于那位逃跑者的怨恨已经到达极点了。

观察监控的包神星正在打瞌睡。没有找到人，那就得反过来防着有人找上门了，可几个人轮班盯了一夜就看见几只山猫，到天亮时都扛不住了。

“嗨……嗨……你看。”另一个看监控的推了包神星一把，吓得包神星惊醒，还迷糊着，就见这个人看到鬼一样指着，“你看你看……这是不是那个人？”

屏幕上看到了一个人，包神星咧着嘴道：“不是人还是个鬼啊，你他妈别大惊小怪成不成？”

“不是不是……你看你看，是不是和你一起来的那人？”另一个道，不知晓姓名，但那人给他的印象太深了。

包神星眼睛瞪大了一圈，监控甚远，调几次拉近还是模糊的，不过看方向，居然是从路面往这个厂子里来的。两个人怔了片刻，等差不多能看清时，同时尖叫，奔向二楼。

“什么？”和衣而睡的费才立一把揪着包神星，这比人跑了还听着不科学。包神星赌咒发誓一说，费才立赶紧推醒了黄飞、王雕，又让包神星通知其他人嘱咐千万别吱声。三人猫在窗户上，这头又派人上楼顶盯着，还没等看出个所以然，哎，我去，更恐怖的事发生了，昨晚逃跑的斗十方居然爬上了铁门顶，从围墙垛子上一跃，跳进院子里了。

他跑得很急，像有人追他一样，奔向楼梯口子。那儿还有个铁栅门，没关，他直接开了门就往楼上跑。刚奔上二层，早埋伏好的马脸、军子一干人扑下来了，扭胳膊的，捂嘴的，抬腿的，直接架着他就上了楼。进了工作间，随着铁门“咣”的一声关上，斗十方被重重扔到地上。

“搜他。”黄飞肃穆得如临大敌。

斗十方被人摁住，七八只手在他身上乱摸一通，没有摸到想象中什么奇怪的玩意儿，居然摸出了个钱包，一拉开，里面居然还有一摞厚厚的钞票。

东西交到了费才立手上，直等到楼顶回应远处没人也没车时，费才立的紧张情绪才舒缓了些，拿着钱包，纳闷了，问坐在地上衣衫凌乱的斗十方：“谁的？”

“抢了个大车司机的。”斗十方道。他说得如行云流水，看不出有什么破绽，而且很客气地道：“大哥，钱归你，让我待两天再走成不？”

“这……”费才立愣了，这剧情转折得太离谱，一时不明所以。黄飞夺过钱包一看，里面居然还有身份证和营运证，他看着脏不啦唧的帆布包，差不多就是拉果子大车司机常用的那种，这让他也纳闷地蹲下身子问：“钱都到手了，咋又回来了？活得不耐烦了？”

“大哥，走不了啊，镇边都是警察，设了好几个卡，我这一身事儿的，万一进局子又不在本地可咋整？所以……”斗十方左顾右盼着不善的眼光，吞吞吐吐道。

“放你娘的屁，我昨天半夜回来的，怎么没碰上？”费才立道。

“半夜没事啊，我就是半夜抢的包，这不大早上准备扒个车，哎呀，卧槽，哪儿都是雷子，吓死人啦。好吧，是兄弟不对……各位大哥动手吧。”斗十方一抱头，准备挨打了。

心里被人给扎了这么根刺，谁还有心思动手啊？再问一次楼顶还是没发现异常，费才立显得有点六神无主了，把黄飞拽过一边问：“咋办？”

这可咋办？本来准备找不着撤了就拉倒了，现在倒好，人自己回来了，实在没这种先例啊。黄飞为难地摸摸下巴，看看蜷在地上的斗十方，小声和费才立嘀咕了几句，叫着王雕先行一步出去了。听到了汽车的引擎声响起，费才立这才又蹲下来，啪啪扇了斗十方几巴掌催着：“嗨，嗨，别他妈装这鸟样，坐起来，看着我。”

斗十方一骨碌坐正了，直盯着费才立，很真诚地道：“大哥，对不起，啥都不说了。有家法您尽管使，甭撵我走。外头太危险，我没法走，这不撤回来了。”

“哦，那不会骗红包也是装的吧？”费才立现在明白了。

“不瞒大哥说，我是觉得傻雕应该有点底子，想宰他一把。我在中州就算不上人物，可也不至于是块能被人卖的料，您要这种料，别说傻雕给你拐个连，我给您拐个加强团都没问题啊。咱要是挣那毛儿八分的红包，以后出去还咋混呢？”斗十方道。

嫌骗红包不入眼，这敢抢的人，当然看不上这点了。费才立哭笑不得道：“哟，没看出来啊，是个硬点子，玩过多大盘子？”

“再小也不至于骗个红包啊，骗一千，就有八百多是您的，剩下的还得扣伙食费住宿费……我没受过这气啊。”斗十方道。

费才立怒道：“妈的，你还嫌少了，吃饭住宿不要钱啊？买你们不要钱啊？这些设备场地不要钱啊？这生意就是积少成多嘛。”

“是啊，积少是我们干，成多就成您的了。”斗十方故意搅和着，费才立一怒，他又赶紧道，“大哥，您别生气，我抢了一万多呢，全归您，不够我再待几天，我一定认真学习，好好骗钱，成不？”

“唉……我……”费才立被抢白得居然无话可说了。他站起身，顺势踢了斗十方一脚，不客气地道，“先把他弄起来，还嫌钱少，知道老子损失了多少吗？”

“大哥，大哥……千万小心啊，停工几天吧，外面哪儿都是警察，别给逮个正着。”斗十方被挟制起来，大声关切道。不过结果是引来两个打手恶意的膝撞、窝心拳。他被拖进平时学习的那小屋里，跟着听到“咚咚”的闷响，随着一声一声闷响和重哼，在场人员的脸上肌肉不自然地抽动着。

“都学着点，这就是下场。”

费才立怒冲冲地道了句，掏着手机离开了这个地方。他是往楼下奔，现在心急如焚了，要真是路口设卡，说不定还真是冲他们来的，要是那样的话就惨了。跑了半路又折回来，让叫月月的那个女人把硬盘分开存放，那玩意儿要是落到警察手里，这厂子所有人恐怕全部得进去。

再往楼下跑时，黄飞驾车回来了，车泊在门口，两个人急匆匆地往里走。费才立奔上去焦急地问着："啥情况？"

"不知道啊，那头那场地停了两辆警车，还有辆朝咱们这儿来了。"黄飞迷茫了。

费才立吓得六神无主了："怎么办？赶紧跑啊。"

"跑个屎啊，真要抓你，根本就没得跑。飞哥，这不像冲我们来的啊？"王雕毕竟经历过大场面，他纳闷地问。

黄飞也点点头道："是不像啊，一般雷子只要盯准了动手，你根本没反应机会，哪可能大张旗鼓地让你准备好，还把硬盘都拆了……现在就来了能抓到什么？你就弄批二手电脑，咋了，有罪？"

"哎，对呀……"费才立如醍醐灌顶，一下子腰杆挺起来了，刚一挺，视线不经意看到辆驶来的警车，他吓得腿一软，苦着脸道，"卧槽，真来了，咋办？"

黄飞一伸手捏着他裤裆，表情狰狞道："稳住，稳住。"

费才立被捏得腰挺得更直了，赶紧道："放手，疼、疼、疼！"

王雕嗤笑着，干脆推开大门，他若无其事往门外车边走的工夫，那辆警车真停在大门口了，下来了两位警察，操着方言问着谁是这里负责的。费才立举着手："我我我……哟哟，二位，咋这一大清早来了？我们这儿暂住证都办了啊。租赁合同什么的，都备案啦。"

"不是暂住证的事。"一位警员拉着包。

费才立看这架势不像针对他，放松地问着："不管什么事我们都全力配合，进来坐会儿。"

"忙着呢，以后吧，这个往你们这儿贴一张。"那位警员拉开拉链，抽出来一张纸，是张通缉令，两张不认识的照片。就听那警员解释着，"昨晚我们对长甸镇盘踞的涉黑组织程大立、绰号程三的团伙进行了抓捕，有漏网人员正在搜捕。凡提供线索或者举报下落者，警方会给予五千元到一万元不等的奖励啊。”

“哦，不认识啊。”费才立道。

“没有非让你认识。贴门上，万一哪个群众认识呢？尽早抓捕归案是对大家负责。”另一位警员道。

“对、对、对，我马上贴。”费才立笑逐颜开道。

“谢了啊，感谢配合……哦，对了，昨晚还有一起抢劫大货车司机的案子，如果碰到陌生人员，打报警电话啊。”一位警员道。

另一位附和着：“这个也有奖励。真没办法啊，一到冬季来收货的人多了，总有流窜过境的，今天设卡检查，光有案底的就滞留了十几个……不用送了，赶紧贴上。”

两位警察忙着去下一家了。费才立恭送他们离开，喊着楼上拿透明胶带，还真是认认真真给贴上了，这回算是完全放心了，他长舒着气道：“哎呀，吓了老子一身汗。”

“瞧你那屌样，连他妈傻雕都不如。”黄飞嗤鼻道。

费才立不介意地道：“跟傻雕兄弟没法比啊，我有一大家子要养呢，他光棍儿一条，怕什么啊？”

“没事，您进去喽，嫂子我会照应的。”王雕适时补充了句，一下子把黄飞逗乐了。费才立啐了一口，走到楼梯口想起斗十方来了，他一把拽着王雕道：“那……干脆现在就给你个人让你照应着。”

“你说那货吧，不干。我可没钱给你。”王雕直接拒绝了。

“我不要钱了，白送给你成不？这他妈活儿不好好干，说跑就跑，跑出去就抢一把，谁受得了？”费才立道。

“你收拾不了，关我屁事。”王雕道。

白送不行，费才立念头一转，威胁着：“你可想好了，不行我就打发人家走，这可是个狠茬儿。你把人家卖了，回头找上你可赖不着我啊。”

“嗨，要流氓了是不是？老费，别逼我点了你啊。”王雕回敬了一句威胁。

黄飞听不下去了，回头道：“闭嘴，伤兄弟们和气呢，瞎扯淡，上来看看。说起来还得感谢这家伙呢，要不然糊里糊涂撞到设卡盘查的，露了馅可就麻烦了……傻雕你还真别说，我看那小子挺对眼的，对着咱们这么多人，一点都不惧。”

“我领教过了，不用你讲。”王雕讪讪道，这个人，足够让他记忆犹新了。

“要不……”黄飞回头，征询王雕的意见，两个人都明白是干什么。王雕一脸坏笑道：“我看行，这是个干胆大生意的，不撑死都不知道死字怎么写。”

“成了，人归我。先揍一顿，我扮红脸。”黄飞道。

费才立嘿嘿笑着说：“早揍上了，要不是怕这儿被点喽，老子非把他卖黑窑里不可。”

三人上了楼，进了小黑屋。靠墙坐着的斗十方正怨毒地看着王雕，有恨意、无惧色，那眼光让王雕想起了中州的事，激灵灵地打了个寒战。黄飞也算是刀尖舔过血、棍棒拼过命的，那种眼神他很熟悉，熟悉到两个人的视线似乎碰撞出了某种火花。

“是个不要命的。”黄飞笑着如是判断道，“看来不要脸的生意不合适，给你换换岗位怎么样？走也打个招呼啊，你说你走了，老板这么大生意该多不放心啊。”

“换什么岗位？”斗十方沉声问。

“换个……既不要脸又不要命的活儿，很符合你的气质啊。不想干你就耗这儿，想干就跟我走，给你个上位的机会，不过在我手底下要敢跑，那我就得先要你的命啊。”黄飞说完，扭头和王雕出来了。

两个人在外面等了片刻，衣衫褴褛的斗十方出来了，表情决然。黄飞笑了，斗十方严肃道：“大哥，走前我办最后一件事成不？”

“什么事？”黄飞愣了下，这儿还有什么事。

话音刚落，斗十方蓦地一转身，一个勾拳打到了马脸腮边，出拳既狠又重。马脸“嘭”地撞到了门上，然后骨碌碌滚地上了。另一个打手还没反应过来，斗十方腿一撩，正中裆部，那人捂着裆，跳脚喊疼。斗十方一跃，扯住他的头发往下一拉，跟着一下膝撞，那人“咚”的一声被撞在脸上，“啊”的一声，和马脸仰倒在一起。斗十方恨恨地朝两个人踩了几脚，又对试图起身的马脸再来了几拳，然后拍拍手，对着瞠目结舌的一干人笑笑，这才走向黄飞道："完事，可以走了。"

这几下打人的动作兔起鹘落、干净利索。看着那俩呻吟的大个子，黄飞愕然了片刻，然后哈哈长笑着，一揽斗十方且走且道："哈哈……骗红包还真委屈你了，哈哈……人才啊，一定给你接大活儿，要不真屈才啦。"

他揽着斗十方下楼，说不出地喜出望外，这可让费才立郁闷了，不过好歹没出娄子，他目送着这三人离开，那颗怦怦跳的小心脏，终于安生了……

黄飞搂着斗十方，王雕跟在背后，前面搂着的两个人说说笑笑，怎么看也是关系极其亲密那种，而且斗十方上车时坐的是副驾……一系列的影像被隐藏位置的外勤偷拍下来了，此时正显示在向小园和钱加多面前的电脑上。

时间不到九点，斗十方从进去到现在不到两个小时，两个小时就变成黄飞的"亲密"战友了，这个转折向小园想破脑袋也想象不出是怎么办到的。

她侧头时，钱加多正看她，同样迷茫的样子，估计问了也白问。还是这里姓关的那位外勤有经验，他兴奋地道："成了，绝对成了。这个人了不得！"

"您指黄飞，还是我们这位？"向小园愕然问。

"当然是咱们这位了。这种团伙对付刺儿头，特别是知道太多的刺儿头，无非两种办法，要么打服，要么收服。他判断得很准确，既不敢把他放走，又没法留在窝点，所以只能给他换个地儿了。"这位外勤兴奋道。

"没见到他说的升职啊？"钱加多纳闷道。

"哎呀，这大哥搂着肩膀，就跟总队长在你胸前捶了两下一样，那是视为心腹了。"外勤笑着道。

向小园小心翼翼地道："可这一去，又是前途渺茫啊。"

"正中下怀。"外勤小声道，"我们监控这里已经快一个月了，除了窝点里的人，没有发现关联的线索。咱们这位一搅和，冒出来一群啊，他这一走虽然前途渺茫，可也意味着无限可能啊。"

肯定是这样。只要自己人接触过的其他成员、窝点、信息……任何东西都可能成为关键线索，而这种诈骗团伙，难点无非是隐藏得深。只要他们露出蛛丝马迹，那以现在的侦查手段，让它现出原形就很简单了。

正如前方判断，向小园尚未回市，就接到了中州省厅的命令：全力配合长安警方办案。同时也接到了长安的命令：中州的反诈骗小组，并入长安“7·15”专案组。有关斗十方的信息攀升至该专案组头号机密，一律统称“零号外勤”。

不知道在团伙里是不是升职了，他的身份在警务档案里可是升级了：升至四颗星，绝密。

欲入此门，必污其身

自推器哧哧响着，和着水声哗哗流淌，一堆水迹冲走了剃下来的短发。在氤氲着腾腾热气的洗澡间里，斗十方舒服到几近呻吟，从未体会过一个热水澡都能给人这么多幸福的感觉。长甸镇数日像一场噩梦，他抹了抹镜子上的水迹，头发剃成无限接近秃瓢的短寸了，被揍过几顿，他自己也数不清。那些殴打在身上、脸上留下的瘀青隐隐还在，他不知道是曾经特殊的经历，还是后来特殊工作的原因，居然对于施暴的人没有太多的怨恨。

因为他现在处在一个赤裸裸的弱肉强食的世界。在社会的底层相互撕咬的人们，是无法用道德标准来衡量的。暴力永远是通行的手段，利益是唯一的原则，可能前一刻还笑言相问，后一刻就拔刀相向，反之亦然。

“是不是我……变得不正常了？”

他扪心自问，任凭热水自头而下冲洗着，享受着那种灼热难耐的感觉。他闭着眼睛把在长甸监控点那位姓关的外勤临时抱佛脚教的传讯和联系方式复习一遍。

简单的莫尔斯电码、简单的手语，还有更直观的暗语以及直接通话的联络方式。在复习这些的时候，他莫名地觉得有点兴奋，就像曾经猝不及防地搞了个恶作剧的那种兴奋。而现在是要在一个诈骗团伙的眼皮底下搞这个小把戏，他居然没有紧张的情绪。

所以，心里又泛起了同一个想法：“是不是我……真的不正常了？”

本来可以不去中州，可是去了；本来已经怀疑傻雕可能有问题，却去试探，结果把自己陷进去了；本来此次可以离开长安，现在肯定已经安生地坐上高铁回家了，却鬼使神差地自己又跳进危险中来了。

为什么我会变成这样？我原本自私、贪婪、小气，所谓的高尚、无私、奉献根本和我无缘，在反诈骗之前我自己都学过骗术，即便现在我仍然对那些骗术有着浓厚的兴趣，可我为什么偏偏要和骗子斗个你死我活？

是看到那些受害人的惨状？没有啊，电诈都是远程的，远程犯罪根本不用面对面了。

是一种信仰的感召？不是啊，入籍太急，岗前培训还没举拳头宣誓呢。

那是身边同事的影响？也不是啊，一起都没工作过几天，这大部分时间都是和骗子在一起啊。

那是什么呢？是什么驱使着我鬼使神差地这么做？

斗十方心里迷茫着，哪怕对骗术洞若观火，却无法洞悉自己的心态变化。此时他心里和眼前的路一样，都是黑的……

笃……笃……

敲门声起，黄飞喊了句进来，一个男子应声而入，把一身衣服小心翼翼地放在茶几上，轻声说道：“飞哥，雕哥，服装准备好了，不知道合适不？”

是“沈凯达”，那惨兮兮地从中州被带回来的“沈总”，不知道发生了什么事，他此时西装革履，又有了几分精英人士的派头。他恭立在当地，有点奇怪地看着黄飞和王雕扒拉着一堆脏衣服，好像在找什么东西一样。

“飞哥，你都有怀疑，还敢收这人啊？”王雕没当回事，抽着烟吐圈圈。

黄飞一摆手，让“沈凯达”把脏衣服打包，抬头道：“小心驶得万年船嘛。傻雕，我主要担心的是，这孙子万一取了钱跑了怎么办？干这活儿得胆大的，可也不能胆子太大。”

说这话时，他像是羡慕一样地看着“沈凯达”，是看人民币或者瞄骚浪贱娘儿们的那种眼神。王雕瞄到黄飞的表情了，笑着道：“吃肉要怕膻，这活儿就甭干。给他弄个看场子的活儿就得了呗。”

“啧，你狗日的吃肉，还不兴我喝点汤啊。这头货，还是我给你的。”黄飞愤愤道。如果有争执，那肯定是因为利益，明显利益不均等了。

“哥，说这话就不好了。您扔了的人，我慧眼识宝了，不能反悔啊。”王雕得意道。

黄飞低声下气了，主动给王雕发了根烟，点上，谄媚道：“兄弟，那就再废物利用一回，这找人识人的事，我还真不如你……你说里头那位，咱们怎么才能防着他，让他安生干，别出乱子？”

“不用防，也防不住。你看这货，我防了吗？”王雕扬起下巴冲着“沈凯达”。

是啊，如果论拳头，王雕并不占优势，可这位“沈凯达”还真被王雕用得服服帖帖的。他正纳闷的时候，王雕说了：“既然皆为利来，那由利驱之最好……我叔说的。其实这个很容易啊，只要让他明白，跟着你能赚到钱，一直跟着你，就一直能赚到钱就够了，而且赚得比他期待的多……是不是啊，沈总，对我这位大哥还满意不？”

“雕哥，瞧您说的，什么叫满意？您是我亲哥，比亲哥还亲。”“沈凯达”谄媚道。恶心得黄飞直咧嘴，不过他接受了这个建议，点点头道：“成，富贵险中求。我手底下要有这么一拨人啊，基本就能躺着赚钱了。”

正说着，里间的门一响，披着浴巾的斗十方拉开门出来了。黄飞一甩头，让“沈凯达”送衣服。猝然见到此人，斗十方的眼睛滞了下。这个细节被黄飞扫到了，他喊着：“等等……沈总，你认识他？”

“不认识啊。”“沈凯达”迷糊了。

黄飞好奇地问：“十方，你认识他？”

斗十方蓦地吐了吐舌头，给了个羞赧、不愿意开口那种表情，摇了摇头，招招手，让“沈凯达”把衣服送进来。然后斗十方把门关上了，这变故让王雕也愣了，刚一愣神，只听“沈凯达”呀了一声，尖叫着“干什么”，然后开门紧张地出来了。

“咋了？”黄飞给整迷糊了。

“他……他摸我。”“沈凯达”幽怨地说了一句。

“啊？！”

王雕和黄飞相视愕然，愣了片刻，看“沈凯达”宛如被人非礼的小媳妇那难堪的表情，瞬间爆出一阵狂笑。这一笑把刚才那些许怀疑给冲得无影无踪了。

里屋的斗十方可是吓了一跳，边穿衣服边扇了自己两个耳光，没想到“沈凯达”会在这里出现，差点露馅。他穿好西服，蹬上皮鞋，再出来时，焕然一新的形象让黄飞眼前一亮，这小伙子精神抖擞的，绝对比街上卖保险、干推销的干练。他起身围着斗十方转了两圈，一竖大拇指，道：“不错，帅呆了……回头哥把你带到会所，那些骚娘儿们不给钱都别想扑上来。怎么了，你满意不？”

“满意。”斗十方笑着道。

“那我就给你安排活儿了啊，这活儿很危险。”黄飞严肃道。

“放心，大哥，都是出来混的，只要不是往死里砍，敢干。”斗十方道，他判断不会有好活儿，像他这种被打上暴力标签的，八成是这种活计。

“不不不，你错了，你没危险，是我有危险。我还在犹豫，这犹豫的地方是，我能相信你吗？”黄飞严肃问，直勾勾盯着斗十方的眼睛。

“大哥，这话我没法回答，说不能吧，伤您心；说能吧，又去不了疑。只能事办到哪儿算哪儿。”斗十方道。

这个委婉的回答让黄飞很满意，他道：“成，那我就冒一次险。你要坑了我，只当我瞎了眼……江湖就别见了。”

斗十方听得云里雾里，好奇问着：“大哥，您还没说啥活儿呢？”

“不要问，跟着干就行了……走，先犒赏你一顿。”黄飞揽着斗十方，状极亲密。四人鱼贯地出了酒店房间，直接到二层餐厅叫了一桌子菜。还真是犒赏，那三位只顾着看斗十方一个人吃了……

剧情变化得太过离谱，当斗十方一身西装从酒店门厅出来的画面传回长安经侦总队专案组时，正在商讨的几位成员有一种梦幻般的感觉。

“这是要干什么？”邵承华盯着监控，自言自语道。他左顾右盼，中州这位女警官正熟悉着长安方面提供的资料。另一位曾夏大队长，和他知道的差不多，也在奇怪这个过于剧烈的剧情变化。

会议室就剩他们仨了，中州这个小组正在隔壁恶补案情，凌总队长带着长安几位大员去迎接中州方面的来人了，据说是反诈骗中心的一位主任。两地关联的线索越来越多，现在进入研判并案侦查的程序了，不过半路插进来的中州小组实在不怎么招人待见。邵承华和曾夏互视了眼，相顾俱是无奈。

再怎么说，中州这个外勤已经站在最有利的位置了。所有外勤代码里，鲜有使用零号的，可一旦使用，那就意味着压倒一切的重要性。可能位置比他们两位专案组执行组长还要超然。

“向组长，我有个问题，可以麻烦您吗？”曾夏出声提醒专注的向小园。向小园“啊”了声，点点头，就见曾夏指指截屏的画面。向小园这才注意到斗十方形象翻天覆地的变化，紧跟着她也一脸纳闷，自言自语：“这是怎么回事，升职也升得太快了吧？早上还是民工，晚上就成特工了。”

这不是玩笑，而是惊讶。邵承华道：“所以我们考虑尽快建立内外联络啊。他们一旦出了天眼监控，我们就一无所知了。即便零号想传信，恐怕短时间也会受到限制，而且会很危险。黄飞这个人可是个有伤害前科的。”

“但是……这才半天工夫，跟进也需要时间。用什么方式？在什么地点？由谁来做？必须详细稳妥，这条线连得有点岌岌可危啊……再说，毕竟才半天工夫，这能干什么啊？”向小园道。

“这个人，王雕，有案底记录，那这个人……没有任何信息，似乎在团伙里的位置也不低啊。”曾夏排出了那位“沈凯达”的照片。

向小园一言难尽了，她把“沈凯达”的情况详细讲了一遍，原名张建，传销参与人员，欠债失信名单、失信法人均榜上有名，中州货到付款诈骗案又是个傀儡替身。

曾夏哭笑不得地道：“哟，新鲜啊，居然有履历这么传奇的人。那他什么都没有，连身份都有问题，是怎么跑出来的？”

“我们拘捕了嫌疑人之一聂媚，而他和聂媚有直接关联。所以我们推测应该是团伙出于保护聂媚的目的，捎带连他也带出来了。只要他没有被查实，那我们指控聂媚就会缺失重要人证。”向小园判断道。

“好像……哪里不对啊。”邵承华审视着这个非重要人物，蓦地醒悟了，他提醒道，“他们入住的可是秦风酒店，四星级的。你看这位‘沈凯达’，不管他叫什么吧……你们觉得他像丧家之犬的样子吗？”

“是啊，就连王雕的派头都出来了……不会来这几天已经捞了一笔了吧？消费都上去了。”向小园喃喃道，有时候真觉得这些骗子简直是人生开挂，你都不知道他们一转眼能变成什么样子。

“我觉得要有事发生了啊。无利不起早，更不会贪黑，这管吃管穿招待得这么好，总不能干赔本买卖吧。”邵承华直观地判断道。

此时屏幕上断续追踪到的车辆已经到了城边，再往前走就出城了，一出城，那天眼的功效可就要打多半折扣。对于刚刚调整的方案，还没有来得及建立联络的专案组，此时天眼是唯一的依仗啊。

怕什么，就来什么了。十几分钟后，那辆载着几名嫌疑人包括一位自己人的车辆，彻底消失了……

轿车换上了越野车，风驰电掣地跑了一个多小时。昏昏欲睡的斗十方迷糊着感觉到停车时，又换乘了货厢车，这一走又是一个小时左右。开始他还记着方向和路线，等后来在黑漆漆的车厢里没法记，干脆睡着了。等他被一阵冷风吹醒，车停在一个不知名的地方，后车厢开了。开车的司机和跟来的王雕站在货厢外，招手让他们下来。

“沈凯达”和一个不认识的小子，二十啷当岁，加上斗十方三个人，迷糊下车，再被冷风一吹，彻底醒了。斗十方注意看了那男子几眼，很意外地看不清。那货居然戴着个大口罩，身处的环境是个路边空地，更没想到的是，主持此次任务的是……傻雕。

“老三，听好了，取上钱用手机导航走。要是手脚不干净，小心要你命啊。”王雕威胁道。

那小子凛然赌咒：“雕哥放心，我哪敢动那钱啊？”

“沈总，你就不多说了，干得不错。”王雕拍拍“沈凯达”以示嘉奖，再一步看到斗十方时，斗十方瞪着他。他笑着道：“我威胁不了你，但这是牛老板的生意。你拿钱跑了，黄飞得全赔。当然，可能跑得了，也可能跑不了，你可以试试。”

“这黑天半夜，你嘴上都没几根毛，好像见着钱毛了似的，说得跟真的一样。”斗十方不屑道。

“马上就有了。”王雕道，给三个人每人一部手机，手机的画面就是地图定位。斗十方看得瞠目结舌，这和警方的电子警务图差不多，只不过标注的地点不同。他们标注的地点是：银行。

“卧槽，你他妈让我抢银行去？好歹也给个顺手家伙啊！”斗十方故意道。

“那低智商的活儿是咱们干的吗？拿好，每人三张，密码就在背面，每张取两万，现在是23时10分，过了零点还能再取两万，每张卡取四万，卡好时间点，过了零点就算第二天，你们熟悉一下路线……”王雕安排道，给发了卡。片刻后又一辆车驶来，卸下来三辆轻型摩托车。王雕又交代一番，三个人骑着摩托车，直驶向道路尽处的城市了。

斗十方明白了，这不是上位，是被黄飞捡来当炮灰了。这个活儿是诈骗犯罪里一项传说中最危险的活儿：车手。就是把骗来的赃款直接在ATM机上取现，比洗钱来得利索，成本也低，当然比洗钱危险。不过危险是取钱车手的，对于老板自然没危险。即便车手被抓，也根本不知道老板是谁。

手机揣在兜里，肯定不敢用。通知家里，更不可能，这黑灯瞎火的，都不知道被拉到哪座城市了。

怎么办？

斗十方边走边想，没想出所以然来就已经进了市区，他循着路线果真看到了一处银行的24小时ATM。钻进取款间，站在ATM前，他拿着三张写着取款密码的银行卡，看着屏幕上时间的跳跃，还没有来得及做思想斗争，兜里的手机就响了。他另一只手掏出手机来，一看傻眼了。手机微信传来了一张照片，正是他进门的样子，下面有提醒的一行字：快取快走，我们看着你。

这是被监控着，或者是手机或者是有人在暗处盯着，否则取这么多现金不可能不留后手。他略一犹豫便下了狠心，一咬牙，卡插进去了，输入密码，点取款……机器哗哗哗响着，片刻后，一整摞红通通的钞票喷吐而出。他拿着钱往怀里一揣。

果真是突破底线就不说下限了，再一咬牙，又点取款，取款机哗哗地响着，掩盖住了斗十方那一声微微的叹息，都说美色乱人性，财帛迷人心，诚然不假。从没有见过这么多钱的斗十方心在颤、手在抖、眼皮子在跳，说不清是激动、紧张，还是恐惧，甚至还有那么一丝冲动。

第一笔钱很快取完了，他迅速离开，这里空空荡荡的，像什么也没有发生过一样……

匪中奇葩，非坏即傻

“笃……笃……笃……”

一阵急促的敲门声打断了俞骏和凌宏业的交流。凌总队长看看时间已经快凌晨一时了，喊了声请进。应声而入的曾夏几乎是失态地喊了声：“总队长，出事了，可能是零号。”

“什么？”俞骏吓得跳起来了。凌宏业跟着起身出来，且走且问着：“怎么了？今儿早上才入伙的能出什么事？”

“是这样，我们刚刚接到了栾城市三分局的电话。”曾夏道。

“你不扯淡吗？栾城市离这儿三百公里呢，偏远县级市，他们怎么可能知道零号的信息？”凌宏业问。

曾夏急急解释着：“可他们拨的是零号专线。”

“啊？！”凌宏业吓了一跳，那是给零号留的紧急情况才用的专线号码，他急得拽着曾夏说着，“到底怎么回事？”

曾夏语速飞快解释着，今夜是他当班，刚刚接到这个电话说，半个小时前，栾城市三分局一辆出行警车在市区边上和一辆摩托车剐蹭，驾车的辅警下车询问情况时，遭到了对手突然袭击，把那位辅警给制住铐到车门上了，还嚣张地在警车的车漆上划了个电话，说有本事抓他，老子活得不耐烦了……说完就扬长而去。等那位辅警设法通知局里来人，袭警和划警车的早找不着人了。

于是留下的电话，就打到长安专案组了。

俞骏听得满脑门黑线，这既损且混账的手法，百分之百是斗十方。凌宏业却是重视地问着："就算叛逃也不至于这么嚣张地袭警啊？"

"所以我觉得是出什么事了。"曾夏道。

几人匆匆赶往专案组，那里接驳的实时影像已经连通了栾城市，对方一位警官正在电话里吼。凌宏业亮了身份，对方怔住了，一时不明白什么情况。凌宏业说了："现场什么都不许动，包括被袭击的那位同志，我们马上去人解决……让你们分局长和我联系。"

对方应声，凌宏业把任务直接调给曾夏了。曾夏呼叫外勤安排好车辆，闻讯赶来的向小园、娜日丽一行和他们撞了个正着，俞骏干脆提议让自己组的人也跟上去，两组合一组，三辆车向栾城市急驰而去……

此时，三名骑手呼啸而来，待接近货厢车时，那车门洞开，车上放下了板子，车直驶进厢里，跟着熄火，车手跳下来了。最后一辆稍晚，到车前停下了，车手嚷着："谁来骑一下？这坡我他妈上不去。"

这个好办，那个叫"三儿"的被王雕派出来了。他一抬腿跨上车，一加油，"呜"的一声把车骑进了货厢，稳稳当当地停在空隙间。有人喊着快快，搁车、下车、关门，几乎是一气呵成。那车随即启动驶离，取钱的这三人被带进了一辆越野车里，似乎是半路坐过的那辆，驾车的不认识。王雕坐到了副驾上，车启动时，他往后一扬几个塑料袋子，后面仨接着，开始从怀里掏钱。那钱哪，一把一把地往外抓。

"别他妈捣鬼啊。一人一袋子，谁的少了朝谁说话。"王雕警示着。

往外搂着钱的斗十方不屑应了声："还用你吓唬，这钱他妈谁敢拿？"

驾车的司机哈哈一笑，开口了："哟，这兄弟识相……阿飞的人？"

"嗯……没碰上什么人吧？"王雕顺口问了句。

"碰上警察了。"斗十方道。

嘶一声，王雕不经意被吓了个哆嗦，怒道："大晚上别他妈吓唬人行不行？"

"我真碰上了，妈的一巡逻警车，老子紧张得把警车都蹭了下。"斗十方道。

“那然后呢？”“沈凯达”用不信的口气问。

“我把那警察揍了一顿，然后铐上，大摇大摆地就回来了。”斗十方道。

“沈凯达”扑哧一笑，乐了。其他人愣了下，然后哈哈狂笑。那司机说了，这小牛逼吹得真有水平。王雕有点半信半疑，笑了半天，又觉得这事保不齐真有可能发生，他问斗十方：“蹭个车，至于揍人家一顿吗？”

“不出狠手不行啊。我他妈兜里揣这么多钱，跟个怀孕娘儿们一样，口音又不是本地的，一说话还不就露馅？”斗十方振振有词道。

那司机听得有点愕然地追问：“傻雕，这货什么来路，不会真袭警了吧？”

“真的假的我不知道，不过这事他肯定敢干，假不了。”王雕道。

“卧槽，就取个钱还他妈惹事，嫌他妈活得不耐烦了是吧？你要真袭了警，我们怕是没跑，这么多电子眼，那还不得挨个儿一路查？”司机怒了。

“咚”的一声，斗十方重重一击驾驶座背部，直接威胁道：“再啰唆老子连你一起干啊。”

“哟嗬，你……”

“你一开车的，还真把自己当老大了……”

那人话音断了，斗十方直接扑上去了，环着胳膊勒着那人脖子，车打了个趔趄，吓得一车人尖叫。王雕知道斗十方名如其人，一贯好斗，赶紧拽着他胳膊，说着软话。斗十方发泄了一番脏话，这才放开那司机。有道是恶人还需恶人磨，斗十方这么一折腾，那司机老实了，不敢说话了。

于是车里只剩下斗十方在恶言恶语地乱骂，他是不辨方向心里急的，可急也没用，这桩罪案成功实施并且脱离现场了，作案车辆疾驰着，在漆黑的夜里越驶越远……

长安警方一行人用时两小时四十分赶到现场。郊区文峰路，被袭击的警车还在原地。接应他们的是当地的分局长，看着一车下来这么多同行愣住了，还没开口，当先的曾夏问着：“人呢？”

“早跑了。我们正跟着监控找。”分局长回应了一句。

曾夏打断道：“我是问被袭击的人。”

“在车里……这边。”分局长带着曾夏一行，那位坐在车里干等的小辅警下车了。事出突然，他到现在都是蒙的。本来是接应两位出警车坏路上的同事，这倒好，出门不远就被人揍了，而且还没看清是谁。他忙不迭地说着：“……我真没看清人。他戴着头盔，我刚问句没事吧，他一拳就打我这儿了，然后摁着我，把我铐车门把手上了……”

“等等……他有手铐？”曾夏问。

那小辅警羞赧地道：“是我的。他搜我的身，把我的抢走了。”

分局长怒得一指戳上这小辅警脑袋：“没出息。”

“不是不是……情况和你们想象的不一样。这位同志，你的口袋……”曾夏说着。

那小辅警又想起来了：“对，他抢我手机，给我扔车里了，我爬了半天才够着。”

又错了。曾夏回看了向小园一眼说着：“不是问你手机，而是……你掏掏口袋，看是不是多了什么东西。”

两个人在路上商议了，一致判断这可能是零号情急之下的传信方式。那最有可能的就是把信息通过这样的“中介”传递了。那小辅警闻言下意识地掏口袋，边掏边说着：“没什么呀，我就一个钱包……咦，不对，他好像不是抢劫，没拿我手机，也没拿钱包……咦，这个……”奇怪了，多了几个小纸团，叠着的。小辅警怯生生地递给了曾夏。

曾夏展开，摁亮了手机灯光。向小园脱口道：“取款的凭条。”

“这张好像被划过……是用硬物划的。”曾夏照着其中一张，热敏纸上有浅浅可辨的划痕，很清楚，他顺口念出来，“E2414……这是，车号？”

“取款凭条……车号……”向小园回头看那辆被划的车，引擎盖上划着电话号码，她犹犹豫豫地说，“查一下ATM的记录。可能来的不止一个人，而且追到的可能性已经不大了……通知家里查这个车号，如果所料不差，应该是只有来的记录，没有消失的记录。”

“等等，你的意思是……”曾夏也明白了。

向小园点头道：“很可能是车手，最危险最倒霉的那种活儿。”

“快，分头部署一下。如果能追到这个线索，那比长甸的窝点价值可要大多了。”曾夏兴奋地道。

一边安排，一边把分局长拉过一边，不一会儿车人迅速散去，外头忙着联络银行提取记录，两地技侦开始排查监控，一直忙到天亮，猜想被印证了：

三个人，分别在六处24小时银行ATM上取走了36万元整。

E2414是辆货厢车，果真是只有来栾城市的记录，没有消失的记录。不过在高速检查站里找到了端倪，一辆通过的越野车打滑差点翻车，经过检查站时天眼拍下了驾驶位置的两个人，其中一个，正是斗十方。循着这辆车，居然追到了邻县永平县。

到上午曾夏、向小园一行回返长安时，永平县也爆出了让他们更头疼的信息：那三个车手在永平连夜取走了30多万元现金，手法和在栾城市的如出一辙。

大多数诈骗团伙洗赃款都会通过境外所谓的“水房”洗钱，像这样明目张胆地就在内地城市取钱，而且这么集中、作案手法这么利索隐蔽，如果不是自己人还真不能及时发现。再侦查时发现，全省各地市有一半都发生过类似的大额提现。这个信息还真把专案组给吓了一跳。曾夏一行在回来的路上，专案组的重点追踪方向，暂时转向了这拨取钱的车手……

斗十方是被一阵急促的擂门声音叫醒的。快天亮时才回到长安，一夜未眠，又干的是这种体力活儿，精神还高度集中，等一合眼就睡死了，揉着眼睛醒来，那位“沈凯达”已经去开门了。王雕和黄飞出现在门口，兴冲冲地进来了。王雕关上门，就见黄飞拍着巴掌喊着：“醒醒啊，醒醒啊……”

“三儿，发钱啦。”王雕喊了句。

这话管用，那个还迷糊着的小子一骨碌爬了起来，赶紧道：“飞哥，雕哥，我睡过去了。”

“没事没事……哎呀，兄弟们可是辛苦了啊。你的，你的……”黄飞随手给“沈凯达”和三儿扔了个纸包，他笑着道，“干得不赖，牛老板非常满意，哈哈……下回有大活儿一准都给咱们。十方，你的。”

纸包是黄飞亲手递上来的。斗十方接着，厚厚的一摞有大几千的样子，他表情似乎没有什么惊喜。黄飞好奇地问：“嗨，兄弟？嫌少……一晚上一顿的收入够大了吧？虽然你取得不少，但，报酬只能这么多，毕竟人家往回赚这些钱也是费了劲的，咱们要得高了啊，那人家通过‘水房’洗，都不带咱们玩了。”

“一晚上赚这么多怎么可能嫌少啊？飞哥，这活儿太吓人，大晚上就那么搂一兜钱来回跑，我紧张啊。”斗十方托词道。

“还有这笔钱，也给你，毕竟是辛苦抢的。”黄飞又掏出一包来扔到床上，却是斗十方“抢”的被费才立搜走的那笔钱。黄飞笑着坐下，一拍斗十方肩膀，道，“这跟嫖娘儿们一样，头回都紧张。手抖腿软心发颤对吧，次数多了就没事了。”

那两位也跟着笑，心里就算再有恐惧也被厚厚的一摞钱压下去了。黄飞安排着众人再睡会儿，晚上让傻雕带大伙一块儿出去嗨皮，临走又见猎心喜地瞅了斗十方几眼，像是格外赞赏一般。不过斗十方神经放松，他却突然来了一问：“你紧张好像是因为遇上警车了吧？”

“啊，我跟他们都说了。都没人信，说我吹牛。”斗十方道。

黄飞愕然回头看王雕问：“说了吗？”

“说了……啊？是真的？”王雕此时才觉得腿软心颤，那两位更是傻眼了。三儿惊得看外星人似的瞪着斗十方：“斗哥，你真的遇上警察，还把警察打了？”

“那能有假？那警察下车就问我哪儿的，我揣一兜钱哪经得起盘问？只能下手了，一勾拳一个撩阴腿就把他放翻了……飞哥，我不给您惹事啊，这不钱也有点儿了，那个，要不我……回中州去……反正戴着大头盔，他们也找不着我……”斗十方看着黄飞脸上阴晴不定，又生去意。他故意把情况说得严重了点，此时倒有点希望被赶出这个组织，毕竟和当初的料想差得太远，就这车手的活儿，是诈骗团伙的最后一公里了，想接触到团伙的核心，可能还不如留在窝点里包神星的那个位置呢。

黄飞听着，想了想，又笑了，道：“我只看结果不看过程，那种情况没吓得尿裤子就不错了……你小子裤裆里夹的是颗狼胆啊。哈哈……走什么走啊？以后我不在，你就是大哥。傻雕你没意见吧？”

王雕一直就怕斗十方，赶紧摇头：“没有没有。”

“谢了，飞哥。”斗十方心情复杂地道，恭送着黄飞长笑着出门了。

再回过头来时，“沈凯达”、三儿两位小弟看他的眼神都变了。斗十方却是把自己往床上一扔，盖上被子说了句：“我实在不想当这个大哥啊，只可惜实力不允许我低调啊，睡觉……生当醉、死当睡，痛痛快快活一辈。要说痛快，还是得加入黑社会啊，哈哈……”

他发了句神经，把一摞钱乐滋滋地数了数收起，真蒙头睡觉了。那两位凛然受教，觉得这位新大哥要比傻雕豪爽得多，瞧人家这派头，袭击了警察跟没事人一样，可比咱强得不止一点半点啊。

蒙起被子的斗十方其实在暗叫侥幸，敢那么干，是因为他无意中发现了对方的秘密：根本没人尾随，而是把微型监控探头安装在摩托车车灯里，可以远程监视到取钱的车手。他倒不担心露馅儿，唯一担心的是，这个信息没有传出去。那样的话，昨晚又取赃款、又袭警的，万一家里没有得到通知，那自己得被栾城警方当悍匪追捕啊。

出门时黄飞的步幅很大，昨晚回来安排几个车手住下的这个地方在贾村，距市区尚有一段距离。他上车走的时候又回头看了眼住的那个民宅，不知道想到了什么，自顾自地笑了笑，驱车前行了。

这时候坐在车上的王雕可是心虚了，小心翼翼问着：“飞哥，那小子昨晚真袭警了？”

“你以为呢？自己看。”黄飞掏着手机，递给王雕，王雕翻着手里存储的视频，好几个移动拍摄的画面，找到了，一点开，果真是一辆摩托嘎的一声刹车不及，斜斜地和一辆警车撞了下，蹭到了警车的左侧，驾驶位置下来的辅警吼着：“干什么？没长眼啊？还是辆没牌车……”此时车一停，就听“哎哟……啊……”两声，啪啪清脆的两声，即便警车堵着拍不到那现场，也想得出这是两拳加两耳光，片刻后听到了斗十方压着嗓子威胁：“瞪什么瞪，老子就活得不耐烦。有本事来抓我，操……”

启动，摩托车扬长而去，视频完了。王雕目瞪口呆，惊得说不上话来了，他弱弱地把黄飞的手机放下，看着驾车的黄飞，脸上肌肉抽了几抽，一句话也没说上来。

“吓傻啦？”黄飞笑着问。

王雕牙疼似的回应着：“倒不至于。哥，这货……咱们敢留吗？”

要是作奸犯科，这是同路；可要是作死，就算同路也不敢认你呀。黄飞笑着道：“那你还是吓傻了。”

“就当是吧，这得害了大家啊。”王雕道。

“我倒觉得未必，跟雷子照面了，稍一不慎一露馅，咱们得被连窝端喽。昨晚也吓出了我一身汗，后来还让人沿路走了一圈，放心吧，屁事没有。”黄飞道。

“不是那么说的，现在都靠电眼。咱们就算捂得再严实，也不可能没被拍到，而且拍下就得存很长时间。现在雷子坏着呢，犯一次两次他不抓你，就等你犯多了抓个大案……跟他妈养猪一样。”

“说谁猪呢？”黄飞顺手扇了王雕一巴掌训斥道，“跑几百公里不在一个城市取现，我还就不信他们能追得到，就算追到也是一群炮灰。”

“没错，是炮灰，可别放炮时把咱们捎带上啊。”王雕道。

黄飞一笑道：“对呀，以后他就是大哥了，出事他扛呗……你顶多给他找几个小弟，啥也不知道啊，你又没取过钱。”

“哎，我去。”王雕一咬手指，斟酌一下，大拇指伸出来一竖，赞道，“飞哥你狠。”

“哈哈……过奖了，你都把人从中州诓来了，卖也卖个好价钱嘛。”黄飞狂笑着，在背信弃义以及无耻下流上，和王雕达成一致了。

车自乡路拐上了环城路，疾驰而去，路边一辆不起眼的起亚轿车换着位，悄无声息地追上去了。另一辆车循着来路在贾村转悠，是娜日丽和老程一组，两个人凭着外勤经验，愣是在村里七弯八拐的路上没找到黄飞的泊停处。这时候年纪大点的程一丁的优势就出来了，他路过小卖部就买烟，路上碰见闲汉就递烟，旁敲侧击地硬是把黄飞开的那辆沃尔沃的去处搞清楚了。

在贾村，贾旺家里。这是个在村里游手好闲的老光棍儿，还有个和他一样不务正业的外甥叫何三强，绰号“三儿”，有盗窃前科。

自栾城市顺着蛛丝马迹连夜查，最终回到了原地，三名车手的信息在临近午时确认，被团伙视作“炮灰”的三人，可能在睡梦中也想不到他们的分量有多重，当天就被挂到了长安市经侦总队“7·15”专案组的案情讨论会上……

无法破谜，有钱壮胆

“看来是安抚一下车手。他们应该没有发现零号这个小动作。”

俞骏出声道，盯着实时回传的记录。黄飞驾车回了市区，找了家宾馆住下，和往常一样，白天是这些人的休息时间。

没人提出异议，长安方面的曾夏、邵承华点点头，向小园补充道：“我们组盯着，如果有机会接触，可以把家里的信息传给他。现在这种情况，恐怕不适合用通信工具。”

“问题不大，连袭警都敢干的，没人会怀疑他是我们的人。”曾夏评价了句，这个评价让俞骏和向小园有点脸红。看向小园尴尬，邵承华赶紧圆了句场：“没事，没事，曾大队长是正面评价的，毕竟这是特殊情况。而且现在看来，他这种另类的传信方式，是最安全的。”

曾夏笑了笑没有吭声。俞骏干咳一声，转移着话题：“那咱们继续谈案情，中州方面的情况就这些，杜其安和一个胡姓女人下落不明，剩下的，王雕、包神星、黄飞都涉案，但我们也没有更多的证据，截至到目前的统计是，有两千一百多万的货款被转走，下落不明。”

“就目前的形势啊，几百万标的的案子，在我们总队还真排不上队。”邵承华笑笑道，目光投向向小园，出声道，“您二位，有什么需要特别指出的？”

“没有。”向小园已经熟悉过了案情。俞骏道：“我来得晚，听听大致情况吧，直接介绍就行。‘7·15’专案似乎没有直接关联某个重大案子？”

但凡命名的专案组，都是就案建制，而此次“7·15”专案，俞骏并没有看到关联的某个大案案发侦破进程，算算时间，都几个月了，中心人物还是只有费才立一个人。

邵承华尴尬地笑笑：“这是以省厅传达部里有关打击电信诈骗、地下黑产会议时间命名的，没有关联某个具体的案子，是因为各地屡屡都有案发。我们专案组挑选了经侦、刑侦、网安三个警种里的专业人士，试图在打而不绝的诈骗案领域来一次打断源头、打击黑金的行动。很可惜，收效不大。”

“呵呵，咱们一家人，五十步不笑一百步。我们这不也煮了一锅夹生饭，回头没想到把你们的活计也给搅和了……也不是没有进展，最起码这个费才立涉案是肯定的了。我们找到他是巧合，你们找他就不是巧合了吧？看他做的这小盘子，应该不入你们总队的法眼吧？”俞骏道。

毕竟是内行人，一语戳中了要点。邵承华解释道：“我看过你们提供的案情资料，其实我和向组长出身一样，也习惯于通过大数据盯人，这个人的疑点是通过大数据发现的。‘7·15’专案开始之前，我们就屡次发现个人信息泄露导致被骗的事。在分析了上万例受害人样本之后，我们发现其中有六百多例和费才立名下的中介公司相关，购车、购房或者其他买卖。中介吃的就是信息饭，正常万分之一到万分之五的关联，而他的关联达到万分之六百……高居榜首，没嫌疑都说不过去。”

邵承华停顿了下，示意着曾大队长。曾夏接着道：“我们发现的疑点是，此人由于职业和前科的缘故，和众多涉黑人物有来往，要真是个混社会的吧也可以理解。但反差强烈的是，他的中介公司居然还有海外业务。从去年到专案组建组，他的账户发生过四次海外业务收账，每笔都有十几万到几十万元不等……他的营业场所你们去过了，那地方可比一家进出口贸易公司还赚钱。”

向小园笑了笑。不用说，这是给国外“杀猪盘”提供人员的报酬了。

邵承华被向小园的笑容迷得失神了片刻，俞骏又咳一声他才回过神来。曾夏继续道："嫌疑之三，部里督导打击各地重点涉案人员的名单上，沈曼佳在列。这类连通海内外的中间人很难取证，行踪飘忽不定，通信方式更是频繁更换。数次端掉的境外诈骗窝点，或多或少都和这位沈曼佳有点关联，在查到的她的疑似联系方式里，很神奇地能和费才立名下的中介公司人员持有过的手机号建立联系。所以我们判断费才立和海外电信诈骗团伙有重大勾结嫌疑……这个嫌疑已经证实了。我们也没想到，他居然能约得到沈曼佳见面。"

"其中一个嫌疑是不是……"向小园插话道，"出境参与电诈人员，当时购买机票用过的银行卡、其他消费能够关联到费才立？"

"对，那个案情来自你们的协查通报。从建组到现在，他们换了两次地方，但是人员基本没换。我们判断应该是随着对海外电信诈骗打击力度的加大，他输出的生意也不好做了，所以干脆自己干上了。"邵承华道。这诈骗生意门槛极低，一学就通。八成跟吸毒的一样，吸着吸着也就贩上了，反正破罐破摔不在乎了。

"有一个问题你们注意到了没有？"

俞骏思忖着，提出问题来了。他示意倒监控，调出来昨天几帧费才立、黄飞、王雕同时出现的画面。大家皱着眉头看了一会儿，曾夏好奇地问："您看出什么问题来了？"

"是这样，假如以你们刚才的判断来看，费才立似乎应该是这些人的头儿，或者说应该是黄飞、王雕的金主。但情况好像恰恰相反啊，似乎黄飞才是头儿……你们看，他说话时不自然地腰向前弯，要是老板，身体前倾的似乎应该是黄飞和王雕了，我怎么感觉他连王雕的地位都不如？"俞骏道。

几个细节听得曾夏和邵承华暗暗点头，这位眼光确实有独到之处。邵承华解释道："或者可以解释为，费、黄二人都是替人打工的，黄飞这种有伤害前科、擅长斗狠的应该是团伙里实施暴力手段的角色，这种人得到别人的尊重应该很正常。"

"不不，地下世界里，拳头会向钞票致敬的。费应该是个小户。"俞骏道。

曾夏出声附和："我同意俞主任的观点。其实我们也考虑到这儿了。可惜这些骗子太狡猾，想找他们的上线，还真不是那么容易的事。"

"这个点我记下了…… 回头看昨天到今天案发的梳理信息，昨晚到今晨车手取现，三个车手、一个王雕，还有两个司机，应该是两到四辆车，中间还有过换乘。说到这儿我得道个谢了，幸亏咱们这位零号，否则我们真不能及时发现，现在的各地经济流通，几十万的提现不起眼…… 到目前我们一共发现有四次类似的取现，发生在我省十一个地市。技侦还在回溯信息，总金额应该超过四百万了。"邵承华道。

俞骏还真没想到，王雕这个毛骗一转身到了长安做的都是大事。但这个转换太过突兀，他思维里实在找不到对这种转换原因分析的支撑。

"这个钱的来源有问题。上家是注册在霍尔果斯的四家传媒公司，注意一下这个地点，目前在霍尔果斯注册的公司有两万多家了，因为税收优惠政策大家蜂拥而至，大部分都是租个小门脸雇个记账会计，可能法人连霍尔果斯在哪儿都不知道…… 这点做得很专业。"向小园道。

既然专业，那就肯定有专业人士的参与。邵承华点点头，认可。

"还有，似乎他们取的钱和费才立没有关联。费才立那德行，要是能在这么短时间骗到几百万，我觉得他都不至于还卖人头，和海外搭线。"曾夏道。他看了向小园一眼，这样的女性在队伍里很罕见。

向小园思忖道："我们反骗两年的经验是，诈骗已经专业化了，培训有专人，话术有专人，供料、建团、卖人头、水房洗钱，都已经流程化和专业化了。如果这样的话，费才立应该是我们发现的冰山的一角。"

曾夏笑了，点点头，在这一点上他们的思维是一致的。俞骏思索着出声道："凌总队长让咱们研判的几个情况，我觉得都可以肯定，第一，前台诈骗的肯定不止一个团伙，幕后有专业人士为虎作伥；第二，把诈骗移到境外虽然不失为一个好的选择，但受制的地方也会很多，特别是我们加大国际协作打击力度之后，境内隐身的地下黑产要继续作案，肯定要和社会上的黑恶势力相勾结，盗取信息、实施诈骗、取现…… 不排除他们在境内打通这样一条产业链；第三，抓到几个骗子或者几笔赃款，解决不了根本问题。犯罪的核心，也就是说，黑产的源头，才是本案的重点。”

“没错，重点，也是难点。”曾夏点点头。

邵承华在电脑上记录着，出声道：“这也是我们两地协作的方向。凌总队长正在省厅参加会议，回头我把咱们的讨论纪要给他过目。目前就是这样了，各组的布控任务已经安排下去了，这笔大额现金的去向还不明了。我们掌握了部分钞票的冠字号，只要不是全都消费出去了，应该都能提供线索。”

所以，接下来只能等，等这些取走的钱出现，等零号可能发现的线索，或者等着布控可能找到的新线索以及嫌疑人。每逢这个时候，都是案情最难熬的一段时间。向小园趁着这个空当提了一句：“还有个问题，如果能接触到零号，我们给他传什么信息？可能这样的机会不多，即便有，时间也会很短。”

“目前还没有什么信息需要传递，你在担心什么？”邵承华好奇地问。

“假如再遇到取现的事呢？我觉得这种事恐怕会引起他的反感，毕竟是警察，在做与职业道德相悖的事。”向小园道。

曾夏扑哧一声笑了：“瞧你说的，钱取了，警也袭了，能想出这损招的人，我觉得不会有心理障碍。”

“迫不得已和主动去做，毕竟是两个概念。”向小园道。

邵承华敲着字，笑了笑道：“取钱的车手还有几个，还能取多少钱都是线索，取得越多，也就意味着我们发现去向的机会越大。如果有接触机会，就告诉他，主动一点……至于袭警嘛，我觉得还是可以接受的，再怎么说都是自己人。”

邵承华说着自己先笑了，实在没办法圆了这件事再给零号个表扬。向小园和俞骏尴尬地赔着笑，斗十方“升职”后头一遭就这么嚣张，接下来会出什么娄子，以他们对斗十方过往的了解，还真不敢去想象……

到晚上的时候，王雕在解放路口接到了梦别周公、进城潇洒的那哥儿仨。斗十方已经俨然有了大哥的派头，一手揽一个，就像和他加上包神星三人到长安时一样。想起这茬儿来王雕心里还是有点歉意的，笑吟吟地迎上去，称呼着“斗哥”，先递了支中华烟。斗十方随手叼进嘴里，王雕又赶紧打火给点上。

第一口烟直喷到王雕脸上了。斗十方恶言恶语地骂着：“傻雕，老子在费胡子的窝点被他们整了好几天，这挨的揍我他妈迟早在你身上找回来啊。”

“别价，斗哥，这不转悠了一圈您还是大哥吗。”王雕紧张道。

“放屁，没听飞哥说了，这是既不要脸又不要命的活儿。这么干，蹦跶不了几天。”斗十方道。

这么一说，那两位脸色就凄苦了，都是逼上梁山的啊，可要是说出来就有点动摇军心了。王雕尴尬看着，那位何三强撇嘴了：“咱命就这么贱，要脸干吗？”

“哟，三儿说得多有文化。”王雕赞道。

“滚。”斗十方骂了句，揽着何三强问着，“三儿，你不是本地户吗，怎么也干这个？”

“我欠一屁股赌债，一天被人从早追到晚，还有半夜追到我床上把我拖起来的。要不是牛老板给我摆平啊，我指不定得被整成残疾人士啥的。”何三强道。

“牛老板，飞哥姓牛？”斗十方纳闷。

“不是飞哥，飞哥的老板。”何三强道。

王雕闻言嘴里“啧啧”有声，何三强畏惧似的闭嘴了。斗十方回头就是一巴掌，骂着：“兄弟们脑袋都系裤带上了。咋，还堵住嘴？”

“不是，斗哥。这里头行规，不能乱打听。”王雕道。

斗十方回头又是一巴掌，嘴里骂着：“我就关心一句，碍你蛋疼？什么牛老板驴老板关我屁事，逮着我就交代钱都给你了，你是老板。”

王雕委屈得快哭了，惹不起，又说不过，而且人家还不爱搭理，揽着那俩走了。急得王雕跟上，邀着：“走走，我请客，海天苑吃大餐。”

“兄弟们拼了命给你赚钱，光吃一顿就成？打发叫花子啊？别说你没赚钱啊，我们拿小头，你肯定拿大头。这我们不跟你争，可好歹总得犒赏下吧？”斗十方道，无形中孤立了王雕。王雕被挤对得咬着牙点头道：

“成，吃饭唱歌我都管。其他不能朝我要啊，管不起。”

“瞧你那抠门样……钱我出。钱是王八蛋，花完再去赚，攒着给谁呀？还不如兄弟们一起潇洒了。对不，沈总、三儿？”斗十方大气道。

这风范绝对超过傻雕不止一倍。那两位连连点头，更紧密地团结在斗哥左右了。

于是外勤追踪的视线里就出现了一幕又一幕难以置信的场景，海天苑酒楼，这四人点了一大桌子菜，吆五喝六地浪了两小时。那儿可是长安数得着的高消费场所。几人醉醺醺地出来，乘着出租车到了另一个高消费的场所：蜻蜓KTV。

不愧是文化底蕴深厚的古城，很一般的名字配着一张美女长着双翅的海报，那意境就出来了。一进门，里头女服务生穿的衣服后都缀着蜻蜓翅膀，流光溢彩的霓虹灯里飘飘欲仙，像小天使，还是衣服穿得很少的那种。

王雕有点紧张了，小声道：“斗哥，这儿想带走个妞咋也得一两千啊。”

“哟，你小子门儿清啊，常来？”斗十方问。

“不可能，我是路边洗头房的消费水平，这地儿我哪消费得起？”王雕正色道。

斗十方不容分说回头又是一巴掌，骂道：“你咋那么没出息呢？中州舍不得花，全让青狗搜走了吧？找妞图睡，有酒图醉，有钱图什么知道不？就图活得比人大三辈。你看你，到哪儿都畏缩，明明是有钱大爷，还整得像孙子，哎呀，我都嫌你丢人呢。”

被教训了一番，这么有文化，说得当然是好有道理的样子。王雕眼瞅着斗十方把服务生吆来喝去，还摸了一个领路妞的臀部一把，那妞居然毫不介意，还朝他笑呢。一刹那王雕还真觉得自己活得很矬。他挺挺胸膛，拿捏出很跩的样子，跟着斗十方进包厢里了。

成箱的啤酒流水般地上来了，妖娆的妹子成群地鱼贯而入了，包厢里鬼哭狼嚎的演唱会，正式上演了……

第三章
顺藤摸瓜骗局初显

方积跬步，难追千里

闪烁的霓虹、出入的靓车、暧昧的光线、时不时惊鸿一现的女人，白晃晃的长腿和夸张的服饰在监控里显得格外耀眼。

这是天眼的死角，侦查顶多只能看到外围。就这个外围都看得钱加多嘴唇上挂了一滴亮晶晶的口水。程一丁一推他脑袋，把他推到后座了。案情进入正轨后，钱加多已经被忽视很久了，以他的业务水平，组里估计没什么任务敢交给他，顶多打包份盒饭送给顾不上下车的外勤。

“怎么办？进不去啊。”娜日丽望着蜻蜓KTV的招牌，有点发愁。

程一丁把接收实时监控的手机放起来，随口道：“只能等了。这种地方对侦查来说是绝地，而且……如果不是紧急情况，还是不要进去。通过经营者倒是可以配合，但经营这种场所的，哪个都是手眼通天的人物，保不齐会漏风啊。”

黄飞毕竟是土生土长的本地人，这一点不得不重视。娜日丽唉声叹气道：“我怎么觉得零号跟故意的一样，净找咱们没法接触的地方。”

“也不算很故意吧，一伙大男人闲了能去什么地方？还不是吃喝嫖赌。”程一丁表示理解。

钱加多就神往了，在后座吧唧着嘴道：“早知道有这好事，我就去了。”

“光羡慕吃肉，人家还挨打呢。”程一丁道。

“停停停，有一个够头疼了，别把多多教坏了。”娜日丽道。

“我还用教吗？这地方我熟啊，咱们完全可以进去啊。”钱加多道。

娜日丽和程一丁蓦地齐齐回头，盯着钱加多。娜日丽问：“很熟？”程一丁问：“常去？”

钱加多猛地发现失言了，这是纪律明文禁止的。他嘿嘿笑着，道：“我不常去，但我爸常去。有段时间，我妈就经常拉着我去逮我爸，一逮着两个人就噼里啪啦干一仗……然后我就捎带着很熟喽。你们别用这种眼光看我好不好，存在即合理，经营即合法，有什么呀？大部分还不就是在里头唱唱歌、喝喝酒。真正不合法的，也不会让咱们看见不是？”

“那当然，但是……”程一丁犹豫道。

“你不熟我熟啊，这事也得传帮带、老司机领路……哎，你们不去我去了啊。”钱加多道。

娜日丽提醒着：“别呀，你和王雕照过面。”

“没事，这里头一喝上，别说熟人，亲爹都不认识。”钱加多道，嗒的一声开门下车。

这个提议一下子解决了娜日丽和程一丁的焦虑，两个人随后跟着下来了。程一丁追上小声道：“这里头消费不便宜啊。而且，咱们也不知道他在哪间啊。”

“娜姐你来，我教你一招，会撒泼不？就泼妇那种。”钱加多问。

娜日丽瞪着眼，要捋袖子揍人了。钱加多紧张地按着她的手，解释着：“这是工作需要。你想让别人觉得你是个泼妇还是觉得你是个警察呀？”

“什么意思？”娜日丽好奇了。

钱加多贼忒忒地和娜日丽、程一丁头碰头商量上了，看样子肯定是个馊主意，听得娜日丽咬牙切齿要举拳头，不过被笑意满脸的程一丁给拽住了，不但拽住了，他和钱加多一个拽、一个推，硬是把有点不情愿的娜日丽给弄进娱乐场所了……

"重庆艳艳、东北娜娜、江西丽丽、温州妮妮、广西燕燕、贵州晶晶……问你，江西什么？"斗十方端着酒，学着妹子报名报了一串，临时做成酒令了。这艳艳妮妮晶晶早把那哥儿几个听蒙了，酒杯一指王雕，王雕反应迟钝了，报了个燕燕。然后环绕的美女爆出一阵大笑。

又错了，斗十方一指："喝。"

左边美女一搂，右边美女一灌，咕咚咚又是一大杯。

斗十方又一指何三强嚷着："三儿，听好了啊，重庆琦琦、广东婷婷、河南丽丽、长春美美、山东莎莎、福建芳芳……听好问题。"斗十方瞅着何三强正使劲记着，旁边陪唱的妹妹替他复述。他突然问的问题是："我一共说了几个？"

"啊？"正努力记燕燕莎莎的何三强傻眼了。一群美女愣怔片刻，爆出一阵大笑。

"反应不过来了吧。喝吧，哈哈。"斗十方端着酒，亲自灌了何三强一大杯。

四个人倒留下了六个陪唱陪喝的美女，一般情况下，再腼腆的男人喝两口就本性毕露了，何况这几个本就不怎么要脸。再加上斗十方刻意地推波助澜，变着花样地行酒令，啤酒一箱一箱消灭得极快。眼看着哥儿几个眼神迷离了，眼看着兄弟们失态了，右摸一把，左拽一把，惹得陪唱的姐们儿不时地惊声尖叫，来一句更撩人的话："呀！讨厌。"

这个男人都喜欢的调调对于从事警察职业的人绝对有负罪感，斗十方在用醉态掩饰着自己的不适，几次盯上那些陪唱女的手机，想想没敢下手，几次看王雕醉意朦胧的，好像下一刻就能醉倒，可再喝几杯还是那样。人不可貌相很适合这个人，毕竟在他手底吃过暗亏，斗十方的警惕心就更高了。

就在这时候，他听到了最美妙的声音，是娜日丽的声音，像吵架："滚蛋，我找我老公，你们开的破地方把我老公魂都勾走了，我看又是哪个骚浪贱货，死不要脸的……别拦我啊，谁再拦我今天跟谁拼命……"

他一喜，脊背一直，旁边的美女以为他紧张了，同情地问着："大哥，怎么了？"

“你听。”斗十方提醒着。那美女却是不在意道：“很正常啊，经常有老婆来堵老公，怎么，大哥你结婚了？”

“那怎么可能？就结了婚看见你们也想离婚了，我瞅瞅去。”斗十方眼睛闪着八卦的光芒，猫到了门口。一开门，两位穿西服看场的正和娜日丽理论。他一吹口哨，钱加多一回头，差点喊出声来。程一丁给他做了个手势，悄无声息地离开了。那头的娜日丽看到了，貌似放弃了，跟KTV看场的不再争执了，故意放声喊着：“你个死鬼，我知道你在里面，有本事你别回家，等老娘下去把你车砸喽……”

娜日丽被清出场了，让斗十方惊愕的是，还真有几个头秃肚肥的男人吓得退房走了，估计是心虚，莺莺燕燕的美女都没能留得住。

“咋啦，斗哥？”三儿醉醺醺地喊。

“老婆堵老公。好玩了，吓跑好几个唱歌的，哈哈。”斗十方干笑着，大气一指道，“你们……继续喝着，我他妈这肚子，哎哟喂，等我放完再跟你们干……”

他告缺出去了，还叫了个妹子。三儿开了个荤玩笑，里头又是一阵哄堂大笑。那妹子给他指示着卫生间的方向，还好奇地问：房间里不有卫生间吗？斗十方很神秘地看那妹子一眼，说了：“上厕所是一方面，主要还得跟您商量件事，一定把我那仨兄弟给多灌点，别一会儿我拼不过他们。”

说着，给那妹子塞了两张钞票。那妹子娇嗔了一句，推了他一把道：“放心吧，大哥，喝酒我们有提成，我们巴不得客人有这要求呢。”

“那就好，别等我了，给他们灌。”斗十方捂着肚子，一副内急的样子，往卫生间的方向跑去了。

终于见面了，仅容一人的卫生间，斗十方一敲门闪身进去了，进门脱了裤子放着水说着：“时间不多，有啥快说。”

“家里指示你，尽量摸清车手团伙的组成，可能不止你们几个。如果还有取钱的活儿，放心大胆地去干，取得越多露馅的机会就越多，根据取到的钱的冠字号，我们有可能追查到去向和幕后。”程一丁蹲在那儿道。

“这我就放心了。”斗十方仿佛身上的担子卸掉一样，长舒了一口气。

程一丁笑道：“我说你小子够浑啊，怎么能想出袭警传信这招来。”

“没办法呀，懵头懵脑地就被派去了，被控制得又紧。而且车手骑的车子，我发现在车灯里面装着微型监控，应该是远程监视，今天回来黄飞就问我了。”斗十方道。

“黄飞在这个团伙里看来位置不低啊。”程一丁道。

“我套了三儿几次，好像黄飞的上头叫牛老板。三儿入行就是因为被人追债，牛老板给他摆平了。然后干上车手这活儿的几个，那个中州犯事的‘沈凯达’，是被黄飞带回来的，王雕在其中角色很奇怪，黄飞和牛老板居然都给他人让他带着干这活儿。”斗十方道。

“王雕背后的人面子大呗。”程一丁道。

“不尽然，这活儿是诈骗行当里最危险的，爹不亲、娘不爱的货色才干，我怎么觉得黄飞在坑他。”斗十方道。

“都是骗子，尔虞我诈就是本色嘛。你奇怪？你不也被坑了吗？”程一丁道。

“对，在这里获取的信息可能是有限的，我觉得接触到上层的可能性不大。”斗十方道。

“已经很不错了，车手取钱再多几次信息，家里找方向就容易多了。现在有个问题是，取钱的时间对于你来说无法预知，又不可能用手机……你觉得用信号源的时机成熟了吗？”程一丁问。

这是征求意见。带上信号源指示方向，那危险性自然就出来了，斗十方思忖片刻摇头道：“不行，我是先乘轿车离开长安，然后被关进闷罐车里，下车的时候换衣服，取钱回来还得换，那是防着有人私藏取到的现钞……万一被发现，那就麻烦了。”

“好，我会把情况反映回去……等家里再想想办法，这种随机的事只能随机应变。对了，家里一切安好，俞主任来长安了，想见见吗？”程一丁道。

“相见不如不见，我都后悔脑子一抽做了这样的决定，搞得现在上不上、下不下，连家都回不了。”斗十方道。

“呵呵，喝着小酒、搂着小妞，小话说得言不由衷啊。”程一丁笑道。

斗十方向着他竖了个中指道：“大哥，你们在背后跟着，我就算玩儿也放不开啊。”

“那就放开点，出淤泥而不染的，在这一行行不通。”程一丁道。

“谢了，还有交代吗？”斗十方问。

“注意安全，总队判断这个团伙可能和地下黑产有关联，不排除他们使用暴力手段的可能。没了。”程一丁道。

“临走还吓我一句，走了。”斗十方手搭上了门插。

简短的见面结束，斗十方闪身出来。一个醉汉摇摇晃晃过来，斗十方故意撞了他一下，用身体挡着。后面的程一丁闪出来，斗十方这才扶着那男子送进了卫生间。这个极快的反应让程一丁多看了斗十方一眼，他心里暗赞了一句，悄无声息地消失了……

喝酒、猜拳、玩游戏、嗨歌……那个男女混杂的场面极其混乱，不过看得出是斗十方在控制着节奏，骰子、扑克、行酒令样样玩得精通。刚过一个小时，已经有俩妞包括“沈凯达”都给灌躺到沙发上了，在王雕又一次被灌得往卫生间里钻时，画面停止了。

点暂停键的是黄飞，他把画面往后倒了倒，定格在斗十方叫嚣的那一帧画面上，iPad正对的是杜其安，永远面无表情，或者说表情笃定，像在思忖着什么。另一个是胡女士，她也在看着这个人。正看着时，门开了，张光达拎着瓶红酒，迎让一个梳着马尾的中年男进来了。中州归来的几个聚全了，似乎还多了一个，是一个马尾男，很有艺术范儿的扮相，似乎对这里很熟悉。他娴熟地从柜里拿着酒杯，浅浅斟了几杯，开口说着：“老杜啊，我自打认识你，就没见你笑过，你是不是根本没娱乐过啊？不好酒、不好色、光好财，攒那么多钱有什么用啊？”

“没听说过吗？财富是海水，越喝越渴。”杜其安收回了目光，眼神空洞，似有所想。片刻后，他征询地看了胡女士一眼。

这位女士正是在登阳市打前站的那位“胡总”，现在这年头，什么“总监”“经理”“总裁”基本和绰号一样，都是骗子的代用名，所差不过是有的徒有虚名有的名副其实，这位胡女士肯定是后者。即便黄飞跟着杜其安这么久，也未曾知悉这位女士的真实姓名。而且让他感到很不解的是，外界奉为神明的杜风头杜其安，似乎经常会不经意流露出对这个女人的在意。

相好？姘头？同伙？

黄飞的思路可能仅限于这么几个方面，不过他都无法证实。看那位女士表情凄婉、风韵犹存的样子，年轻时八成也是个美人坯子，只是似乎有什么地方不对劲……对了，表情，总是那种愁绪百结、楚楚惹人怜的样子。如果让黄飞准确形容，八成就像那种老公出轨、婆媳不和再加上儿女不孝的怨妇形象。

"你在读我？"胡女士突然开口了，说完目光才看向发怔的黄飞。黄飞惊得"啊"了一声，赶紧解释着："瞧您说的，我一粗人，能读什么？"

"你在好奇我是谁、我为什么和老杜关系这么近、为什么对中州的一个混混这么上心，对吗？"胡女士问。当她收起病容的时候，表情显得诡异。像冷不丁看了段《倩女幽魂》，没前段倩女，只有后半段幽魂。

饶是黄飞混过大场面，也被问得语结了，这丫见鬼了，莫非看出我怀疑他俩有一腿？

"看来猜对了。"胡女士幽幽一叹，拿起只杯子，轻啜着红酒。黄飞尴尬道："不知道怎么称呼您……我没想那么多。"

"叫胡会计吧。飞啊，问你个事，这人就姓斗吗，有这个姓？"杜其安好奇地问。

黄飞点头道："确实有这个姓，身份证上就是这个名，错不了，在中州抢了傻雕两回的就是他。后来出事那晚上，我忙着找沈总，听说傻雕被青狗堵上了，这家伙似乎帮傻雕脱了困，然后不知道怎么被傻雕给忽悠到长安来了。刚来，傻雕就把他和憨炮卖老费那儿了，后来这货不知怎么就跑了。当天我们约的沈曼佳，这不生意都给搅和了，等回去准备转移，嗨，这货又自己跑回来了，我就捡上了……哦，对了，昨晚取钱还发生了点事。"

黄飞掏出手机，把那段视频放给杜其安看。杜其安难得地皱了皱眉头，杜其安又递给了胡会计看，这位女士也如同杜其安一样，眉头越皱越紧。

本来是商量事儿来了。一般情况下杜风头顶多是瞄一眼团伙组成，为此黄飞还安排王雕专门把一行人都带到了蜻蜓KTV happy。没料到的是，自打杜其安和这位胡女士瞄上斗十方的第一眼起，其他事情都搁在一边了，问来问去，都是关于斗十方的事。

“老杜，咋回事啊，这不你那倒霉大侄吗？”张光达端着酒杯坐到了杜其安身边问。杜其安不置可否地回了句：“没咋，这个人面熟，让我们想起个故人来。”

“故人，谁呀？您老不是个念旧的人啊。”张光达道。

杜其安嘴角一龇，没笑，解释着：“故人，就是个已故的人。”

黄飞看情况不对，赶紧说了：“安叔，有问题我立马打发走……不会是雷子的眼线吧？不可能啊，他是被傻雕诓到长安来的。”

“不会，不会，八竿子打不着的事。胡妹，你看。”杜其安回头问胡会计。这位女会计还回了黄飞的手机道：“把他更详细的情况都给我。”

“好嘞，没问题。那这人——”黄飞接过手机，征询。

“该怎么还怎么。”胡会计道。

“这……”黄飞纳闷了，这态度都让他不知道该怎么处理了。没承想随手捡的人，会惹出这么多麻烦来。正常情况下，到安叔这个层次，是懒得过问下面这些人的，包括对他的侄子傻雕都没这么上心过。

“别多想，勾起点心事而已……好吧，咱们言归正传。中州那趟没达预期，本来准备两头一起做的，可不得已只能提前折一头了。牛老板，捎带给您介绍一下张总，我们在中州合作过了，要人手找他，他有的是人。”杜其安道。

这就算认识了。梳马尾的牛老板给张光达敬了杯酒，两个人相视大有惺惺相惜之意。黄飞帮腔了，小声附和道：“张总，这家蜻蜓KTV有牛老板的股份，以后谈事这儿最方便。”

“好嘞，好嘞，谢谢，谢谢。我得谢谢各位帮衬啊，话说落毛凤凰不如鸡，只有兄弟几个还把我当人看，啥都不说了，跟着老安一起发财，干。”张光达敬了众人一杯。居中的杜其安放下杯子，细数着要办的事宜。话说任何事到了极致都叫大道至简，杜其安对大伙的鼓动那可是高瞻远瞩的精髓。

“比如黄飞你担心说，各个城市都在加装监控探头，加强路面巡逻，我们的空间越来越小了；比如张总你说了，国家各部委的政策一个接一个，每一个看起来都心惊肉跳，诈骗这条路是越来越窄了；还有老牛你担心的，现在又是冻结存款，没收护照，而且境外的合伙人也不地道，经常坑队友，生意没法做了。

“这些都不是问题，乐观的人从危机中能看到机会，比如说监控探头、路面巡逻加强，其实与诈骗没有任何关系。我们不是传统坑蒙拐骗，我们是用谋略和演技让那些肥羊心甘情愿地把钱掏出来，这些年各地监控力度越来越大，那诈骗成功率还不是嗖嗖地往上涨？比如你说政策对挂牌地区严打，但我们又不是非要到挂牌地区犯案，中国这么大，咋？总不至于都是挂牌严打诈骗地区吧？

“再说我们的神队友啊，电信业、金融业、互联网公司，不管出台多少部法规，还不都被我们成功化解了？群众的智慧才是大智慧，比如电话卡实名制，但实名未必实人啊，最后还不是成了登记制？我们总不会傻到用自己的电话卡吧？那么多猫池、群呼、改号软件、物联网卡，哪个不是我们的机会啊？

“再说说金融业，全国有三千多家银行，我们买卖银行卡依然很容易，搞点银行卡太容易了。虽然一个银行只能开一个I类账户，但那些第三方支付的接口还是可以顺利挂到网站、MT4平台上的，一天洗个几百万根本没有问题。互联网公司更不用说了，他们线上、线下一结伙骗起来比我们都狠。我们顶多骗点钱，他们可是连命都要啊。”

“您说的是莆田系吧，我们比他们有良知多了。”牛老板接了句。

不知道这里面透着什么黑色幽默，众人“哧哧”笑了，这位牛老板就着这茬儿征询道：“说是这么说，不过确实不好混了。境外的盘可是一个接一个被端了。以前是咱们求着人家买人头，现在啊，想在内地找个人，价格已经翻了一倍。那沈娘儿们来了半个多月，愣是没招齐一个盘的人……而且她很小心，稍有点不对劲，直接就溜了……老杜，她可是找你好久了。”

“找我干什么？我们跟她从来不是一路。”杜其安道。

“混不动了，找你解难呗。东南亚一带也就几个小国家能被雷子左右，人部分够呛，所以雷子出损招啊，但凡有嫌疑的，全部注销你的护照。哎呀，这招狠啊，好多盘子里的人待不下去，也回不来，动摇军心哪。”牛老板道。

“他们更难过的还在后头。资金出入境被严管后，钱好洗不好走，风险无限加大，万一被盯上那可就人财两空了，即便能走得了，最终到手也没多少了。”胡女士道。

牛老板深表赞同，噘着嘴凛然道：“没错，人这眼不能看见钱，眼红的人太多。水房老板都不满足于那点佣金，不是在盘里捣鬼，就是卷钱走人。中州那档子事啊，好多钱还在水房没洗出来。雷子一出手，便宜那帮人了。”

“呵呵，早预料到的事……我们不一样，还是那句话，不拿走最后一个铜板。这个盘子就这么做，不要眼红别人能拿走多少，安全永远是第一位的。”杜其安强调道，眼光看向了黄飞。黄飞点头回道：“放心，安叔，我们再多招一批人，就用这种笨办法搬走。谁也查不着。”

“但是……能查到你呀！”杜其安表情肃穆地看着黄飞。

这是个证据链的事。车手容易被抓，那接下来最危险的就是接触车手的人，总不能期待车手个个都守口如瓶吧？黄飞一愣，心里咯噔一下，表情紧张了一下。

“退到幕后。你完全可以不出面。”杜其安用眼光示意着桌上的平板，那上面直联着这里某个包厢里的几位。黄飞不解。杜其安点开了播放，回传的视频画风又变了，斗十方一手揽妹子，一手拿着麦，在歇斯底里喊唱，余下的人在沙发上东倒西歪，画面几近不可描述。

“不要期待人的忠诚，但可以期待人的贪婪。他们中间要是出个组织者，你不就安全了吗？”

杜其安悠悠地道，表情在诡异地变化。黄飞看看还在包厢里嗨的几位，又看看张光达和牛老板，慢慢地表情松弛了，给了杜其安一个意味深长的微笑。

这需要意会，可能只有黄飞懂，因为他看到了脑门锃亮的张光达和两眼瞪得溜圆的牛老板，那表情传递着安叔提到的一个重点——贪婪！

几人商议着细节，似乎不是开始做局，而是早已经在局中……

亦步亦趋，静候良机

11月12日，距离长安135公里的泾阳市，车手团伙就在大白天通过ATM取现46万元。这一次，很不幸没有及时传信，还是银行监控系统最早发现了异常，隔了十几个小时才得到证实。

11月14日，距离长安市195公里的三门市，已出省。车手团伙意外地来了一次跨省取现，连夜取走26万元。这一次终于被追踪到了，原因是斗十方确实在团伙里升职了，有了手机，那个不敢通话的手机为专案组提供了现成的信号源。

隔了一天，斗十方的信号源出现在宁陕市下属某县。这一次是个大手笔，车手团伙增加了三人，一口气取了66万元。连地方的经侦也发现了不对劲，上报了这个异常情况，不过旋即被专案组刻意地冷处理了。

11月17日，距离长安市221公里的新安市，车手团伙再次作案，取现50万元。越来越嚣张和明目张胆了，其中有一个甚至留下了半张脸的肖像……

11月18日，此时，长安市经侦总队会议室。

半张脸的肖像定格在会议屏上，介绍案情的邵承华顿了顿，用电子笔指着这张脸道："这个人叫李全，新加入人员之一。其他两个人分别是孙洪福、赵小兵，三个人均是网赌涉案人员。据零号的消息，是牛老板推给他的……取回来的钱也是交到了牛老板手里。这个牛老板，真实姓名叫牛金，是蜻蜓KTV的股东之一，现年51岁，名下注册有体育器材类公司两个，没有前科。其他的两个股东，一个叫郑远东，一个叫高岩，这两个人来头更大，是我市的房地产商，旗下经营的皇城府楼盘属于中档楼盘。这个档次的KTV和楼盘比起来，顶多算个零头。"

他停顿了一下，言外之意很明显，像这类基本都算有头有脸的人物了，你说他诈骗吧，和身家比起来实在架不住；可要说他们不涉案吧，这些车手取出来的钱，和他们都神奇地扯上了关系。

"赃款来源是什么？"凌总队长直接跳过了讨论，问。

向小园接着汇报，她换着屏介绍着："我们反查钱的来源，一共通过了三层账户，最后到了自然人的卡里被取走，每次都是在取钱前一到两小时里才转账。钱的数目很准确，除了限额两万再加上手续费，取过卡就清零了。这一点我怀疑可能是批量购置的银行卡。最终反查到来源是滨海市自贸区注册的四个对公账户，名称为‘优点’‘飙红’等，性质为网络开发、广告传媒等。这四个公司注册于半年前，给所在地经侦同行的协查通报已经发出，他们的回复是暂时联系不到法人，能联系到的只有一个记账会计。这种情况和我们反诈骗遇到的大部分手法雷同。”

没有解释，也不用解释，估计永远找不到法人。这种账户其实就为了过账，可能只是用了法人的身份证，可能连法人自己都未必知道。或者，这个公司和账户根本就是注册好用来卖的，就像骗子层出不穷的银行卡一样，全部是批发性地收回来的，在侦查上根本不可逆。

凌总队长额头上的皱纹更深了些，思忖着问：“那受害人呢？”

“都是三方支付，目前还没有类似的报案。通过云计算解析出的转出账户涉及两省二十多个地市，我们介入很容易，不过那样的话，有可能惊动做局的骗子。”向小园解释道。

所有的骗局都类似，能看到的信息，一查就是遍地狼藉，幕后看不到的人总有机会逃之夭夭。现在是虚拟世界里的较量，比如反查这些钱，骗的是一个地方、过账的是另一个地方，而取钱的，又会找一个地方。凌总队长看着屏幕上经侦根据大数据做出来的密密麻麻的线条联系，眉头越皱越深，喃喃道：“那么这个骗局主要针对的是南方湘鄂两省，过账的在滨海市，取钱的又在咱们这儿……这些骗子越玩越溜了啊，要不是提前捕捉到了车手信息，我们可能都无从知道已经发生了诈骗……钱的追踪是什么情况？”

邵承华接着汇报着：“根据冠字号信息，我们追踪到了1121笔款项，其中960笔是个人，其余是公户存取，这些钱基本都是蜻蜓这家KTV流出的，人工工资、酒水供应，甚至他们可以以现金收入直接存银行。这种情况其实也可以有合理解释，他们完全可以推说是经营收到的款项……近些年我们接触最多的洗钱是同柜存取，像这么大批量的车手取现我还是头回见。这种方式貌似冒险，可细想之下，似乎比同柜存取还要容易操作，只要控制得了这些车手，那成本就降到最低了，即便追责，可能也追不到幕后拿钱的人。而在KTV消费这招就更高明了，这儿出现大量现金流完全有合理解释。”

邵承华放着几帧图片。零号在犯罪团伙中已经升职了，他正提着大包往蜻蜓KTV送。那么这就意味着，车手团伙一旦落网，所有车手指认的将是他，那些人可能只认识他。犯罪本身就是地下工作，单线永远是最安全的方式，假如零号接触的仍然不是终极BOSS，那不管怎么样采取行动，仍然会错失主谋。

“看来还得等啊……我有种感觉啊，这似乎仅仅是大餐前的开胃小菜。”凌总队长意外地感慨了句。层出不穷的各类骗局已经把他的神经锻造得无比坚韧了，这几百万的取现，还没有让他激动起来。

可恰恰难过的是，总不能一直焦虑地看着这些人兴风作浪吧?

“现在的车手是两拨人，一拨来自去年网赌打击的一批嫌疑人，另一拨就是零号。”曾夏出声了，他提醒道，“我觉得这次的动作有点反常，同柜存取，一个人名下转几千万都很轻松，那无非牺牲一个炮灰。这次是找一群，我总觉得哪儿不对劲。”

“您可以反过来想。”向小园提醒道，“假如没有零号无意撞入，假如我们不知道已经有两拨团伙在大肆取现……这几百万相对于现在的经济环境，还真不起眼，如果没有预知的话，可能我们直到案发都不知道还有这种大批量存取的笨办法。”

邵承华听着，一吸凉气有点吓住了。经侦盯的都是大数据，大批量的存取，这种蚂蚁搬家的笨办法，还真不是大数据能对付得了的。可能等到发现时，连银行存的监控记录都因为过时无法提取了。

“你想说什么？”凌总队长看出了向小园似乎有潜台词。

向小园正正身子严肃道：“这是个猜测，我们梳理全省四千多例诈骗案时发现，每每总有去向不明、无法追踪的赃款，似乎都是用这种方式消失的。等我们沿着数据找到终点，却发现连监控记录都无法查找了，不是过期被覆盖了，就是遮得严严实实无法辨认，那些诈骗到巨额款项的嫌疑人最终都难逃法网，反倒是这些偷鸡摸狗做小动作的，屡屡逃过打击。”

“你是说……同一拨人？”邵承华听出了言外之意，问话的声音都变了。

听者都诧异了。那岂不是说，在这些高明的骗子之外还有更高明的骗子，一直在险中取利，而且屡屡逃过警方打击？

“应该是同一拨人，否则就无法解释嫌疑人怎么会串案了。黄飞、王雕在中州办完事，歇口气的工夫可就又上阵了。而且中州的案子，现有的证据都钉不住他们，而我们内线的发现呢，这两个人又起着至关重要的作用……他们属于骗局的暗线，我们常规侦查看不到的那条线。如果用这种思考方式，我们现在其实是看反了，先看到了暗线在动，却没有看到明面的骗局，或者说，还没有到时间。”向小园解释道。

“那难道说……已经有个很大的骗局在运作了？”曾夏愕然问。

向小园一指屏幕道：“当然有。否则这钱从哪儿来的呀？总队长刚才不说了吗？这是大餐前的开胃小菜。我的看法是，应该不是大餐前的开胃小菜，而是被截流的小菜，大餐呢，已经在上了。”

说到此处，凌总队长也重视了，他指点着向小园道：“继续。黑吃黑、骗中骗不是没有可能，详细说说你的想法。反正这个结果出来还要点儿时间，正好可以考验一下我们的推测水平。”

“这个……就要从中州的传说讲起了，‘风马燕雀金评彩挂’，八大骗的渊源可以追溯到清末。我们追踪的杜其安，别人称他为‘杜风头’，传说就是‘风’字里玩得最转的人。‘中州货到付款诈骗案’我们怀疑就是他的手笔，目前追到的涉案人有八百多，但这个始作俑者不在嫌疑人名录里。他根本没有在案中露过面，全部是教唆其他人去干。这就是传统骗子‘风’的典型手法，像一阵风、一窝蜂一样一哄而上，你根本分不清谁在操作，等回过神来，他们已经一哄而散了……现在我感觉已经起风了，只是还不知道风从哪个方向来……我从货到付款诈骗案说起吧。我们发现得够早了，可惜还是晚了，一动手才发现早就蔓延到几个市了，这种做局的手法非常有耐心。在登阳市，他们培育第一拨参与者，足足用了半年的时间。前期都合理合法无可挑剔，等到合适的时候，这种合理合法的生意就会突然驶入岔道，开始收割所有的人……”

向小园娓娓道着八大骗的江湖典故，这个案情分析会也驶入岔道了，不过听得入迷的几位都没有发觉，反而越听越觉得和在查的很多案例极其类似……

“来了，来了……”

娜日丽旋扭着焦距微调，嘴里轻声默念着。随着她的调距，接驳着追踪摄录设备的屏幕渐清，是一辆塞纳商务轿车。驾驶座的钱加多又是一副大惊小怪的样子轻声嚷着：“咦，我去，好几十万的专车啊。这才几天，不得不承认人家组织的待遇就是高啊。”

“你是真傻还是装傻？”娜日丽瞪了他一眼。

钱加多愕然道：“难道有什么不对？酒店夜店，车接车送，这小生活美得很。”

这就对了，是真傻。娜日丽笑着道：“天上掉不了馅饼，待遇不会白给。你反过来想想，这要是将来被捕了，所有的车手可都会指认他是老大……虽然你明知道他不是，可车手现在都是他带，钱是从他手里送出的，按照刑责，罪就是他的。”

“哦，我明白了，这有可能是故意把他抬到这位置顶雷？”钱加多恍然大悟道。娜日丽点点头，一转眼钱加多的眼光变了，有点同情地看着来车，喃喃说着：“真是人生如梦啊，十方的梦想就是有车有房再泡个美丽的姑娘，现在实现喽，可惜还是一场梦。”

娜日丽笑了笑，好奇问着：“你到底是羡慕他，还是同情他啊？”

“我是羡慕这个组织的生活啊，啧啧啧，豪车美女，应有尽有，这生活多炫酷啊。十方嘛，就有点同情他了，毕竟这都是假的。”钱加多道。

“闭嘴，低头。”娜日丽轻叱道。已经习惯跟踪生活的钱加多头一低，那辆塞纳呼啸而过。他娴熟地启动车子，驶出了路边的车位，后面的追踪车辆尾随而至，驶进了他的车位，一个追踪车辆换位行云流水般地完成了。

追的谨慎且小心，被追的浑然不觉。斗十方在车里和几名男子聊天，那些人惊讶于斗十方虽然是外地人，说本地方言一点都听不出生硬来。几句牛皮一扯，几根烟一抽，人就自然熟络了。驶到地点，副驾上那位还殷勤地给开车门，迎接贵宾似的把斗十方请下车，恭送进目的地的大门——

蜻蜓KTV。

背着大包的斗十方抬头看了眼霓虹招牌，在白天没有灯光效果，也就少了点感觉。稀拉的停车场里，错落的数辆车都是公司的。一辆运送酒水的货厢车正驶向后院，那儿应该正在为晚上的场子紧张准备，这里的保安已经认识他了，进门时客气地点头致意，叫了声："斗哥。"

"辛苦了兄弟……牛老板在吗？"

"在呢，办公室等您。"

"好嘞，回见啊。"

"慢走。"

斗十方顺势给保安兜里塞了包烟。那保安投了感激的一瞥，指引着斗十方进电梯，直上六层。

出电梯正对的是安静的走廊，不是经营环境，装修就差了许多。这一周斗十方已经第四次来到这里，每次都是揣着一百二十分的警惕踱过走廊，可每次得到的都是一百二十分的失望。根本没有什么发现，半下午的时间，除了前厅和后厨，整个楼层都是空的。

敲门，进去，坐在桌后的牛老板瞄了他一眼。他上前把重重的包堆在桌上，牛老板伸手一掂，动作停了，眼光却又投向他。斗十方没有什么表情，直视着，或者说，是一种诚不我欺的坦荡表情。第四次见到这种表情了，牛老板笑着，突然问："钱没少吧？"

"没有，取前换衣服，取回来再换一身。谁也不可能藏啊！"斗十方道。

群众总能想到简单实用的办法，像这种坏群众的好办法可能更多，一个换衣服就杜绝了车手取钱时可能发生的藏私。牛老板笑着问："他们当然不可能藏，你呢？"

"老板，您肯定要清点，真要少了，拿我是问。"斗十方道。

牛老板再笑笑，道："正是因为一张没少，所以我才问。"

"这不是应该的吗？"斗十方回道。

"应该是应该，但这钱谁看到都得眼珠子发红啊。以前那些狗日的，整包提回来，总得少十几、几十张……呵呵，像你这么实诚的，我倒头回见。"牛老板说着，拉开了包链，未整理的钱就那么揉着、摞着塞了一包。这光景说起来，要抽走几张还真看不出来。

斗十方笑笑道：“我要弄就全弄走了，抽几张也不解决什么问题啊。”

本来表扬斗十方的牛老板眼一滞，这话听得刺耳了，他斜着脑袋异样地盯着斗十方。斗十方也不掩饰，不客气地道：“我能吃几碗干饭自己清楚，能动的我肯定不客气，但不能动的，我也肯定不敢动心。老板您放心，我一外来户，哪敢在您手下找死啊。”

“哈哈……明白人。”牛老板笑了笑，笑着一捋梳成刷子的长发。他刚伸手，眼疾手快的斗十方已经把桌上的烟递上来了，跟着一点火。牛老板美滋滋地抽了口，赞赏地看了斗十方一眼，然后顺手一拉抽屉，厚厚的一摞钱拍桌上了，就听他大气地道：“自己拿去分，以后三儿和几个兄弟的份都由你分配，你说了算。”

“谢谢老板。”斗十方躬身，小心翼翼地把钱收到了怀里，然后鞠躬问，“老板，还有安排吗？”

“有啊，该带着兄弟们吃喝嫖赌了。赶紧的，嗯，钱可省不来，呵呵。”牛老板笑道。

“是是，老板您说得是，那没事我就……”

“去吧，等电话。”

“好嘞。”

斗十方鞠躬退出了房间。从内室出来了两名手下，牛老板一踢脚下的包安排了句：“数数，回头把三儿叫过来一趟。这人有点意思，盯牢点。”两位手下诺诺应“是”，一个把成摞的钱捡出来，放入验钞机里清点，另一个小声安排着，似乎在让人盯这位斗兄弟。

当警察时战战兢兢，当坏蛋时，似乎也是战战兢兢。

出门的斗十方奇怪地发现，两种截然不同的身份，却有一种极其相似的感觉。所不同的是，此时对于未知可能多着一份好奇和畏惧，比如他这几十万、几十万地往这里送钱，真是太方便了。他真不知道，得是一个什么样的人物和骗局，才能像这样日进斗金地往回捞钱。

是佩服，是惊讶，还是有那么一点点羡慕？

斗十方说不清自己心里奇怪的感受。如果是一个传统的骗局，好识破也好理解，可加上现代通信和网络技术，一切都开始变得扑朔迷离。就比如现在，他觉得自己像颗棋子，一直在被无形的手操纵着，不知道上一刻的事是怎么发生的，更不可能知道下一刻要发生什么，曾经满满的自信正被恐惧和疑惑慢慢侵蚀着，他无时无刻不在硬着头皮强压萌生的退意。

叮的一声，电梯到站，惊断了他的思绪。他定定心神出了电梯，无时无刻不在防备着的意外，恰在这一刻发生了。他居然看到了一个认识的人自步梯闪身进了楼内，是在长甸镇见过的那个衣衫褴褛穿着透趾鞋的“二丫”，他对这个浑身散发着馊味的屌丝记忆太深刻了，哪怕这货已经换上了新装，也改不了那张脸上天然的猥琐。

他一愣神，快步奔向步梯，追了上去。连追两层楼，在二丫拉开防火门要进去时，斗十方伸手拽住他的领子。二丫一回头，眼一瞪，诧异了：“咦？你咋在这儿？”

“咦？你咋也在这儿？”斗十方学着他的口吻。

“别闹，我忙着呢。”二丫懒得理他，要走，又被斗十方拽了回来。二丫见识过斗十方的狠劲，却是不敢发火。他紧张道：“你干什么嘛，我没惹你。”

“问题是我想惹你啊。”斗十方拽着二丫，摸摸他刮得干干净净的脸蛋道，“你那性感的小胡茬呢？稀罕呀，你居然刷牙了，还换上新衣裳了，咦？你小子身上有钱了吧？”

“别别，斗哥，我没干几天，哪儿来的钱，这是老板统一给买的。”二丫紧张道。

“少来，别动。”斗十方威胁道，把人按在墙上逼问着，“那两狗腿在哪儿，叫什么来着？强子，大军，就搁长甸天天打老子、不给老子吃饭的那两孙子。”

“斗哥，你别整事，大家都在这儿呢。”二丫赶紧提醒道。

“放屁，这儿不就你一个人吗？”斗十方恶言道。

“啧，我是下去给老板拿个东西。人都在呢，真的。”二丫道。

斗十方不容分说，直接搜身了。一搜还真有一包东西，往外一抽，却是几版照片，白底的，曾经在诈骗窝点见过的人，都焕然一新地上照片了。他一愣神，二丫一伸手夺了过去，紧张道：“老板说不能让人看。”

“我说你小子找揍是不是？还人都在这儿，我看那两货在不在，老子现在想起来都想弄死他们。”斗十方一捋袖子，凶巴巴地道。二丫吓得一捂嘴直往后退，又紧张提醒着：“真的都在，19号大包厢。别说是我说的啊。”

“滚！”斗十方斥了句，直接推开防火门进去了。

他放慢了步子，轻轻地踱向那个包厢，眼睛瞟到监控时，他干脆自然地推开了门。邪了，还真的都在，围着沙发或坐或站，居中一位正拿着话筒说着：“……加快发展现代服务业是推动我国经济社会高质量发展的重要途径，也是产业结构调整优化的战略方向，未来的空间巨大……”说到“巨大”停下了，诧异地随着大家的目光看向门口，看到这位熟人之后，吓得惊声尖叫了一声。

“不好好骗红包扯什么淡呢？还他妈组团来扯淡。大丫，瞧你那点出息，说话能分清si和shi吗？那谁呢，天天欺负我那两个人？妈的冤有头债有主，老子现在也有一帮兄弟了啊，人不在替我传个话，别让我碰见，碰见我弄死他……哟嗬，憨炮啊，你打扮这么帅干吗去呢？这是咋，就骗个红包，还搞毕业典礼呢？”

斗十方恰如一根搅屎棍，戳进来了，瞅谁谁躲着、指谁谁紧张，瞄上包神星时，包神星起身拉着他劝着：“斗哥，都过去了，别捣乱。我们在这儿选拔呢。”

“屁，选拔那两字你能写对笔画我就信。”斗十方损了句。

包神星难堪道：“这不是我选拔，是费老板安排的啊。你搅了后果很严重啊。”

“是吗？我他妈就不该把你从中州救出来，现在翅膀硬了，还懂选拔啦，选拔什么呀？”斗十方拉扯着。门开了，强子和大军带着几个人进来了，挟着他往外拖。包神星这会儿牛了，得意地说道：“兄弟们要出国了，吃住都管、机票免费。看你不好好学习就这下场，好事没你的份儿。”

“那不行，我也要出国，凭什么没我的份啊？”斗十方怒道。不过明显敌众我寡，那几个人虎视眈眈把他围在靠墙的位置。这里 个认识斗十方的劝了句：“斗哥，别捣乱。要不没好果子吃。”

“成，我跟这俩有私仇，等着啊，下回别让我们兄弟把你围住。”斗十方说着，退着。那几位似乎也没有动手的意思，他靠着墙根一溜烟跑了。

身后费才立那俩打手给气得不轻，轻蔑地朝他溜走的方向啐了一口唾沫……

“他是谁？”

一个似乎是酒店房间的地方，一个面容姣好的女人不悦的声音响起，她的面前定格着斗十方的照片，似乎哪怕是隔着屏幕，这个无意闯入的人也让她紧张了。

费才立难堪地吧唧了一下嘴。同来的两位女士是长甸镇的“女教练”，月月和菊儿，两个人有点尴尬地看着费老板。上次就是被这个人搅和了，可谁能料到这个搅屎棍又在关键的时刻来了。

“费老板啊，您是第一天做这个生意啊？还嫌我们折的人不够啊！”

那个美女肃穆地道。话说得有点凄婉，让三位同行也有点闻之恻然。

是沈曼佳。在这一行里她算是前辈，能够近十年一直从事着这一行生意，就足够获得同行的尊重了。好不容易通过牛老板又一次联系上金主，费才立不敢欺瞒，叹气道：“上次就是这家伙搅了盘，不过被老板收拾回来了，是个中州的混子，不上道，被老板扔到车手里了……不用担心他，蹦跶不了几天。那行您知道，能混过三个月都是奇迹，迟早得被雷子给撸了。”

“哦……”沈曼佳似有所思，饶有兴致地多看了斗十方的画面几眼。

这时候月月、菊儿和费才立交换着眼色，视线里这个染发浓妆像个站街婊子的女人，可是“金主”啊，会不会像上次那样又中断交易，这实在让他们担心了。

月月小心翼翼地发了句话道：“沈老板，他在盘子里只待过两三天，跑了又被抓回来了。而且我们那盘子都没挪窝直到现在。您放心，有事我们早出事了，这不好好的吗？”

“嗯，有意思。”沈曼佳不置可否地说了句，然后目光投向费才立，笑笑道，“费老板，那几个条件我重申一下，普通话不过关、口音太重的，不要；有案底的，不要；有过军警从业履历的，不要；有过参与传销、非法集资的，不要……这么算下来，其实您这二十几个人里，没几个合格的。”

训练时间短、人又不好招，费才立也是有苦难言。他解释道：“沈总，差不多就行了，现在人实在不好找，也不好培训。您说时间再长点倒是可以，可在国内害怕出事啊。这普通话，我觉得也差不多吧？”

“真不行，韭菜的智商也会提升啊。以前广普、港普掺着台普凑合着能听懂就能骗人，但现在不行啊。你只要操这个口音，他们就会认为是骗子。你又不是不知道，现在国内反诈宣传多厉害，简直铺天盖地啊。”沈曼佳道。

她操的是一口标准的普通话，与费才立招募的这杂七杂八的人员的满嘴乡音，实在不可相提并论，费才立有点失望地啧啧几声，看来这生意，没多大盼头了。

“别失望，或者我们可以折中一下。您帮我办件事，这些人呢，除了有案底实在不好操作的，我可以全收了，而且呢……”沈曼佳欠着身，眉眼轻挑，像挑逗费才立一般卖着关子，缓缓道，“我还可以提供一千套三合一的私人银行卡，或者两百套四件合一的注册公户给你们。有兴趣吗？”

“什么事啊？代价这么大？”费才立兴趣上来了，这些实名的账户售价在黑市上每个好几百，关键是你不可能买到这么多。公户的价格就更贵了，那可是能用于坑蒙拐骗的利器，骗子的最爱啊。

“找个人。”沈曼佳起身道，悠闲地踱到了窗口，似乎连进行中的选拔都无心去看了。

“谁？！”费才立加上两名女教练下意识地脱口问道。

“‘金瘸子’。”沈曼佳道。

那三个人一头雾水。月月出声道：“没听说过这号人啊。”

“所以才要找啊，你和你的老板提一下……小月你呢，和你的老板提一下，或许他们会知道的。”沈曼佳道。

费才立挠着脑袋，不解地说：“不可能啊。要是道上的名人，我怎么可能没听说过？”

“那是因为他的层次比你们高。这样吧，你们给老板提一下朱丰这个名字。我和他曾经合作过，自己人，非常紧密的那种合作……或许你的牛老板，以及牛老板背后的老板知道这个人，或者你的逆风老板听说过这个人……不管是谁能给我消息，刚才许诺的彩头我都可以给你们，就当是表达一下我个人的诚意啊。就说，我非常期待和这位大师合作。”沈曼佳道。

费才立噤声了，他认识的也仅限于牛老板；月月和菊儿听到“逆风”这个名字，脸上表情不自然了，似乎沈曼佳的话戳中了她们的要害，她们短时间内难以给出一个正常反应。

“不要紧张，我和你们合作这么多年了，彼此的底子还是知道点的，怎么样，有兴趣吗？”沈曼佳回头嫣然一笑，像勾引。

费才立不由自主地点点头：“要能办到我当然巴不得给您效劳，可我们和老板之间……您也知道，大部分时间都是各干各的，各凭运气，除非是特殊情况，但再特殊我们也只能管自己，做人家安排的事。”

“没关系，如果朱丰、‘金瘸子’这两个名字还不够分量，那就再带几个字，你们的老板一定会有兴趣的。”沈曼佳挑着眉道，看三人等着下文，她一字一顿吐着：

“明……日……商……城！”

月月和菊儿骤然色变，那一刹那，沈曼佳蓦地笑了，笑靥如花，仿佛已经看到了此事的答案似的……

扑朔迷离，谜中有谜

斗十方回去的时候就没有这么好的待遇了，自己走出KTV，步行了一公里，在街边一处便利店里晃悠了一圈，过一会儿出来站到了街边的垃圾桶边，拆了烟包装，扔了饮料罐，点上抽了几口，顺手拦了辆出租车上车走人了。

互换的其中一组跟了上去，娜日丽和钱加多的车缓缓停到街边，车身堵着垃圾桶。下车的娜日丽进了便利店，不一会儿出来后，在垃圾桶边停留了片刻，再上车时，手里多了个饮料罐子。钱加多启动车走着，娜日丽忙着把饮料罐割开，里面的烟包装塑料纸包着一个小纸条，她小心翼翼地拆开，一条内线的信息就到手了。

“长甸团伙正在做出国选拔，线上的，视频选拔。”

娜日丽一边念出来，一边顺手拿手机拍了个照片传回了专案组。钱加多问：“什么意思？”

“和咱们的远程侦讯一样，不见面，通过视频就确认了。哎哟，这个就难了，沈曼佳现在连面都不露了，这怎么能知道在哪儿窝着？”娜日丽解释道。犯罪分子精通技术的不少见，尤其是骗子，能把简单的通信技术运用到极致。

“知道也没用啊，人家不是什么掮客吗？就算知道人家在哪儿，人家就看看视频，犯什么罪啊？”钱加多道。

娜日丽哭笑不得道：“我怎么觉得，你总是站在犯罪分子的角度说话呀？”

“我倒是想站在咱们的角度说，可没话说啊！这都坐了几周了，我屁股都起茧子了。早知道打死我也不来，现在倒好，想走都不行，还不能跟我爸妈说我在干什么，你说我图什么呀？”钱加多发牢骚。

任务级别提高了，所有人的通信是严格管控的，包括给家里的电话都是组织上统一管理。这趟钱加多可是见识到厉害了，特别是连亲朋好友都不让随便联系，朋友圈也不能随便发，快把喜欢自拍、喜欢乱晒的多多同志给憋坏了。

“慢慢就好了。”娜日丽道。

钱加多不屑道：“看这样子只会越来越差，怎么可能好。”

“我的意思，慢慢地你父母习惯了，你的朋友圈没什么人了，也就好了。”娜日丽笑了。

这回可把钱加多给结结实实地噎了一下，而后他长叹一声，继续重复着无聊的追踪作业……

两个街区之外，一处快捷酒店里，戴着墨镜、披着染发、匆匆从酒店出来的沈曼佳刚刚驻足，一辆皇冠轿车已经泊停在她身边了。她上车，把车玻璃摇下了一道缝，和后下来一步的费才立、月月等人挥手再见。那几位是分开走的，两女往后门走，费才立去了餐厅的方向。

车上的沈曼佳看着左右倒视镜和后视镜，确认没有追踪之后这才舒了口气，出声问道："跟到了吗？"

"跟到了。他从KTV出来，步行了一段距离，之后上了出租车，现在正往西郊方向去，应该住在城边。"司机道，话音很低，口吻很谦卑，边说边递过自己的手机。

沈曼佳拿到手里翻看着，是微信上发回来的几张偷拍照，出门，进便利店，上出租车……她往回翻看着，直到确认就是这个人才放心了，她轻轻放下手机道："尽快查清他落脚的地方。"

"很重要吗？这好像是个打手角色。"司机道。

"就差一个字，他是……车手。"沈曼佳道。

司机笑了，不在意地道："这种炮灰多的是。怎么，沈姐对他有兴趣？"

"我对他没兴趣，可对他取走的钱有兴趣。原来他们绕过水房，居然是这么取的钱。真是不敢想象。"沈曼佳掩饰不住自己的惊愕，这种老式的手法似乎让她很赞叹。

"但这种手法是最早用过的啊，并不稀罕。"司机道。

"呵呵，锤头对付高科技，说起来是个笑话。但真能拿锤头对付得了高科技的，那绝对是高手。水房洗钱看似玩得漂亮，但不可能无迹可寻，只要被追踪资金的高手追到蛛丝马迹，那后果不堪设想啊，不是被冻结，就是被封户，而且只要和账户关联的人都会上黑名单……朱老板就是栽在这个上面。而车手就不一样了，他们是怎么做的呢？"沈曼佳喃喃道。这种老式的方法，反而让她像发现新大陆一样兴奋。

"车手太容易失手了，一失手，收钱的都跑不了。"司机道。

"错，我们分给境内合伙人的资金，每次都有几百上千万。国外的团队都给抓完了，他们却一点事没出，你不觉得奇怪吗？而且到现在为止，我们都不知道境内这个合伙人‘金瘸子’，究竟是何方神圣。”沈曼佳道。

“但这个车手……和我们要找的人，有关联吗？”司机问。

“牵一发而动全身。车手是他们的财源，这儿要是捅一刀，肯定捅在要害上。”沈曼佳说着，脸上浮现出诡异的微笑，似乎这个瞬间思绪通透了。

“沈姐您的意思？逼他们自乱阵脚？”司机道。

“对，既然他不出现，我们就逼他出现，他可没少在背后黑我们。”沈曼佳道。

“嗯，找到后我们合计一下。我带的人手不多啊，这可是在境内，行事得小心，武器什么的不敢用啊。”司机征询道。

“那就多动动脑子。办成一件事难，总不能办砸一件事也很难吧？这种时候局势很微妙，咱们越胆大，他们就越胆小。”沈曼佳道。

司机应了声，娴熟地驾车绕过了公安监控，驶进了岔道，不一会儿又从另一条岔道驶出，而这时候，车牌号已经变了……

何三强自住处揉着眼睛下楼，又顺着村路往前跑了两公里，这才看到辆商务车，里面一位认识的伙计向他招手。他快步上前，钻进了洞开的车门，一上车居然发现牛老板在，惊得他嘴一哆嗦，说着：“呀，牛哥，您……您怎么亲自来了？”

“闲得没事，出来透透风呗。”牛金给何三强扔了支烟，点上，车启动，牛金出声问，“我就是来问一声，你们大哥是谁呀？”

“是……斗哥啊。”何三强一激灵，把准备的答案说出来了，又赶紧补充着，“都是斗哥带我们办事，我是通过王雕认识他的，后来那几位是通过我认识斗哥的。我们就取点儿钱，都交给斗哥了。”

这是准备好的答案，每次来人都会让何三强强调几遍。何三强自然识趣，记得门儿清。这个必须记清楚，万一哪天出事了，还得给警察背诵一遍呢。牛金很满意地拍拍何三强的肩膀，嘉许道：“嗯，被人胁迫的罪都不重。没事了，你发笔财；有事了，等你出来也发笔财。”

“是，我懂，您放心，我都不认识您。”何三强谄媚了句，相比斗十方那个外来户，该怎么站队，自然很容易选择。

“不错，还有个事……斗哥这次给你分了多少钱？”牛金问。

“六千多。”何三强兴奋道。

“哟，这货说起来够意思啊，自己都没多拿。”牛金赞了一句，细算之下，这趟的报酬几乎是平均分给下面的人了。

听到这话何三强也竖大拇指了，小声道：“还真是够意思，活儿跟我们一起干，钱跟我们一起分，而且外头要有花销，几乎都是他掏钱。哎呀，这哥们儿仗义……比那傻雕强得就不是一倍两倍。您是不知道傻雕那孙子有多抠，放个炮只舍得去路边洗头房找个丑娘儿们，花不到一百块钱办事。”

这八卦听得车上几位兄弟哧哧直笑。牛金也笑得哆嗦，摆手制止何三强乱扯：“好了，好了，说起这茬儿我还得提醒你一句啊，别没事出去浪起来没边。要玩蜻蜓里娘儿们多的是，还差你这一个吗……没事就安生待着，歇两天还有活儿，没准再来几把就撤了，你爱去哪儿浪去哪儿浪，没人管你了。”

“呵呵，牛哥让浪，必须去浪。”何三强笑着道。

车绕村一圈，到了村口，何三强跳下车回了村里，这是例行的，每天都要敲打一遍。今天牛金心血来潮亲自来了，这个结果让他很放心。就在他还沉浸在三儿说的这些乐子里时，电话响了，他随手接听，里面传来了费才立急切的声音：“牛老板，有个大买卖，保证您有兴趣。您在哪儿呢？我在KTV找了一圈，咋没见到您？”

“有话快说，有屁快放，你能有什么大买卖？”牛金不耐烦地道。

“一千套三合一银行卡，两百套四合一公户，要不？”费才立的声音。

牛金眼睛一瞪，明显被激起兴趣了，脱口道：“什么价？”

“免费。”费才立道。

“扯淡。”牛金骂道。

“真免费，沈娘儿们提供，她给的条件就是引见个人，这东西白给咱们。”

“谁呀？”

“‘金瘸子’。”

“什么？”

“‘金瘸子’……我没听说过，您认识不？”

“我不认识啊。”

“她说您应该认识。”

“放屁不是？她说让你吃屎，你也跳茅坑去？”

“不是不是，那娘儿们就说让我传个话，还说了个朱丰的名字，说您可能认识……”

“……不认识，别他妈乱打听，你是在找死啊。”

“我真的就传个话。这成不成，您拿主意。噢，对了，还有个名字。”

“什么？”

“她说‘明日商城’。”

“再说一遍，什么商城？”

“‘明日商城’。”

牛金的笑容收敛了，表情肃穆了，停顿了好久，他才犹豫地道：“你在公司等我，我马上回去。你跟谁也不要联系，不要打电话……快，开快点，回KTV。”

车提速，疾驰起来了，车上人都没有注意到，他们的影像已经定格在村口一个陌生人的手机上，这个陌生人翻着何三强上车的照片、何三强回去的照片，还有牛金露半张脸的照片，一股脑儿地点着发送，把这个秘密据点的信息，发送到了不知哪个终端……

陆虎匆匆地敲响了会议室的门，案情分析会暂停。只有特殊情况，分析会才会被打扰，今天这种情况已经发生了两次，一次是斗十方传回来情报，另一次就是现在。凌宏业总队长接过了陆虎递上来的打印纸，只有几张，还没有来得及装订。

凌总队长随意地挥了挥手让他下去。陆虎回头朝向小园笑了笑，出去了，他被临时编入长安经侦的数据研判小组，已经开始融入这里的环境了。

扫了几眼，凌总队长把信息递给了在座办案人员，带着密级星号的信息，发下来的只有纸质版，没有电子版，每个人拿到手里后都迅速浏览。

邵承华看完，奇怪地嘟囔了句：“明日商城？明日之星？怎么办到的？这个关联太复杂了啊。”

曾夏看的时间最短，他扫了一眼，把东西直接递给了向小园——这不是他的长项。向小园仔细地看着。凌宏业总队长在等着大家的意见，他出声说着：“有点离奇啊，公司注册地在两广，转账在沪杭，取钱又在咱们省。正常情况下，出于犯罪成本和逃避打击的考虑，一般嫌疑人会采取短平快的模式，毕竟做长线暴露的机会太多……这个奇怪了，居然是反其道而行之。”

“诡异的地方太多。费才立撤点我们以为是挪窝，真没想到招募已经开始了，而且是采取线上的方式。那也就是说，沈曼佳这个掮客，肯定在某个地方看着要招募的这些人……难道是京广快捷酒店？他们都是从那儿出来的。”邵承华想到了这个疏漏，迅速反查着外勤的监控记录，只拍到了费才立从餐厅侧门出来，另一路那两名女骗子是从后门走的，体貌识别软件已经输入这些人的特征，但凡他们出现，是躲不过的。

“有种方式是可以躲过的……体貌识别软件针对的是脸部轮廓、眉距、脸中线等，对付化装没问题，可要对付刻意的干扰就有问题了。”曾夏提醒道，言外之意，像沈曼佳这号境外来的高智商犯罪分子，对这种反侦查模式肯定不陌生。

“通知一下，彻查这个时间段出入酒店的所有人员。”凌总队长道。

那是最难的。肉眼识别加身份认证，邵承华安排给了技侦。他放下电话时，向小园已经把信息浏览了一遍，她眨着美目，看着凌总队长。总队长出声催着：“我们已经被你所说的‘风马燕雀金评彩挂’的故事折服了，传说归传说，现在有信息了，得回到现实中了。说说吧，现在这个僵局，从哪儿寻找突破点，即便假设是某个江湖人物和高科技结合的怪胎在兴风作浪，又怎么挖掘这个人？”

“大数据追踪和云计算只会给我们结果，却给不了我们真相。”向小园捋捋思绪，有条理地道，“而且他们在设立公司时，肯定已经做好预防，用于转账的公户一多半是买来的，即便是自己的，法人也肯定是一个不相关的人，注册地肯定是租的，没准实地都不存在。大部分非法资金就是这样被来回腾挪，我们追踪下去会陷入这种数据陷阱里，不管采取冻结也好，查封也罢，他们都会马上逃之夭夭……钱是可以冻结一部分，但人，大部分时候都找不到。”

邵承华点点头道：“我们在查的大部分诈骗案也是这种情况，以前讲‘跑得了和尚跑不了庙’不适合现在的情况。现在的情况是，和尚跑了总会带走一部分庙里的财产，积累下来，也不是个小数目。”

“嗯，难点就在这儿，等我们去南方和东边省份协调有了结果，估计连庙都拆走了。那现在的情况，大家商量一下，第一，以费才立为代表的这一拨人，将会有一批出境进入诈骗团伙。这情况我们掌握了一部分，像长甸这样的团伙不止一个，今天出入KTV面试的，还有很多人不知道来路。第二，车手团伙在壮大。零号所在的团伙已经膨胀到十个人，王雕现在上蹿下跳的，估计很快会组织起更多的人来。第三，没有发现沈曼佳露面。如果她完成了来长安招募的使命，会再次离境。这个上了刑侦局关注名单的嫌疑人，我们一直没有找到滞留她的证据，这一次再放走她，那再见到就不知道何年何月了。第四，以牛金为首的KTV这个团伙，怎么洗钱，钱都洗到什么地方去了，他是否参与了诈骗呢？还有，他和中州涉案的黄飞、王雕又是怎么分工的？我看幕后八成另有其人，是谁？我们通过什么方式挖掘……问题太多，我都头大了。”凌宏业说着，下意识地点着脑袋。这群形形色色的骗子，够烧脑了。

“又倒过来了。”向小园道，众人一下子没听懂这句话，她解释道，“一般诈骗案，是先看到结果，再回溯过程，然后发现源头；上次货到付款诈骗案，我们是先看到了过程，看到了源头，最后才等到了结果……这一次好像也是，我们现在已经看到了过程，却不敢想象结果。”

“是啊，我们现在都不知道这个局铺得有多大，赃款消化方式是不是只有这一种，究竟是用什么诈骗手段。似乎还没有相关的协查和报案。”邵承华迷惘着。骗局从头到尾看，从尾到头看，都看得懂，就怕这种从中间看，身在其中，反而难识庐山真面目。

“时间，我们需要时间。打入团伙的零号位置太低，没有可能接触到策划层面。而且这些大小团伙的组织分工太过严密，我们需要时间来厘清这些错综复杂的关系。”凌宏业化繁为简，只能步步为营了。

难点就在这儿。一股脑儿端掉，恐怕又是大撒网捞一群小鱼，大鱼还没露面。

可要坐等，这些小杂鱼上蹿下跳的，你真不敢想象会留下多大的一个乱局。

这时候，一贯沉默的曾夏思忖着开口："我们能不能也浑水摸鱼，打乱他们的节奏和步骤？"

"具体说。"凌宏业道。

"从我们刑事侦查的角度考虑，核心是人；从犯罪的目的考虑，核心是钱。人，或者钱上出点乱子，那他们的步骤是不是就得乱了？那就可以为我们赢得更多的侦查时间，否则他们干得太顺风顺水，我们来不及固定证据啊。"曾夏道。

凌宏业眼睛一亮，催着道："再详细点。"

"除恶勿尽……不是务必的务，而是切勿的勿。我们在对付团伙犯罪的时候，有时候会离间他们成员之间的信任；有时候会挑拨不同团伙间冲突；也有时候，会欲擒故纵，让他们暴露出更多的弱点……现在这个诈骗团伙啊，我觉得可以从取钱的车手上做文章。"曾夏犹豫地道。他看看总队长的脸色，停顿了片刻，才说出具体的方案：

"这些被视作消耗品的成员，我们以其他罪名刑拘几个。比如运送摩托车的司机，他们的车辆上肯定有问题，假证假牌十有八九能查到，完全够得上刑拘；比如牛金放在零号身边的钉子，那个三儿，涉赌涉黄毛病一大堆，治拘肯定办得到……假如车手团伙成员被我们削掉几个，或者更多一点，那他们的进度，是不是就得等等我们了？"

这个既黑且损的想法听得邵承华直瞪眼，凌宏业却是蓦地笑了，赞道："还是你们刑侦有办法啊，这办法……向组长，你看呢？"

"挺好。既达到了目的，又隐藏了意图。不过敲山震虎可以，千万别真吓跑了啊。"向小园笑着道，对这位不多话的曾夏投去了赞赏的一瞥。

"不会的，这么点儿钱，咱们都嫌少，他们怎么可能满足呢？"曾夏笑道。

专案组的几位都笑了，终于要有点动作了。四人聚在一起，开始商量这个除恶勿尽的方案了……

假戏真戏，全凭演技

程一丁得到紧急任务自贾村赶赴高速南入口，等到达时已经天黑了。这个任务来得很突然，接洽的人也很奇怪，是几位不认识的当地交警，把他带上警车，鸣着警笛就出发了。车里副驾上一位和他年龄相仿的男子顺手扔过一身衣服来，让他换上。

一摸就是警服，一看标却是“交警”的臂章。程一丁登时摸不着头脑了，旁边那位伸手道：“中州来的兄弟吧？”

“嗯。”程一丁机械握手。

“介绍一下，我们是长甸刚撤回来的外勤组，和你们中的一位打过交道。我姓关，关跃龙。”这位握着手，很热情。程一丁的感觉却有点复杂，他随口道了句：“知道，我们那位兄弟是被你们摁了吧？”

“我们也没讨到便宜，伤了我们俩人呢，就他们……噢，对了，我们曾大队长挑选您啊，是因为零号的事局限于几个人知道，你们上手不会出意外。”关跃龙道。

程一丁换着衣服，好奇地问着：“没人跟我说是什么任务啊。”

关跃龙解释了：“临检。你现在的身份是长安市交警支队的临检人员，目标是一辆厢货车，可能载人，也可能载着摩托车。具体的任务是滞留驾驶人员，设法扣留对方的交通工具。”

“啊，你们要动傻雕那伙？”程一丁吓了一跳。

“是……技术性地动一动。”关跃龙想了想，如是道。

程一丁扣上了扣子，愕然问着：“什么是……技术性地动一动？这个骗子警觉得很，闻风就逃。零号都在他手里吃了个亏，被卖给骗子团伙了。”

关跃龙一行笑了几声，气氛活跃间，详细解释了一下。这么一解释倒让程一丁放心了，敢情是要戳一戳这个僵局，否则这些车手嚣张得越来越膨胀不好收拾了。不过又一个念头泛上心头，他问着：“这么干，可能出现一个问题啊。”

“什么问题？家里考虑到了各个方面，扣人、扣车可能导致的后果有这么几种，对方缩回去了，冷段时间；对方有门路，一定会有人出面摆平这事；这拨人他们不敢再用了，还得花时间找人，不管哪一种情况，总能给我们侦查赢得时间。”关跃龙道。

“我说的问题是，还有一种可能。假如这拨人，包括零号，他们都弃用了，然后异地另起炉灶，那咱们可就瞎啦。”程一丁道。

“哎哟……这个我没想到。等下，我给曾大队汇报一下。”关跃龙直接拨着电话，和曾夏在电话里把这一情况商议了片刻。等放下电话，他一拍程一丁肩膀道，“曾大队说不会。呵呵，他说还有一种可能是，零号说不定会继续升职。到这种时候，就得赌一下，否则得把咱们憋死啊……加快速度，他们的车已经在二级路上了，我们赶在长安县入口拦截。”

鸣着警笛的警车加速了，风驰电掣赶赴长安县高速入口……

一屏是红蓝闪烁的警车驶过，一屏是偶尔追踪到的厢货车画面，还有一屏是安静的贾村，那个被24小时轮班监视的地方，出入的车辆和行人都在高清屏上一览无余；更多的屏上汇集着来自中州、沪杭以及南部兄弟单位的数据，不管是谁，初入这种被数据和信息包围的环境里，都会有点眼花缭乱的感觉。

把不同时间、空间，不同方式展示的事物放到同一视角，就是所谓现代侦查的方式。越来越直观和有效的验证方式，已经让传统的方式作为一种补充存在，就像此时，越来越多的碎片信息，已经快拼出这个犯罪链条的完整拼图了。

“就差一点点了。”邵承华对着经侦中心的数据大屏喃喃道，那里展示着汇总的转账的公户信息，由多到少，数据量越来越集中，等集中到几个账户，那里基本就是源头了。

“按规章办事，总得走完流程啊。各地到总行申请，还要协调不同的商业银行，有些数据还不是实时的，各地情况各有不同，三线以外的县市……呵呵，可别期待能和省会有同样的效率。”凌总队长慨叹了一声道。再高超的技术也受限于各地不同的条件，而这些骗子，最懂怎么在地域差别以及信息不对等中寻找机会。

“还好，我们有机会争取到这个时间。”曾夏开心道。到观摩任务实施时，反而是最轻松的时间，他回头看了眼中州的同行，那位美女显得有点格格不入，在专心致志看着笔记本电脑。他好奇地问了句：“向组长，你好像对这个任务并没期待啊。”

“不是没有，是没有那么大吧。”向小园说着，抬眼看了看几个屏，指点屏幕犹豫道，“车手，现在已经有两拨了；转账渠道，目前似乎是一条线；KTV，疑似通过它洗钱；费才立这一类搞诈骗培训的，四拨，八十多人，我们目前还没有搞清全部人员……好像，哪儿逻辑不对。”

凌宏业纳闷了，疑惑地问：“你想说什么？”

“我在想，来自境外的这一位，招募的诈骗从业人员，为什么和车手取现的这一拨不是一路？可不是一路吧，恰恰又有很多交集，这骗子，难道还开了几个盘口？”向小园捋顺后，却更迷茫了。

邵承华接着道：“这个我的解释是啊，境内的诈骗团伙存活时间都长不了，一般情况下，他们都是做短线生意，其中有些只要留下案底的，不管他走到什么地方，都会被各地公安机关重点监控，全国性的重点打击电诈行动，让他们的存活空间已经越来越小了。”

所以境外是必然的选择。向小园摇摇头道：“这可以解释大势，解释不了个案。就像我们中州今年案发率降了六成，就在我们沾沾自喜的时候，眼皮子底下又发生了这起‘货到付款诈骗案’。对于高手，境外境内没有区别，甚至于境内，比境外更容易操作，收益也更可观。”

“你还是纠结在‘风马燕雀金评彩挂’的传说里吧？我们现在已经能看到资金的流向，而且很快就可以找到来源了。我就不信这个高手能上天遁地让我们找不到。”凌宏业不信邪地道。

向小园笑笑，未做评价。这时候有技侦提醒，目标即将出现。所有人的注意力，都投到那个“交警临检”的现场上了……

20时40分。

夜光表盘里显示着这个时间。两辆行驶在夜路上的车辆放慢了速度，司机的视线里，看到了在城市的边上一片灯火通明的聚集点。副驾上的人指着道：“就在那儿，贾村78号，院子里有狗。”

“狗有人对付，人有几个？”

“应该有四五个。”

“到底四个还是五个？”

“我又没进去，我哪儿知道？”

“那房间知道不？”

“二层。楼梯在院子里。”

“好，准备干活儿……”

两车里响着窸窸窣窣的声音，似乎是换衣服。还有叮当作响的声音，似乎是警械。从外面看，两辆车连灯都没有亮，就那么摸黑，悄无声息地驶向村里。

20时45分。

王雕刚看到手机上这个时间，被司机一句“妈呀”给吓了一跳，等顺着司机“妈呀”的方向看去，他吓得一哆嗦，也喊了句“妈呀”。

视线的前方，一辆大车正被检查，另有警察在打着信号灯，示意着他们车辆靠边。司机紧张地道：“傻雕，咋办？”

“还没取钱呢，怕个鸟。这他妈是交警好不好？”王雕反应过来了。

“可我最怕交警啊。”司机紧张道。

“车、证都没问题，他注意不到车牌上。稳住点，没事。”王雕安慰着司机。

司机难堪地道了句：“可……可我喝了两口酒啊。”

“哎哟，卧槽。”王雕一拍额头，被猪队友给气晕了。

看看前方横亘的警车，司机打消了冲关的闪念，停车。一位交警向他敬礼：“请出示驾照、行车证，接受检查。”

司机故作镇定地递出了驾照和行车证。交警翻看着，随意地问：“车上拉的什么？”

“空车，空车，去拉水果。”司机道。

“那不走高速啊？”交警纳闷问。

“这不省俩过路费不是？”司机狡辩道。

那交警狐疑地看了他一眼，手电筒照照车身，像是在检查灯光、车轮。司机脸趴在车窗上紧张兮兮地看着，冷不丁那交警的电筒伸到车窗上往里晃，紧张的司机鬼使神差地说了句：“看啥？查车呢还是查人呢？”

这一开口熏得交警直憋气，招手道：“下车下车。”

完了，暴露了。司机期期艾艾地一下车，交警喊着拿过测试仪来，这货冷不丁撒腿就跑，几位临检的交警撵着追。追了没多远，副驾上的王雕、车厢里的几人，“嘭嘭咚咚”往下一跳，像出笼的兔子，嗖嗖乱窜，跑了，高速口登时一片混乱……

几乎在同一时间，两辆靠近贾村的车辆，亮起了灯光。灯光红蓝相间，没有鸣笛，两辆车就那么闪着灯光进村了。

这光景可把两公里外观测的娜日丽看蒙了，愕然地说：“怎么来了两辆警车啊？”

“巡逻的吧，要不抓赌的？”钱加多不当回事。

“巡逻不可能两辆并行，抓赌也不到点啊。”娜日丽凭经验判断着，总觉得哪里不对。她想不出结果来，又升高了车顶的镜头。那两辆车游弋般地驶在村中路上，靠近了他们监控的目标，泊停了。她惊得拿起了步话机喊着：“有情况，两辆警车靠近零号目标……有情况……”

晚了，两车上呼啦下了五六个穿警服的人，砸着门，冲进了78号。院子里一片鸡飞狗跳。

此时斗十方正和车手兄弟围成一圈诈金花，院子里一响，他叼着烟愣了下，紧张了。三儿飞奔向窗口一看，喊了声：“卧槽，雷子。”

他说话间翻窗就往下跳，不过脚一着地就被人摁住打上铐子了。斗十方瞬间暴起，抄着凳子往头顶一砸，直接把头顶的灯砸了。灯一灭，跟着门“嘭”一响，来人破门进来了。往门口跑的几人身上闪着噼噼啪啪的电火花，哎哟哟倒了一堆。进来的人打着电筒，挨个儿拎起来铐上。领头的揪起一个人问："一共几个人？"

他问的是"沈凯达"。这哥们儿被电得晕头转向，还没回过神来。楼下忽然有人在喊："这儿，这儿还有一个。"

有人奔向窗口。院子里捉到三儿的那人指着楼上，窗口一伸脑袋，"啊"地痛叫一声，捂着脑袋缩回去了。

原来，斗十方已经趁着黑暗爬到了窗外，正顺着窗户外墙，手拽着窗缝，往围墙上挪。屋里再有追出来的人时，他一脚已经踏到围墙上，跟着一蹲，在墙上搬着板砖，朝着院子里乱喊的那位就是一撂。那人一躲，不料何三强故意一顶他，那板砖"吧唧"，干脸上了，疼得他"哎哟"捂着脸乱喊。另一个揪着何三强就是一警棍，疼得何三强喊着："卧槽，哪儿来的警察下手这么黑？"

"拒捕可以当场击毙你，带走。"那警察吼了声，把何三强吓得不敢吱声了。

一行人被押着上了警车。毕竟不是好货色，围观的群众指指点点：老贾家这外甥都不是头回犯事了，抓了活该。村治保主任颠儿颠儿地跑来了，扯着嗓子喊着："他们不是我们村的啊。警察同志，啥事啊？"

"执行公务，别多问。"为首的上车，摇上了车窗，鸣响了警笛。车缓缓分开人群，驶出村，然后加速，很快消失了……

乱了，长安县高速入口刚追回两个人来，一个司机，一个体力不支没跑多远的胖子，身份还没确定，被铐着刚带进了警车。贾村这个点就出事了，而且出得莫名其妙。凌总队长气得直拍桌子骂娘，训着曾夏让他联络辖区派出所，看哪个不长眼的没报案就乱出警。

情况到了基层就复杂了。加上这拨车手吃喝嫖赌扰民，倒不排除有群众报案招来民警，可查来查去没人报案。满头大汗的曾夏联络了辖区及邻区派出所，都没出警记录，正不知该怎么查时，技侦的结果出来了，喊着曾大队来看。曾夏一看，傻眼了。

同牌号，同型号警车，此时还停在派出所院子里，压根儿就没挪过。

“天哪，假警车！”曾夏嘴里发苦，这伙人玩大了。

“假的？那警察也是……”向小园惊愕道，都不用说出来了，警察……肯定是假的。

真警察在长安县唱假戏，假警察却在市里唱真戏了，隔着两公里被抓走了几个人，零号是否也在内，暂时无法知晓了，几位指挥员霎时乱了方寸，都看向了总队长。

“内讧？！又不像内讧啊。怎么内讧也不可能针对车手，这是财源啊。难道是不同团伙的火并？追踪车和人。虽然我们不知道剧情，但肯定有戏了。”

凌总队长又是紧张，又是焦虑，还带着更大的期待，下了这样的命令。

天网的捕捉焦点，聚焦在那两辆警车上了。自贾村开始，一组追踪，一组回溯，搜索地双向扩大十公里，搜索时间段内出现的同型号车辆，一辆一辆刨出来。

搜索四十分钟后依然无果，紧张和焦虑弥漫在经侦信息中心。凌总队长在走廊里一遍一遍踱着步等，不时地看那部老式电话，期待着它下一刻能响起。

可惜事与愿违，它一直静默着，静默着……

峥嵘方显，若隐若现

“有情况了！”

角落里技侦台席有人喊，焦急等候的专案组成员目光齐齐射向角落那一台席，那是蜻蜓KTV的监控信息。专案组的几位围上来看，前方外勤传回来的信息是几帧画面，消失数日的黄飞来了，他乘了辆普通的轿车，在下车进KTV时，被外勤捕捉到了影像。看来对车手团伙的“技术性动一动”起作用了。

凌总队长的思路似乎被这个情况点了一下，他点评道：“看来这个KTV是诈骗团伙的桥头堡，人多眼杂的环境反而成了他们最好的掩护啊……

这个消息惊动了谁，那谁和本案就应该有最直接的关联。但即便这个人出现，我们也未必认识啊。”

这是个自相矛盾的判断，明知道他就在人群里，但在那种环境里，你又能知道他是谁？

这个情况尚未消化，又出现了更大的惊喜。可能是事急忽略了细节，又一位重量级的人物在距离KTV三公里的交通监控上被体貌识别软件捕捉到了。“嘀嘀”的告警音响起，识别软件在模糊的画面里捕捉到了车里副驾上的人。

短发，五十岁左右，长脸，坐在副驾上正拿着手机打电话。捕捉软件信息显示，这个人和中州警方恢复的嫌疑人肖像近似度达到百分之七十，他的名字是：杜其安。

相貌迅速被过滤、放大，向小园飞快地掏出手机瞟了眼，把最早户籍档案里杜其安的照片和此人比对，这个发现让她兴奋得有点手发抖。曾夏在一旁讶异地瞄了向小园一眼，犹豫地说：“这就是你说的，那什么具备互联网+思维的老派江湖骗子？”

“对，乘坐的是蜻蜓KTV的车。您不会还坚持认为我们两地的案子关联不大吧？”向小园道。

曾夏讪然一笑，很大方地迎合了一下向小园的骄傲。他换了个角度问道：“以您提供的信息，傻雕和杜其安原本就以叔侄相称，黄飞又是跟着杜其安干活儿的，有没有可能仅仅是傻雕本人的事惊动了这两位熟人？”

刑侦上的人抬杠惯了，想方设法提出可能性的目的在于排除这种可能性。向小园理解他们的说话风格，摇摇头道：“我给不出答案。也许可能，也许不可能；也许是巧合，也许不是巧合……三个人同时跑出来，在同一地点碰面算一次巧合；这次长安县临检傻雕给惊了，捎带着这俩也惊出来了，是第二个巧合；长安在侦查的诈骗团伙案，把三人都关联起来了，算是第三个巧合吧。”

巧合多了，只有一种解释：嫌疑。

当然，也仅限于嫌疑。技侦反查车辆，车直接开到蜻蜓KTV停下了，下车的杜其安顺手扣上了夹克风帽，低着头。那种打扮和姿势，恐怕没有哪个角度的摄像头能拍到他的相貌。曾夏脱口道：“高手，这绝对是个高手。”

“这就看出来了？”邵承华好奇地问。

“我是指规避监控的高手。你看，他的动作几乎是下意识的，下车快走一步，恰好和司机错位，司机的角度就对着KTV的监控探头，虽然那个探头对他没有威胁，可他仍然下意识地躲避了……实践中已经养成这种反侦查习惯的人，基本都是高手。”曾夏解释道。初识杜其安，他就兴趣浓厚了。

向小园讪讪地补充了句：“不怕您笑话，我们在中州都没有找到他的监控记录，根本无法还原他的行动轨迹，最后技术定位的地方是一处民宿。他们谨慎到连住过的房间都用酒精喷洒过，我们提取DNA确认都花了好一番工夫，到现在都无法确认。”

“有意思。”曾夏听得面泛微笑了。警匪对决，只有同等量级的对手才能唤起双方的兴趣，那现在八成就是了。他指着屏幕上的背影道：“这个人，这么快得到消息，看来一直窝在长安。”

“嘶。那意思是，他避开了所有的天网节点？”凌总队长讶然道。这是天网首次捕捉到他的行迹，那之前没有捕捉到，只能有两种情况：一种是人根本不在长安；一种是避开了所有公共监控。如果是后者，那他此行的目的就昭然若揭了。

“肯定在长安。连傻雕和黄飞都是时隐时现，很难找到行踪，那他们的上一级，水平就应该更高了。”曾夏道。

邵承华听得瞪大了眼，愕然道：“这么诡秘啊？”

“再诡秘也得出来透气啊。看来今天有戏了……这个人。”凌宏业眼睛瞪圆了。技侦在剪切着出入KTV的人群，又一个特殊的人出现了，西装、背头、消瘦而精干。其他人愣着，面面相觑，不知道什么人会让凌总队长色变。片刻后，凌宏业呼了口气，压抑着惊讶道：“资料里有。他叫郑远东，皇城府楼盘开发商，咱们经侦总队搞过一次团购住房，和他直接打过交道。他算不上多富吧，可也算得上是有头有脸的人物了。”

“兴许，就是来玩了吧？毕竟他是这里的大股东。”邵承华不愿以最大的恶意揣度这类有头有脸的人物。

“那这就又多了一个巧合，早不来晚不来，偏偏在两处车手出事的同一时间段来玩。”向小园幽幽补充了句，更像是补了一刀。现在即便是真巧合，也看上去有嫌疑了……

一道昏黄的灯光自远而近移动，黑暗中看不清。待再近一点，影影绰绰的是辆摩托车。摩托车放缓了速度，灯光下一扇铁门洞开，那车直驶而入。随着铁门关闭，四周又陷入一片黑暗。

摩托车引擎声停了，车手叽里呱啦小声和两个人耳语几句。里面的人似乎是放心了，这才开了灯，晃着房间中央的两辆面包车。几人合力往下抬着一个车宽长短的警灯，又有人仔细把车门上的胶给擦了，顺便又换下了车牌。

“妈的，假警察。”

何三强心里暗叫苦也，虽然他被蒙着头，可在路上就听到动静了。车顶响肯定是卸警灯，在车身上剐蹭，肯定是撕“公安”的标志。那时候就知道来不及吃后悔药了，现在就更没机会了。

好不容易等到忙完了，听到脚步声朝他走来，跟着脸一凉，头套被摘了。而这些换了警服的人已经戴上了头盔。当头的一位掀起面罩镜蹲了下来，后面还站着几位，在把玩着臂粗的镐把。这地方看上去像是什么仓库或者车间，堆着满地家伙，想想接下来要发生的事，就让几位被抓的浑身起鸡皮疙瘩。

“跪直喽。问你，叫什么？”对方蹲下问何三强。

“何三强。”

“干车手活儿多久了？”

“没几天。”

“取过多少钱？”

“没多少。”

“老大是谁？”

“跑了的那个。”

那人不问了，起身一示意，后面的咣一镐把就敲在何三强背后，疼得何三强惨叫一声倒在地上，浑身痉挛着，抽搐着，吓得剩下那几位直哆嗦。

“问你，你叫什么？”

“‘沈……沈凯达’。”

“干车手这活儿多久了？”

“一……个月不到。”

“去过几个地方？”

“十几个地方，差不多全省跑遍了，还出过省，去过三门。”

“取过多少钱？”

“每次五六万，最少四万，具体我记不清。”

“老大是谁？”

“跑了的那个，斗……斗十方。”

“不过！上家伙！”

那人一喊，后面的镐把就上来了，吓得“沈凯达”一下子扑在地上恐惧地喊着：“别打！别打！他真是我们大哥，我没撒谎！”

“我问你老大是谁。老大能和你们住一起？”那人站着，顺便踩住了“沈凯达”的腿弯，踩得“沈凯达”杀鸡般尖叫着，边叫边喊着：“饶命！饶命！我也不知道是谁。好像取出来的钱都是给KTV的牛老板了，我不认识啊！只有斗十方认识！”

“哦，这不就对了？”那人饶有兴致地蹲下来，顺手拍着“沈凯达”的脸蛋谑笑道，“牛老板叫牛金。你不认识他，他可盯你们盯得很紧，还在你们身边放了个探子哦。想看看吗？”

有人亮出手机。“沈凯达”一看眼直了，居然是在贾村，是何三强上车的照片。车里那位他确实不认识，不过应该是所谓的“牛老板”。让自己看是什么意思？他茫然不解。那人又问着：“见过没有？”

“真没有。”“沈凯达”道。

“嗯，这是实话，继续，还干过什么坏事？”那人用戏谑般的口吻问着。

一迟疑，就有人踩上来了。“沈凯达”被逼得竹筒倒豆子般地开始交代干过的坏事了。还真别说，是人就有长处，“沈凯达”屡次进入传销组织被一骗再骗，落下个本事，说起话来滔滔不绝。那些人被他绘声绘色的描述吸引住，都忘记上刑罚了……

厢货车出事的消息是王雕打电话通知的。等知道这个消息，牛金联络何三强、斗十方俱告失败，派人去打听，又得到一个让他差点心梗的消息：贾村那个点被警察端了，抓走了好几个人。

这一下可是心神失守了，能联络的人他联络了一遍，此时都聚到了蜻蜓KTV四层，等着进一步的消息。人陷到警察手里一个两个可能问题不大，但两头同时出事，就让这些哪怕貌似和“车手”无关的人也坐不住了。

最坐不住的当然是牛金了。他又一次拍着桌子道：“各位，各位，赶紧想个辙啊。你们都没事，可那带头的认识我啊，他是把钱交我手里的。”

“问题不大。现金，谁能拿出证据来？”黄飞安慰道。

牛金咬牙，蹦了句：“你不至于认为，法治已经好到警察只讲证据了吧？”

“这不还没到那一步呢吗？傻雕说了，就是临检，还是交警。你找的什么人哪？好死不死酒驾，这不找死吗？”黄飞怒道。

这把牛金给憋住了。他愁苦地把眼光投向了郑老板。这位郑老板看看牛金，看看杜其安，抬眼示意着：“杜老板，从进门您还没说句话呢。”

“情况不明，我没啥可说的。”杜其安道。说话时眼珠子都没动一下，不知道是因为冷静，还是僵硬。

牛金苦着脸说：“等情况明了，就更没啥可说的了。”

“那你准备怎么办呢？”杜其安冷冷地问。

“没找上我，那没事；找上我，扛到啥时算啥时吧。关键是那个姓斗的，其他人咬不出我来。”牛金梗着脖子道。

“咬出来，你也交不出这么多钱来。你自己想好，不是扛到啥时算啥时，而是扛死喽。真出事只有两种情况：一种是人进去，钱还在；另一种是，人进去，钱没了。”杜其安冷冷地道。

两个艰难的选择让牛金颓丧地说着软话：“郑总，老杜，我在台前收的钱可是输送给大伙了，要不皇城府早倒闭了，就连KTV都够呛啊。黄赌毒查得越来越严，没这号来钱，就唱唱歌、喝喝酒，三天两头还得被检查，能赚多少钱啊？不能拿钱了大家都高兴，出事了，都这么等着我进去啊。”

“不是还没到那一步吗？胡说些什么呀。”郑总说话了，明显中气不足。

郑远东又一次看向杜其安，小心翼翼地问着：“老杜，很严重吗？”

“想听实话吗？”杜其安道。

“当然。”郑远东道。

“实话是，什么事也没有。”杜其安冷冷地道。

没有？！余众惊讶地看着他，无从明白。

“这可能是一个意外。否则犯那么大事，怎么可能只摁了个司机？其他人都跑了，你们不至于认为你们手下那几块料，比刑警的素质还好吧？在他们手底下，跑得了？”杜其安反问。

咦？好像也对，取钱这么大的事，出事不至于这么稀松平常啊。

牛金的心放下了一半，他出声道：“那贾村呢？那儿可是全端喽。”

“那就更不对了。百分之八十的车手都是在取钱时遭遇埋伏被警察逮了现行，一般都是人赃俱获，这次当不当、正不正，趁空闲时间抄了老窝。没证没据的，你准备把警察难死啊？就算对方素质再低，也应该是跟踪着，等他们犯事时动手啊？”杜其安分析道。

这让郑远东的紧张散去了一半。他反问着：“是不是以前哪次出了纰漏？”

“不会。而且这也不符合警察办案的规程啊，抓一个团伙怎么不得把周边的群众、治保走访一遍？那治保你不是认识吗？警察传讯他了吗？”杜其安问牛金。

牛金摇头：“没有啊。要是有，他早就告诉我了。”

“肯定也没有把三儿那家里搜一遍吧？”杜其安问。

“没有。抓了人就走了。那屋老贾和治保还是亲戚。”牛金道。

“这就更不对了。赃款赃物或者违禁品什么的都不查查？”杜其安问。

黄飞一摸脑袋，恍然大悟地道：“我也觉得有什么地方不对劲，就是说不上来，安叔这么一讲，我明白了。”

“什么意思？”牛金好奇问。

“是不是被人黑了？”黄飞愕然道。

“这才是正确答案。我之所以露面，就是想安抚一下大家，该干什么还干什么，自己的阵脚不能乱。”杜其安道。

“那黑咱们的，能有谁啊？这……”牛金看看黄飞，一时想不起来究竟是谁。

“该来的，总会来。”杜其安道。

这时候，牛金的电话响起来了，他没接，等铃声停了，他发现大家都在看着他，他犹豫道：“是老费的电话。”

“接吧，应该是来了。”杜其安道。

牛金接了电话，嗯嗯了两句，挂了电话懵头懵脑说了句：“老费说，沈曼佳还是要约‘金瘸子’见个面，下午还答应给一千套个人账户，两百套公户，现在报酬减半了，问我能不能联系上，否则这次出海的人，她一个人都不收。”

郑远东看着杜其安，纳闷着问：“谁是‘金瘸子’？”

“是骗子行当的一个传说，从不失手的那个高手就是了。”杜其安不置可否道。

牛金补充着：“哦，对了，她还说了个名字，叫朱丰，说是和她合作过，很紧密那种，还有，这娘儿们还知道明日商城的事，是不是她在坏事？”

“嗬，这时候谁跳出来谁就是了，如果是警察，也该找上咱们了……不要回应，如果人真是她抓的，那她抓到了一手好牌，可这副好牌得迅速打出来才会奏效，否则会很烫手。”杜其安难得脸上表情动了动，像轻松了。

“烫手？”牛金纳闷了一句。

“你蠢啊？要是咱们的人在她手里，怎么到她手里的？”黄飞问。

“啊？难道，假扮警察？”牛金吓了一跳，哪怕是江湖上打了几十年滚的，也被这想法吓了一跳。

而其他人却不觉得意外，就连郑远东老板也淡定了，笑着道：“这个女人不比警察好对付啊，长安有不少老板身家折在她手里，光网赌的我就知道好几个。后来找不上大户，就大量组小户去赌，去了就把人扣缅甸让家里交钱赎人……黑得很啊。”

“那现在怎么办啊？”牛金问。

“等，等她觉得手里不是张王牌，才有的谈。”杜其安若无其事地说了句。

然后几人就这么静静地坐着等，没有再等到费才立传递的消息，却把王雕等回来了。这货从路上跑到地里，似乎还在水里摔了一跤，好不容易在县城找了辆黑车回来的。杜其安仔细问过所有细节之后，更加淡定了……

时间已经指向了0时30分，自长安县高速口惊飞的几人陆续回到市区，外勤追踪到了回城的王雕，出现点也重合在蜻蜓KTV，这一次出现事关重大，凌宏业动用了交通指挥、网安、刑事侦查几处的人员回溯杜其安、黄飞、郑远东这三人的行踪，曾夏再调外勤尝试潜入蜻蜓KTV提取现场录像，两次临时决定都未收到效果。而且让专案组意外的是，无所不在的监控加上外勤，居然没有找到那伙假警察的去向，悻悻而返的娜日丽和钱加多连进组汇报都没轮上，直接坐冷板凳了。

不确定的信息跳出来得越多，就让办案的越焦虑。真相仿佛就隔着一层纸，可那层纸不管你怎么努力，就是差一点点捅不破。

而且，还有一个更大的问题没有解决：零号。

是被抓走了，还是逃出来了？如果逃出来应该联络家里了，可连续几个小时没有收到信息，就让家里不得不考虑增补计划了。

向小园又一次看向那台静默的电话时，心里幽幽地叹了声，可能真是时运不济，噩运全让零号碰上了。她努力按捺着自己，不敢去想可能发生的事，假如是黑吃黑，能遭遇到什么？

毒打、逼供，或者比这种更黑的她没听说过的方式？

“向组长……向组长？”

“啊？！”

向小园惊醒，是邵承华在喊她，她看过去时，邵承华示意着大屏方向，凌宏业正在向她招手，她快步踱去，道了句抱歉。凌宏业安慰道：“我知道你有点心乱，我们也一样，不过我们的职业就是如此，有时候得理性……所以，我们制订的增补计划，如果有必要就需要启动了，现在征求一下你的意见。”

增补计划……是对于化装侦查的外勤万一遭遇被俘、失陷、叛逃或者泄密而执行的一项计划，两种方式：要么营救回来，要么抓捕回来，不管哪一种，都是不计一切代价。

“现在……情况还不明啊。”向小园道。

“所以要做好准备啊。敢假扮警察的，敢在黄飞、牛金头上动土的，肯定不会是什么善茬。”曾夏轻声提醒道。

“再等一等……如果搜寻由暗转明，能不能达到目的且不说，但前功尽弃是肯定的了。”向小园道。

追到那拨假警察可能不难，可一追到，不管是假警察那个团伙，还是骗子这个团伙，基本就都惊动了，而现在，明显还不到抓捕的时机。

“我也是这个意思，得和你商量一下，毕竟是你的人……我们在这儿坐等，再怎么说心里也有点过意不去啊。”凌宏业道。他背起手，叹了口气，再抬头时，监控里蜻蜓那个欢场的七彩霓虹仿佛触手可及，可就是无法透过这些灯红酒绿看到隐藏在它背后的罪恶。

就在这时候，一组铃声响起来了，是普通的老式电话铃声。听到铃声的一刹那，技侦们飞速击键的手停了下来，肃然回视。那铃声如天籁般响着，把弥漫在指挥部里的焦虑瞬间一扫而空。向小园在这一刻，狂喜地奔向了指挥台那部零号专线。她按着胸前仿佛生怕心跳出来似的，激动地按下了免提……

是惊无险，寂寞之夜

“喂？！”向小园说话了。

“是我，我没事。”

“你在哪儿？”

“在西市吃饭啊，可想不到这么黑啊，假警察、假警车都出来了，就那么大摇大摆抓上人走了，监视的都没反应过来是吧？”

向小园打断了斗十方的粗口道：“这是谁的手机号？”

“我也不知道。”

“什么叫你也不知道？”

“啧，吃饭时我顺了一部，拆下卡用了，牛老板给的手机我没敢用。”

“你……”

向小园语结了，她紧张而局促地看看指挥部的警员们，然后小声说着：“现在大家都在旁边，说话注意点。”

“还注意什么呀？除了我，几个兄弟给团灭了，这头组织不敢回，那头组织不好意思回，你以为我在外面好过呀？”

“那你逃出来应该马上和家里联系啊？这都几个小时了？”

“我追那拨假警察去了，没来得及啊。这不刚溜进城吃了个饭……哎，专案组在什么地方，我怎么回去？”

“等等。”

向小园愕然地看向凌宏业等人，凌宏业直接说着：“问他追到了没有。”

“追到了，在天竺园骨灰纪念堂后面，贾村往东南六公里过水泥厂，再走八公里就是了。”

“啊？拉电子图。”曾夏惊咦一声，技侦鼠标一动，往那个方向一拉，是空白区域。小技侦员尴尬地看着，那地方不管公安检查还是公共监控都是空白区，这也正常啊，监控总不至于还覆盖长安这个殡葬区吧？

“原地待命，马上有人接应你，注意你的手机，不要联网，不要再插原来的手机卡。”

“好嘞。”

挂断了电话，整个房间里静得一根针掉地上都能听得清。凌宏业瞪了曾夏一眼：“还看什么？快去通知接应。”

“好，我马上通知……不，我亲自去。”曾夏应了声，急匆匆跑了。

凌宏业不知道是欣慰还是尴尬，踱了几步看着邵承华和向小园，想感慨句什么，可话到嘴边又咽回去了。

这个人是个变数。无论之于犯罪团伙还是警方侦查，这个变数的存在，已经让凌总队长无法用正常思维去推测了，就比如现在，他想破脑袋也想不出，怎么可能在这种条件下，还追到了对方的窝点……

其实亲自去接的曾夏抱的是同样的心思，这个人同样引起了他浓厚的兴趣，他带着程一丁和关跃龙赶赴西市，一路上早把斗十方的情况问了个七七八八。看守，两年零八个月；再往前，跟着在看守所当临时工的父亲，经常出入看守所；再往前，跟着走江湖的父亲流浪了十几年。这个年轻人像叠加几部截然不同传奇的经历让曾夏叹为观止了。

他评价了："一直就在人渣堆里打滚，怪不得混得如鱼得水。"

程一丁反驳了："曾队，您不能因为经历对人有偏见，其实这孩子很纯朴。"

曾夏再反驳："纯朴是表面，奸诈才是内里，你看到的纯朴是因为看守枯燥的工作限制了他，而现在在团伙里，彻底解放他的个性了。"

程一丁反驳加反驳："您这是非要给他打上标签啊，其实他根本不想干这活，巴不得早点回来呢。"

曾夏直接说了："那，你看他像个警察吗？"

看到人了，正坐到路牙上，旁边就是烧烤摊，多日不见，胡茬子头发都长了，坐在路牙边啃着烤串，就着小酒，喝得有滋有味，得空还虎声虎气催一句："嗨，老板，腰子烤好了吗？"

那呵斥叫嚷的痞相，活脱脱是城市底层高危及边缘那类人。曾夏笑了，关跃龙小声道："要是咱们队里，我一准得挑走。小家伙打人又黑又狠，在长甸，我们仨差点没摁住他。"

"大部分看守所，武警训练地和民警是交叉的，素质堪比一线。"曾夏对斗十方的"负面"表现，掩饰不住地赞赏。程一丁要上前，曾夏一把拉住了他，小声提醒他："别打扰，让他放心吃一顿。"

看程一丁不解，曾夏又道："你可能不太了解这种任务的心理压力，寝食难安是轻的，很多人在这种高压下会垮掉，一方面要搜寻有价值的信息，一方面又要防着自己露馅儿，脚踩两只船可没那么好玩……不简单啊，这可是个新人啊。"

"好吧，这句我就不反驳你了。"程一丁笑了。

三人直等着斗十方快啃完大腰子，酒瓶子快到底才踱到他身前，两高一矮，两个高的都认识，矮的这位斗十方不认识，面无表情，寸头大眼，乍看有点木讷。曾夏这不起眼的外貌看得斗十方皱了皱眉头。关跃龙提醒道：“走吧。”

“坐我的车吧。”斗十方道，回头，却是辆三蹦子摩托车，城郊居民趁着城管管理空当会开进城载客的那种黑车。

“别告诉我，抢了一辆啊。”程一丁牙疼了。

“不是抢的，顺了辆。”斗十方道，起身朝车走去，给了个正确解释，“紧急情况警务人员有权征用车辆，麻烦你们明天送回去解释一下啊。”

关跃龙扑哧一声笑了，曾夏也是忍俊不禁，就见得斗十方娴熟地发动了车，三人干脆上了三蹦子挤着坐下，小车歪歪扭扭在西市夜市人群里开路，这倒好，保密性比什么车都高了。出了这段拥挤路面，曾夏在车里透过小孔问着：“零号同志，你刚才看我的时候皱了皱眉头，能告诉我为什么吗？”

“我看到了你眼睛发亮。”斗十方道。

“我眼睛发亮？能成为你皱眉的原因？”曾夏道。

“能让一名刑警眼睛发亮的，呵呵，我怎么觉得就不会有什么好事呢？”斗十方直接道。

这判断听得曾夏怔了片刻，居然回答不上来了。程一丁赶紧圆场道：“十方，这是曾大队长，专案组外勤组长。咋说话呢？第一句就把天聊死了。”

“那我说啥？说我身在曹营心在汉？假警察、假警车都冒出来了，那个监控点摁住他们太容易了，嗨，到这会儿都没动静，我就纳闷了哈，你们这是看热闹呢，不嫌事大？”斗十方驾着车，愤愤道。

口气听着很不善，曾夏伸手压住了要开口的程一丁，直接道：“哟，这话说对了，今天是开案以来最热闹的一天，你是不了解情况，热闹到这个份上，我觉得这案子才有戏了……这个回头说，你说说怎么追着这拨假警察的，家里真不是放任不管，而是有其他行动，没有预料到第三方介入来这么一手，后台几乎所有的天网节点，都在找这拨人，光相似的同型号车辆，都摸排出几百辆了……嘶，你是怎么找到天竺园那个殡葬区域的？”

“我跟着他们走的。”

斗十方话一出口就把后面几位老刑警吓了一跳，那种情况下怎么可能跟在背后？斗十方解释了，那些人冲进去时默不出声，见人就打。他就觉得不对劲，趁乱爬出窗户，又顺着围墙钻进了村里。那些“警察”没有追来，他更确定是假的，于是就顺了村道上一辆载客三蹦子先到了村口，没多大会儿那“警车”就出来了。他大摇大摆干脆走在前头，那车却也不急着走，而且没走多远就停了，都不用想就知道干什么，肯定是尽快拆掉标志，毕竟这车太扎眼。

于是斗十方半路停下，等车走了折了回去，在路下草丛里把那伙人扔掉的贴纸捡回来，捡回来又不死心，干脆顺着路又驶了几公里，然后徒步寻找，抓几个人要藏起来，选址肯定得远离市区，否则会被追踪回溯，而且得偏僻，不能有被发现之虞。等看到天竺园骨灰纪念堂时，他一下子明悟了，这是一个绝好的绑票、藏人甚至杀人越货的地方。

所以就没再费劲，很容易就找到那拨人的去处了。斗十方且行且说，等过程讲到快完时还不忘提醒里面的人，捡回来的贴纸就在车里放着，关跃龙打着手机的灯光小心翼翼找出来被揉成团的蓝色贴纸，看向曾大队长时，曾大队长正发着怔，不知道是惊讶，还是尴尬。

车停了下来，被哨警拦住了。两位上来的哨警刚要撵这辆三轮车，车里曾夏伸出脑袋喊了声，两个人一愣，赶紧起杆，这辆特殊的车长驱直入，直接和鲜亮的警车并排泊在一起。曾夏刚跳下车，斗十方已经把手机递上来了，曾夏直问：“有什么东西吗？”

“情况就这些，当时来得太突然，我只摁了手机的录音，声音也不清楚，不过……”斗十方犹豫了。

曾夏接过手机问：“直接说，不过什么？”

“这方言我没听出是哪儿的。”斗十方道。

“全国方言多呢，光长安就有十几种。”曾夏随口道。

“我们那看守所天南海北的基本都有，听不懂，但听出是哪儿的应该没问题，这拨人说的好像不是方言，像外语。”斗十方道。

曾夏愕然，越说越离谱了，他虽未吭声，却是十足地不信，带着几人匆匆进去了，第一件事是把斗十方给隔离起来，地方肯定是没准备的，直接给隔离到总队长办公室了。刚进去，斗十方就兴冲冲地坐在总队长的办公椅上直挪屁股嘚瑟，这一趟化装侦查让他身上匪气尽显，连程一丁都看不下去了，赶紧地把他拉起来……

那团揉了的贴纸被技侦小心翼翼地揭开了，拼出了两个残缺的字，不过认得出是“公安”，以及POLICE缺几个字母，上面的指纹可就乱了，有十几个残缺的指纹，此时被提取出来正在电脑上比对，至于斗十方带回来的手机就更丰富了，光女人照片就有上百张，都是吃喝玩乐顺手照的，还有部分风景照片。在外人看来人畜无害的信息放到技侦手里就发挥大用处了，根据照片的时间戳和地址戳，可以完整地还原“作案”的行程，特别是KTV里偷拍的女人，总是有意无意在照片的某个区域留下保安或者陌生男子的肖像，这一提取，倒把牛金麾下的马仔们给挑了个七七八八。

“素质，这才是侦查员的素质。”凌总队长不吝溢美之词。曾夏咧了咧嘴没敢反驳，在他看来就斗十方那浑不吝的样子，八成就是喜欢拍女人，要不照片为什么都是胸和大腿呢?

对了，还有音频，技侦分离了那一段遭遇战录下的混乱音频，几声喊话更清晰了，发音很奇怪，在场的居然没人听懂，似乎连类似的也没听过，不得已连线了省厅的类似专家。那位专家半夜被叫起来出现在视频里，听了几次，皱着眉头给了个不确定的答案：似乎是缅甸语里一句骂人的话。

这次可真让曾夏眼睛发亮了，又继续求证警中外事办人员，最终确定，那拨假警察里有人说得最清晰的类似“哇怒玛达”的发音，就是缅语，相当于汉语里的“去你妈的”。

这个结果让凌总队长喜出望外地和曾夏说了句：“看来，我们揪住母狐狸的小尾巴了。”

“什么尾巴？”向小园没听明白。

曾夏兴奋地解释着：“两年前我们这儿发生过十几起境内人员被骗到缅甸赌博，然后输了人被绑朝家里要钱的事。再往前，有不少小老板输得倾家荡产了，跨着境我们也鞭长莫及。我们侦查发现，这拨骗赌的是由内地和缅甸人结伙的。领头的姓武名建利，长安市下属郊县人，此人长居缅甸，偶尔会回来收债，涉嫌多起组织偷渡案件，之前他有过服役的经历，反侦查水平极高，屡次逃脱我们的追捕。"

"噢，又出来一个高手？"向小园侧头看着，一屏指纹对应的人员，在缓缓现形，是一个神情刚毅、脸廓硬朗男子的肖像，这倒不让人意外。她好奇地问着："凌总队长刚才说的是只母狐狸啊，不是他吧？"

"中缅联合行动打掉了缅甸几个武装骗赌的团伙，这伙猢狲四散另投其他庄家，除了网赌，也就电信诈骗最合适了。"凌总队长道。

"那意思是，武建利投靠了沈曼佳？有证据吗？"向小园问。

"不是投靠，他本身就是沈曼佳的人。缅甸针对内地骗赌最大的庄家叫江前胜，是武建利的后台老板，本身和沈曼佳就是情人关系。他是粤东人，沈曼佳之后另起炉灶专干买人头的活儿，而且铺在长安这一带，八成就是武建利牵的线。"曾夏道。

其实哪个人脉的圈子都不大，犯罪的圈子也是如此，特别像这类职业化的，只要没进去，可能不同的人和不同的团伙之间就一直有合作，当然，也避免不了争端。

比如这次，似乎就有反常的地方了，仔细听着的邵承华出声问着："武建利、沈曼佳，理论上和长安的这些搞诈骗的团伙是合作关系啊，突然来这么一手，捅的还是取钱的车手，这不拆台吗？"

"那恰恰证明了中州方面的案情信息的合理性，这是两拨骗子，他们洗钱的方式和境外的相比太落后了，可在现在这种依托大数据和云计算的执法环境里，反而这种落后的、把作案点选在三四线城市甚至更落后的县城区域实施的洗钱方式，具备优势了。这是一种逆向思维。"凌总队长慢慢捋清了。

邵承华明白了，明白了思维方式，却理解不了这种行动方式，他纳闷道："两拨骗子，在黑吃黑？但抓车手的意义何在？"

"团伙的合作有两种方式：一种是利益关系；另一种是……利害关系。"曾夏道。

这一句如醍醐灌顶，一下子通透了，邵承华明白为什么凌总队长一直按兵不动，静观事态发展了。原本还担心零号，现在嘛，他整个人都放松了，笑着看看大家说道：“大家休息一下……现在是他们之间的隔空较量，牛金这个团伙是地头蛇，天时地利人和都占，但把柄现在被沈曼佳或者武建利抓住了，车手一见光，牛金这个团伙就得散，而且组织起来正在实施的骗局恐怕也要出问题，我想他们会以某种方式媾和的，我们呢，就好好扮演后知后觉、反应迟钝的角色，这可是一窝大鱼，惊跑了，再找可难了啊。”

说得大家都笑了，轻松的氛围中，曾夏提醒道：“零号在您办公室，他怎么处理？”

“哟，这么重要的事，我得见见他，走，一起来。”

凌总队带着专案组一行人，撂下纷繁芜杂的案情，直奔零号来了……

凌晨一点的时候，沈曼佳自盥洗室出来，匆匆地系着睡袍，卸了妆的她宛如变了个人似的，如墨长发衬着洁白的肌肤，随着走路撩起的睡袍、若隐若现的修长大腿，不管你用什么衡量标准，这都是位标准之上的美人。

只是精神欠佳，娇靥里似乎有点怒意，她匆匆开门，武建利恭立在门口，随着她倚门示意，武建利一闪身进来了，扣上门。沈曼佳问道：“你没露馅儿吧，这可是在别人地盘上，不比在缅甸。”

“有一个没抓到，跑了，会不会……”武建利心虚道，如果那个跑了的，跑回去报信，那就复杂了。沈曼佳且走且想道：“是警察抓人，这帮取钱的都是脑袋别裤带上的家伙，别说抓了几个，就是被警察吓一吓，也得破胆，回去也没好果子吃啊，牛老板先收拾的就是他们。”

这其中很微妙，如果识不破“假警察”的局，那对方肯定早乱了阵脚，但现在看来，似乎对方识破了。识破了恰恰是沈曼佳最愿意看到的，但她想不通，为什么一点消息都没有，她坐下时又一次慌乱地拿起手机，拨号，可在最后一刻，手犹豫着，又放弃了。

她烦躁地抽出支烟，武建利赶紧点火，浓浓地一口吸进肺里。武建利直等着烟圈吐出来才小心翼翼问着：“沈姐，好抓难放啊，一放就都知道是咱们了。而且时间不能拖得太久，我手下那几个，也见不得光。”

“这不是牛金的水平，要见光他早吓尿裤子了。”沈曼佳白齿红唇间出口一句脏话，内地黑社会她最了解，不管平时怎么称王称霸，一见警察准得成王八。

武建利献策说着：“会不会是皇城府那个后台？”

“不像，郑远东是商人出身，玩资金是把好手，但这行他刚入门，明日商城玩得那么好，不会是他，如果是他，应该已经来跟我谈和了。”沈曼佳道，她突然来了一句，“那个跑掉的是谁？”

“就是您给的照片上那位，带头的，姓斗。这小子鬼得很，刚进门他就砸了灯，等我们抓住其他人，他已经顺着窗户上围墙了，村里我们不敢久等。”武建利解释道，似乎很怕这个女人，说完表情有点噤若寒蝉。

“别紧张，这事确实有点难为你了，已经干得不错了。”沈曼佳安慰了句，拿起手机，翻查着她悄悄从牛金提供的视频里拍的图，那位在现场乱搅的“车手”，再一次进入她的眼帘。她百无聊赖地盯看着，不知所想，似乎对此人有兴趣，也似乎仅仅是看着，思绪在其他地方。

伫立良久，武建利看看腕上的表，已经指向凌晨一点半了。他放下手腕，沈曼佳却意外地开口了，给了武建利一个最稳妥的指令：“不管有没有消息，你们天亮之前离开那儿，那些人就扔那儿，不用管。”

她起身了，武建利赶紧问着：“他们会不会对咱们动手？黄飞、牛金、皇城府老郑，手里都有不少人。”

“见到车手之前，他们不敢。回去吧，保持隐身，一堆案底的别自己先栽进去。”沈曼佳婀娜的身姿离开了，保持着一种上位者淡定的姿态。这姿态很让武建利折服。他想了想，明白其中的关窍了，直目送着老板进了卧室，然后小心翼翼地关上门，悄无声息地离开了。

是夜，寒潮来袭，寒流带来的低温把享受夜生活的市民撵得一干二净，空荡荡的大街小巷冷寂得无聊。保持着高度戒备的武建利离开市区的路上却连辆巡逻的警车都没碰见，这让他有点失望。今夜他心跳加速地来了一场犯罪生涯里最华丽的犯事，可一点波澜甚至水花都没有激起来，这恰如锦衣夜行，如斯寂寞啊……

第四章

坚守底线义不容辞

乱象纷纭，高手从容

王雕自出租车上跳出来，匆匆地奔回蜻蜓KTV。这个欢场的喧嚣已经接近尾声，总有喝得脚步踉跄，或者醉得不省人事的人被保安搀出来或者架出来，胡乱塞进出租车里打发走。门口还有几个陪唱的妹子拽着两个依依不舍。王雕刚进门就被拉客的拽住了，急得王雕赶紧挣脱，奔向电梯，直上四层。

到地方时黄飞已经等在那儿了，拉着他就快步走，人未到声先至："来了来了，回来了！"

被拽进房间的王雕气刚喘匀，一看现场又大气喘不上来了。杜叔在，牛老板在，难得见面的郑总也在，这么多大佬凑一块儿可是万年不遇的场景。他紧张得居然话到嘴边愣是没憋出来。

"看你这德行，慌什么啊！"杜其安悠悠道了句。

黄飞拽着他让他坐下，倒了杯酒。王雕一口灌下，这才缓过气来，不过语气还是有点急促地说着："……我回贾村老三他舅家看了，屋里啥都在，出事的时候肯定还在打牌，扑克牌和钱撒了一地，隔壁老马家那婆娘当时正在倒泔水，她说好像还跑了一个，不知道是谁……围观的说，那帮警察厉害着呢，砸开门二话不说，直接就把人放翻了，老三他舅都吓跑了，我没找着人……”

“然后呢？”杜其安听着停顿有点长，催了句。

“没然后了！人都抓走了，还有什么然后？”王雕道。

“再没有警察去村里？”

“没有。”

“也没有电话什么的通知村里相关的人？”

“没有，肯定没有，都在说这个事，要通知到谁家，早传开了。您还不知道村里那事，村头放个屁，村尾都能听着响。”

“噢……东西呢？”

“在这儿。”

王雕小心翼翼掏出来，却是个被砸坏的节能灯。就在他不知道这什么意思时，黄飞接过了灯，把螺口敲掉，递给了牛金。牛金叫着人，隔壁过来了一个女人，把线头小心翼翼接好，然后插进了怪模怪样的设备里，连接上了电脑。

那女人让王雕眼睛直了下，居然是费才立骗红包窝点的那个女教练叫菊儿什么的。这个雀斑妞看样子玩这东西挺在行，不一会儿做完了直接发送，提醒道：“飞哥，到你手机上了，只有个片段。”

黄飞嗯了声，菊儿出去了，他放着收到的短视频，眼一直，斗十方和那群车手正吆五喝六地打牌，看样子在赌钱。他直接拉到了最后，听到了叫嚷的声音，看到了现场的慌乱，然后斗十方挥着凳子砸了照明灯……结束！

车手的一举一动都被监视着，虽然王雕并不意外，但想想自己搁那地方也住过，就有点心怵。他紧张地瞄了在座的大佬们一眼，像屁股上长刺一样，坐都有点不安生了。

“这是循环录制的，可以连续录二十四个小时，然后再从头覆盖，被那姓斗的砸坏了。”牛金骂了句，没看到后面让他有点上火。黄飞难得地替斗十方说了句话：“他反应快。人冲上来了，肯定是先砸灯，再趁乱跑……嘶，如果这家伙跑了，该有消息了啊！”

“就跑了也不敢回头啊！警察一出现，还不都被吓破胆了。”郑远东瞄了眼，没有新东西，他递了回去。牛金又递给了杜其安，杜其安却根本没有看的意思，思忖片刻道：“牛老板，沈曼佳在长安有什么底子？”

“大武。黄飞认识。”牛金道。

“退役回来的，是个狠茬，身上背了一堆事。前些年专干网赌出黑、绑人讨债的事，听说在缅甸被雷子抄了窝，后来就不知道去哪儿了，一般见不着人，他也不敢公开露面。”黄飞寥寥几句，把这个黑道恶人的底子给兜出来了。

“噢……亡命徒啊。”杜其安牙疼了。

王雕理解，犯事的人里头，骗子看不起贼，嫌他们没智商；贼呢，看不起打砸抢的，嫌他们不懂技术。不同类型的坏人会相互看不起，但有一种人能够赢得所有人的尊重和忌惮，那就是这种亡命徒了，不管你玩智商还是玩技术，谁也不敢和这种玩命的较量啊。

“咋解决啊，老杜？沈曼佳是想插一杠子啊……咦？她怎么可能准确地摸到贾村里呢？”郑远东皱着眉头道，不悦地看了牛金一眼，明显嫌他保密工作做得太差。

牛金难堪道：“我也没弄清楚，她这次自打来，就一直想见老杜，还说什么‘金瘸子’、朱丰什么的……是不是昨天她远程招人看出什么来了，可是……我也说不清，这娘儿们其实只要守着咱们这地儿，就能发现啊。这几个人老费知道……不会是老费漏了吧。”

无法给出确定答案，众人又看向了杜其安。黄飞脸上的肌肉抽了抽，恶狠狠道：“杜叔，需要我把人招起来吗？”

“呵呵，不用。她已经掌握了足够威胁我们的东西，他们要审出实情可比警察快多了，这个秘密已经瞒不住她了。”杜其安悠悠道。

软肋被拿捏住了，黄飞吧唧着嘴无语了，动狠的最好的结果也只是鱼死网破，关键是现在连人在哪儿都不知道。杜其安此时才欠了欠身子，拿起了一杯酒啜着，淡定地道：“不要急，她的目的不是鱼死网破，否则她对在座的你们谁动手都可以，之所以只动了那几只小鱼小虾，也是给她自己留下回旋余地，她当家的被逮了之后，风声这么紧，一个女人家还出来赚钱，那说明她很缺钱……万变不离其宗，不管怎么诡变，最终都要到这个目的上来，无非是分一杯羹而已，还是能接受的。”

“说不定她狮子大开口啊。”牛金提醒道。

“胃口太大，会被撑死的，我们不差钱，差的就是个够大的胃口。我们合计一下，可以让她进来，她这个靶子，可比咱们都大，不是什么坏事。”杜其安说着，似乎已经胸有成竹，而且他似乎在这里有绝对的权威，这些话竟然无人反驳，都静静地听着。

这种商议大事的时候，王雕很知趣地轻轻退出来，自外面掩上了门……

屏幕上闪过王雕回KTV的监控记录，追踪止步于此，对于蜻蜓的监控设在一处楼宇内，那个点的监视镜只能看到四层某间房亮着的灯光，里面的人都是定格的照片。

杜其安、牛金、黄飞，还有根本不认识的郑远东，再加上两位头回听说的武建利和沈曼佳，斗十方在很短的时间里填鸭似的脑补没有接触过的信息，连背景资料带视频、图片，看得目不转睛。而观摩的地方就在总队长办公室，凌总队长反而成了客人，坐在待客的沙发上。茶水已经凉了三遍，第四遍曾夏给换上时，斗十方叹着气，抬起头来了，一抬头认出了总队长，不好意思地起身。凌宏业笑道：“请坐，这是隔离的地方，好进难出啊。呵呵，辛苦了。”

曾夏把茶水放到了斗十方面前，斗十方谢了声，却没顾得上喝，他似乎思路还没有理顺，想说什么，又咽回去了。

“听俞主任说啊，你是最早发现‘货到付款案’的，我就临时决定把情况都堆给你了。我先来抛砖引玉啊，你们追的杜其安一伙骗子，和我们在追的费才立、牛金这一拨，应该是合伙了。现在呢，部里重点关注名单上这位沈曼佳，应该也是想入伙分一份，这个没问题吧？”凌宏业以问话的方式开始了。

“有。”斗十方直接道，把众人说愣了，他旋即解释着，“还缺一拨人，那拨人才是关键。”

“还有一拨？”曾夏和邵承华几乎绝望了，这个骗局深得已经超乎想象了。

"您分析杜其安的手法就知道，这个出身江湖，深谙'风'字一骗，且不说这些江湖渊源，像这种人要做局，他跳不出自己的经验，而他擅长的地方就在于组织一小撮人密谋，然后用这一撮人做种子，到更大的一群里煽阴风、点鬼火，煽动起来后，再去传染更大的群体和更多的人……然后像货到付款诈骗那样一窝蜂、一阵风似的就出现了，这种非法传销、非法集资的套路一致，所差只不过是他们做得更精致、更隐蔽，警方很难找到真正的风头何在。"斗十方侃侃道。

"噢，那相当于，他们还有一群这样的中层……骨干？"凌宏业道。

斗十方点点头："可以这样说。"

"那其实现在的案情是倒挂了。"曾夏看了向小园一眼，现在明白这位美女眼光要比他远一步了。他思索着说着，"其实我们是先看到了底层，又看到了决策层，但中间的执行层还不知道是谁，在哪儿。正常情况下，等案发之后，我们抓捕的恰恰相反，能直接抓到执行层面，底层和决策层反而成了谜。"

"对，是这样。"斗十方点头。

这可就让邵承华这类技术衔的警官吸凉气了。这样一来证据就是缺失的，即便你知道是谁，知道他在干什么，可那些事就是和他无关，警察也只能望案止步了。

警察，永远在殚精竭虑寻找证据，而罪犯，永远也在挖空心思规避证据。就比如沈曼佳这样的人，频繁地出入国境，多地警方都把她列为重点关注人员，可至今仍然没有可以滞留她的证据。

"你基于江湖基础的解释很有意思，而且比专案组的形象。"凌宏业接受这个解释，而且谈话的兴趣似乎也上来了，就听他道，"第二个问题，到现在为止，我们见到了嫌疑人，见到了赃款，甚至查到了用于转款的大量账户，却不知道骗局在哪儿，是个什么样的骗局。"

"那是因为旁观者迷，当局者清。"斗十方道。

向小园眉头皱了下："这成语是不是反了？"

"没反，现在有了通信的便利，骗局都是闭环式的。比如骗红包，他们人在长甸，而被骗的人可能在北京、上海，也可能在广州、深圳，甚至可以在全国任何一个地方。凌总队长您……呵呵，是有点急了，这个迟早可以看到。”斗十方道。

“我知道，但免不了担心，又是亡羊补牢啊。而且总不能坐等牢破羊丢啊。”凌宏业道，他暗暗责怪自己有点失态了，情急之下有这种不切实际的急功近利的想法了。

“呵呵，羊不丢，也没机会更没有理由去抓人家偷羊的啊。”斗十方笑了，惹得大家都笑了。警察这种既怕发案又盼案发的矛盾心态谁都有，和坏人既想作案又怕被逮的矛盾是一致的。

“看来第二个谜仍然无解，我继续第三个，今天你们贾村出事时，我们是在长安县采取的行动，暂扣了运送车辆，司机酒驾够得着刑拘了，关键是这辆车……小邵，最新情况。”凌总队长道。邵承华走到斗十方旁边，点着总队长的电脑，联网找着资料，介绍着放出来的视频道：“我们对车辆进行封闭检查，发现在车厢顶安装有微型摄像头，这个摄像头是可以远程看到车里动静的……也就是说，车手貌似行动自由，其实一举一动都在他们的视线里。”

斗十方一愣，脱口问着：“那岂不是你们检查，对方也能看到？”

“哦，那倒不会，有你提供的取款摩托车加装摄像头的信息，我们检查前做足了功课，是在干扰状态下进行的，而且我们没有拆掉。”邵承华道。

“厉害，现在监控泛滥得让人毛骨悚然啊。”斗十方咋舌道。

“对，他们的反侦查和我们的侦查几乎是同步的。综合这种情况，家里判断，应该有一个精通计算机技术的人，或者是个团伙，更有可能关联着地下黑产。这样的人给诈骗团伙服务，那他们简直就是如虎添翼啊……而他们之间，应该存在某种关联，这个关联，在谁身上，那谁就是本案的关键。”凌宏业道。

这点让斗十方格外注意了，把屏上的嫌疑人肖像挨个儿看过，但在没有确定信息的情况下，就会出现看谁谁就有嫌疑的情况。看了半天，他摇头了：“对不起，我答不上来，这种核心信息，恐怕团伙成员也未必都知道。”

“我不是让你现在回答上来。”凌宏业道，他说话时不自然地看了向小园一眼，然后叹气道，“而是让你在接下来的行动中，格外注意这个情况。”

“嗯。”斗十方应了声，不过马上一瞪眼，又“嗯？！”了一声，然后看看总队长，总队长有点歉意地移开了视线，又看向小园。向小园羞赧似的不敢直视。斗十方不太相信地喃喃道了句：“那……还要回去？继续？”

“我刚才和谢副厅、俞主任讨论了一下，目前的情况，是对我们有利的，不但把一众嫌疑人纳入了监控视线，而且锁定了部里重点关注的嫌疑人，你脱逃并未暴露，按正常思维，没人会怀疑到你，如果在这个时候你出现，那他们会更放心……毕竟，你是接款人。”凌总队长道。

这是临时商议的方案，向小园持反对意见，不过人微言轻，反对是无效的。曾夏看看斗十方，说了句：“对不起，这是我第一个提议的，你看到我皱眉头时的判断是正确的。视频上看到你，对于是否化装侦查我是持反对意见的，不过在见到你本人之后，我比谁都支持你。”

“因为我长得不像好人？”斗十方斜眼觑着，微微有点怒意。

此话一出口，旁人都笑了，匪窝里待得身上正气全消，现在这歪眉斜眼、目露凶光的鸟样子，还真和好人有极大反差。斗十方也注意到了，自己穿的是三蹦子上的厚棉袄，污渍一片一片的，偏偏脖子上又坠了大金链子，裤子在爬窗逃跑时挂了道口子。现在待在这种环境里，他才猛然发现，不知不觉中已经走了这么远，远得都快忘记曾经的自己是个什么样子了。

不过不管是什么样子，都不应该是这个样子。斗十方蓦地难堪了，像被人窥破隐私那般难堪，难堪得他恨不得找个地缝钻进去。

尴尬间，凌总队长清清嗓子开口道：“从事这种任务的同志，那种归心似箭的心情我理解。和上次一样，不管是你的直属上级，还是我这个总队长，都不下这个命令，只是一个方案，而且对这个方案附加了重要提示：第一，任务难度会大得超乎想象，几乎是一个不可能完成的任务；第二，任务的危险性很大，黄飞、武建利，甚至可能还有非法入境的外籍人员，这些暴力犯罪分子在给诈骗保驾护航；第三，对方和地下黑产有关联，黑产在犯罪领域相当于我们大数据中心的网络水平。从某种程度上讲，他们的危险性还要超过那些暴力犯罪……就这些，你自己决定，不管你做什么决定，我个人都支持。在这里，在这个案子中，你所做的一切，已经足够赢得所有人的尊重了。”

凌总队长说着，凝视着斗十方。斗十方闭上眼睛，像是思忖，可等了好久，他都没有睁开眼睛。于是总队长轻轻地起身离开了。他拉开门，打着手势，把麾下几位都叫了出来，似乎要留给斗十方思考的空间和时间。

门掩上了，过了很久，很久，都没有动静……

孑然一身，无人相送

曾夏又一次按捺不住，手刚伸向门把手，胳膊就被凌总队长拦住了。凌宏业无声地摇摇头，而曾夏却焦虑地指指手腕上的表，已经凌晨四点多了，不用说也知道，时间拖得越久，任务能够继续的可能性就越小，脱离对方视线这么长时间，这个故事恐怕没那么好编。

“来，都来……”凌宏业悄声邀着，把几人就近带到了隔着两间房的总队办会客室。进门后，邵承华憋不住了，征询向小园道：“向组长，这是你的人，你不能不吭声啊。”

“我们这个X小组就是拼凑的，组队本身就晚，他来得又最晚，出任务之前，还没来得及在中州反诈骗中心正式上过一天班，名义上是我的人，其实……”向小园为难地道，这话她实在说不出口。

曾夏帮着腔道：“好歹你也有个名义，我们连名义都没有。”

“真不行，这个人很有个性，我也不知道该怎么劝，在中州就是想方设法把人拉进反诈骗队伍，长甸又让人家不怎么情愿地回去了，总不能再一再二再三再四,一直把人家往骗子窝里送吧？”向小园难堪地解释着，看了看总队长。

凌宏业背着手踱着步，几步后看看大家都征询他，他说着：“劝什么？该说的都说完了，剩下的只能他自己选择了。”

“总队长，您后面补充的那句话，是人都得给吓回来啊。”邵承华弱弱提醒了句。

是啊，又是困难，又是可能遭遇暴力犯罪，还可能受到地下黑产技术因素的干扰，都说了几乎是不可能完成的任务，人家怎么可能主动接受。

曾夏不一样，他思忖道：“总队长是在直言相告，这种刺激要么唤起斗志，要么……可就直接打退堂鼓了。”

“没那么复杂，要么斗志昂扬接受任务，要么认个尿偃旗息鼓，不情不愿的，这事成不了……哎，小向啊，我怎么总觉得这孩子，似乎哪儿有顾虑？”凌总队长坐下了，说是这么说，他当然更期待前者。向小园回答着：“他父亲长年卧病，半瘫了，现在稍稍恢复了点，他以前工作的地点，登阳三看，离家只有不到五公里，就为了照顾家里考了看守所的管教岗位，除了这个心结，好像还没有别的。”

“后顾之忧解决了吗？”曾夏问。

“医疗和补助解决了一大部分，但是……这生老病死人之常情的，我们也不可能完全解决啊。”向小园道。

“似乎不仅仅在此啊，嘶，你想想，以你和俞主任讲，这位精研骗术，熟知骗子江湖典故，而且跟着他父亲就有过实践……但是在长甸，又宁愿挨饿挨打，也不骗红包，但是回去之后，又敢放手通过袭警的方式传讯，这是一种什么心态呢？”凌总队长好奇了，人心比案情大多数时候更复杂，更难读懂。

“他说了，当骗子突破底线就没有下限了，要么一毛不沾，要么一往无前，没有回头机会啊，他说他用了很多年才走出了父亲留下的阴影，又用了很多年才得到了一份梦寐以求的职业，要真做了，等有天回来，无法面对我们这些同事。”向小园道。

“啪”的一声吓了向小园一跳，侧眼一看是凌总队长拍了下大腿，这人老成精的，眼睛格外发亮，直接判断道：“那这事就成了。”

“成了？”邵承华愣了，根本没看到端倪嘛。

“你太年轻，不懂。”凌总队长道，又指着向小园说，“你太关心，也不懂。”

再一指曾夏又说了：“你虽然不年轻，但你根本不关心他，所以也不懂。”

“总队长，您这样丢出来一堆自相矛盾啊。”曾夏笑道。

“人本身就是充满各种矛盾的，特别是有个性的人，比如他，明明在最阴暗的角落耳濡目染，却选择了一个最阳光的职业；明明对骗之一途了如指掌，却甘心挣菲薄的薪水；明明知道在犯罪团伙里以他的经验和机变可以如鱼得水，却如临深渊步步犹豫……你不觉得矛盾吗？”凌总队长问。

“是啊，我都觉得对他来说易如反掌，怎么就不上道啊？”曾夏道。

“因为他曾经上过道，所以才坚决选择了与之背道而驰的方向，每个人心里都有一块不容亵渎的净土，或是亲情，或是爱情，或是某种信仰。可能他的纠结就在这儿，他好不容易改变了自己，而任务却是让他变回曾经的自己。”凌总队长道。

“那不还是没戏？”邵承华愕然了，听不太懂。

“错，一个在大是大非面前能守住本心的人，知道该做什么。”凌总队长道。

这句话似乎明白了，他是警察，只有一种选择，去做正确的事。

可如果正确的事不违背良心，却有违本心，这个选择就难了。曾夏明白总队长的话了，他幽幽叹了句道：“我以为只有我们刑警才是一边骂娘，一边冲在最前方，看来我们这个职业不分警种，都是如此啊。”

凌宏业没理会这句牢骚，问着向小园：“他平时有关系最好的同事吗？”

“有。”向小园脑子里跳出一个人。

“叫来，聊聊天，兴许他有什么话并不方便和我们说。”凌宏业道。

向小园拿着手机，直拨钱加多的电话，可不料说曹操曹操就到，电话铃声就在走廊里响起来了。向小园拨着电话一开门，钱加多接着电话气喘吁吁跑进来了。进门一瞅，吓得哆嗦了一下，咋这么多领导都瞅着他呢，他赶紧解释着：“斗十方叫我，来来……来总队长办……公室。”

“去吧。”凌宏业和蔼地道。

这些天已经习惯了专案组这几位不是呵斥就是虎着脸，这么和蔼倒把钱加多看蒙了，犹犹豫豫退出去，又奇也怪哉地看着向小园警惕似的关上了门。他懵头懵脑敲敲总队长办公室，耳朵刚贴在门上，门蓦地开了，他喊都没来得及喊就被拽进去了。

“咋……咋了？你……呵呵，哈哈。”

钱加多猛然间看到斗十方现在的样子，放声大笑了，很欠揍的表情左瞄右瞅，指点道：“哟哟哟，给你扛个板凳就是戗刀磨剪子的，挎个布袋就是旧手机换脸盆的……这戏咋演的嘛，昨天还老板呢，咋就化装成这鸟样啦？”

斗十方白了他一眼，大大咧咧地坐到了总队长的座位上，一晃升降椅，再一移椅子，脚一搭看着钱加多。钱加多惊得一咧嘴，恨恨道：“你小子有种，都这鸟样了还跟我嘚瑟是吧？我都看见你老窝被人家抄了，脸上那伤是逃跑时蹭的吧？”

“嗯，你巴不得我逃不出来是吧？”斗十方问。

“必须的啊，你说那伙骗子战斗力怎么这么垃圾呢？像你这号祸害怎么着也得装麻袋里揍上十顿八顿的才成啊！害得老子被人训了一顿又一顿……黑天半夜的，人家装成警察办事，谁一眼能看出来？你也没看出来不是？嗨，回头赖我们不长眼……气死我了，老子早不想干了，要不是看在美女组长的份儿上，这儿我一天都待不下去。”钱加多骂骂咧咧地说，牢骚吐了一堆，报复性地撒开野了，往总队长办的沙发上一坐，脚也搭茶几上了。

“其实没有这个美女组长，你也想当警察。”斗十方道。

“鬼才想呢。”钱加多道。

“你越嘴硬，就越不可否认，我也是，每每我穿上警服，总觉得像披上铠甲一样，有种莫名的自信、自豪、庄重……就跟着来了，人的精气神也跟着来，敢说你没有过这种感觉？”斗十方问。

钱加多要反驳，却发现斗十方和平时嬉皮笑脸的表情不一样，从来没见过他这种正式的样子，正式得像专案组领导一样，带着深深的愁绪。他被感染得也黯然了，自嘲似的笑道：“有，我一直是别人捉弄和取笑的对象，长得傻，人也不聪明，有钱也买不来别人高看我两眼……其实咱们都一样，都在使劲地想活得像个人样，可越使劲，就越活成傻样了。”

他说着，怕斗十方生气似的悄悄瞟了两眼。今天似乎不同了，不像往常你笑话我白痴，我笑话你穷逼，都用对方无法弥补的缺陷相互攻讦，而且这句话似乎触动了斗十方，让他无语地叹着气，似乎也变成白痴了，傻傻地看着天花板。

“你说得很对，我喜欢这身警服，喜欢穿上它，喜欢别人看咱羡慕和忌妒的样子。可这次，我一点也不羡慕当正式的警察了，天天吃饭趁不上碗热的，出去回来没有准时，连给家里打电话都要被限制，窝在车里盯梢，坐得腿都展不直了……”钱加多愤愤地发着牢骚。

斗十方笑了，突来一问：“那我给领导提个要求，让你回去怎么样？”

嗯？钱加多一愣，异样地看着斗十方。斗十方笑道：“别不信，我现在是零号，地位超然，提任何要求领导都会满足。”

“扯淡，关你鸟事。”钱加多粗口回敬过来了。

“这不就是了？还是舍不得。你想过没有？我们心里明明渴望放飞自我，渴望像犯罪分子一样潇洒人生，想咋活咋活，想干吗干吗，可为什么偏偏心心念念放不下警察这个职业呢？”斗十方反问。

这一句把钱加多问蒙了，他坐正了，想着，回味着此次参案以来的酸甜苦辣，每天都巴不得结束，可为什么回头检视时，却有了一种上瘾舍不得放下的感觉呢？

“我好像被洗脑了。”钱加多想不出原因，如是道了句。

“要洗也是自己洗的，你总不否认，这次比我们之前做的所有的事都有意义，也有价值。呵呵，有时候老天真是会捉弄人啊，我一直在努力改掉自己身上的毛病来适应这个职业，可不料有一天却发现，曾经改掉的毛病却成了我能够在职业生涯立足的本事，你说可笑不？”斗十方苦笑道，他掏着口袋，却发现没烟了，干脆拉开总队长的抽屉，在里面找出了待客的烟，拆了包装，点上，浓浓地抽了口。

原本是不抽烟的，这没几天已经吞云吐雾得娴熟无比了，看着袅袅烟雾中愁绪满脸的斗十方，钱加多再傻也知道这位兄弟有心事了，他弱弱问着：“你怎么了？为什么专案组领导都在隔壁等？哎，我去，你狗日的不就在骗子窝浪了几天，啥都没干成回来了，这倒要上大牌啦？”

“就回来歇口气，还得去。”斗十方悠悠道，吱溜了一口烟。

钱加多一噎，理解了，同情道：“噢，那要就要吧，怪不容易的。”

“其实我想找个知心的人聊几句的，可这时候我发现我没有什么朋友，最起码没有知心的朋友。我突然发现我活得很矬啊，原来一直憧憬活成自己满意的样子，可活这么大都没对自己的生活满意过；原来想活成让父母骄傲的样子，可活来活去，到现在都不好意思跟家长说自己干什么活儿了。”斗十方感慨道。

钱加多不知道怎么安慰，想想说着：“还好，你都不知道你妈是谁，只有一个父亲要糊弄。”

斗十方可能没料到是这种安慰，蓦地被一口烟呛住了，剧烈地咳嗽了几声，然后哭笑不得地看着这位损友。钱加多同情地回视，继续劝着：“有啥纠结的？作为你的同伙，我们比你苦逼多了。你天天喝小酒泡小妞，我们被冻得冷飕飕；你他妈天天大把抓钱的，我们抠屁股嘬指头那点外勤补助舍不得花，吃外卖都不敢订贵的；实在是我这人太纯朴诚实，否则这活儿我就干了……取钱、袭警，然后有了钱喝酒泡妞，哎哟我去，这不男人的梦想实现了吗？”

这些三观不正的劝慰话，听得斗十方边咳边笑了。他掐了烟，制止了钱加多的胡扯，摆手道：“别扯了，既然你说我讨这个便宜了，那我就继续占着便宜，叫你来，是让你帮我个忙。”

“啥忙，你说。”钱加多但凡有事一贯很仗义。

“就像我帮你的，不止一回了，你还我一次，等着啊。”斗十方看看表，说了句莫名其妙的话，起身出门了。这事也只有钱加多懂，肯定不是什么好事，要不钱加多怎么朝他的背影直竖中指嗤鼻不屑呢？

出门快走几步，斗十方喊了声，向小园开门，折回来的斗十方进了这个房间。专案组几位要员期待地看着他，斗十方直接说道：“在走之前，我可以提个要求吗？一个……可能不太合理的要求。”

邵承华瞬间对此人的好感降了很多。曾夏道：“兄弟，你要明白自己的身份，任务不是做生意可以讲价钱。”

“大哥，警察也是人，我们所谓的价值观里的价值，其实也是一种价钱，叫法不同而已。”斗十方搾了一句。向小园使着眼色，生怕僵了。凌宏业舒了口气，压抑着不悦，沉声问道：“说吧，什么要求，组织上会尽量满足。”

“不，一定要满足，我要两身警服。”斗十方道。

警服？众人面面相觑，这算什么要求？

“我想和我爸通话，他的习惯一般五点就起床了，我想穿着警服和他通话，也给钱加多一身，他只要看见我和多多一块儿，会很放心的，我出来这么久了，我……”斗十方说着，鼻子有点酸，那几位听者愣了，斗十方继续道，“我还有个要求，能让队里的警员们组织个出操队伍吗？他如果看到我在这样的集体里，会更放心的……我知道，这个时间点有点过分了……你们一定查过了我的底子，我父亲早年走江湖免不了干一些下三烂的勾当，可在我懂事后一直教育我要堂堂正正地活，别学他一辈子颠沛流离没着没落……所以我一直在拼了命地考警察，我一直想活成让他放心、让他骄傲的样子……而不是现在这个样子。我，我其实还没有来得及宣誓成为正式警察。”

斗十方说着，和着袖子擦了把唏嘘的鼻子。向小园眼睛一红，看着他现在的样子差点失控。凌宏业肃穆的脸上慢慢地变得庄重。他凝视着表情不再讳莫如深的斗十方，去掉那层伪装，内里终究是有血有肉。曾夏上前拍拍斗十方的肩膀，一下揽住他道：“对不起，兄弟，我来领队出操。”

“我来……你让我想起了我宣誓加入警察队伍那一刻。我都快忘了，有多久没有心潮如此澎湃的感觉了，等你回来，宣誓我来主持。”凌宏业慈祥地道。他料到了这种结果，却没有料到是如此让他欣慰的结果。

“谢谢，希望你们到时候别嫌弃我就行。”斗十方道。他敬礼，一个标准的敬礼，然后回到了总队长办。

于是这个莫名其妙的事在拂晓将至时发生了，总队第一次拉响了警报，当班的技侦、经侦，还有临时从附近调来的警员，迅速在总队大院集合，曾夏、邵承华、向小园各带一队，温习了一遍最简单的队列队形，整理了一遍最基础的警容，然后开始入警最基本的事：出操！

随着“一二一、一二三四”的操令声，齐刷刷的出操队伍动起来了，整齐的方阵摄入了手机的视频里，光线条件有点差，不过好在总队的灯光都打上了。已经换上警服的斗十方把操形作为自己脸的背景，在三楼某层合适的角度正和刚起床的父亲视频着：

“爸……你看你看……能看见吗？现在是封闭训练，我这是值班偷偷给你通话，知道了给处分的，您又不是没在看守所当过勤工，哎哟，管得严呢……我听小络说你能走几步啦？我看看……家里没啥事吧，杜婶一会儿该去做饭了吧？我工资卡在小络那儿，有啥事跟他说啊……我就快回去了，今年全警大改革，我们这类考进来的，加强基础训练……真的，可能要往市里调……多多，您看您认识他吗？看把这胖子都累瘦了。”

钱加多咬着牙还斗十方这个人情了，招手呵呵笑着：“叔，您精神头不错啊，回去看您去啊……哎呀，您老说话我听不懂，还得十方翻译……十方，你爸说啥意思？”

“我爸说你没瘦啊。”斗十方翻译了。

钱加多使劲摁着脸解释：“叔，我是脸大，身上真掉膘了，不像十方，他天生吃不胖……那您可不能瘦啊，等我回去，去您家吃去啊。”

另一头，有点抖的视频里，是熟悉的面庞，是被哄得格外高兴的父亲的笑脸。两个人你一句，我一句，急得视频里的老斗想说什么又听不太清，不过好在知父莫如子，隔着视频儿子都能准确地读出父亲想表达的意思。两方说了很久，直到父亲催着，这个视频才挂断。

直到挂断，钱加多都没听懂哪怕一句话。他懵然问着：“你爸最后这叽里呱啦说了句什么？”

“他说，别费心思骗他，不想让他知道，他不会问的，早点回家就行了。”斗十方道。

“看看，我说不行吧。你爸就是个骗子，你去骗他，可能吗？”钱加多埋怨了。

斗十方却是笑道：“骗骗他也高兴啊，就像你骗你妈想要钱一样，献个殷勤总比直接伸手让人心里舒服啊，好歹总觉得没白养活啊。”

“有道理……”钱加多接过了手机，随口问了句，“哎，你爸说话，那发音变味的，你怎么可能听懂啊？”

“听不懂，读唇……我跟三看里一位老狱警学过，嫌疑人和警察是不会有真正交流的，但嫌疑人之间就有，所以你想知道些情况，就得学会观察，这观察呢，就包括读唇……那位高手通过视频，就能把嫌疑人闲聊的对话还原个七七八八，我当时学了个皮毛，没想到先在我父亲的身上用上了……多多，等我回头教你啊，咦？”

斗十方在脱着警服，却听不到钱加多的声音了，回头时，钱加多正老老实实站着，门半开着，凌总队长几人露在外面。斗十方笑了笑，继续脱着。他把警服仔仔细细叠好，帽子小心翼翼放正，然后手慢慢抚过锃亮的警徽，仿佛生怕它染尘一般，仔细地擦了几遍，这才后退几步，像无限依恋地看着，默默地拎起了那身破袄。

曾夏轻轻踱了进来，递给他一张纸，斗十方快速扫着，点了点头。曾夏收回来提醒道：“现在是凌晨五时四十分，天亮前你务必赶回蜻蜓KTV，一切只能见机行事……你的手机位置信息不会显示你来过这里。他们中肯定有人精通此道，这部手机你得带回去。”

“嗯。”斗十方应了声，脸色已经恢复了凝重。

曾夏却做了个奇怪的动作，把手机放开，让它自由落地，“啪”的一声，屏碎了，他捡起来，交给了斗十方。斗十方问道：“这是给无法联系一个合理解释？”

“对，你的核心任务是，尽可能地找到主谋，找到黑产的源头，现在几股势力都在往这里聚集，这个骗局肯定超乎想象，不管你接下来被安排在什么位置，都顺着他们走。”曾夏道。

“嗯。”斗十方接过手机，应了声。

“还有……”

“什么……”

转身的斗十方又回头，看到了曾夏，这位大队长的脸上依然是面无表情，却说了句人情味十足的话：“等你回来，我陪你一起去看老爷子，就骗他说集训了很久。”

“你这张脸太死板，当不了骗子。”斗十方瞬间眉开眼笑，又瞬间怒目而视，转瞬又成了庄重肃穆，几下变脸看得曾夏真是耸然动容了，就听斗十方说，“我可是当过演员，不过以前只卖艺，这回该卖身了。”

一拎领子，竖起来了，他有点猥琐地往外走，凌总队长、邵承华让开了路，总队长不失时机地提醒了句：“你的车在后门，走，没法送你，不过我期待迎接你凯旋。”

“不用，我会自己回来的。”斗十方道。

他走过向小园身侧时，向小园看着他欲言又止，总觉得这一刻应该有千言万语，可真正面对时，却无语相视。还是斗十方落落大方地开口了，他说道：“我得坦诚告诉你，那次送花让你尴尬是我的主意，现在想想，卖弄得好浅薄。”

“还好。”向小园笑了，安慰，“勉强也算成功的卖弄吧，毕竟给我留下了深刻的印象。”

“谢谢，快到白雪皑皑的季节了，有机会我一定亲手送你一束梅花，只有这个季节的梅花才算得上是真正的梅花。”斗十方道，眼神脉脉，让向小园羞赧地躲闪。可等她决定正视时，斗十方已经转身走了，走得不像警察，横胯斜步，披衣甩手，一副嚣张的姿态。

那个孤独的身影下了楼，孤独地穿过后院，趁着黎明前最后的黑暗上路了，孑然一身，无人相送……

人在江湖，唯利可图

一阵急促的脚步声响在走廊里，惊醒了在房间里已经枯坐一夜、有点昏昏欲睡的郑远东，他甚至有点后悔玩这么大，现在搞得上不上下不下，都不知道接下来该如何是好。这动静让他心跳加速了，昨晚一个接一个的坏消息，到现在都没消化掉。

嘭……门开了，是牛金的一个手下。牛金刚要张口骂，那手下表情说不出是惊喜还是惊吓地道：“牛哥，斗子跑回来了！”

啊？牛金惊得从座位上蹦了起来。黄飞紧张地问：“是斗十方？”

“对呀。”手下道。

“贾村跑了的那个？”郑远东问。

再次确认，杜其安的眼皮莫名地跳了跳，像警兆，当骗子的骗人骗鬼不信邪，可有时候信自己的第六感觉，这一次的感觉让他觉得奇怪。他睁开眼，黄飞几人正看着他，意外的情况，让大家一时摸不着头脑了。

“带上来。”杜其安直接说道。

手下应声出去，估计已经揣摩到大哥心思了。人已经等在外面了，他喊了声，有几人簇拥着到门口，有人推了一把，直接把斗十方给推进房间里了。一进门，黄飞先是扑哧笑了一声。

这娃不知道哪儿整的破袄，裹得像个收破烂儿的，细看衣服裤子都破了几处口子，脸上还蹭了一处伤，估计被这天气冻得不轻，脸色有点发紫，正哆嗦着。

“咋回事？”牛金虎着脸问。

“被黑吃黑了，那拨人真他妈黑，扮雷子把兄弟们给抓了。”斗十方惊惶道。看到警务档案里的肖像人物就坐在眼前，那惊惶都不用装了。

“你怎么知道是假的？”牛金警惕地问。

“那些人一进去，照面就打，要不就是电棍杵，警察……不，雷子就再黑，也黑不到这程度啊。我砸了灯跳窗跑，出去就觉得不对劲。”斗十方解释道。

“几个人？”黄飞问。

“五个还是六个……不会超过六个，两辆车。”斗十方道。

“没追你？”黄飞问。

“没顾上追我，那我就更认为是假的了，要真堵起来抓，像我和兄弟们干的那事，我不可能跑得了啊。”斗十方道。

这是无懈可击的解释，到现在已经没有疑惑了，可斗十方在房间诸人的眼中依然看到了深深的疑惑，这个疑惑来自反常的逻辑。郑老板笑了笑说了出来：“哟！那你还敢回来啊？就回来，也不应该是这时候啊？”

“我都在村里偷了辆车跑了，妈的上路才发现一毛钱没装，我们是赌两把的时候被冲散的，都没来得及装钱，我正想折回去，好死不死的，又撞上那两辆警车了。幸亏我穿着开三蹦子的破袄在前头走，他们没当回事。”斗十方苦着脸解释着。

这个转折把郑远东吸引住了，他好奇地问着：“又撞上了？”

“啊，我回头瞄了眼，那群狗日的卸警灯、刮标志呢，标志一去掉，就成普通面包车了。哎呀，我去，这他妈玩得太溜了。”斗十方语速飞快且语气惊愕地解释着。

故事把在场的都吸引住了，牛金问着：“那后来呢？”

“又不是雷子，我怕个尿啊，我就想看看，这群狗日的在哪儿落脚呢，就顺着他们走的路往前追，我也不敢开那三蹦子，目标太大，我往前走啊，走啊……穿过红树林，过了大棚菜地，又过了一条河……您一准想不到，那地儿啊，选得太好了。”

“别你妈废话，到底走到哪儿了？”

黄飞怒骂。故意啰唆的斗十方惊得一激灵，他知道这些人上心了，赶紧道：“天竺园后头，我看见那车了。”

“天竺园在哪儿？”杜其安好奇地问了一声。

这几位长安的地头蛇可都门儿清，直拍脑门，敢情这么容易破解。牛金解释道：“殡葬区，是个骨灰纪念堂。”

黄飞补充道：“离贾村并不远，早该想到的，大武也是长安人，很了解这一带。”

“哦……干得漂亮！”杜其安一拍额头，由衷地赞了对手一句，既躲避了警察的天眼追踪，又阻断了同行可能的设法寻找，除了这种地方，还真找不出更好的。

这一块石头一落地，沉闷的气氛可就打破了。郑远东征询着：“老杜，你看……怎么办？”

“简单啊，多去些人，吓都吓破他们的胆了。”牛金一甩马尾长发，脸上掠过一丝狠色，一把揪住斗十方问，“你看清了？”

“必须看清了，哦，我看清车了，应该就在那儿，没见人。我左想右想，被假雷子吓跑了，还一毛钱没落着，这我也太冤了……于是往回走，又过了河，过了大棚地……”斗十方开始啰唆了，讲得很细，眼睛的余光看着几人。

牛金不耐烦地骂着：“你他妈不傻吧？不知道打个电话？”

“跳墙下来时，把手机摔黑屏了……哎，对啦。”斗十方一惊一乍，又来了。

众人一吓，他赶紧掏出手机道：“他们进去时我摁了录像，没录着人，可录着了音……飞哥，牛哥，好像不是本地人啊，说话都听不懂。”

牛金接过手机，黄飞给门口人示意着。片刻后，那个雀斑妞出现了，和斗十方一照面，各自吓了对方一跳，那妞拿走了手机。黄飞说了：“错不了，就是大武他们，那狗日的经常带着偷渡过来的缅甸人干活儿，抓不着大摇大摆走，抓着了一判是驱逐出境，也是大摇大摆走了。”

“那这就应该没错了，老杜，你看……”牛金回头，征询着一直在观察的杜其安。杜其安眼睛还停留在斗十方身上，突然开口问道：“死窑啥地方的？”

问得莫名其妙，斗十方回答得不知所谓：“登阳，离中州不远。”

两个人互相看着，杜其安不动声色，又问着：“老戗出啥门道？”

“报口、挑将汉、藏三仙干点小买卖，上不了台面。”斗十方回答道。

“哦，老话讲啊，江湖路上一枝花，我花开尽他花杀。知道这春典吗？”杜其安问。

斗十方恭立回应着：“不是这么说的，我听到的好像是‘江湖路上一枝花，金皮彩挂不分家’。”

问完了，也答完了，杜其安保持着一动未动的姿势，又审视了斗十方良久，直到那个雀斑妞敲门进来，杜其安才不置可否地欠了欠身道：“他说得对，是我记错了。”

这似乎等于肯定斗十方了，那雀斑妞和黄飞耳语几句，似乎也证实了。黄飞放着手机里接收的那段凌乱的声音，在座的倒有人听懂了，却是郑远东老板，他思忖道：“没错，这是缅语一句骂人的话，看来沈娘儿们是想通过这办法拿住我们的把柄要挟啊。”

“这回该咱们了吧。杜叔，您看，咱们该回敬一下了吧？”黄飞道。

“费那劲干吗？说不定你去了，他们早跑了，惯于玩狠玩阴的人，客场是不会给你反击机会的……可以联系了，能动嘴皮子，就没必要动刀枪解决，再说用人成本多大呢，何必干这费力不讨好的事？老牛，你通知费才立，让他通知沈曼佳，就说一个小时后金瘸子要离开长安，如果想见，让她一个小时内赶到这里。”杜其安道，很淡定的神态。牛金依言打费才立的电话，一打就通，通畅得黄飞都皱眉头了，暗骂了一句。

郑远东却在踱着步道：“老杜，你考虑好了吧？这个女人我可真有点怵啊，外界评价这可是个奶上能跑马的狠娘儿们。”

杜其安没笑，倒有人哧声笑了。郑远东不悦地回视，笑的是斗十方。斗十方赶紧道歉：“对不起，这……牛老板，飞哥，我……我回避一下吧，不过麻烦通知外面兄弟，别把我当反水的盯着，还有门口那辆三蹦子是在村里偷的，就停在门口呢。”

“没事没事，我让他们处理。”黄飞一揽斗十方的肩膀，推门出去了，把手下打发走，捎带把斗十方身上的破袄给扔喽，带着他进了四层某间，安排这位劳苦功高的兄弟稍等片刻。

再返回到房间里关上门时，牛金正在骂着费才立，八成就是他这儿走的水，被沈曼佳盯上钻了空子。看到黄飞回来，牛金随口道：“要不还是安排去趟天竺园吧，天都快亮了。”

黄飞征询杜其安，杜其安点点头。郑远东好奇地问了句：“老杜，你刚才和那小子说什么？我怎么听不懂？”

“那是唇典，也叫春典，中原一带同行特有的黑话，死窑是指常住的地方，老戗是指他父亲。这种唇典除了家传就是师傅带，外行听不懂。”杜其安悠悠道，目光深邃，似乎在思考着刚刚和他对话的那人。

这个可能除杜其安都无人能理解了，不过并没有人在意那些细节，现在只等着这个插曲做个了结，再继续未竟的事业。到现在为止，郑远东都对杜其安有点折服了，毕竟谁都没他这么能坐得住，而且现在看来，以不变应万变恰是最好的选择，否则昨晚不管采取什么方式，都可能节外生枝。也不会像现在，已经敌情明了，稳操胜券了……

6时20分，外勤发现了一辆出租车泊停在蜻蜓KTV门口，下来了一个裹得很严实的女人，无法确认身份，不过后台顺着出租车的信息已经在反查这个女人的来路了。

错不了，就是沈曼佳，她直到进电梯才摘下风帽，卸下围巾，一夜煎熬让她显得有点疲惫，好在终于在最后一刻也算得偿所愿了。她抓紧时间补了补妆，尽量让自己不要显得那么憔悴，等出电梯她装起化妆盒时，一个靓丽雅致的女人，带着天生高贵的气质，笑吟吟地出现在恭立的黄飞面前。

“沈姐，请。”黄飞鞠躬道。

“阿飞啊，可别随便找个阿猫阿狗糊弄我啊。”沈曼佳提醒道。

黄飞谄笑回应着：“沈姐，您可高看我了，假货也不敢过您的法眼啊。”

“我怎么觉得没有你不敢干的事呢？这段时间你可干了不少大事啊。”沈曼佳道，笑吟吟的未知褒贬。

黄飞推着门，请道：“这行您是前辈，甭拿我开玩笑，请。”

沈曼佳落落大方地进去了，黄飞在外面轻轻地掩上了门。此时的房间里唯余杜其安一人，他面前放着一杯红酒，双手相合放在桌上，手指修长、枯瘦、露着青筋，再仔细看，长脸，表情呆板，眼珠一动不动，像一尊雕塑一样，不知道是在看着沈曼佳，还是在等沈曼佳开口。

沈曼佳审视几眼坐下来，她轻轻把随身的包放到了右手侧的位置，也双手合着，很正式地看着对方。她这身仿貂绒面的大衣观感相当不错，衣色极黑而衬得肤色极白，刚补的口红又很艳，只可惜对面恐怕是位不解风情的，从进来到坐下，那人的眼珠仿佛都没动一下似的。

“我认识朱丰，而且和他是关系很亲密的那种。这位老先生怎么称呼？我不确定您是不是我要找的人。”沈曼佳道。

“巨润管业、长荣贸易、承隆商行、沁枫玻璃、华哲实业……这是上一次朱丰向内地转账用过的几个过桥账户，排名的方式就是使用次序。”杜其安面无表情道。

沈曼佳面色一喜，笑了，她直道：“没错，资金是我操作的，第一笔转账是付你们供料的钱，还记得是多少吗？180万元？”

“对，180万元。”杜其安道，沈曼佳微笑看着他，却不料杜其安又道，“不过不是供料的钱，供料的钱是朱丰付，接收的是逆风，户名你一定不知道，告诉你，你也无法验证。”

“供料”是指收买客户信息资料，而供这些料的，是比骗子更神秘的一拨人，境外操作的沈曼佳当然无从得知，但她已经很满意了，面前的，肯定就是如假包换的正主了。她笑着，不知是得意还是兴奋，就那么笑看着对方。

杜其安一直保持着枯槁的表情，直到沈曼佳憋不住了，终于开口道：“和传说中一样啊，自律的人不少见，可干我们这一行还这么自律的，就值得景仰了，老先生没有烟酒嗜好，似乎对女人也不感兴趣，还真像朱丰所说，是挑不出毛病来的人。”

“谬赞了，不要再提朱丰这个名字了，说不定在他的供述里，早把你我也落在公文里了。”杜其安道。

沈曼佳嫣然一笑道：“我又不止一个名字。”

“不重要，现在天眼认脸，不认名字。”杜其安道。

“我也不止一张脸啊，没听说过女人化妆堪比整容吗？”沈曼佳道。

杜其安抿着嘴，似笑未笑，未置可否。沈曼佳又审视片刻，笑得脸上带着两个小酒窝，揶揄地问着：“先生，那我怎么称呼您呢？”

“杜，木土杜。也有人叫我‘金瘸子’，和你一样，不止一个名字。”杜其安道。

“名字这个符号不重要，我称您杜先生吧，我想您需要一个新的合伙人，本来我还在犹豫，不过现在看来，您和我既然有过相同的朋友，那就算得上是故人了，您一定不会拒绝我的毛遂自荐吧？”沈曼佳道，笑里是满满的自信。

“但我想听听你自荐的理由啊。”杜其安道。

“嗯……”沈曼佳踟蹰片刻，像在斟酌用词，毕竟总不能赤裸裸地威胁，片刻后她笑着道，“有很多理由啊，比如我有充足的公户、私人账户，鸡蛋不可能放到同一个篮子里，您一定会用得上的；比如那个冉冉升起的明日商城，它在推广、运作等方面，搭把手的人您总还是需要的，否则以您的身份，也不至于和牛金这样的人合作；再比如，您如果喜欢使用车手取现的那种原始方式，其实有更好的途径，不需要找当地这些地痞流氓，不可控不确定的人和事，毕竟风险太大……我好像听说，牛金牛老板在这个上面就遇上了点麻烦，您总不至于期待那些人守口如瓶吧？”

话很委婉，声音很轻，带着某种迷人的磁性。长期以来，沈曼佳对自己的说服力是很有信心的，即便在杜其安这样的老江湖面前，也没有哪怕一点拘谨。她说着，如水眼眸直勾勾看着杜其安，现在她怀疑杜其安有面瘫一类的毛病，否则怎么总是无动于衷呢？

装！他在装，沈曼佳心里暗道。商人之间就是尔虞我诈，骗子之间，那可是更甚于奸商之间的较量，不到迫不得已，恐怕没人会拱手让出到手的利润。

两个人又这么相互盯着。好半晌，仍然是沈曼佳开口了，她道："看来杜先生对我的毛遂自荐没有兴趣啊。"

"不，还是有的。但我接受不了以威胁的方式合作。"杜其安道。

"威胁？怎么可能？"沈曼佳笑了，一摊手很诚恳地道，"作为合伙人，您的事就是我们的事，不管有什么难处，我都会倾尽全力解决的。"

"不不不，那不是待客之道，我要连解决这点小事的能力都没有，我会羞于和您合作的。"杜其安道，像突然间眼睛睁大了，目光犀利起来，那两束光像刺一样，看得沈曼佳如芒在身。她脑子飞快运转着，在很确定这一夜根本没什么动静时，她笑着回应道："您这么说，除了让我更加尊重您，实在无话可说了。"

"呵呵。"杜其安发出了一声笑声，可表情没有笑意，他放大了声音喊了声，"小飞，进来倒杯酒。"

门推开了，沈曼佳下意识侧看，黄飞是带着一人进来的。看到那人，沈曼佳微微皱了下眉，这个细微的动作被杜其安看在眼里。他问道："沈小姐，认识我这位兄弟吗？"

"面生啊。"沈曼佳严肃道，像在认真打量斗十方。

"十方啊，认识一下，这位是东南亚一带各大盘都有关系的沈小姐，给沈小姐倒杯酒。"杜其安道。

斗十方应了声，四下瞅瞅，黄飞给他指指地方，他上前提着瓶子，小心翼翼倒了一杯，客客气气放到了沈曼佳面前，躬身道："沈小姐，请用。"

"谢谢。"沈曼佳笑笑，表情稍有点不自然了。她拈着杯脚，晃晃杯里的酒，揶揄道，"看来，我这不是毛遂自荐，是飞蛾扑火了啊……很遗憾，主动权易手了，佩服。”

要是这个人跑回来，那发生了什么事肯定瞒不住牛金这拨人了。沈曼佳的自信被打击后，警惕起来了。

“口服心不服啊……你在读我，我也在读你，你一夜没睡好吧？一直在等电话？接到电话就匆匆来了，来得很急，头发都显得有点乱，而且妆是刚补上的。这和你精致的风格有反差啊，是不是极力掩饰着自己的惊慌？境外那些盘子现在风气很不好，看着有利就对自己的同行下手。啧，这样可不行，会毁了大家的生意的。”杜其安道。

沈曼佳摇着杯子，脸未见稍红，她摇头道：“我一个弱女子，您不会认为我能有这么大能量吧？”

“那你这么自信，真的以为我们找不到藏人的地方在天竺园？”杜其安蓦地抛出了这个猛料。

沈曼佳手一抖，红酒倾了，哪怕她反应再快，掩饰再好，也有几滴洒出来了，落在了面前的桌面上。她轻轻地放下杯子，再也无法掩饰自己的慌乱了。

“你现在心里浮起的第一个念头，一定是鱼死网破，是吗？”杜其安问。

还真是如此，沈曼佳手缩回来，一掩秀靥，轻叹了声，等手离开时，笑靥已变肃穆，直道：“即便是我做的，我也不可能承认，您说对吧？即便不是我做的，看来也只能算到我头上了，杜先生划下道来吧，我输了。”

“还差一点，就让你口服心服了。”杜其安道，抬头示意了下黄飞，黄飞拿起手机拨号，是视频通话，接通后，他把手机放到了沈曼佳的面前。视频里，扫了数辆各式车辆，轿车、面包车，还有两辆商务车，横七竖八地泊在路上，视频往远处摄，是一座废弃的旧楼，那儿还泊停着两辆面包车。不用说，里面的人还没来得及撤走，视频里浓重的乡音问着：“飞哥，这帮鳖㞞还在里头呢？咋弄？”

黄飞征询了杜其安一眼，杜其安示意了一下，就在沈曼佳觉得六神无主时，黄飞拿走了手机，直接道：“撤回来吧，自己人……快点，多大个事，咋去这么多人，在坟地里吓唬鬼呢？”

他说完挂了电话，对着斗十方笑了。这一次翻盘可全凭这兄弟了，否则可没有现在这么扬眉吐气。

反观沈曼佳可就难堪了，她抿了抿嘴，露着一圈好看的贝齿，不过表情实在尴尬，看人家并没有什么表示，还是知趣地先开口了："这样吧，我带来了二百多个公户，杜先生说得对，有什么用得着我的地方，我没话说。"

"呵呵，如果你对我个人还满意的话，那我们谈谈合伙人的事吧。"杜其安道。

沈曼佳眼神一滞，这个突来的转折让她警惕地思考是否有诈。杜其安道："你是晚辈，我和你较劲，就有点欺负你了，如果你怀疑我合作的诚意，现在就可以走，不必留什么账户，我们不缺这点东西。"

他示意着，黄飞知意，打开了门，向沈曼佳做着请的手势。沈曼佳蓦地起身，拿起了包，不客气地噔噔噔出了门，直往电梯走去，等进了电梯时，人都没跟出来，等电梯门打开，厅堂里只有一位保洁。蒙蒙亮的天色，视线里街上已经行人车辆渐多，就和平时的一天没有什么区别，像什么也没有发生过一样。她快步走到了门口，踟蹰了片刻，打了个电话，又噔噔原路返回了。

等她再回到原处，一切依旧：杜其安坐着像没有动过，那两位站着的，也像没有动过一样。

"你一定确认过了，我们没动那些人。"黄飞笑道。

沈曼佳对着杜其安，深深鞠了一躬，诚恳地道："谢谢杜先生，我现在明白我们为什么在海外都变成丧家之犬，而您在这查得这么严依然不动如山了。"

"不客气，坐……对于你这个新的合伙人，我就得提点苛刻条件了。"杜其安道。黄飞掩门，斗十方知趣欲回避，却不料杜其安像多长了一只眼睛一般提醒道："十方别走，等着。"

斗十方应了声，老实站在原地了。情绪有点激动的沈曼佳坐下，很真诚地说着："有事您吩咐就行了，我现在是老鼠进风箱，两头受气，自打半年前出了那档子事，以前共事的老板们都躲得远远的，有大活儿也不交给我干了。"

“那既然知道我们手里有大活儿，毕竟还是有可取之处的。这样吧，你在国内建个水房，十五个点，能洗多少，就看你的本事了。”杜其安道。

沈曼佳脸上一阵狂喜，激动得站起来了。斗十方心里咯噔了一下，“水房”是洗钱手法或者地下钱庄的统称，十五个点，相当于要提取总金额百分之十五的佣金，那对于任何一个做这类黑生意的人，都是天上掉了块大蛋糕的好事。

“风险你自己把控，逮住可就是要命的事，不过这行没这么多讲究，你应该清楚。”杜其安道。

“生死有命，富贵在天，再次感谢杜先生，小女子真是无以为报了。”沈曼佳鞠躬道。

“不用客气，刚才你说你有的条件里，我还真看上了。”杜其安道。

“什么能入得了您的法眼啊？”沈曼佳不好意思道，说这话有点楚楚可怜，其实心里在打鼓，哪怕就是看上自己，她斟酌着也得答应。

“你的人。”杜其安道。

沈曼佳的脸唰地真红了，美目顾盼看着杜其安。杜其安猛地惊觉话里的歧义，赶紧摆手道：“别误会，我是指你手下的人，不出这事我还没想到，出了这事我倒有个想法，既然你有渠道把境外的人输送进来，那就干脆多弄进来点，不过前提是，能绝对控制得住，而且，听命于你的那个小伙子呢，交给牛老板办事，如何？”

沈曼佳思忖着此举的用意，黄飞插了句道：“大武在我们地界犯的事不少，他经常带缅甸人收债那招很牛逼，即便出来判上三两年，附加刑都是驱逐出境，等回到他们国家，嗨，屁事没有。”

明白了，这是用这拨人代替车手。斗十方心里直打鼓，这犯罪升级果真是不敢想象，都升到国际的范畴了，要真搞上那么一拨连假警察都敢扮的外国法盲，从法律范畴讲还真像黄飞说的那样。

沈曼佳片刻便反应过来了，点头道：“那没问题，但大武……跟我很久了，他留在牛老板这儿，倒不是不行，那我可就没有任何依仗了。”

“呵呵，所以就给你另派了一个，你出面肯定不方便，他就没问题了，而且你也不可能让大武大摇大摆出来啊？我派给你的人你一定会有兴趣的，八大门世家出来的人，江湖经验非常丰富，机变能力更不用说，比你的人只强不差。”杜其安道。

“谁呀？”沈曼佳好奇了。

杜其安眼光投向了斗十方：“喏，就他。”

“啊？我？”斗十方惊愕地指着自己，这一转折，怕是又要把所有步骤打乱了。

沈曼佳同样惊愕，直接道：“他好像是个车手。”

“我前身还是民工呢，黄飞前身连民工都不如，英雄不怕出身低嘛。生面孔总比熟面孔好使，要不把黄飞派给你，我们之间，总得有个中介联结啊。”杜其安道。

“阿飞我可不敢当马仔，我同意，但我希望知道你组盘的详细情况，最起码得保证，不至于砸盘走人的时候，我在盘里被砸。”沈曼佳附加了个条件。

“成交。你随时可以看，甚至下个盘都可以交给你坐庄。”杜其安道。

“好，为我们的合作干一杯，再次感谢杜先生。”沈曼佳颇为豪气地端起酒一饮而尽，而杜其安只是沾了沾唇。放下酒杯，沈曼佳再无赘言，告辞走人了。接着杜其安也起身离开了，黄飞要去送时，斗十方终于憋不住了，拽着黄飞求着：“飞哥，飞哥，我还是跟着你吧，这不能说把我送人就送人呀？”

“这么好的事，你哭丧个脸？哎，我去，你丫不会真是个基佬吧？”黄飞取笑道。

斗十方难堪道：“是基佬你送给女人，那不更坑人？”

“别扯淡，这等于把你撤下火线，你不是犯贱吧？杜叔这是拉你上位，车手那活儿还想干？”黄飞斥道，训得斗十方不敢吭声了。前行的杜其安回头看了眼，像笑了，却看不到笑容。他背着手，一边前行一边道：“这不是上位，不过是个上位的机会，有事直接和牛老板联系，他会告诉你做什么，跟着别人多长个心眼啊，只要没被抓了，没被卖了，这趟走完你就上位喽。”

他说着，在隔壁的房门前停下了，牛金、郑远东出来了，斗十方惊讶地发现，那个雀斑妞居然在房间里，她面前的笔记本电脑，正连着自己带回来的那部手机，敢情这还是个数据恢复的高手。

“看什么？”黄飞不悦地扇了斗十方一巴掌。斗十方捂着脑袋回头懵然问着：“这不我们在长甸的教练吗？嗨，菊儿，我那包兄弟在哪儿，他还好不？”

那妞懒得理他，起身关上了门，直接给斗十方留了个卫生眼。斗十方回头时，那拨人也跟着自步梯下楼了，走步梯肯定去了后门，肯定下一刻又会杳无行踪，只是苦了斗十方，被卖了一回刚缓过神来，又被送人了，这可咋办呀？

信息尚未来得及传出，身份就变换了，KTV领班送了身新衣服，那雀斑妞给了部新手机，送人回来的牛金老板给了把车钥匙，直接就让他去新地址上工了。而且当天沈曼佳就打包了行李，坐着斗十方驾的车离开了长安市。开车的斗十方，连目的地在哪儿都不知道。

刚显露出来的线索，自此又陷入一片混沌……

大骗不骗，大象初显

一周后，中州国际机场，来自长安的经停航班到港，出港口攒动的人头里，个子颇高人又帅气的邵承华，那么鹤立鸡群地从旅客里出来，一眼就被接机的俞骏看到了。他给谢副厅示意了下，谢经纬随即看到了老朋友凌宏业。

都是总队长的身份，都来自经侦，工作上免不了来往，这一次因为两地的案情关联，来往得可就更紧密了。四人握手寒暄，俞骏接了凌总队长的行李，谢经纬抱歉地说排场小了千万别介意。凌总队长可没心情讲这个排场，人未登车，已经急急问上审讯的情况了。

指的当然是对旧案嫌疑人朱丰的审讯情况。谢经纬摇摇头道：“没什么进展，这些个职业骗子，察言观色都是专家水平，我们那一套对他们不起什么作用。”

“尽快安排我们试试吧，根据现在的情况，杜其安和朱丰的渊源很深，而我们对杜其安的情况知道得太少。”凌宏业道。

上了一辆SUV警车，俞骏驾着车，排队出停车场。谢副厅应了这事，关切地问着那头的案情，邵承华早有准备，把随身带的平板递了上来说着：“离目标越来越近了，这是案情发展，现在零号已经成了沈曼佳的贴身跟班。真是无法想象啊，他们一周内穿越六座城市，要么自驾、要么雇车、要么搭顺风车，住的地方不是民宿就是租房，反正就一点，我们通过大数据和监控，能追踪到的线索几乎没有。”

“大数据的出现，促进了犯罪分子反侦查意识的迅速提高啊。”谢经纬看着案情，刚看一页就纳闷了，“啊？连开发商也参与这个骗局？”

“对，我们一周前佯动了一下，扣留了一辆载着取款车手的厢货车，车里发现了隐蔽监控，司机因为酒驾被刑事拘留。而这个车呢，随后皇城府开发商的项目经理就通过各种关系打听，交警大队故意扣留了这辆车三天，说情的都找到市局，最后这位……郑老板都出面了。”邵承华笑道。

这其中的官样文章并不难做，市局相关人员肯定给了郑远东老板一个“摆平”的机会，那辆车的去向恰是郑老板所开发项目的地下车库。一来二去，又被专案组盯上了几个有IT背景的其他人员，不用说，肯定是检查一下，车里的监控被发现了没有，是否录下了什么东西。

谢经纬继续看着，眼睛慢慢变亮，零号虽然地位不高，可这个变数像搅动着整盘棋的劫子，每一个关键的变化，都会牵扯出更多的嫌疑人，看到案情进展时，他不由自主道：“明日商城？居然还和中州货到付款诈骗案的金叶有关联？”

“对，我们通过特殊手段从大数据中挖掘到了早期的信息，这个明日商城和金叶日化的网页制作手法、源代码，有多处相似、共通之处，应该是同一拨人的手法。我们伪装进入这些骗子的客户群，初步了解了他们的诈骗方式，主要是通过APP发展会众，以点赞、投票、接单的方式给会众分红，比如会员每天接单6条，单价一条0.4元，月收益72元，年收益864元；再往上是达人，日接单数量12条，年收入达到1728元；再上一级是网红，年收益3168元；再往上明星，年收益9720元……接单的任务很简单，给指定的微博点赞，或者参与庄家给出的投票链接，对于赋闲没有收入，或者业余时间较多的人，这种挣零花钱的方式还是挺有吸引力的。”邵承华介绍着。

“那他们骗什么？这不还得倒贴吗？”谢副厅没明白。

所有的骗局都是这样，表面上看怎么也能赚点，等参与进去，都不知道怎么赔了。邵承华介绍道：“很简单，加入会员接任务赚钱，是要交会费的，比如会员每年交96元，达人交196元，按级提价，每级能接到的任务也有差别。”

“哦，会员费是一次性交，而收益是按月给，这中间差额就出来了，不管什么时候砸盘，都是赚的……咦，也不对呀，这肯定是做长线，但一长线就要赔钱啊，比如你会员一次性交了一年的96元，第一月你得返还收益72元，差额24元。但如果经营到第二个月底，那岂不是还要赔72元？”谢经纬算着账，俞骏笑了，假装不解继续开车。

凌宏业哈哈大笑道：“你和我一样，都算不过来这个账，第一个月发展了一百人，到第二个月，我发展了一千人，一千人的会费差额，补这一百人的赔钱绰绰有余，等到第三个月，可能到了五千、八千，甚至一万，那照样还赔得起，轮不到组局的人掏腰包。”

“那就……必须让参与人数在短时间内膨胀起来，否则西墙拆了不够补东墙。”谢经纬道。

“这才是正解，而且骗局要成功，也必须让一拨人赚到钱，这是个坑杀模式，等参与人数膨胀到差额能够满足骗子胃口的程度，那就全部坑杀了。”凌宏业解释道。邵承华补充了：“我们网络追踪这个幕后团队，他们发布的点赞、转发、投票等一些任务，并不是空穴来风，而是通过其他电商方式接的单，目前的现实生活中，也确实有这种需求。”

“哦，那他们岂不是还要收一笔劳务费？”谢经纬道。

“对，是这样的，这些任务甚至确实存在，我们计算下来，几乎要和会员的收入持平……比如会员接单一条0.4元，而有投票需求，如果想从网上购买不同IP的电子投票，每条最低也需要0.4元。”邵承华道。

“哦……这样啊。”谢经纬想想道，“单纯做这个，好像只是擦边，严格意义上不算违法吧？只要他们没有卷走所有的会员费。”

“骗子的胃口怎么可能满足于那点会员费，往下还有厉害的。”凌总队长笑道，谢经纬赶紧往下翻，就听凌宏业道，“第二步是有推广收益，一级直推，发展下线，可以提取会费的百分之十五作为奖励；二级间接推广，可以提取百分之五的收益作为奖励。也就是说，成为会员不但可以接任务赚钱，而且你拉别人进来，别人交的钱有十五个点是你的，别人再拉别人进来，还有五个点是你的，动不动心啊，老谢？”

“哎呀，这和货到付款诈骗思路差不多啊，都是几块几毛钱，不起眼的小生意玩成大买卖啊。”谢经纬惊讶了。

“你觉得够大了？不够。”凌总队长笑道，“继续，现在的关注度就是商机、流量就是钱，用户规模到了一定程度，那就形成了一个完整的闭环，有用户不断加入，又有点赞、关注、投票增加人气，可以吸引更多的人加入……于是就开发了经销商套餐，可以发布产品，可以扩大广告知名度，可以在庞大用户群体里迅速让人熟知，你说要是小商户，他会不会动心呢？”

“当然会。”谢经纬下意识道。

凌宏业一笑，提醒着：“好吧，买经销商套餐，一年1880元，掏钱。”

前头的俞骏“噗”的一声笑了，他插了句道：“这个局我也似曾相识，货到付款诈骗案，零号当时就分析出来了有三层，但最终离骗子的思维还差了一步，我们以为铺在登阳和中州两市，却没有想到，其实他们已经在我省大部分地市发展了，如果不是处理得当，可能会爆个更大的雷。”

“对，现在的规模有多大？”谢经纬好奇地问，这种几毛钱的小生意搁普通人还真看不起，但他清楚，在骗子手里可能膨胀到令人不敢想象。

果真如此，邵承华凛然道：“我们查到的数据涉及二十多个省市，大数据和云计算能捕捉到的线索，粗略估计应该超过了二十万个节点……一个不同的IP算一个节点，即便考虑进去一个人有多个会员账号的因素，实际上也应该接近十万人了。”

“哎呀，我的个天哪。”谢副厅瞬间拍拍额头，头先膨胀了。

“现在案情的难处是得找到关键的节点，我们不可能在二十多个省市同时部署警力，要部署肯定得找到组局的这拨骨干和中坚力量，只要把这拨积极参与和骗子沆瀣一气的圈进来，那我们的行动就成功了一半，而且这一半决定着另一半的成功，没有这拨人，即便抓到杜其安、牛金、郑远东这类上层，也钉不住他们。”凌宏业道。这是个证据链的问题，那些上层，除了拿钱不会和这些人有关联，即便拿钱，也是通过几层洗白。

“所以，你们想从朱丰这里找到更多信息？”俞骏问。

邵承华回答道：“没错，他和杜其安、沈曼佳都有旧交情，而我们现在掌握杜其安的信息太少，这个人神出鬼没的，根本建立不了有效追踪。如果不是零号随行，恐怕我们现在连沈曼佳都追丢了。”

事实上是，现在已经追丢了很多人，零号被“送”给沈曼佳后，沈曼佳在视线里了，长安这边的监控可瞎了。武建利带着一帮车手飘忽不定，而专案组投鼠忌器，一直没有采取有效措施。网络追踪进展越来越大和现实恰成反比，专案组最早盯上的费才立、王雕都找不到准确动向了。

当然，有一个很确定的消息是，费才立培养的那群“学业有成”的骗子，要出境了。

看着案情的谢经纬问着：“这群人怎么处理？”

“不处理。”凌总队长抿着嘴无奈道。

或者，也没法处理，他们持着旅游护照，是合法地出境旅游，警察能以什么理由滞留呢？

“这有可能是个试探啊。”俞骏反应道。

邵承华补充着：“没错，我们也是基于这个考虑决定暂不动手，像沈曼佳这样的人，来回各国国境线，对整体警务舆情肯定把握到位。我们一动这些人，恐怕马上就会惊动她……而现在，零号并没有发现她的秘密。”

“别愁啊，老谢……越有进展越着急，这是好事。”凌宏业安慰了句。谢经纬随口道：“咱们的进展，跟不上骗局的发展啊，我怎么觉得这种模式很眼熟？”

“像传销的分级模式，是一种变种，把现实中封闭人员的方式，改成通过网络和APP形成闭环模式，目的都是绕过警方的关注和侦查。”俞骏开口了。

这一句直指中心，凌宏业赞了句：“强将手下无弱兵啊，我们目前暂且对本案的定性就是——虚拟传销。”

“又能填补一下诈骗类型的空白了。”谢副厅看着，随口问了句，“我们那几位现在在哪儿？”

“滨海市。”邵承华道。

“昨天不是还在天津吗？”谢副厅讶异地问了句。这个沈曼佳带着零号像旅游一样，几乎是一天一个城市，到现在为止都不知道她想干什么。

“今天要接触下，晚点可能会有消息。”邵承华道。

“但愿能带来好消息吧，唉……我们的耐心都快被消耗光了啊。”谢经纬悠悠道，欠了欠身子。一提到这个名字已经成为代号的人，他的思绪就乱了，案情进展带来的兴奋，远没有对前景的迷茫给他的心理影响大。

车驶出高速没有回市区，直趋登阳三看。那个关押着诈骗嫌疑人朱丰的看守所，就是此行的目的地……

不知道是空气里的潮意，还是满街不同于北方冬天的浓浓绿意让斗十方不舒服，他自城隍庙的小弄堂里出来，很不自然地耸耸肩，有点痒，人毕竟得服水土，换个地方恐怕难服了，而这一周，连续换了七个地方，换得他都有点麻木了。

不过还是有收获的，最起码骗子的存在方式就让他惊愕无比，那简直堪比电影《碟中谍》里特工的藏身方式，出行或自驾、或租车、或换着手机号约顺风车。斗十方神奇地发现沈曼佳居然和他一样身具一种特殊本领，各地的方言说得纯正无比，到哪儿都会被当成当地人，就比如到这儿，她的满口吴侬软语能把斗十方听傻眼。

至于落脚的地方就更牛了，斗十方根本就不知道，要不是每天沈曼佳还联系他，恐怕连家里也追不上这个女骗子的行踪。

于是他身处的这个位置就尴尬了，连他自己都不知道自己是干什么的，或者更不知道自己还能干什么，自弄堂出来他在口子上等了片刻，人来人往的旧街陋巷让他有点怀念中州了，就像大学那段无忧无虑的闲逛时间，不过那时候心理上没有这么大压力，不像现在，连过往的莺莺燕燕都提不起他的任何兴致来了。

嘎……一辆出租车泊停在他身边，司机摁了两下喇叭。斗十方这才惊醒，拉开车门，坐到了副驾上，司机戴着帽子，出声问着："去哪儿？"

"会展中心，具体不知道在哪儿。"斗十方道。

司机放下了计价器，侧头看了眼斗十方，四目相接，赫然是中州反诈骗中心女警官向小园在亲自驾车，斗十方并不意外。向小园笑着问："好歹给点惊讶表情啊，否则我这化装都没有一点成就感。"

"太浮夸了，不予评价。"斗十方道。向小园笑着提醒："前置物箱里，抓紧时间看，到站需要四十分钟，别以为很轻松，说不定哪儿有只眼睛正盯着你。"

"哟，这么专业？"斗十方讶异地问。经侦出身的向小园，今天说了句很专业的外勤语言。

"早被逼得学会了。"向小园目不斜视，专心开着车。斗十方取出了前置物箱里的平板电脑，划开，看到了熟悉的案情进展、通报、案情分析的会议记录，关键的部分，还有视频和画面，草草浏览过，他奇也怪哉地说了句："虚拟传销？！"

"对，目前看来是这种组织模式，相对于传统意义上的限制人身自由、封闭式洗脑、面对面授课，现在都进化到全部通过手机和网络组团了，所以我们冠之以'虚拟'二字。"向小园道，瞄了眼发愣的斗十方，又问道，"这个很难理解？"

"是很难理解啊，那这样一来，核心不是骗子，而是这些APP的制作、发布者，那可就比抓骗子还要难了。"斗十方思忖道。

"对，进入视线的越来越多，可东一撮西一撮，确实不好判断，牛金一撮，黄飞和武建利凑一块儿了，费才立这一拨今天要出境了，你那两位老朋友，王雕和包神星，都不知道什么时候从长安消失了，再加上沈曼佳这一路，还有不知道的黑产那一路，我都有点头大了。"向小园道，现在只能追着钱的线索一点一点捋，但关键问题在于，谁也无从知道，他们洗钱的渠道究竟会有多少。

斗十方挠挠下巴，那是犯难了，他想想说着："到这份上，我都觉得自己江郎才尽了啊，看不懂的地方太多，比如沈曼佳，从长安出来就是一路游玩，偶尔兴趣来了，找个当地的美食叫我去吃，她住哪儿，到一个地方会干什么，我是丝毫不知情啊……可我又想，既然和杜其安、郑远东他们算一伙了，那头干得热火朝天的，她怎么还有心思四处玩呢？”

“那是你不理解水房的运作，只要一动起来，操纵的人肯定远离案发点，现在恰恰是动起来了的正常情况。”向小园道。

“水房？”斗十方咂巴着嘴，到这个程度，他脑子里装的骗术可就派不上用场了。

向小园解释道：“所谓‘水房’是对洗钱的一个形象称呼，其实真正的水房，可能是一部电脑，可能是一个硬盘或者U盘，更甚至可能是一个云盘，只要有网络的地方，他们就可以完成转账……唯一需要的是，或者密码器，或者U盾，或者密保，不同地方的银行对于公户转账都有这种安全限制，这些东西和账号、密码匹配，她应该有一种不为人知的方式。”

“那就更难了，她可能自己掌握，可能甲乙合作方各自掌握一头，互相掣肘，反正都不在案发地，全国两千多个市县，只要有网络就能作案，我的个天哪，这得把雷子难死啊。”斗十方道。

“雷子”这个词让向小园皱了皱眉头，然后哭笑不得了，斗十方说话都开始下意识地不像自己人了。她纠正道：“这个技术性的问题你可以不用考虑，只需要汇报沈曼佳的详细情况就可以了。”

“她不也在你们的监视中吗？你们不也看到了，除了吃喝拉撒，就是学习，光派我去买注册会计师类的书籍就有好几次，长安出来开了九个小时的车，她在车上一半时间看电脑，一半时间看书。电脑屏幕我偷看了，遗憾的是，我根本看不懂，乱七八糟的图表。”斗十方郁闷地道，如果不是预先知道沈曼佳的身份，恐怕会被她的勤奋迷惑的。

“股市、期货、原油、黄金、白银……都可能成为她洗钱的通道，她可是个国际级玩家，要不是被咱们封停了一批账户损失惨重，我估计她轻易都不会回国。”向小园得意道。

“那意思，她是挣佣金，而本金被警方查封了，这个雷只能她顶着是吧？”斗十方好奇地问。

“恭喜，和经侦局的判断一致，另一个判断是，随着我国打击跨境电信诈骗犯罪力度空前加大，那些组团的庄家，可能不在乎沈曼佳丢的那些钱，但肯定会在乎沈曼佳这个知道详细内情的人。”向小园道。

斗十方明白了，脱口道：“所以她才选择留在国内，而且行踪诡秘，轻易不显山露水。中国对于国际犯罪分子，是一块禁地。”

“对，但不全对，不全对的地方在于，她怎么掺和进长安这个小盘子里了？好像不是她的风格。”向小园道。

“地主家没余粮了，也得想辙呗。”斗十方靠着车椅，随口说了句。

这个思路有点偏了，向小园往回扳正道：“现在的关键问题不在沈曼佳身上，骗局如何运作已经基本了解，现在破局的关键在于，我们无从知道那些个中心窝点在哪儿，这个‘窝点’不同于传统意义上的传销窝点，更准确地讲，或者应该叫数据节点，也就是他们发布任务、网络和数据维护的中心节点，再加上中心点以下，需要有这么一群推广这个模式的核心人物。”

嘶……斗十方吸了口凉气，脊背一直，似乎想起什么来了。向小园下意识地将车速放慢了些，却不料两眼迷茫的斗十方说了句：“你问我，我问谁呀？这事就算沈曼佳都不一定知道。”

“好吧，不能难为你，你已经远远超出期待了。”向小园安慰道。

“哈，明显言不由衷，你在期待我给你带来惊喜，可惜我没有，一个人的能力毕竟是有限的，咱们这个职业老有人讲无力感，我现在体会到了，面对着诈骗这个庞然大物，我翻来覆去想，都是一种无处下手的感觉啊……贪婪驱使下，一个人能爆发出来的创造力、破坏力，简直无法想象啊。”斗十方悠悠叹道，两眼迷茫，不复当时破解货到付款诈骗的那种自信满满。

“谢厅说过这样一句话，别的案子是越查越明朗，而诈骗类的案子不同，是越查越迷茫，不到你破局的那一刻，可能都无法看清全貌，所以，别气馁。”向小园鼓励了一句，明显觉得斗十方情绪低落，这样的鼓励恐怕效果也是微乎其微。斗十方抱着平板发呆，看一会儿，又发呆一会儿，发呆的时间要比看的时间长得多，看表情就是越查越迷茫，越想越失望的典范。向小园都不敢和他讨论了。

直到目的地，车泊停时，向小园叫了两声，斗十方才反应过来，“嗒”的一声开门下车，开车的向小园喊了声：“嗨，起码的礼貌也没有了啊？”

“啊？”斗十方怔着回头看。

向小园嗔怒似的提醒着：“不说再见，也不说声谢谢啊？”

“哦，谢谢……再见。”斗十方扭头，拍上了门。

这莫名的情绪气得向小园狠狠剜了两眼他的背影，无可奈何地驾起车，迅速驶离现场。

循着手机定位上的位置信息，约见的西餐咖啡厅就在左前不远位置，斗十方慢步踱进厅里，四下搜寻着，转眼间，看到角落里正操作着电脑、肩膀和耳朵夹着手机在通话的沈曼佳。她穿着洁白的线衣，如墨长发配着洁白线衣下凸凹有致的身材，像有某种磁性一样吸引着异性的目光，总是在她的方向多停留几刻。

忙碌间，沈曼佳似乎看到斗十方来了。她边通着话，边招手向斗十方示意着，斗十方换上了一副欣喜的笑容，迎了上来……

真情假意，难分难辨

“好的，我马上……确认吧，富四方地产有限公司，我从愚业机械这里给你们过桥，同类、关联公司的来往，大额往来不会引起注意……应该很快就能到账……”

沈曼佳说着，顺手拿下了手机，双手在键盘上飞舞着，那击键的节奏如同有着某种旋律，在她修长、白皙的手指里流出，对面的斗十方看得痴了一样，发了好一会儿呆。

终于等到结束了，沈曼佳扣上电脑，随手放进了包里，一面响指喊着服务员，一面看着斗十方问：“十方，吃点什么？”

“你点吧，我没来过这种地方。”斗十方诚实道。这种讲究精致的地方可不是他这类胃口大钱包小的人敢轻易进来的。

“好吧，那我做主了。”沈曼佳和侍应轻声说着，现在不说方言了，叽里呱啦几句外国话，侍应越发恭敬了，礼貌地记着菜单退下了。沈曼佳再看斗十方时，还是那么傻不啦唧地发着呆，那傻样子惹得沈曼佳憋着笑，调皮地斜视着他。斗十方被看得不好意思了，尴尬地笑笑躲闪着。

“你一定在好奇，为什么这几天一个接一个城市跑，跑了这么多地方却无所事事，是吗？”沈曼佳问。

斗十方不好意思道：“有点好奇，但没那么多，您玩的是高智商活儿，我也不懂。”

“没那么神秘，无非是挪来挪去，别让人揪着你的小尾巴就OK了。十方，你今年多大了？”沈曼佳笑着问，那温婉的表情，搁谁谁也得受宠若惊。斗十方回答道：“27岁了。”

“家里还有什么人？”

“没什么人了，有个父亲。”

“哦，那你妈妈？”

“我都不知道我妈是谁。”

“Sorry，不该问这个。”

“没事，我确实没有妈，问也问不出来。”

“……”

沈曼佳被这个回答给噎了下，噎得哭笑不得，最终还是报之以一笑，笑的时候突然又问：“那你的真名确实就叫斗十方吗？”

“呵呵，这行除了绰号是真的，那名儿就没几个是真的，我们都是买好几个身份证换着用。沈姐，您怎么突然问这个？”斗十方局促道。这和入警政审一样，犯罪团伙怕是也得对新成员摸摸底，这一块家里已经有准备了，斗十方在犹豫是不是使用与零号配对的假身份。

“活儿完了，心情好呗……也对，名字真假没有意义，看人得看本人，你跟我一周了，看出点什么来了没有？”沈曼佳问，问的时候欠了下身子，双手自然地交叉在胸前，像面试考官一样审视着斗十方。

斗十方点点头道：“看出来了。”

“什么？”沈曼佳似乎意外了，脱口问道。

“漂亮啊，谁都能看出来。”斗十方道，KTV里调侃娘儿们倒是学了几招。

果真管点用，沈曼佳喜上眉梢，笑得贝齿外露，再精明的女人也免不了这个俗套。她坦然收下了这个彩虹屁，对斗十方的好感似乎越来越甚了，菜上来，客气而不失几分殷勤地给斗十方递餐巾，教他如何正确地吃西餐，省得被人当土老帽儿。斗十方依法学着，一手刀一手叉，笨拙地切着牛肉往嘴里放。他认真地嚼下一块时，对面的沈曼佳再也忍不住，放下了餐具，餐巾掩着嘴哧哧地笑。

“错了吗？”斗十方愣了。

“噢，好像我记错了，应该是这样拿餐具。”沈曼佳反过来，左叉右刀拿起来了，和刚才示意的恰恰相反。她窃笑着开始切肉了，现在心里很肯定了，对面是个如假包换的土包子，装都装不出来的那种。

“才无所谓呢，我觉得西餐这玩意儿，就是叫花子过年，当了裤子换镯子，要论吃文化，哪个国家的能吃过中国人？”斗十方道，不过还是刀叉换手，又认真吃上了。

这话听得沈曼佳既好笑，又觉新奇，看着不解地问：“什么叫当了裤子换镯子？”

“穷讲究呗。”斗十方道。

沈曼佳冷不防地被逗得笑喷了，她赶紧补救着掩着嘴，笑得刀叉都差点掉了，好半天才消化了这个笑料。她异样地看着斗十方，两眼冒小星星那种，斗十方被看得浑身不自在了，这时候沈曼佳才道：“这几天只顾忙，都没发现你这么好玩……我得向你致个歉啊，这几天真是冷落你了。”

“您别客气，您一客气，我都不知道该说什么了，我们干活儿都是老板说什么，我们就干什么，没二话。”斗十方道。

“是吗？我怎么听说，你在费才立手下，不像你说的这样啊？”沈曼佳问。

“那孙子不能共事，挣一块他得抽八毛，就剩那么点，还得让我们食宿自理。”斗十方气愤道。

沈曼佳笑了笑解释道：“这个你冤枉他了，行内差不多都这样，具体干活儿的能拿到两成已经不错了，圈回来的钱可不是一拨两拨人在分。”

“哦，那我当时不知道啊，主要是他们手段太可恶啊，业绩不达标，不是罚站就是罚不让吃饭，太过分了。”斗十方给自己解释了一句。

“呵呵，比这过分一百倍的我都见过，对于处在底层的人，谁也不介意对他们敲骨吸髓，是虚荣、嫉妒，甚至仇恨在支撑着一个底层人的成长，你同意我这句话吗？”沈曼佳问，眼睛直勾勾看着斗十方。

斗十方点点头：“同意，好像事实就是这样的，这是我们的生活啊，沈姐您……”

“我也一样，只是比你多成长了几年而已。有一天，等你上了一个阶层再回头，就会看得更清了。”沈曼佳道，笑吟吟看着懵懂的斗十方，突然又问，“就没有想过上一个阶层吗？”

那眼神像勾引，美靥红唇，翕合着仿佛有暗香来袭。斗十方像饥渴一样使劲咽着，喉结滚动，艰难地道：“沈姐，您得直白点，暗示我不太懂。”

正等着斗十方沦陷的沈曼佳蓦地听到这句白话，又被逗乐了，她笑着道：“这就是我有点喜欢你的地方，不做作，也不掺假，跟在我背后很老实，没耍什么小动作，最起码我没发现有什么小动作……那我直白点告诉你吧，你的手机是被做过手脚的，电话、短信、微信，不管你用什么，不管你去哪儿，都会被那一方——我的合伙人知道，他们有一个后台，是一位技术大牛，我们都叫他逆风，从网赌出黑到冒充公检法，到钓鱼网站，到现在的明日商城，技术类都是这位大牛的手笔，监视你这么个小人物，那自然是小菜一碟了……就比如你们当车手，真以为能放那么松啊？别说干活儿了，说不定连吃饭睡觉都在他们的监视之下。”

“啊？！”斗十方摸着身上，拿着自己那部手机，像烫手似的想扔，却又没敢扔。

“不要紧张，他们又不会顺着Wi-Fi冒出来，这个算是入门技术，他们能做到的，我也能做到……比如，你在出来第二天入住民宿的时候打过一个电话，是打给一个叫傻雕的人的。再比如，昨天在天津的时候，你到蓟桥路一带去了趟。”沈曼佳信手拈来一般，轻描淡写地说着只有斗十方一个人干的事。

斗十方擦擦额头，尴尬道：“傻雕是杜风头大侄，我和他一起来长安的，去蓟桥路我是闲逛，去找找有没有那个……”

“卖春的地方？或者叫……大保健？”沈曼佳说着，表情却没有一点笑意。

“这您都知道啊？”斗十方这回是真吓了一跳，他突然想起来了，惊愕道，“出来头天，您要过我的手机拨过一个号码，难不成是？”

“对，监视软件，连你浏览的网页那种私密信息也可以看到，对不起啊，这一行就是这样，我们都不该信任谁，或者说，我们除了自己，谁都不信。”沈曼佳道，这一次眼睛都没有看尴尬的斗十方，只顾低头轻嚼着，那锃亮的叉子在她的贝齿间轻咬过，一束刺眼的闪光让斗十方怔了下。他觉得后背发痒，浑身有点发冷，这其中要是有点小把柄被抓到，他真无法想象，面前的这位美女，会怎么把他往死里坑。

“这些都是闲话，说到这里又回到原点了，想不想上一个阶层？”

半晌，沈曼佳抬头悠悠道。看斗十方犯愣，她才醒悟道：“对了，我应该直白点，那我这样问你，你在黄飞手下不过是一个车手，车手在我们这行里，是最低级的消耗品，你不会不知道吧？”

“嗯，知道。”斗十方道。

“我很看重你身上有几分狠劲，大武居然没有抓住你，而你没有跑，居然跑回去了，很不简单啊。”沈曼佳欣赏地道。

斗十方挠挠脑袋不好意思道：“对不起，沈姐，我坏了您的好事。”

“不不不，你回不回去，结果都是一样的，最好的结果也无非就是现在这样子，洗钱也是个风险活儿，我是凭本事吃饭，唯一不同的是，你从车手里脱颖而出了，得到杜先生的青睐了。”沈曼佳道。

“哎，对了，杜先生说，我走完这一趟，就上位了。”斗十方道。

沈曼佳笑道：“其实不用走完，就能上位。”

她说着，从包里拿出来一个信封，厚厚的一摞，肯定是钞票，抽出来，居然还有一摞外钞。斗十方没明白，沈曼佳笑着解释道：“人民币给你零花，欧元呢，自己存着，这儿有五十张，能兑换多少人民币你自己查一查。”

“好像很值钱。”斗十方手拿着，搓了搓100面值的欧元，他抬头看沈曼佳问，“代价是什么？”

“没什么代价，给你的零花钱，回头你找一个可靠的账户，我可以方便时给你转点，我这里最不缺的就是钱。”沈曼佳微笑着道。说了半天，就这个微笑最迷人，迷得斗十方不好意思地看着、笑着，等发现沈曼佳秋波盈盈两腮酡红时，斗十方又羞赧地把手里的钱放下了。

“你要拒绝，我可就真意外了，你好像在中州因为个破手机都抢了别人几回。”沈曼佳提醒道。

这个提醒让斗十方面色一怔，吓了一跳。

沈曼佳笑道：“别紧张，我找合伙人，怎么可能不对合作者底细摸一摸呢？该你表态了，亲爱的。”

“我……我不值这么多钱啊。”斗十方诚恳地回了句。

“那看你用在什么地方了，这一拨转账已经告一段落了，会有几天空闲时间，按照我和杜先生的约定，这个盘子是个什么样会让我看一遍。当然，关键的地方肯定会捂着不让我知道全貌，我需要一双眼睛，能帮我看到更多东西。”沈曼佳道。

“卧槽，双料卧底？！”斗十方心里暗道，嘴里却说着，“更多东西……是指什么？”

“很简单啊，组这样一个局，需要一个技术牛人，得有APP，得在线上把所有人联结起来；得有水房，懂网间结算以及能娴熟挪移资金的人；得有组局人，能想出模式，做出话本的人……这些我都可以办到，但唯独缺一种人，就是那种短期内可以通过线下营销、推广、互动，进而让参与人群数量裂变的能人。我一直搞不清，他们怎么可能在短时间里铺到这么大。”沈曼佳轻声问。

斗十方眼睛亮了，沈曼佳给的活儿，居然和家里布置的任务如出一辙，而她的形容更形象一点，这一下如醍醐灌顶，似乎让他整个思路通透豁然开朗了，开朗得他都掩饰不住脸上的喜色了。

“你好像……知道了点什么？”沈曼佳问。

“沈姐，您可能不知道，杜先生之前干过一件事，中州，货到付款，全中州和登阳的快递网点，有一多半被他坑了，也是短时间里，教唆了几千人参与。”斗十方道。

“有所耳闻，这正是我‘尊重’这位前辈的地方，别说在境内了，就是在境外都经常听到‘金瘸子’的大名，应该就是杜先生。海外组盘其实几乎全靠内地支撑，从信息输送到目标选择，他们坐在那儿，就要吃掉三成多的收入啊。”沈曼佳道。两个人谈话渐入佳境，类似秘密要传回总队，怕是要让领导激动到颤抖了。

“呵呵，江湖人有江湖人的方式，这个呀，我这样解释一下，其实就像您玩资金易如反掌一样。”斗十方慢条斯理说着，手却抽出三张钱，叠成了三个小炮形，放在面前，双手缓慢一摁，来回动着，问沈曼佳道，“右手有几个？”

“一个。”沈曼佳眼睛眨也未眨，清楚地看到了。

斗十方手一抬，桌上没有，再抬眼，斗十方亮出来的手心手背都没有了，沈曼佳的眼睛一下子直了。

“左手有几个？”斗十方问。

“我刚才明明看见两个。”沈曼佳道。

“您确定？”斗十方问。

“确定。”沈曼佳道。

斗十方抬手，沈曼佳一把握住了他的手，一翻，奇了，桌上没有，手里也是空的。她再看斗十方，斗十方脸上是神神秘秘的笑容。沈曼佳愕然之后，轻轻拍掉了他的手，然后兴趣盎然看着他问：“你要告诉我什么？”

“江湖伎俩，您得用江湖人的方式去想，千万不能太深了，想他有什么异能，有什么撒豆成兵的本事，刚才这招就是江湖人常玩的藏三仙，其实就是障眼法，你没注意到我其实来回动时，已经把钱摸到桌沿扔下去了，扔下去之后才让你猜。”斗十方伸手，从桌下的两腿间拿起来刚刚扔下的三张叠成炮样的钞票，在手心里掂掂，然后口中一喊，“变！”

一声都没响，钱没了，看得沈曼佳眼一直。

斗十方再一喊：“变。”

钱从另一只手里出现了，看得沈曼佳眼快晕了。

还好没失去理智，她哭笑不得地问着：“这魔术，你究竟想告诉我什么？”

“魔术也是一种骗术，我要告诉您的是，其实变来变去，就这三张钱，凭空变不出钞票来。既然凭空变不出钱来，怎么可能凭空变出人来，还是一个团队？”斗十方道。

沈曼佳眼睛一亮，兴奋地握住了斗十方的手道：“你是指，中州……”

“肯定是那拨人，我知道黄飞当时就在那儿，长安和我一块儿的车手里，有个在登阳当法人的替死鬼，他们怕警察抓，就一起带出来了，您知道那个货是搞什么的？”斗十方道。

“搞什么的？”沈曼佳完全被吸引住了。

“传、销。”斗十方一字一顿，把谜底告诉了沈曼佳。

这一提醒把沈曼佳的思维点亮了，她欣慰道：“那这就没错了，他只要能找到这样一群人，这个拼图就完整了……太棒了，他们犯了一个极大的错误啊。”

“错误？什么错误？”斗十方问。

“你呀。居然错失了你，而且把你给我了。”沈曼佳秀眉轻挑。

此时两个人才惊觉，手还握着，两个人不约而同地松开，沈曼佳倒不羞怯，直问着：“现在想好了，该为谁服务吗？”

“想好了，我为它服务。”斗十方笑了笑，轻轻地把桌上的钱收起，小心翼翼地装进了口袋，然后正色看着沈曼佳，用严肃的表情纠正了是“它”，而不是“她”。

“那它一定不会辜负你的。来，干杯。”沈曼佳端着高脚杯，不知道什么时候她的线衣往下滑了一大截，露着自肩胛至胸前的一片雪白，透过红亮的酒色，是一双秋波盈盈的媚眼。此情此景此言，要表达的准确意思，似乎就有点不言而喻了……

一日千里，变中有变

豪德公寓坐落在文化路尽头，在冬季潮湿的雾霾天气里，这个高档地方其实和其他地方没甚差别。走廊里等了一个小时的钱加多和娜日丽直冻到发抖哆嗦，快支撑不住才看到了一辆警车驶来，这里管理相当严格，向组长从早晨协调无果，直到辖区派出所的人过来，这才被允许进入。

这是今晨沈曼佳离开的地方，非要对这里搜查一次的原因是：昨晚斗十方和沈曼佳就在这里的房间待了一夜。

“租了半年了吧，不会有什么事啊，我们查得很严的，而且这小区遍地监控的……所长，什么事啊？”

钥匙晃荡声中，保安出现了，一位警服中年男应该是所长了，一句话屏蔽了废话：“有任务，别多问。”

把保安给唬退了，开门，所长摆摆手打发走了人，而自己却站在门口守着，向小园抱歉道：“高所，谢谢您，真不知道该怎么感谢您。”

“天下警察一家人，说什么见外的话，速度快点，这种地方住的都是外籍人员，尽量别惹出什么动静来。”地方派出所所长警示了一句，然后在外面小心翼翼关上了门。

一进门向小园分发着手套、鞋套，语速飞快地说着：“所有房间检查一遍，可疑的地方全部记录，可能提取DNA的地方都留存一下，这个房子是四个多月前就租下的，物业也说不清楚，不过费用是交了半年的，他们连人回来了都不知道。”

“隐私保护好的地方，都是只认钱，不认人。”钱加多道，套着手套傻眼了，“这怎么干，我没干过？”

“跟着我。”娜日丽拉了他一把，钱加多正纳闷为什么组长脸色铁青呢，被娜日丽拉到小卧室里了。

沙发，有点乱，角落里似乎有一样不和谐的东西，向小园凑近了看，是一只袜子，男人的袜子，她小心翼翼放进了物证袋里，想了想，连沙发巾也给拍了个照片。她退了几步，仔细观察着这个空落落的房间，属于那种极简风格的装饰，一眼过去一目了然，轻轻推开大卧室门的时候，里面的景象让她皱了皱眉头，床单和枕巾凌乱地扔着，两个枕头……她的脑海里轰的一声，一幕最不堪、最担心的画面浮现出来，而且挥之不去。

正努力驱赶着这幅画面，偏偏那头响起了娜日丽的声音："向组，您来看。"

是卫生间的方向，向小园快步走去，在厕纸桶里，赫然有一个用过的安全套扔在那儿，在一片秽物中格外显眼。

"收集一下。"向小园退出去了，这场景让她反胃。

领导一走，娜日丽踢了钱加多一脚问："笑什么？"

"我没笑。"钱加多拉下脸否认了。

"我明明看见你笑了。"娜日丽怒目而视。

钱加多要憋严肃表情，实在憋不住了，哧声一笑道："好吧，我笑了，笑笑又不违纪……哎，我明白为啥组长脸色变了……我去，这把嫌疑人给上了，踿，踿死啦。"

"别废话，收集一下。"娜日丽没心情胡扯，又踢了钱加多一脚，估计把闷气全发泄到钱加多身上了，疼得钱加多龇牙咧嘴。不过看气氛这么不对，他倒不敢启衅，只得捏着鼻子，把这个重要"证物"给收集到物证袋里。

在请示专案组之后，此处收集的证物就近送到了地方法医鉴证中心。三人尚未回归，此事已经引起轩然大波，毕竟和嫌疑人如此亲密地接触，可能引发的后果实在难以预料……

这一天长安方面和凌宏业总队长带着邵承华正在中州反诈骗中心，陪同的是谢经纬副厅和俞骏主任，其实一夜没怎么休息好，连着提审中州跨国电信诈骗案嫌疑人朱丰和中州货到付款诈骗嫌疑人聂媚，四次提审不在同一看守所，直到半夜才回来，两个人熬得眼睛有点肿，回看视频时，偶尔会捂着嘴打个长长的哈欠。

"停，停，这儿……"凌宏业道。

俞骏回放，画面是邵承华亮出了照片，朱丰明显眼睛一瞪，脸上肌肉拉紧了片刻。这个动作暂停后，俞骏道："这是一个下意识的表情，应该没有假，是突然看到了让他意外的东西，那么我觉得，他的交代是可信的。”

“据他交代啊，他以为沈曼佳早就被灭口了。近两年来，我们部里组织了数次跨境打击电信诈骗，封存的各类违法资金以百亿计，那么作为水房操纵人的沈曼佳呢，从另一个角度讲，可以说是损失惨重，虽然不是她的钱，可随着我们打击的深入，那些幕后拿钱的金主越来越坐不住了，钱拿不回来是小事，要是涉案的事也露了那可就是大事了，那么沈曼佳一直滞留在境内就有充足的理由了：她在被人追杀。”邵承华道。

凌宏业点点头：“这个部里和经侦局的分析是一致的，我们一直没动她，就是想看看，她在境内关系分布在什么地方，看来杜其安这一支没错了，朱丰和杜其安都出身你们省，‘6·12跨国电信诈骗’的关联嫌疑人又在长安，昨天出境的六十多个人，都是自长安抵达中州，自这里的国际机场出境……不简单啊，沈曼佳居然还在为境外的诈骗团伙提供从业人员。”

俞骏补充了句：“这拨骗子的手笔很大，货到付款没处理的货还堆了我们半幢楼，这个案子尚未了结，长安又搞起来了……我昨晚和长安经侦上的同志们聊了下，单从技术上讲，金叶日化搞的网上商城，和明日商城确实有很多雷同的地方，由此判断他们有黑产支撑的可能性有多大，是不是也要考虑单纯花钱买技术成品的可能？”

“目前得到的黑产信息很少，暂时不能做出准确判断。”邵承华道。谢经纬插进来了，狐疑道：“我还是没有看明白啊，沈曼佳这种处境，最好的选择应该是隐姓埋名蛰伏起来，既然不蛰伏，掺和进明日商城这个骗局里似乎也有什么地方不对劲，同样，杜其安、郑远东这一伙接纳她入伙，好像也透着诡异，这棵大树这么招风，他们不可能不知道风险有多大吧？”

“是啊，她要一失陷，岂不是把藏得最深的杜其安都要牵出来了？”俞骏自语道，他又判断着，“除非杜其安另有安排，这个总能脱身事外的风头，不可能只准备一种方案。”

“我们想贴近骗子的思维，除了搞清所有骗局的细节，现在下定论为时尚早，还有这个人……这个聂媚我觉得呀，应该好好了解一下她的背景，你看她的自信尚在，心理防线根本没有被摧毁啊。”凌宏业接过了遥控，放着另一组审讯视频，侃侃而谈的聂媚哪怕剪成了短发，依然风韵犹存，对答相当得体。这些经过传销历练的人，说起来都是反审讯高手，他们就靠嘴皮子吃饭，想用语言和逻辑来攻击他们的心理防线，那难度不是一般的大。

“这个人已经超期羁押了，刚延长了一次，‘货到付款诈骗案’确实找不出更多指向她的证据，她顶多算积极参与，而且没有拿过钱，现在把我们都难住了。”俞骏道。

“今天的信息有多少了？”谢经纬问道。

这是问大数据监测的明日商城APP活跃流量，邵承华掏出了手机，联网反查，片刻后汇报了个数字：“二十七万……一夜增长了七万多，傍晚到凌晨以前是活跃峰值，我们两省二十多个地市均有分布，四川、河北、江浙、两广一带都有数个城市出现集中点，数量裂变得很快，第一个十万用时近一个月，而第二个十万用时不到一周，现在增加一个十万，恐怕只需要一天。”

听到这话的时候，哪怕是从事经侦工作已久的凌宏业手都抖了一下。即便保守估计，这二十多万的活跃流量也代表着几万人的参与，如果不是中途截获信息介入，恐怕又是一个震惊全国的骗局。虽然群众的心态已经对层出不穷的骗局麻木了，可对于警察而言，屡屡出现而且屡屡得手的骗子兴风作浪，那是一种耻辱！

“如果实在不行，可能还得做成夹生饭。”凌宏业道，这是万一之选，在座的也都明白，现在并未掌握骗子的全部洗钱渠道，不管怎么收网都会漏掉一部分，可你不收网，骗局裂变失控的结果会更不堪设想，就像很多案例一样，骗子都抓了，账户里还一直在进钱。

“我们确定一个峰值，灵活把握吧，最起码大多数涉案人得进网里。”谢经纬给了句无奈的话。

这时候，邵承华的电话响了，跟着凌宏业的响了，接着俞骏的也响了。几人急急拿起手机，以为有了重大情况，一听，都变脸了，而且接听完电话，都面面相觑，似乎就谢经纬一个人不知情，他追问着：“又有什么坏消息？总不成现在就砸盘走人了吧？”

“可能……是个比砸盘还坏的消息。”凌宏业眼珠未动，僵硬地说了句。俞骏倾身，谢经纬凑上来，听了下属耳语几句，谢经纬陡然色变，气得“咚”的一声拍了一巴掌，震得茶杯盖嗡嗡直响。

这个更坏的消息传过来了，是前一天的监控录像，是秘密提取自西餐厅的，在座的看到了沈曼佳和零号由局促到亲密，甚至看到了沈曼佳排出了一摞厚厚的钱，被零号塞进了口袋；再之后，拍到了沈曼佳挽着零号出餐厅的照片；再往后，两个人逛商场，做头发护理，然后去KTV，出来后就醉意盎然了。如果这些还不算什么的话，那么两个人还干了件更雷的事，居然一起回到了沈曼佳在滨海市的临时住所，一夜未出。第二天，也就是今天，乘上了西行的列车。

最后回传的是对房间搜查的录像及图片，凌乱的床铺、沙发，以及卫生间里那个用过的安全套，让在座的警中大员一个个面如死灰。这确实是个比砸盘走人还坏的消息，如果零号真被这个女骗子俘获，那所有的反骗行动部署，都岌岌可危了……

呼啸的列车在汽笛声中缓缓减速，广播里响着到站的提示音，其中某节车厢里轻吃一声，一个帽子遮着脸的女人如梦初醒，从她倚着的肩膀上展直了身姿，戴正了帽子，赫然是已在滨海千里之外的沈曼佳。

她醒了，这才发现倚在斗十方的肩膀上睡了一路，看看表情温馨的斗十方，她抱歉道：“不好意思，昨晚太累了。”

“不管你找什么理由，都会得到原谅的。”斗十方笑道。

沈曼佳掏着包，补着妆，小声问着：“那是基于我是老板的原因，还是美女的原因？”

“不管哪一种，我都无法拒绝啊。”斗十方道。

“贫吧，如果我非要准确和正确的唯一答案呢？”沈曼佳语带娇嗔。

斗十方一扬头：“问它，镜子会告诉你，虽然它不会说话，但它会给你还原一个美丽的真相。”

正看着镜子里自己的沈曼佳被这话甜得似乎有些眩晕了，她故意地做了个鬼脸说着：“看，镜子受不了了，太酸了。”

“哟，不对，是甜齁了。”斗十方道。

沈曼佳笑着用小拳头捶了他一下，说笑间列车泊停在站上，自车窗向外望去人来人往。沈曼佳看到斗十方四下搜寻的眼光时，突然问了句：“你见过他，一定能认出他来。”

斗十方摇了摇头，小声道：“那晚上太黑，只顾逃命呢。哪能认得出来？”

“他可是能认得出你来，知道为什么吗？”沈曼佳神秘地看着斗十方。

斗十方一摸脑袋，想到了，好奇地问着：“你们想捅牛老板一家伙，肯定盯了好久，我是送钱的，肯定盯上我了，对吗？”

沈曼佳一笑，手指一点斗十方凑上来的额头道：“聪明……看，他来了。”

斗十方抬头，看到了车厢里新上来的一位，超过一米八的大个子，脸如刀刻斧凿那般硬朗的线条，哪怕冲锋衣的帽子扣着，也掩饰不住逼人的威猛气息。他上得前来，一屁股坐到了斗十方的身侧，和窗口坐的沈曼佳，恰恰把斗十方夹在中间。

武建利，沈曼佳的贴身保镖，在长安站中途上车，和西去的两位会合了。

知道了这个亡命徒的身份和背景，斗十方就有点忌惮了。他不舒服地挪了挪屁股，武建利侧头睥睨一笑，带着轻蔑的口吻说着：“嗨，小子，记得我吗？”

摇头，斗十方凛然给了个紧张的动作。

“我可记得你，砸了灯就跳窗跑了，可以啊，居然还一路跟在我们后面，我居然没发现。”武建利似乎对于那次失手有点耿耿于怀。

斗十方觍脸笑道：“不打不相识嘛，我开了个破三蹦子，你们把我当成村里人了。”

“这小子贼得很，沈姐，您小心点，别着了他的道。”武建利提醒道。

沈曼佳媚眼一笑，努嘴吹了一声轻佻的口哨，纤指一伸，轻佻地挑着斗十方的下巴，斗十方配合地抬着头做了个鬼脸。就听沈曼佳道：“他现在是我的人，不许吓唬他，否则我对你不客气。”

这语带娇嗔的威胁更像撒娇，不过在武建利这儿像命令一样。他正色道：“知道，放心，他把咱们当自己人，那我就当他是兄弟。”

“必须的，我们在这里势单力薄，多一个人多一份力。十方不错，可能在这个局里呀，看得比谁都清。这段时间你在长安怎么样？”沈曼佳问。

“不怎么样，干车手这活儿太危险，怕是再做几趟就得换手。”

“进来的人还没出事吧？”

“暂时没有，但撑不了多久，这帮穷鬼可都是没见过钱的，每天大把大把取，指不定哪天得出事。”

“支撑多久算多久，这个局也不会太久，起势太快，我研究过金瘸子的手法，别人割韭菜是割光刨净，而他呢，是割一把就溜，不贪多。以前我和朱丰合作时，经常听到他讲这个逸事，有句格言叫‘不拿走最后一个铜板’。”

“我觉得呀，这个家伙是教唆别人拔橛子偷驴，他只负责卸肉。”

听到这儿时，斗十方忍不住哧了一声，武建利盯着他问：“怎么？不对吗？”

“不，非常形象，他出身风马燕雀之流，人称风头，当风头的手法，正像您所说，偷驴的拔橛子的甚至卸肉的都是他教唆跟风来干的，而他拿的还未必是最大最肥的一块，所以不但追随者众，而且安全性还高。”斗十方解释道。

“对，这小子脑袋好使，咦，你脑瓜这么好使，怎么干车手活儿？”武建利好奇地问了句。

“这个说来话长了，我是被坑了一把，就老杜的大侄，狗日的一千块钱把我卖给老费了。”斗十方难堪地简要叙述了下自己的“沦落”经历，听得武建利嗤笑不已。而沈曼佳却是知情达理地把手搭在斗十方肩膀上安慰道：“知足吧，你已经很幸运了，老费一千块买个人，训练一下帮他赚上一笔钱，然后把这些人再卖给我，一个人头算一万呢，到了境外更凄惨，那看守可是真枪实弹，谁敢跑可是直接开枪的。”

“啊？外面这么黑啊？”斗十方愕然了，突然想起长甸镇那拨苦命兄弟，还在憧憬面朝大海、赚赚外快的海外生活呢，他随口问道：“那我在长甸见的那拨人，走了吗？”

“昨天吃饭时走的，他们不顺利走，我也未必敢大摇大摆来啊。”沈曼佳淡淡地说道，对于底层不管多么凄惨的未来，她似乎已经没有什么感觉了。她好奇地问着斗十方：“怎么了？你总不至于对你被卖身的地方还有感情吧？”

“他们面试时我在场来着，本来我挺羡慕，可听你这么一说，我又有点同情了。”斗十方掩饰道。另一头武建利道：“千万别，出去的虽然待遇差了点，可确实能赚到钱，有的被遣送回来，还自己找着去干呢……乞丐三年，皇帝不当；骗子三天，龙椅不上。这个职业，尝过甜头的可都放不下哦。”

“有道理，我都放不下了，这几天比我活的二十几年都赚得多。”斗十方附议，对沈曼佳投去了感激的一瞥。沈曼佳微笑致意。自她视线的角度，是斗十方讨好的笑脸，和斗十方脑袋后武建利微笑的笑脸，这颇有深意的眼神，却不知道是给谁的。

或者说，给谁都可以，两个人似乎都领会到了眼神里的嘉许。

火车疾驰，穿山越岭，视线里从郁葱的秦岭到泛黄的沙漠石山似乎只有很短的一个瞬间。黄昏来临，残阳如血的风景挂在车头方向时，目的地金川市到了。三人相随出了车站，接站的等候已久，那两位接站奇葩连不认识的沈曼佳都一眼看到了。

是消失多日不见的那对活宝——王雕和包神星。他们高高举着一张瓦楞纸板，上书“斗十方”，就这么简单的笔画“斗”字都少了一点，看得沈曼佳和武建利大眼瞪小眼，然后相视大笑。

那俩乐滋滋地迎了上来，千算万算，仍然错失最简单的这一算，诈骗团伙的最关键一站，斗十方都没想到，居然和这俩夯货关联着……

第五章
情深意长人心难测

魔长道消，说繁实简

“看看人家混的，卧槽，这货不是卖身发财了吧？”

“雕哥，遇上这么大老板，我也想卖。”

王雕和包神星举着牌子，冻得冷呵呵地评价两句，看到来人真让这两位仁兄自惭形秽了。瞧人家皮鞋锃亮，衣服光鲜，甩着手，腕上明晃晃的手表，那派头跟哪儿来投资的老板一样。咱兄弟俩还是裹着厚羽绒服，老旧的款式，咋看都像接站的黑车司机。

说话间那三位出来了，虽说是故旧，可毕竟有点过节儿，此时见面稍微有点尴尬，两个人干笑着问好。斗十方指着包神星问着：“咦？你不牛逼烘烘地要出国了吗？咋窝到这鬼地方来了？”

“这不赖我啊，沈老板不收啊。”包神星难堪道。沈曼佳笑着解释着：“这个是为你着想，有案底的真不行，很麻烦的。”

“那你呢，傻雕，不自己组团了吗？咋也沦落到这地步了？”斗十方看着擦鼻涕的王雕，这境况还真让人大生同情之心。

王雕尴尬地看了武建利一眼，扬头示意着，武建利却懒得跟他说话，憋得王雕解释着：“有武哥那帮人在，基本上没我们什么事，那帮家伙又能打又能跑，关键是他妈便宜，连中国话都不会说，就抓着也没用。”

武建利瞪了一眼，王雕不敢吭声了，领着众人出站。这其中的关窍斗十方却是清楚，曾经在登阳看守所就关押过几名偷渡入境人员，都是些边陲小国的，正像王雕讲的，把这些人用于某些犯罪是相当经济实惠而且安全的方式，只是他没想到，真会在实践中遇到这种事。这让他不由得多看了武建利几眼，那家伙提着几十斤重的行李箱轻若无物。斗十方自忖要和他PK会是什么结果……想想算了，肯定打不过。

“怎么了？”沈曼佳晃了晃斗十方的胳膊问。斗十方这才发现沈曼佳又是亲昵地挽着他的手臂，这让他有点不舒服，想挣扎，不料沈曼佳故意挽得更紧了，促狭似的对着他做了个鬼脸道：“身畔有美女不注意，怎么看大武那么含情脉脉的？”

观察太入微，斗十方还未解释，羡慕嫉妒恨的王雕回头插刀了，提醒沈曼佳道：“他喜欢男的。”

呃……斗十方被噎。沈曼佳一愣，侧头看着斗十方，脱口问：“真的？”

这个难解释了，斗十方没来由地面红耳赤，总不能真在一个女人面前讨论自己的性取向吧。王雕得意地奸笑，却不料沈曼佳给他解围了，一挽斗十方的胳膊道：“即便你说的是真的，那也是以前，我可以很郑重地告诉你，十方喜欢的……是女人。”

咦哟哟……王雕被刺激得妒意更甚，忍住不回头看那两个人的亲昵动作，实在让人觉得活得太矬了。

落后几步的斗十方小声说着：“沈姐，非要这样吗？生怕别人不起疑心啊？”

“呵呵，你害怕了？”沈曼佳眨着美目问。

“厚此薄彼啊，知道这边走得近了，那边可就离得远了。”斗十方提醒道。

“如果恰恰相反呢？你和我走得越近，那边对你兴趣越大，呵呵，信不信？你可以更近一点。”沈曼佳笑着，像在挑逗，不过趁着她分神间隙，斗十方挣脱了，抢先一步上前给沈曼佳开了车门，做回了自己跟班的角色。沈曼佳坦然地享受着他的恭敬，很优雅地坐进车里，而且挪了挪，示意斗十方坐到她身边。这回斗十方可不敢了，故作未见，和武建利挤到了一起。

这辆商务车驶进了西风猎猎、黄沙飞舞的西北边陲之城，又一种陌生的城市风情扑面而来。是终点，还是又一个驿站，斗十方无从判断，可他判断得出，可能从现在开始就要进入岔路了，因为他从下车伊始就四下观察，却没有发现哪怕一个盯梢和监控的家里人……

分析仪连接的打印机徐徐地吐着热敏纸，那张加急做的分析报告被穿着白大褂的警务人员撕走，他拿起来扫了几眼，然后快走几步，递给了门口等候已久的一位警方同行。

“能确认吗？”向小园接过报告单，一大堆医学和技术参数，跨行就难懂了。

“床单上的毛发可以确认，皮屑可以确认……其他的也没有啊。”同行道。

“那个……那个安全套里……”向小园艰难地提到这个。

“这上面不是有吗？”同行道，指指那一项，“你们送的检材被排泄物污染了，量不足，无法给出准确检测结果。”

又隔了一会儿，同行问发愣的向小园：“还有问题吗？”

“哦，没有了。”向小园被惊醒，像做了坏事一样，逃也似的离开了法医鉴定中心。

此时那份鉴定报告就捏在向小园手里，耳边听到的是航班起降的播音提示，身边坐着的是出来一周多的两位下属。钱加多正在玩手机游戏，娜日丽陪坐着，一直未敢打扰向组长的思路。

向小园又一次看表，还没有到登机的时间，其实时间没过多久，两次看表的间隔不过几分钟。娜日丽小心翼翼开口了，安慰道：“向组，也许是您多虑了，没有您想的那么严重。”

“我可以不往严重处想，可专案组呢？今天离开既没有示警也没有留下任何信息，你说我能不多想吗？”向小园道，现在恐怕必须假定零号和这个重点嫌疑人已经发生过亲密关系，循着这个亲密关系，专案组会预测可能造成的后果，这项工作应该已经提到优先级别了。

“我觉得……他，不像那种人。”娜日丽说得语气犹豫，一回忆相识的种种，语气就更犹豫了。人性是不能考验的，忠诚取决于忠诚的代价，背叛取决于背叛的砝码，如果代价太大，如果砝码足够大，可能事情就会走向与你预想相反的方向。

“又是钱，又是美女的，能经得起诱惑的真不多，很多事都是这样啊，刀山火海闯得过来，艰难苦重扛得下来，可遇到了糖衣炮弹，根本没有抵抗力，每个人都有弱点，只要被击中弱点，恐怕无人能幸免。”向小园悠悠道。她无聊地看着手机，放大着餐厅提取视频里的画面，那是斗十方和沈曼佳在说着什么，沈曼佳握着斗十方的手腕，看得出沈曼佳的喜悦毫无做作……那问题就来了，难道真的是？不过几天时间就如胶似漆了？而且他俩在如胶似漆之前，根本毫无征兆，除非是传说中的一见钟情。

“向组，怎么了？”娜日丽问。

狐疑的向小园道：“哪儿有点不对劲啊，前几天她对零号不闻不问，而且零号连她住在哪儿都不清楚，这在滨海最后一天，怎么突然一见钟情了？”

“女骗子。别忘了她的身份啊，扮演个一见钟情很难吗？”娜日丽道。

“动机呢？零号身上有什么值得她需要委屈自己才能得到的东西？”向小园问。

也是啊，娜日丽下意识地挠着下巴，脱口道了句：“委屈自己，必有所求，而零号能给她的……她是不是拉拢啊？她这一伙势力最单薄，拉拢几个人为自己服务，说不定还想搞什么小动作。”

“那代价也太大了啊，这就值得献身？”向小园不信了。

“一个单身女人，她也有这种需求啊，零号也不丑，说不定顺便满足一下呢。”娜日丽道。向小园被这话噎愣了，另一头却哧哧笑了。娜日丽回头顺手一拧，笑着的钱加多已经习惯了这个暴力女的动作，早躲开了，他笑道：“你们以女人的心态，怎么可能判断得准男人的心态呢？这事问我啊。”

"问你？"向小园哭笑不得了。

娜日丽直接问着："那你说什么心态？"

"有便宜哪个男人不会占啊！又是这种好事。"钱加多直白道。

这真把两位女生噎住了，两个人愣了半晌说不上话来。向小园中止了讨论，提着行李排队候机了。娜日丽一言不发地跟在后面。钱加多收起了手机不屑地说着："看看，没话说了吧，最简单的就是真理，而且掌握在少数人手里，比如……我！"

"一边去，别排我后头……男人没一个好东西。"

娜日丽烦躁地把钱加多撵走了。

登机，目的地：长安。

自车站行驶了近四十分钟，到达目的地的时候天色已晚。长安就够冷了，金川更冷，一开车门，呼呼的冷风灌进车厢，能让人激灵灵打个寒战，好容易焐热的身体瞬间又像掉进冰窟窿里。

"快点，快点，冻死了。"包神星在车下跺着脚，很没品地催着。下车的斗十方把他推过一边，又上前给沈曼佳开车门时，那活儿早被武建利抢了。他跟沈曼佳可能更默契一点，很自然地扶着车门迎着沈曼佳下车，等关上车门时，他已经在领着沈曼佳走向大门了，下一刻，已经殷勤地推开了玻璃门。

落后一步的斗十方看这样子愣了下，可不料吹冷风的来了，包神星悄悄凑到他耳朵边说着："吃醋了吧？"

"我……我吃什么醋？"斗十方不悦地盯着他。

"呵呵，想巴结就得勤快点，想抱大腿就跟紧着点，看看，被人抢了吧？"包神星示意着前行的两个人。那两位在进门的方向向他们招手。

斗十方快步奔上来，顺势在后脑勺给了包神星一巴掌。包神星哎哟一声骂了一句。那样子看在武建利眼中，他笑了笑，小声和沈曼佳说着："这家伙在车手里也是个狠茬子，都怕他。"

"那你看怎么样？"沈曼佳小声问。

"不错，胆子脑子都有，是干这行的料。"武建利赞了句。

话音落时，斗十方已经走到了他们身前。沈曼佳自然地拉着斗十方的胳膊相偕而行，笑着道："大武难得夸人啊，对你可是赞不绝口。"

"我有什么可赞的。"斗十方不好意思了。

"必须有。我们追人几年可从来没失过手，就让你溜过一回，差点坏了事，下次绝对不让你溜了。"武建利跟着道。

斗十方愣了下，好奇地问："下次？还有下次吗？"

"哦，也对，现在我们站一边，我是说啊，假如还有下次，你一定溜不了。"武建利笑着道。

斗十方笑了笑，不置可否地道："那可未必，往往你觉得绝对优势的时候，就是栽跟头的时候，江湖有句老话讲得好，小心驶得万年船。"

武建利不知道听进去没有，不过对此言表现得毫不为意，反倒是沈曼佳特别关照斗十方，故意对武建利说："大武，回头你跟牛老板说啊，十方我喜欢，这个人我撬走了，不跟他客气。"

武建利应了声，斗十方未知其意，偏偏还有个多嘴的包神星听到了，凑着上来问着："嗨，沈老板，还挖人不？您看我行不行？"

嗯？还有毛遂自荐的？沈曼佳被搞蒙了，武建利瞪了眼没好气地说着："扯什么淡？不都干得好好的？"

"好什么呀，骗红包刚入门，老费就卖人头把人全卖了，没地儿去傻雕就带上我来这儿，冻得跟尿样先不说，那张胖子抠得跟蚂蚁放屁一样，你是不知道有多小气，一包烟钱都算得清呢。"包神星倒着苦水，敢情在这里的生活并不如意。

听到张胖子的称呼，斗十方脸上释然地笑了笑，沈曼佳晃晃他的胳膊，小声问："怎么了？"

"这么抠就没错了。"斗十方道。

沈曼佳不解，看看发牢骚的包神星，皱着眉头没明白。斗十方再一次附耳告诉她："干传销的骗钱不容易，抠门是本色。"

这个解释，把沈曼佳逗得花枝乱颤，倒把武建利和包神星看迷糊了，几人等着王雕泊好车，进门带着走上楼。在这座金川大厦的中层，租了半层楼的一家公司就是他们的目的地了，似乎和传闻有出入，里面装饰得富丽堂皇，带门禁的玻璃隔间，蓝色的公司LOGO是一个月出的画面，图案是由0和1组成的，标志着这个公司是货真价实的IT公司。

不过包神星的解释就不一样，他指着公司标志解释着：你看，杵这么大个蛋蛋，它不“扯蛋”都不可能。

众人皆笑，王雕赶紧把这货拉到身后低声威胁着，公司里等待已久的人已经出来了，矮胖身材，武建利和沈曼佳均不认识，不过斗十方认出来了，正是在中州货到付款诈骗案里挂上号的那个没有找到证据的嫌疑人——张光达。

“哦哟哟，这位就是传说中的沈老板吧……巾帼不让须眉啊，请请请，抱歉啊，没顾得上去迎接大驾，这位就是……大武吧，你也请……傻雕，你们外面候着。”张光达把这一行三人迎进了公司。两三百平方米的工作间，此时是下班时间，工位已空，不过看整齐的电脑，敢情这儿还就是个实实在在办公的公司，目光扫过时，这公司还有两位在，好像一个女人的身影挺熟悉，但隔着玻璃门看不清。不过当斗十方看到包神星屁颠屁颠往那方向跑，他一下醒悟过来是谁了。

长甸镇那个诈骗教练，叫菊儿什么的雀斑妞，只是没承想她也来到这儿了。

到了门口，谦让进来，这里面装饰得就更有看头了，大号的书架摆得琳琅满目，钢木玻璃组合的办公桌椅配着外星人高端办公电脑，豪气和大气尽显，看了一圈悠然坐到了老板椅上的沈曼佳赞道：“张总啊，神速啊，这儿启用应该没几天，这就装修好了？”

“不是，直接租了家公司，反正又干不了多久。”张光达倒着水，果真很抠，连茶叶都没放，不过给递的烟是中华。武建利和斗十方推拒了，两个人是跟班的身份，保持着起码的规矩。

沈曼佳可就大气了，直接用命令的口吻道：“账目拿过来看下，这事你知道了吧？”

“知道知道，大账都过您手呢，郑老板早吩咐过，您有什么不解的尽管问我，我呢，还指望着下回跟着您发财呢……菊儿，你来一下。”张光达说着，拉开门喊了声，回头又笑吟吟解释着，“不瞒您说，我这老板也是丫环拿钥匙，当家不做主，再说我也看不懂那玩意儿，得专业的人给您瞧。”

沈曼佳笑问着：“自己不管着账，这可是大忌，我一直有点奇怪，你们这种上下线的信任是如何建立的？”

海外回来的，不怎么懂国情。张光达小声解释着：“这生意啊，是看账拿人，按钱论罪，所以呢，我们这个组织自大经理以下，都不碰钱，即便失手进局子了，也只能算是‘受骗群众’，被遣返回原籍。”

“但是，这样的话……”沈曼佳愣了，根本不沾钱的骗子，就不好理解了。

张光达继续道：“没人敢欠我们的钱，所有的老板都靠我们办事。这么说吧，您这身份是割韭菜的，圈进来的人呢，那就是韭菜，而我们呢，是负责帮您这样的老板圈韭菜的工人。”

“哦，明白了。”沈曼佳恍然大悟，然后好奇地问，“那，张总，您手下这样的工人有多少呢？”

“嗯，信得过的，大几百总是有的，要拉伙开干的，一两千人没问题。您放心，我们的人绝对安全，一拨一拨的基本都有亲戚关系，要不就是同一个地方的，只要认识其中一个，就能招来一群……咱中国人多啊，你一个人骗一块钱，那就十好几个亿。而且傻子太多，骗子根本不够用。您别笑，不说别的，就说那香港富婆代孕，那么老的梗，现在还能骗到钱；咱们这高科技现代化网络化的手法啊，我学了好几天才明白，这市场呀，大有可为啊……菊儿，你来。”

张光达一番鸿篇大论，终于在雀斑妞进来时暂停了。这个妞还是那副看谁都厌弃的表情，直接忽略了熟人斗十方，不过对沈曼佳还是挺尊重的。她打开电脑，登录网站后台，演示着网站的运作，以及各数据簇的互联，还有各地之间的结算。别说斗十方了，就是经历过无数跨国电信诈骗案的沈曼佳，都被这种撒大网专捞小鱼的诈骗方式给惊呆了……

大象无形，大骗无形？

上午时分，川南某县，冬季的风景依然是处处绿色。

丁零零……一声手机信息提示音响起。房间里一个蓬头睡衣、系着围裙的主妇，正百无聊赖地拖着地，生活就像她凌乱的房间、臃肿的身材和干不完的家务一样，充满着习惯性的麻木。她拖地拖到桌边，顺手拿起了手机，是“巅峰客服25”发来的信息，这让她眼睛一亮，内容是：淘宝做任务的半小时内联系，佣金3元，仅限第25期会员。

这是群主，她是会员，粗算已经入会月余，她娴熟地登录明日商城APP，找到了对应链接，打开，是一处县域地区评选优秀人物的投票页面。她按照任务要求投票，然后截屏，发送，OK，任务完成……刚输入完成，丁零一声，收入到账，3元。她心里窃喜地放下了手机。

普通人的生活永远是拮据的，3元可能是一瓶调味品的钱、一份冰激凌的钱，甚至省着点可以是一天的菜钱，粗粗算来，这个月可算是把本给赚回来了。

没错，这是真的，这绝对是真的，她回忆着每次任务、收入都是实打实靠谱，甚至她还查过某宝网上，这些客服其实就是一个网店的老板，挂单卖的其实就是这种点击、投票、点赞之类的业务。她现在有点懊悔，当初为什么不加个高阶的会员，那样的话，早该赚不少了，不像现在，每天只给3元的任务。

她想了想，拿起了电话，拨打着一个熟悉的号：

“哎……大花，你给我介绍的这会员……不是不是，没什么问题，就是太抠了吧，每天那么多任务呢，只给3元佣金的任务？不能多给点？”

“大姐呀，现在投票都控制，一部手机相当于一个账号，你没看每天只能投7票，说起来都多给你了。”

“其他任务也行啊？”

“各组都排着呢，按编号自动发的，这能走得了关系？”

“那……那你不是说，有高级别的？”

“有，你自己缴费就可以申请升级……再教你个办法，用你老公的、亲戚的，不管谁的手机号注册一个，两个会员号就相当于两个人，三个号就相当于三个人，那你接的任务就多了，反正一个月就回本……对了，老会员介绍新会员，要返还百分之十五，新会员以后再介绍的会员，你还挣百分之五。”

“这个……返还？”

“高级会员才交一百多，你要介绍四五个，直接就等于不交钱光赚钱了，钱你自己交公司账户里了，人家有必要骗你百八十块钱？注册个公司多少钱？运营个大网站多少钱？真是的……自己到群里看，这个月交一百赚大几千上万的都有了……”

这是闺蜜，劈头盖脸训了她一番，无外乎做饭看娃人变傻了，外面的世界变了你都不知道咋了，人家拿着手机成就人生辉煌，你拿个手机只会聊骚自拍上网……一番训斥让她无地自容，这位主妇痛定思痛，再次拿起电话时，拨打的是邻居的电话，一个和她一起买菜接娃捎带着经常传闲话八卦的婆娘。

人际关系在现代通信中像一条看不见的线，连接着你我他，那是一传十、十传百、百传千千万的错综关联，具体没有人统计，不过在川南这个县城，“明日商城”几乎已经无人不知。

晋中某市，凛冽的北风刮走了树梢头的最后一片树叶，阴霾遮蔽的天空下，一个标着“行知”字样的学府，教学楼里正响彻着老师琅琅的声音。

大阶梯教室里，靠后，角落，一部手机嗡嗡响着，某学子掏出了手机悄悄地看，显示着巅峰客服的信息：“尊敬的网红会员，今天发布任务链接如下，http://www.××××××.com/d08，需要点赞转发并截图验收。”

“收到……等等，我能发展一百多个会员，但我有点担心。”

“你是担心会费的安全，还是担心提成的兑现？”

“呵呵，都担心。”

对方没有说话，片刻后，开始连续发截图，一张接一张，瞬间连发三十多张，这个学子愣愣地瞧了瞧，是注册的信息，名字被马赛克了，不过地址就是他们学校，还有转账记录，其中已经有人赚到三千多块了。他发怔的时候，信息来了，对方输入的文字显示："诺言两个字都是只有口，没有心，我无法承诺你，只能告诉你真相让你自己选择，其实在你们学校，注册的已经有九百七十多人了，你自己可以验证一下。"

"卧槽！"这个学子差点喊出来，对方的信息冲溃了他讨价还价的想法，手指飞速地完成着微博上的任务，做完，收钱，然后编辑了一大段话在班级群里发送，大意如下：

不怕举牌游街似的尴尬，不怕发传单风吹日晒的枯燥，我兼职我自信，我兼职我无悔，我兼职我无畏，我们兼职的大学生一代，不一定能成为生活的强者，可一定也不会是生活的懦夫……同学们，我在明日商城兼职，没有日赚过百更没有月赚过万，可赚到了自信和这个社会对我辛勤的肯定。

来吧，同学们，和我一起……下课后各宿舍舍长联系我。

苏北某县，熙熙攘攘的农贸市场，临近午时生意渐稀，一个菜摊后，裹着头巾的一个黑脸歪牙满脸麻星的大妈，正看着手机视频里俊男靓女的凄婉爱情故事，不知道是霸道总裁的温柔，还是霸道总裁家的奢华触动了她，她迷醉在少女心的憧憬中，手托着腮，嘴角慢慢地溢出了一滴亮晶晶的口水。

"嗨……嗨，醒醒……徐婶，你多大年纪还看甜宠剧啊？我家闺女才看那扯淡玩意儿。"

有人吼着，把她吓醒了，她抹着嘴，翻了一个白眼，没理会这个戴着市场管理袖箍的男子，没好气地说着："不到交管理费的时候吧？讨债来啦？"

"哎，今天不讨债，给你送钱来啦。"管理员把一张装帧精美的铜版广告递给了大婶。大婶瞅着，什么商城APP推广，什么会员、达人、网红，看不太懂，不过一看交钱，她一把扔了道了句："骗钱的。"

"就知道你要这么说，自己去问问场边卖面皮的老商，他头批会员早回本了，市场门口卖虾饺那秃陈，人家这个团队给秃陈拍了个抖音宣传一下，哎哟，那生意火爆的，都不用卖虾饺了，雇了几个人干，自己拍秃脑袋就赚钱了……这是互联网+思维，你没听过人家现在菜农咋卖菜，上网一宣传，几十万斤几十万斤卖，就你，一天能卖几十斤吗？”市管连嘲带讽，说得徐婶无地自容了。逼急了，她戳着指头道：“反正你要钱就是骗人的。”

“不是要钱，让你了解一下，要说日入几百上千，那肯定是假的，这任务啊，每天就赚几块钱，最多十几块钱，那能有假？骗你有必要费这么个劲？这一张广告纸都好几毛钱呢……别说你看不起那几块钱啊，一斤青菜八毛，能赚两毛不？一斤土豆五毛，能赚一毛五不？你闲得没事戳戳手机赚个小钱多好，不比你看那啥爱情剧强？你娃都快相亲了，咋，你还想恋爱呢？”

“呸……”

徐婶直接祭出老娘儿们的终极杀器，把市管唾跑了。这些天这货总来骚扰，说得她半信半疑，又一次拿起了那张广告纸，这回有点上心了。以她卖菜锱铢必较的算力，她掐着指头算算投入的收益，最低的一年会费96元，一个月就能赚回来，剩下还有十一个月，虽然一个月只赚一百左右，可那算起来，不也上千了？

真的？假的？她咬着手指揣度着，片刻后扔下摊子，去找卖面皮的老商和卖虾饺的秃陈了，她倒真想看看，是不是真赚钱了。等到地儿先把她看傻眼了，里三层外三层围着人，都是市场的菜贩、肉贩、鱼贩子，叽叽喳喳似乎都在讨论这个事。之所以让大家这么群情激动，是因为头批加入的确实赚到了，赚最多的快上万了。

榜样的力量是无穷的，对榜样羡慕嫉妒恨的力量更无穷，这一天就连最顽固的徐婶这个菜贩都追着市场管理员要入会……

粤深一带，笼罩在蒙蒙细雨中的城市，穿梭在高楼大厦间狭窄街道的红的、黄的快递哥、外卖哥、的哥以及不知道什么哥，是这座城市底层一道亮丽的风景线。

今天似乎稍有不同，疾驰的电单车、出租车甚至黑车，在粤深之间但凡遇到小工厂的地方，总是递上一份广告，甚至快递到门入户时，广告纸就被顺手贴到了快件上，那广告上赫然就是明日商城。

针对企业主的需求不同，什么多场景、全系列、超级流量、百万用户群体；什么自主投放、AI技术；什么专业推广平台、海量信息流等。如果这个还不够抢眼球，那真实案例可摆在那儿呢，两篇简短的报道：一篇是金叶日化三个月突破千万级销量的神话，一篇是化妆品微商两个月脱颖而出的奇葩。这两个厂家就在这一带，公司地址、电话注明着呢。

企业越小，老板越精，哪怕心里再蠢蠢欲动也少不了打个电话验证一下，很多人确认之后表情复杂，确认的结果是：那家金叶日化公司确实是在几个月里像“造反派”一样崛起了，不过昙花一现，现在似乎牵扯上了经济问题正被查呢。另一个微商也不是省油的灯，据说等查到时早卷钱跑路了。

这种经济发达地区的人只在乎结果，不在乎过程和手段，他们得到了想要的结果：赚到了。

这就够了，冲着不过千把块钱的会费，值得一试！

长安市，经济侦查总队，作战指挥室。

那些已经遍布全国的疑似诈骗案，反映在经侦大数据里，是枯燥的数字和图表，指挥大厅中央的大屏上，鲜红的柱状图，一天一天几乎是直线上涨，如果把峰值连线，那看上去绝对是一条接近九十度的攀爬陡坡线。

所有的作战台席已经把火力集中到这个明日商城案的关联数据搜集上了，账户出入现金流、用户群体分布、群体画像、集中地区等，这些相对案情过于抽象，不过即便抽象也看得出，如果真是诈骗，且不说将来案值有多少，现在用户群体已经覆盖十几个省份了，一旦爆雷，那规模绝对和不久前P2P、O2O席卷全国的案情有一拼。

“同志们啊，我们的想象可是跟不上裂变的速度啊，大家说说吧……虽然案情分析会上大多数时候说的是废话，可是还得开，为的就是没准哪句重复的废话里能触到灵光，让我们找到一个破局的点，现在这个点，越来越模糊啊。”凌宏业道，他扫了眼与会的人，自己麾下，再加上中州方面的向小园、俞骏，现在就连中州的反诈骗信息中心也在跟进这个案子，火力不可谓不集中，但问题是，火力要对准的目标，却太分散了。

俞骏接下来就提到这一点了，他开口分析道：“这种涉众类案件的案情一旦失控，后果不堪设想，而且大家看分析出来的针对群体：低收入人群、学生、打工者等，每个人百八十甚至再高点不过几百块，但加起来肯定是个恐怖的数字。这类成规模的涉众类诈骗是最损的一种，即便砸盘，大部分底层人员也不会报案。即使报案，案值也不在立案范围，他们设定商户加入会费最高不过2888元，现在大部分地区的立案案值还是3000元。”

邵承华接着他的话道：“还不能定性为诈骗，只是疑似虚拟传销。”

“呵呵，快了，我们坐等定性无非是给他们毁灭证据和逃逸的时间。”俞骏笑道。

他的态度在这里一直不讨喜，凌总队长也有点反感，他开口道：“说句丧气的话，证据，证据不足啊。我们只查到了两个窝点，一个在川南，组建明日商城分公司的法人董晋有传销案底；另一个在苏北叫刘仁直，同样的案底，不过已经是五年前了。外调的情况反映，他在当地居然都成了个小网红，抖音上粉丝有好几万，呵呵……比我们全城警力都多啊。”

“这种人要是涉案，那就不敢想象了，现在粉丝已经成为一个经济类别，粉丝疯狂起来，花再多的钱也心甘情愿。”向小园补充了句，她看了看长安方面的同事，欲言又止了。自滨海归来这里就因为斗十方的事蒙上了一层阴影，偏偏斗十方连着一周没有任何消息。曾夏带着程一丁、关跃龙几位外勤追到金川市，蹲了好几天，仍然没有联系上，现在阴影恐怕要成阴霾了。

“如果不行，只能快刀斩乱麻，这个裂变的速度必须控制住。后台操盘的可是一群传销分子，他们的能量不容小觑，即便今天动手，我估摸着案值也应该有大几千万了。”俞骏道，他对于货到付款诈骗案仍是心有余悸，倒不是案有多大，而是那种繁杂会拖垮你的精力、耗尽你的资源，让你什么事都干不成。

此话一出，明显地看到了凌总队长脸上的犹豫，快刀斩乱麻容易，那抓到主谋可就难了，他伸手动着遥控笔，一屏显示着一群上榜的嫌疑人，就听他说道：“现在车手的情况已经查清了，是一帮缅甸人，有26人，全部隐藏在长安县果脯加工厂里，武建利已经数日未归，我们假定一个现在动手的方案，大家算一下，能抓到武建利，能端了这个非法入境的窝点人员，能关联到取钱洗钱的牛金、黄飞等人……或许运气好一点，能找到关联沈曼佳的证据，把她依法滞留，但余下的人，说句不好听的话……即便我们抓到，也得放人。”

再上层，皇城府的郑远东、主持骗局的杜其安，这些停留在嫌疑层面的人，恐怕不可能在事后找到证据。而且他们除了被拍到了出入蜻蜓KTV的视频，可能再不会与本案有任何关联。

“凌总队长，有时候我们不得不接受这种无奈的结局，有时候也不得不以大局为重，不能因为一个两个嫌疑人未落网，而坐视成千上万的群众掉进骗局里。”俞骏道。

凌宏业像不为所动一样，反驳了句：“你这话很对，骗子也是这样想的，警察永远要顾全大局，而顾不上他们这些组局的人，所以他们一直能从容地逃走，从容地置身事外，从容地凌驾于法律之上。”

“我不是这个意思。”俞骏道。

“但会是这个结果。”凌总队长道。

两个人撑上了，俞骏自动噤声了。一噤声，凌宏业又觉得自己话过了。察言观色的向小园圆了句场道：“目前战机尚未捕捉到，确实也不是快刀斩乱麻的时候，好容易盯上了一窝骗枭，这在以前都不敢想象，以前顶多抓上几个跑腿的，上层的人和转走的钱，大部分找不回来……假如有机会抓到杜其安、郑远东之类的策划人员，那可是个人财两不空的最好结果。”

俞骏翻了一个白眼泼着凉水提醒着：“还有地下黑产，要不连他们也一窝端了？”

这一下把向小园给泼得透心凉了，那简直是个不可能完成的任务，直到目前为止，还没有任何关联到黑产的迹象。

“看来又是一个没有结果的讨论会。”凌宏业等了片刻没人发言，他出声道，“那解决不了远处，说下近处的事，俞主任啊，我想听一下你的个人意见，假如……我是说假如啊，假如零号真和沈曼佳发生了不正当男女关系，而且被她收罗，那对于我们接下来的工作危害会有多大？”

“这个……”俞骏被难住了，他想想说了句不确定的话，“他总不至于告诉沈曼佳自己是警察吧？”

邵承华本来绷着脸，一下子被逗乐了，他终于说了句话：“可他也不告诉警察沈曼佳的事啊，拖延、推诿、下意识地保护，那这个事就难办了。化装侦查要求绝对忠诚的意义就在于此，且不说叛逃、黑化，执行任务人员哪怕有一丝动摇，都可能对我们的工作造成不可估量的损失。”

“还没有确定，你怎么知道他动摇了？”向小园道。

“都睡一张床上了，我就不信他是柳下惠。”邵承华道。

向小园愤然反驳：“为什么不能是酒醉失态？男女间也就那点事，总不能以一事定性吧？万一就是个酒后乱性呢？男人在这个上面有几个把持得住？换你和那么一位娇滴滴的女骗子在一起，我就不信你还能绝对忠诚。”

俞骏一捂嘴，没憋住，笑了。邵承华面红耳赤，凌宏业干咳了两声，摆手叫停，然后和着稀泥道：“这事，冲着小向据实回报，不偏不袒，我站她的台……零号第一次是主动请缨，第二次是有点无奈，两次都让我很感动。要是我们这样一个同志真倒在女骗子的石榴裙下，那就太可惜了。小向，你最有发言权，你认为呢？”

“我脑子很乱，说不清楚，但那天见十方时，他的情绪似乎不对，很颓废……他这个人很奇怪，不管是干坏事，还是发现别人干坏事，都会很兴奋，只要情绪一低落，那就是他在自责脑袋跟不上犯罪思维了……可是接下来的事我就看不懂了，他和沈曼佳走到一起，就很兴奋，而且后来我们对餐厅提取的监控视频分析发现，两个人很自然，不像装的，似乎确实很兴奋……”向小园努力回忆着。

俞骏皱着眉头问：“哪种兴奋？你仔细回忆下。”

“就像……上次和钱加多找到傻雕那种，他应该有什么发现了……”向小园脸愁苦着，想不通此节，而且从那天以后，斗十方仿佛变了一个人。

“有两种可能，一种是他可能发现了什么秘密。”俞骏道，两眼空洞，在迅速回忆着和斗十方交往的点点滴滴，以那些为基础判断这个人可能去干什么。

凌宏业等不及俞骏思考了，追问着：“另一种可能呢？”

“另一种是，他将成为我们这里尘封的秘密……相信我，他要是跑了，会比沈曼佳、杜其安更难找到。”俞骏道，他没有意识到，这话不但没有解决问题，而且带来了更大的问题，截止到今天，零号失联已经整整一周了。

果真是无聊的一天，直到晚上，依然没有任何消息，追到金川的外勤，憋得都快坐不住了……

异乡浪迹，是近是远

与北方寒冷的天气相比，地处西南的天府市是那种带着潮意的湿冷，街上银杏树的叶子快落完了，可其他的树和草地居然还是绿的。最惹眼的莫过于这里怒放的蜡梅，粉的、红的、黄的、白的，街头巷尾都飘着这种五颜六色花朵的馨香。

梅花……远处一丛梅花似乎触动了倚在树干旁的斗十方，那美丽的花儿让他想起一个人来，一旦想起来，就有莫名的愁绪涌上心头。他回头看，王雕和包神星就在不远处，“天府市高新区创业孵化园”的标志格外醒目，斗十方已经记不清楚这是第几站了，他和王雕、包神星扮演司机的角色，载着张光达和沈曼佳，反正从西北跑到西南再一路回来，一走就是十几天。

对外联系？别想了，别说前几天武建利还跟着，根本要不了小动作，就是武建利不在，他们几人也被看得牢牢的，干任何事从不让其中某人落单，手机全部上交，身上证件、钱全部没有。后来斗十方醒悟过来了，张光达把干传销的经验全部用上了，别说斗十方了，哪怕就老杜的侄子傻雕这样的，他都信不过。

这就是骗子的生活，除了自己谁也信不过。斗十方一直觉得张光达在和沈曼佳密谋什么事，可他更惊奇地发现，张光达似乎连沈曼佳都信不过，总是保持着敬而远之的态度。

他往回走着，到了车前，拽着包神星，掏了包神星兜里的烟，叼上一支，然后又摸火，气得包神星不给他了，瞪着眼呵斥："咋，没长嘴啊？不会要啊？"

"跟你客气什么？"斗十方硬掏了他的火机，点上，塞回包神星口袋，冷不丁地端起了包神星的小帅脸，莫名其妙地审视。包神星恶寒似的挣脱了骂着："别打我主意啊，死基佬。"

"站住。"斗十方拽着他，盯着包神星躲闪的目光问着，"你老实交代，那雀斑妞是不是把你上了？"

"什么呀？你胡扯。"包神星不承认了。王雕听这话就凑了上来，直嘲讽着："我说憨炮，你丫口味真重，那女的身上肯定一身麻子，那么丑你都硬得起来？

"哪有啊？就脸上有点雀斑，身上挺白的。"包神星狡辩着。

斗十方和王雕相视一笑，王雕故意问着："那胸呢？太小了。"

"不小，一只手正好摸住。"包神星道，此言一出看斗十方和王雕鬼鬼祟祟的表情，猛然发现失言了，气得他直竖中指骂着，"干不上憋死你俩狗日的。"

"可把我俩憋的，来，说说，我说你可以啊，咋把咱们教练发展成炮友了？"斗十方问。王雕附和着："长本事了啊，不但会骗钱，还懂卖身求荣了，啧啧啧……看这成长得多快。"

"别跑。"斗十方拽着羞不自胜的包神星追问着，"你得说说啊，说起这点来我挺佩服你的，你说她还揍过你，怎么着两个人滚床单了……你老实说，什么时候的事？"

"说清楚啊，不说清楚我告诉飞哥，小心飞哥剁了你的小鸡鸡。"王雕威胁着。

不知是纠缠，还是威胁起作用了，逼得包神星期期艾艾地承认了，就是招聘那天住在快捷酒店里，晚上没事喝了几杯，喝完顺便就把事给办了。

"这也太简单了吧？"斗十方听得不过瘾似的。王雕强调着："细节，细节，细节决定成败啊，我就不信这能跟大保健一样，脱了就开干。"

两个人拽着包神星不撒手的工夫，冷不丁听到了一声呵斥："嗨，干什么呢？又欺负小包。”

张光达和沈曼佳出来，两个人赶紧放开了包神星，王雕坐到了驾驶位置，包神星上了副驾。斗十方开车门迎着两位，笑着做了个鬼脸把这事搪塞过去了。羽绒衣裹得严严实实的沈曼佳只是笑了笑，坐到了车上。那位恭送的经理模样的点头哈腰地把这一行人送走了。

“基本就这样，沈总啊，您还满意不？”张光达客气地问。

“不是满意，是震惊啊，我之前见过的盘子，都是供料很准确，知道姓名、职业、住址、账户余额才对症下药，真想象不到还能这么玩啊，杜先生是个天才啊。”沈曼佳赞道。

张光达笑着附和着：“可不让您说着了，我们之前玩传销那套啊，最早是几千块，后来消耗太大扛不住，涨到四万八，就那1040工程。老杜找到我时啊，我一听这几块几毛的生意，就觉得是扯淡，嗨，他就跟我杠上了，要带我去看个盘，合适我干，不合适，只当陪玩。这一看啊，把我给带上道了。”

“我好像听说过，货到付款？”沈曼佳问。

“嗯，要不是被雷子砸了盘，现在都不会是这个样子，本来金叶就是树个标杆，金叶做起来，那头是几个小厂联合给咱们供货，他们自然而然地就信了，那小商户要是蜂拥进来，可比会员散户要值钱得多……这不被雷子半路砸盘了，不得已，这头的只能另起炉灶。”张光达道。

“所以说是天才啊，破了局还能再组起来，特别是这个设计思路，几乎是现代网商电商的经营思路啊，积少成多，不显山不露水地就把生意做大了……我实在不敢想象，这才几天啊，已经突破二十万用户了。”沈曼佳赞道。

张光达也性起了，笑道：“这个啊，是人骨子里的劣根性在作怪。您是有钱人，理解不到没钱人那种贪小便宜的心态，他就为省几块甚至几毛钱，能在手机上戳一天；没看超市只要萝卜白菜便宜上几毛钱，哎哟，那些个老头老太太能排一天队，买上一麻袋往家里扛……只要他们一算能讨到便宜，其实都不用咱们费劲，那人是噌噌地往里进，就跟一些网购平台一样。”

几人笑着，沈曼佳回头看了斗十方一眼，随口问着：“十方啊，杜先生这个思维，属于传统，还是现代啊？”

“贪小便宜，不分传统和现代，任何时候都适用。”斗十方道。

“对，但能从这里找到机会，而且能做这么大，唯杜先生一人而已。”沈曼佳赞道。

“那是，不服不行啊。”张光达附和道，他拿着饮料，殷勤地递给沈曼佳问，“那沈总啊，您是国际玩家，这回头有生意啊，千万别忘了我。咱别的本事没有，就说你买人头，那真没什么问题，您要多少，我给您招多少……而且甭担心有什么事，一听出国，就乌泱乌泱都来了。”

“好，没问题。”沈曼佳接着饮料，淡淡应了声，答应得有点轻描淡写，不像那么正式，而是提醒着张光达，“这走完了别难为这几位兄弟了，我们呢，找个地方吃饭，商量下接下来的细节。”

“好嘞。”张光达应着，叫着包神星把前置箱里各人的东西拿走，回头查着手机，找了家饭店，开着导航循着路线过来了……

嘀……嘀……长音告警，坐在车里的关跃龙翻查着手机，一看拍下的画面，往后座曾夏眼前一晃道：“看，就是他们。”

司机程一丁也看了一眼，看到驾车的王雕时，终于长舒了一口气：“我的个天哪，终于追上了。”

“通知娜日丽和那一位跟上来，他们和王雕照过面，不要露面。”曾夏在后座出声道，连声音都听得出疲惫来。

那两位是在交通监控中心，一个在监控上看，一个在路上追，此时终于有结果了，而时间已经过去了近两周，再追不着，别说家里，这几位追踪的人都快疯了。

在金川一直找不到人，一帧一帧地查交通监控只查到了大致的去向。曾夏带着这一组花了几天工夫才摸清张光达换了个名注册的公司，守了几天不见人，这才查出入记录，查到了经常出入这里的一辆车。继续查车，没承想那车居然出现在粤港一带。等他们追过去查，那车已经离境了，于是他们追着一座一座城市走，一直跟不上这些人的速度。直到家里醒悟，这似乎是一次巡视，干脆根据大数据在明日商城的用户分布集中的城市找。哟，这个思路终于对了，终于找到了。

不过已经两周过去了，家里现在已经开始准备拉网抓捕方案了，这儿即便有消息，恐怕也未必会比大数据的更准确和翔实。

“曾队，能问句不该问的话吗？”程一丁开口了。

曾夏在后头挪挪浑身酸疼的身子道：“你是想问，家里的指示？”

“对，这家伙前半场表现惊艳，后半场全成惊吓了，我估摸着家里差不多该判断他跟沈曼佳私奔了，不会是要把他带回去吧？”程一丁问。

“如果是呢？”曾夏问。

“那这个恶人让我来当，多少给他留点面子。不管发生了什么事，不是还没查清吗？”程一丁道。

曾夏在后面道：“多虑了，真相出来之前，家里不会放弃任何一位自己的同志，怀疑是正常的，我们都不要添乱，我可以告诉你，家里的指示是，有危险援救，有过错挽救，都是不惜一切代价。”

“那我就放心了……看，是不是前面那辆车？”程一丁问。

此时关跃龙也收到信息了，直道：“咦？追踪的手机有信号了，是零号在滨海使用过的手机号。”

“看来这些团伙的保密措施不比我们差啊，但愿是我们错了啊，否则我们对自己人得先提防。”曾夏道。

这句话听得车上人都暗暗叹息了声，再无赘言。

追踪和定位同步跟上了，失踪两周之久的零号，在一处名为客来悦的不知名饭店前，重新出现了……

“十方啊，我忘了件事……”

沈曼佳在进饭店前突然停下了，要过了车钥匙，把斗十方拉过一边耳语几句，斗十方快步又跑回车上，开着车莫名其妙走了。

那几位大眼瞪小眼，沈曼佳嫣然一笑道：“女人每个月总要有那么几天不舒服，得买点备用的东西啊，你们会好奇是什么东西吗？”

这个自然不会好奇，三人笑了笑，相伴进了饭店。

绝好的接触机会，程一丁立即加速，超车，然后摁喇叭示意。斗十方开的商务车在拐弯处靠边，曾夏快步跑过来，一拉门进去了，追踪的车辆成了断后的车辆，两车一前一后沿街前行着。

“这是干什么？”曾夏纳闷问。

“给沈曼佳买点女人用品，卫生巾、内衣内裤之类的。这娘儿们毛病多。”斗十方道。

曾夏一阵牙疼，道了句：“这关系够近的了啊。长话短说，为什么两周失联？”

“张光达带着我们把大盘的点都走了一遍，两周跑了好几千公里，手机没收了，出入都不落单，晚上睡觉都和沈曼佳在一个房间，不可能有机会，我也急啊。”斗十方道。

“你……和她睡一个房间？”曾夏吓了一跳。

“别误会，套间。武建利离开后，我一直是保镖兼司机角色。”斗十方道。

“你该汇报了。”曾夏道。

“我都觉得不用汇报了，这辆车停留的地方反查一下，基本都是盘点，有IT公司、有网络广告公司，有的根本没公司，所有核心人员都来自张光达早年的传销团队，这帮人拉队伍的本事很厉害，听口风，应该已经超过二十万人了。”斗十方道。

“这个情况家里已经掌握，你失联期间，洗钱一直未停，被监控的账户已经有几百个了，武建利现在已经离开长安，在中州一带组织车手继续作案。”曾夏道。

“不对劲啊。”斗十方突然道。

“什么不对劲？”曾夏问。

“我觉得来得太容易了，杜风头不应该犯这种错误啊，他应该清楚沈曼佳树大招风的危险性更高，让张光达陪她巡视盘点一圈，这岂不是把所有窝点都置于危险之中了？除非……除非是想踢掉几个分钱的，砸盘的时候别说沈曼佳，连张光达一起砸喽。”斗十方道。

“不排除这种可能，现在的追踪并未找到杜其安的藏身地，这个情况家里考虑过了，几个团伙极有可能也在相互博弈，出现大鱼吃小鱼的情况并不意外，很可能武建利这一帮也会被扔出来当替罪羊。”曾夏道。

“那只能走着看了，还有一个情况是，这几个团伙能够联合作案，起关键联系作用的是一个‘逆风’的名字，我搞不清是个团伙，还是个人，但这个逆风应该是首恶，中州货到付款诈骗、洗钱、提供网络技术支持，都与这个逆风有关，张光达和沈曼佳都不知道这个逆风是谁。”斗十方道。

“仍然是一个不确定的消息。”曾夏有点失望道。

斗十方瞟了眼，为难道：“大数据也查不到吗？这个APP的中枢在哪儿，哪儿就是终极标靶。”

“呵呵，主站服务器在国外。很棘手，线上只要一封肯定打草惊蛇，但在线下，我们找到蛇的可能性又微乎其微。”曾夏道。对付骗子，特别是以网络为凶器的骗子，想人赃俱获几乎是不可能的任务。

“那只能同时端这些窝点了，沈曼佳的秘密全部在她的随身电脑里，但密码在她的脑子里，这个人有个特长，记忆力很惊人，手机上用的是二十几位的密码，几乎每天习惯性地换；电脑更不用说了，她的手击键速度我都形容不出来，反正很快……那么多账目都不用想，每次操作像玩游戏一样，那得多好的记忆力啊。”斗十方回忆道，语气里甚至有点羡慕。他敢断定，经侦上的高手拉出来，无非也就这水平。

“这个你不用考虑，只要她不是扛着现钞出境，赃款跑不了……”曾夏不时看着斗十方，他说这些的时候，曾夏感觉他口气似乎怪怪的，似乎斗十方对这个嫌疑人褒大于贬。这对于心思敏锐的老刑警，可能就得看作是一个危险的信号了，他突然冷不防地问：“在滨海，你们最后走的那一晚上，你们住在一起，发生了什么？”

“没什么啊，她喝醉了，我喝多了，我估计她想灌醉我呢。”斗十方道。

“然后呢？”

“后来就回到她的住处了，我真不知道她是怎么安排的这些临时住处，好像到每个地方都是长居一样，不排除暗处可能还有其他同伙接应。”

“不要答非所问，你们在房间里，发生了什么？”

“睡觉啊，还能发生什么？啊……你们不会是以为……”

“不要分你们、我们，我在问你问题，你睡在哪儿？”

“沙发上啊……她睡在大卧室，中间起来吐了两回……你们，不会搜查她的住所了吧？”

“你说呢？”

车嘎的一声刹住了，斗十方把着方向盘思忖了片刻，他的眼睛直视前方，不过明显思路放飞了，半晌反应过来，却是很愤怒的口吻道：“骗子最擅长的就是留后手，她要是留一个后手，那他妈我就惨了……是不是她发现了什么？这段时间对我这么好。可真发现什么，怎么可能反其道跟我走得更近呢？”

他纠结了。曾夏道：“你一失联，知道家里多担心吗？我们一组人这两周什么也没干，就找你了。凌总队长说了，宁愿放弃这个案子，也不能放弃这位同志。”

“别扯好听的，是怕我和沈曼佳私奔吧？你老兄也不想想，我就傻出天际，也不至于和一个部里盯上的重点嫌疑人谈情说爱呀？再说了，我这鸟样我自己都不满意，她那身份能看上我？这不扯淡吗……哎，不对，这娘儿们有事没事在人前老故意撩我一下，都以为看上我了，这是哄着我卖命呢，还是骗着我送死呢？傻雕他们这么想情有可原吧，不能你们也这么想啊？”斗十方怒斥着。

曾夏提醒着：“开车，时间不能耽搁太久。你考虑一下，家里的意思是，这个骗局不能坐观其大，要尽快刹住蔓延势头，所以，现在到考虑你是否撤出的时候了，毕竟她这一路是个洗钱中间环节，主要节点不在她身上。”

“你下命令吧，你说撤，我立马开车消失。你以为我每天胆战心惊过得很舒服啊？家里在听着是吧，我等着。”斗十方把车泊到了超市门前，自顾自下了车，奔进了超市，即便这种情况下，他似乎也没有忘了要给沈曼佳买女性用品。

车里，曾夏看着斗十方急匆匆地进去，他观察四下无人注意，拨着手机回问：“……情况就这样，请示下一步计划。”

手机里回复了一句“稍等”，然后未挂断的手机中传来家里几位的争论，听到邵承华一句很清楚的话是：他在撒谎，送检床单上的皮屑、毛发，其中的一个和他吻合……

听到这儿时，曾夏有点失望地闭上眼，头仰靠着椅背，如果与恶龙搏斗的最后变成恶龙，与骗子较量的最后也成了骗子，那可能是他最不愿意看到的情况了……

千里之行，又回原点

屏幕上，那辆GL8商务车开始回程了，曾夏要求确认命令的声音又重复了一次。

千里之外，决定此车去向的长安经侦总队作战指挥室，凌宏业僵在座位上好一会儿了，听得出零号的情绪不佳，态度很差，提供的信息价值也不大，只有“逆风”这个名字惊得凌总队长眼皮跳了一下，不过旋即失望更大。

搞经侦的现在和网安联系越来越紧密，原因是大部分网络黑手基本都和经济案件有着千丝万缕的联系。网安总局曾出过在逃计算机犯罪人员名单，这份名单未公之于众的原因是，几乎所有的在逃人员，肖像都是空白，这就是在行内很有名的“黑客榜”，而所谓的逆风，全榜排名第四。多起诈骗、非法入侵、盗窃信息等案件都和他有关联，这种神龙首尾都不见的人物，恐怕不是一个经侦总队敢于奢望把他绳之以法的。

邵承华看总队长走神了，提醒了句：“总队长，他快到了。”

“你的意见呢？”凌宏业抬头，不置可否地看着这位下属。

邵承华没客气，直接道：“撤回。用人不疑，疑人不用，既然有怀疑，那不如不用，否则我们还得准备几套预防方案。再者，现在的大数据和云计算已经能锁定大部分节点，只要我们以迅雷不及掩耳之势查封涉案公司，阻断这个APP的网络连接，完全可以把他们连根拔起。”

这似乎没有说动凌总队长，他还是痴痴看着屏幕。一旁的向小园反对道：“现在贸然撤回，同时惊动沈曼佳和张光达，也就等于惊动了全部的人，这个后果你负责啊？”

“其实我们现在完全可以全部滞留这四个人，沈曼佳的随身电脑里，应该存着她的转账记录。”邵承华道，以经侦的思维，只有在这种猝不及防的时候动手才会收获最大。

向小园又一次摇头：“她进过两次监狱，曾经抓她的警察可能也是你这么想的，不过似乎没有成功。作为一名连接境内外电诈庄家的中介，能混到现在肯定有过人之处，零号刚才说的就是一种，记忆力超群。我们经侦大比武时，有人能够准确记忆一百个以上的账户和密码，我想她也差不了，如果账户和密码在她的脑子里，而不在电脑里呢？”

这是事实，邵承华一拍额头，为难了，喃喃道：“但现在零号的特殊情况，可能对整个行动带来不确定的变数。”

“是啊，对我们是变数，对敌方，也是。”向小园道。

两个人针锋相对，没有任何谦让，远距离拍摄已经能看到饭店时，两个人的眼光看向了凌宏业，等着总队长做最后的决定。

“待命，3号方案，拉开监视距离。”

总队长下令了，听到了曾夏的回应，他关了麦，表情凝重地看向向小园和邵承华，很严肃地说：“不管你们是支持还是反对，我都理解。刚刚我在想，我们所谓的侦查、部署、追踪，所有反诈骗要做的工作，其实也是一种欺骗。相对于诈骗嫌疑人，我们也是‘骗子’，这场较量，比的是谁更高明，我们可能不占优势，可能拙劣一点，可能输了这场较量，但我们不能输掉信任。他是基于对我们的信任才亲身涉险，也是这份信任带着整个专案组走到了今天。我觉得扛着挨打也不愿骗钱的，临走的要求只是想穿上警服安慰下父亲的人，是可以把后背交付的同志，而不可能是在背后开枪的敌人……不管发生了什么，我选择相信他。”

这是一位老警察的识人眼光，他的眼神依然犀利，却带着某种柔和的光芒，他的表情依然肃穆，却让人觉得是和蔼的样子。

或者这就是警察，总是那么矛盾，不管是心里，还是外表……向小园心里如是想着。她对着凌宏业羞赧笑笑，像致谢，也像致敬……

“服务员，打包。”

张光达招着手，示意着服务员把几个未吃尽的剩菜包起来。这抠相连包神星都看不下去，直龇牙。沈曼佳掩着嘴笑了笑，起身。斗十方早一步拿起了外套。她穿戴着和张光达说：“那就这么说定了，你们开着车回，我和十方去滨海一趟，保持联系，如果见到杜先生，一定转达我的感谢。”

“客气啥呀，都自己人……哎，对了，您要乘航班？”张光达纳闷了句。

航班、高铁……包括所有监控覆盖、可能留下电子记录的出行方式都是本行大忌。沈曼佳笑笑道：“谢谢关心，我的案底在国外，这里不受限制。”

“那我就放心了，不过小心没大错……十方，照顾好沈总啊。”张光达又是一番客气，不过这家伙光是嘴上抹蜜，账都是斗十方结的。那俩跟班知道斗十方大方的性子，都趁机多装了几包烟占了点便宜。然后这一行人高高兴兴地驾车走了。

这头一分手，沈曼佳随即招手上了出租车，上车坐定后斗十方尚未发话，就听到她道：“机场。”

司机依言而走，斗十方几次偷瞄，沈曼佳在后座一手玩电脑，一手按手机，很专心致志。等到了机场下了车，她快步前行着，在航站楼里走得飞快，斗十方带着行李快步跟着。不料三转两转，他们又从航站楼的到达口出来了，再上一辆网约车，这次都不用说地方了，那导航提醒着，距目的地14公里，目的地是：火车站。

斗十方已经习惯了不多问，一路无话直趋车站。两个人汇进了人头攒动的候车大厅。斗十方对这种地方可是熟悉得紧，很快给沈曼佳找了个座位坐下，行李又占了个座位，然后起身在车站里来回找着，过了一会儿，端着一杯热水出现在沈曼佳的面前。沈曼佳正专心看着手机，被这个暖心的小动作给触动了似的，美目眨了好一会儿，才笑吟吟地坦然接下，不过嘴上却说了句：“我在国外生活的时间长，喝惯冷饮，反而不太习惯喝热水了……不过还是谢谢你啊。”

“生理期，还是多喝点热水。”斗十方把行李小心翼翼放在脚下，笑着道。

“这么会关心人啊，我都快被你感动了。”沈曼佳道。不知道是真的假的，不过在她脸上浮现的是欣慰的笑意，丝毫不见平素的高傲和贵气。

斗十方变戏法似的手一翻，两盒酸奶，笑道：“可以自由选择。”

“那我听你的，还是喝热水吧。”沈曼佳笑道，呷了口，喝的时候，眼睛亮晶晶地盯着斗十方收起酸奶的动作。等斗十方直起身来，她的眼光也未躲闪，就那么喜出望外地看着，看得斗十方莫名其妙，紧张地审视一下自己，愕然问着：“怎么了，沈姐？”

沈曼佳突然问：“我能相信你吗？”

“不能。”斗十方摇头道。

“原因呢？”沈曼佳并不意外。

“不是您教的吗？只有相信自己，或者相信自己的判断。”斗十方委婉地回答了句。

“那你替我判断一下，我相信你吗？”沈曼佳换了一种说法，像故意给斗十方出难题一样。

“不相信。”斗十方给出一个答案。这让沈曼佳微怔，然后笑了，说：“我以为你会给出一个相反的答案。”

“连一杯热水都惊讶，您是内心孤独的人，除了自己，不可能再容纳下别人。”斗十方道。

这一句似乎触动沈曼佳了。她感慨了声，审视着斗十方道：“我真无法相信，车手里居然有你这样有见识的人。”

“我父亲是个江湖骗子，他一辈子悟出了自己没有登峰造极的原因是，没文化，所以就想倾力把他的下一代打造成文化人。有时候往往是事与愿违的，他越不想下一代重复他的路，他的下一代呀，还就偏偏走上了他的老路。”斗十方带着尴尬的表情叙述着，这种基于真实的谎言在他身上毫无破绽。

沈曼佳轻呷着纸杯里的水，表情像被热意融化一般说着：“我可能不该和你走这么近，再过一段时间，恐怕我的心会被你骗走了。”

“不会的，我爸说，骗子和演员一样，一辈子要扮演很多很多角色，唯一缺的那个角色叫自己。”斗十方笑着安慰道，“我们可能扮演的都不是自己，只是一个角色在特定的情境里有了那么点感动，很快就会忘记的。”

“如果把这个情境给出个限定的话，我希望是永远。”沈曼佳像疲惫似的，轻轻地靠着斗十方的肩膀，看着车站里那些耄耋老人，那些甜蜜恋人，那些忙忙碌碌、熙熙攘攘的人，仿佛羡慕似的，想成为他们中的一分子。

“我也希望是，但现实和希望是一对仇家，不共戴天啊……您说的那句话很好，是虚荣、嫉妒，甚至仇恨在支撑着一个底层人的成长，我成长到现在，就没见过希望长什么样。”斗十方努力想化解此时的尴尬，毕竟被这样一位美女靠着，总免不了心猿意马。

只可惜适得其反了，沈曼佳靠得更紧了些，像享受着这片刻的温馨，她喃喃道：“我可能见到希望了，但它长得不是我想象的样子，会很可怕，会让你在半夜里梦中惊醒，会让你惶惶不可终日……可等你醒了，却又放不下它。”

“你说的是噩梦吧？”斗十方道。

“对于大多数人，活着还不就是一场噩梦？”沈曼佳道。斗十方觉得她情绪错乱，侧头看时，才发现沈曼佳靠着他，一直就在直勾勾地看着他，那眼眸如水，那肌肤吹弹可破，那白齿红唇微微翕合着，像一个吻戏的前奏。他下意识地、不由自主地清了清发干的喉咙。这时候，沈曼佳却像惊醒一样放开了他，受惊似的坐正了。

一股很负面的情绪袭来，让斗十方如此清晰地感觉到那就是怅然若失。

“呵呵，偶尔也会有美梦，看似触手可得，实则遥不可及。”他讪笑着，给自己的失态掩饰了一下。

沈曼佳把纸杯子递回给他，他接住的时候，她的手轻轻握着他，那种楚楚可怜的眼神让斗十方的心忍不住蓦地抖上几下，就听她以更低的声音道：“既然美梦易醒，那我们就回到现实中，老实告诉我，你是不是怀疑我对你别有用意？”

“是。”斗十方直接道。在这种人面前，掩饰没有意义。

“喏，这就是我喜欢你的地方，从不撒谎。我确实对你别有用意，否则像你这样的烂街仔遍地都是，给我提鞋都不配。”沈曼佳脸上蓦地冷若冰霜，刚才的温存如玉仿佛真的是在梦中，仿佛这一刻才是她醒来的样子。

斗十方并不意外，淡淡道："我并没有追着给您提鞋，您不必打击我，即便没有被您赏识的荣幸，我也活得很好，我的出身您应该都知道的。"

"活得这么悲惨还没丢完气节，应该得到命运垂青，能让费才立头疼，能让杜先生对你另眼相看，能在大武手下逃走，我想你的能力应该是在情急之下才会被逼出来的那种。"沈曼佳道。

"这个我也不知道。"斗十方道。

"那就去测试一下，说不定会有惊喜，帮我办件事。"沈曼佳直接道。

"您说。"斗十方道。

"找到杜先生。有什么需要和大武联系，找到时就通知大武。"沈曼佳道。

一丝不祥的预兆泛起，斗十方皱着眉头道："这个很容易啊，我帮您联系牛老板，杜先生应该会给您面子啊。"

"呵呵，我说的不是正常联系，而是像大武找你们一样，神不知鬼不觉地找到，牛金并不知道杜先生的下落，一个惯于幕后操纵的人，可能除了他自己，不会相信别人。"沈曼佳道。

"这样啊，那这就有点难了啊。"斗十方挠挠脑袋，怔住了，没想到自己又被委以重任了。

"仔细听我得到的信息，第一，杜先生身上有病，具体什么病我不太清楚，但有点严重。这是朱丰告诉我的，绝对可靠。第二，早年他们犯过一件什么案子，早早就脱离了原籍，这些年深居简出隐藏行迹，但狐狸不可能不露一点尾巴，他周围的人，总有某个人可能知道他的去处。顺便提一句，朱丰有几个假身份就落户在长安。第三，长安大武抓车手那晚上，他出现只用了不到半个小时……这些够吗？"沈曼佳盯着斗十方，叙述成了询问。

斗十方点点头。沈曼佳笑了，征询着问道："看来对你并不难。"

"不算难，但我不知道这是要干什么。"斗十方道。

"你说呢？"沈曼佳问。

"螳螂捕蝉黄雀在后。但杜先生于你有恩啊？"斗十方道。

"呵呵，你真以为他会那么好心给我碗饭吗？错，如果完美收官我可能会拿到一份，如果出了岔子砸盘，我就是最先被盯上的替罪羊……而且，你猜得差点意思，他应该是螳螂，蝉也不是你想的那样。你难道没想过，出身江湖的大部分都文化水平够呛，像黄飞那样的，你说他比黄飞还老，这样一位应该在家抱孙子的中老年人，互联网+玩得这么溜，真是天生的？”沈曼佳道，看斗十方迷茫着，她点醒了他，“逆风，逆风是他的合伙人，只有这一个解释，如果这个局是个聚宝盆，那逆风手里，会是座宝库。”

斗十方听得眼睛睁圆了，眼珠子凸出来了。这娘儿们想得比经侦总队都大，是直接想通过杜其安朝黑产下手。一个知名黑客，这些年手里积累下的财富，还有偷抢拐骗来的数据库，天知道会有多大价值。

“看来你动心了。”沈曼佳很满意地笑笑。她掏出包，从挎包里拿出一个精致的男人手包递到了斗十方手里。斗十方拉开看时，是现钞，身份证，不止一张，在沈曼佳的提醒下，侧面拉链拉开，里面还有数张手机卡。他看着沈曼佳，好奇地问道：“我能得到什么？”

“这个就俗了点，无非是钱，很多，可能多到你不敢想象，可能多到你做梦都会笑出声来。当然，假如你和我能笑到最后的话。”沈曼佳说着，她的表情似乎有一种不容拒绝的说服力，让你生不出哪怕一点怀疑。

斗十方慢慢拉上了拉链，夹在腋下。沈曼佳微微笑了，似乎故意一样问了他一句：“这么容易就相信我了？我可是个女骗子。”

“彼此彼此，我也是个骗子，你如果欺骗我……”

“你不至于会伤心吧？”

“当然不，我会骗回来。”

“好啊，看来你是答应了？”

“嗯，答应。你也答应我，将来万一被我骗了，不许伤心哦。”

沈曼佳表情一愣，旋即哧一声喷笑了，那会心的样子说不出有多赏心悦目。她点点头，拿着手机一扫，屏亮了，屏上显示着订票信息，姓名：王方；起终站点：天府至长安；发车时间：半小时以后。

“你该走了，身份证就在包里，取票、排队、检票需要很长时间，再晚就来不及了。”她催着，送行并没有依依惜别。

“这个留给你…… 你应该有神经衰弱，晚上老休息不好，它会有用的，自己保重。”斗十方说着，起身，竟然毫无留恋地快步奔向了取票处。

沈曼佳怔在座位上，眼睛傻傻地看着他的背影，手里机械地拿着几瓶谷维素和维生素B_1。她心里有点郁结，封闭的自我总是害怕被别人窥见秘密，可真的有人窥到了，她却奇怪地一点也不生气，反而心里有一种怪怪的感觉，就像那杯淡而无味的热水，直到现在还让她心里暖暖的。

过了不久，她离开了，汇进了熙熙攘攘的旅客群里，那个座位很快换人了。

追到火车站的外勤在监控里一帧一帧地盯着这个女骗子的去向，可惜很快就追丢了。她没有上车，而是在站外乘了一辆非法运营的私家车，巧妙地跳出了所有人的视线……

真真假假，心心念念

钟鼓楼上咚咚的撞钟声悠长而沧桑，不管你身处哪个角落，它总会带着沾染羊肉泡馍味道的空气钻进去，就像刻意提醒你身在异乡一样，心情要么会是下车伊始的兴奋，要么就会是思念家乡的惆怅。

对于斗十方来说可能是后者，他落寞地坐在椅子上，两眼无神，像苦思着什么，又像丢了什么，反正回到长安有点不太正常。

对，丢了魂，向小园如是想着。她坐在斗十方的对面，此时身处的是一家普通酒店，谁也没想到斗十方昨晚就那么糊里糊涂地被打发回来了。向小园又一次起身，掀着帘子朝楼下看看，没有发现什么，她拉展了帘子，又安静地坐了下来。

房间里一位面色晦暗、一直不停抽烟的男子，半晌没有再听到斗十方说话。他摁了录音停止键，慢吞吞问着：“就这些？”

“就这些。”斗十方道。所有的过程都重新叙述了一遍，这是第三遍了，此时已经是翌日黄昏，不同的人来问过他三遍了。

“你正确看待，对于归队的同志都有这个例行程序，现在都不算归队。我有几个细节问你，不介意吧？”那位男子道。

这是保密处的，传说中那种专对自己人下手的，下手从来都不客气，他又点燃了一支烟直接道：“你心里是不是喜欢这名女嫌疑人？我指男女之间的那种喜欢。”

向小园呃地噎了下。斗十方笑了笑道：“这和本案有直接关联吗？”

“和本案不一定有关联，但和你本人有关联，情绪的不同可能让你做出误判，可能在叙述里有某种倾向，你自己可能都感觉不到，这是我们需要综合考虑的问题。”那位保密处来的人道。

斗十方点点头，认可道：“喜欢。”

向小园一怔。保密处的人手一抖，烟灰轻轻掉了一点，沉默片刻，他继续问着：“第二个问题，在失联的两周里，你完全可能找到机会和家里联络，为什么没有任何行动？不至于手机被没收就能难得住你吧？”

“我不想联络。”斗十方又给了个石破天惊的答案，雷得向小园直咳嗽提醒，生怕他的小性子惹恼了这位。

“能给我一个合理的理由吗？”那位很客气地道。

“我的四个同伴，一个贼，一个小骗子，一个传销分子，还有一个女骗子，但凡被谁发现不对劲，都可能前功尽弃。即便不被发现，我其实也不想联络，本案到现在已经没有多大悬念了，长安的策划人员差不多都进视线了，那些从众的基本都没有什么价值。我想静静地观察一下这位传说中的女骗子，我想知道她是怎么想的，她的心里是什么样子……只有理解、了解，才有可能和她的思维同步，或者，超出一步。”斗十方道。

这句心声让向小园怔了下，不料却让这位来人嗤笑了一声，他笑得连下面要问的话都忘了。

“你想知道骗子有多厉害吗？”斗十方忽然问。

“很厉害吗？”那位来人好奇了。

“你判断一下。比如从我第一眼看到你，就发现你很多事，最早不是警察专业，一定是半路入行的。你有四十多岁了吧？单位里不招人待见，提拔也轮不到，所以工作一直郁郁不得志。生活呢，可能比较悲催，有点惧内，你在家里不掌握经济大权。有个女儿……不对，儿子，儿子很叛逆，让你操碎了心吧？我说得对吗？”斗十方悠悠说着，眼睛睥睨着，仿佛审嫌疑人一样的眼光。

形势一下反转了，那个保密处来的人瞪着眼，翕合着嘴，手里的烟忘了抽，诧异地看着斗十方，这号人可能是他平生仅见。

“看来猜对了，她的能力可不止我这么点，我读的是人，她可能读的是心啊。”斗十方凛然道，到如今还是一种如梦如幻的感觉，连他自己都有点摸不清头脑。

那位来人整理着思路再要说话时，斗十方蓦地一伸手指，喊停了，指指他的右手。那位手一抬，长长的一截烟灰掉在裤子上。他尴尬地掐在烟灰缸里，再抬头时，斗十方说着：“你的思路已经被扰乱了，我们是同行，就不要给彼此难堪了，真要违法犯罪了，等那些人落网了我也包不住，您说呢？”

那位想想，看了斗十方和向小园一眼，有点无奈又带点愤意地起身，离开了，走时不轻不重地闭上了门。人一走，向小园无语道：“有必要这么咄咄逼人吗？”

“没事，他又不好意思往外说。”斗十方道。

向小园做了个威胁的表情，想端起领导的架子却一下子又笑了，好奇地问着：“本事见长啊？怎么连惧内都看得出来？”

“啧，好歹保密处的，抽八块钱的烟，工资又不低，不是惧内是什么？不要太好奇，其实很好猜，查自己人这种事，肯定是找单位里谁也不待见的人干。至于半路入行嘛，他的走路姿势不对，有点外八字，这类除非是文职或者半路入调，正常的招警，会被刷下来……我也就是猜猜。”斗十方思忖道，似乎这一趟对他影响很深，就像经历了一次特殊的环境历练，都不知不觉地能看到很多曾经忽视的东西了。

向小园正在问，敲门声响了，应声而入的几位带着几分惊喜围了上来，娜日丽、程一丁、钱加多，有人摸脑袋，有人拽耳朵。钱加多情绪最强烈，直接捧着斗十方的脸吧唧亲了一口。斗十方愕然擦着脸问：“以前我怎么没发现，你爱我居然这么深？”

“可不，终于快结束了，你也全乎着回来了，我是高兴，终于要回家了。”钱加多兴奋道。

这一听斗十方惊得跳了起来，朝着向小园问道：“结束？什么时候？”

“七十二个小时之内，下一个洗钱峰值来临之前，各地的警力已经开始部署了，不管能不能找到黑产所在，这个虚拟传销的骗局必须终止。”向小园道，看了看表，又给出更准确的时间，“已经过去了二十个小时。”

每当艰难的追查到了抓捕阶段，警察都是兴奋之情溢于言表。而斗十方听到这个消息的反应截然相反，他没有哪怕一点兴奋，表情反而呆滞得像白痴，连钱加多都不如了……

省厅多功能会议室，凌宏业摁亮遥控灯光时，一袭白色警监服的厅长目光还停留在屏幕上久久未离开。那上面正播放着从各地采集回的视频资料，和以往乱哄哄的传销的场景不同，多数是光鲜亮丽，环境也不再是脏乱差，而是充满现代感和科技感的办公环境。唯一没变的是，这个环境里有许多和罪案信息库匹配的嫌疑人，不过是曾经的传销分子，摇身一变重新登场而已。

他坐正时，心绪难平地舒了一口气，看着在座的凌宏业、邵承华，中州方的谢经纬、俞骏。半年前贯彻省厅“7·15”反诈骗专项工作会议精神，其时对于具体的诈骗舆情尚摸不着边际，可能连他也没有想到，就在省城长安，就在眼皮子底下，还有着这样一个可能操纵着其他省份的诈骗中枢存在。

“这个计划，是个断臂止毒的计划啊。”

老厅长拿起了纸质文件，语气里和眼神里俱是惋惜，可能再多点时间，可能再多点侦查，收网战果会远远多于现在。他用目光征询着凌宏业，像是在问是否有可能把战果扩得再大一点，把骗子挖得再深一点。

凌宏业汇报道：“裂变的速度太惊人，我们本来也想等等，可放水养鱼的思路对于这些人不适用。我们计算过，如果第一层级有十个人，每个人影响也按十人计，那这种倍增方式到第四层就要突破一万人，而本案张光达团伙，核心做这个的有三百人，加上他们已经有非法资金的支持，现在发展的入会人员，我们粗略估算都有二十万人以上。在第一波返还之后，恐怕第二波就汹涌而来了，到那时候，局面恐怕更难控制。”

“这骗子们，可真是千变万化呀，从几千几万骗回了几十几百，生意不小反大了，这些人好抓，策划和组织层面这些人，有把握吗？”厅长问，刻意指出了几个，“比如像郑远东这样的，好歹还是个民营企业家，如果证据不确凿，那将来处于被动的就是我们了。”

“他那个房地产项目就是专门洗钱的，项目的门面房四年租出去过六回，手续全部完备，但都没人入驻，光违约金和房租订金他赚了几百万，到现在，房都没装修过。还有，该项目里有四十多套房被卖过两回，都是公司持有，可持有的公司用不了多久就倒闭，然后清算抵偿，又回到他手里……账目做得很巧妙，里面肯定有暗箱交易。”邵承华解释了句，这种高智商人员，恐怕你不接触核心的账目，不可能查到实质性的证据。

“还只是嫌疑啊。”厅长抿抿嘴，额头的皱纹更深了。

凌宏业道：“他是蜻蜓KTV的大股东，牛金通过现金方式消化赃款，现在也有大几百万了，这件事他们肯定自以为做得天衣无缝。不过前期有我们的侦查员在里面，后期这拨境外人员也被我们盯着，只要武建利落网，赖是赖不掉的。这些钱肯定不是牛金独吞，一定是输送到了郑远东的生意里通过某种方式洗白。”

那这就是一个破局的点，只要抓到车手以及车手里这个送钱的，就能关联到牛金；只要拿下牛金，那就可以关联到黄飞、郑远东以及张光达。大部分的窝案就是如此，只要突破一个或者几个关键嫌疑人，那剩下的就是狗咬狗了，他们互相咬出来的事，可比警察能审出来的事要狠得多。

厅长斟酌着，突然问了一句：“更深的呢？从货到付款到虚拟传销，单凭制作精良的网页和APP就看得出，一定会有精通网络技术的嫌疑人参与，而且你们也分析得出，肯定和地下黑产有关联，这些人才是心腹之患啊。”

“这个细节现在我们可以加进来。”谢经纬道，他正正身子，“零号的回归恰巧为我们带来了最新的消息。据他汇报，沈曼佳试图通过他寻找匿身的杜其安，这个女骗子提供了杜其安不少信息，身患疾病，负案，很可能就落户在长安一带，而且最关键的是，他的背后是逆风……我们综合考虑了一下，可信度还是很高的，以杜其安的文化水平操纵骗局可以，但做到网络推广还差了点。货到付款一案中，发现大量的用户信息泄露也佐证了这一点，这个人很可能直接关联着逆风，而逆风，应该就是地下黑产的领头人物。”

“补上这一块，那这个案子就有点看头了，但是……你们这位零号，我怎么觉得回来得怪怪的？”厅长犹豫地说了句。

“不是正常回来的，而是被沈曼佳派回来对付杜其安的，这个骗局是几个团伙组团作案，其实他们之间并不是铁板一块，比如，张光达是传销团伙，是被杜其安招募来的；牛金、黄飞又是长安的涉黑涉恶前科人物，八成是跟上分一杯羹；郑远东呢，看这样子八成是个输出黑金，并通过非法方式敛财的不法商人，他们之间也各怀心思，再加上后来入伙的沈曼佳，估计也没安什么好心，不排除她趁乱放火，而后再险中取利的可能……即便骗局里这大几千万不够她动心，那逆风掌握的黑产，足够其中任何一个人铤而走险了。”凌宏业道。

警察倒不是对黑产动心，而是对形势的迅速恶化揪心，邵承华适时补充着：“现在采取行动可能为时稍早，但据大数据和云计算给出的信息，我们不敢再等了，昨天我们能够监控到的账户流动资金已经超过两个亿，很多参与人员聚集的地方很让人痛心啊，这个骗局主要是针对低收入阶层的，比如家庭主妇、打工群体、三四线以外的城镇人员。更可恶的是，已经扩散到在校学生群体了，每人几百或者一两千貌似不起眼，但对他们拮据的生活无异于雪上加霜，而且他们可能报警都无法立案追回……这个情节啊，相当恶劣，如果再扩散下去，后果不堪设想。”

“中州方面，谢副厅、俞主任，你们的意见呢？”厅长问。

“我们同意。”俞骏道，看着领导。谢经纬点点头道：“同意，再养一段时间可能会找到更多线索，不过就得以更多的群众受骗、更大的损失为代价了，货到付款一案和这个极其相似，在线索藤缠麻绕、尾大不掉时，任何坐等都可能引发更恶劣的后果，那只有一种办法：快刀斩乱麻。”

“你们要充分考虑好，行动一旦打响，我们可能要面对媒体的诘难，也可能要面对群众的不理解、不配合，甚至舆论会把矛头转向我们。我们别无选择，在群众利益面前，在大局稳定面前，一个小团体或者一个人的荣辱，都算不上什么。”

厅长拧开老式的钢笔帽子，唰唰唰签上了自己的名字递过去，像咬着牙根在说话：“但，这把刀我还是给你们，我希望你们把伸向群众的这些黑手，斩得越干净越好，砍得越彻底越好，哪怕有一条漏网之鱼，也要穷追猛打，直到全部归案。”

“是！”

一锤定音了，领命的数人，齐齐起立，敬礼。

“怎么了，怎么了？”

从楼外盯守回来的邹喜男兴冲冲地刚上楼，就被娜日丽拽回了房间。娜日丽做了个噤声的动作，邹喜男看时怔了下，中州小组都聚在这儿了，独缺斗十方，他好奇地问着：“十方呢？都这么久没见了，我见见他呀。”

“哪壶不开提哪壶，坐下。”娜日丽摁着他坐到床上。

邹喜男是最后来的，他看看窗边踱步的向组长，看看坐在床上发呆的程一丁，还有平时碎嘴的钱加多，他们都是一种怪怪的表情，他憋不住了，直接问：“这怎么了嘛？人好好地回来了，多喜庆的事，搞得跟光荣了一样。”

“闭上你的臭嘴。”程一丁骂道。

“这……向组，到底怎么啦？”邹喜男看情形不对，没敢吵起来。

向小园想回答，抬眼却发现自己根本回答不了，又低头在想了。钱加多倒回答了，他落寞地说道：“人倒回来了，心跟着女骗子走了，搁那边摔东西呢，还把我们都赶出来了。”

“啊？！难道他和女骗子真的发生了一段不伦之恋？”邹喜男惊愕了。

向小园气得抬头要呵斥，娜日丽却道：“不是那样，他想回指挥中心看案情……不过，专案组的命令是他暂时不准离开酒店，以防对方跟他联系。说不定还有眼线盯着，这不都得防着，他就犯浑了。”

“那不明显还是不相信他吗？把咱们的人都排除在外了，就盯一个人，还是咱们自己人。”钱加多道。

程一丁老成，安慰道：“不是那样，俞主任和谢副厅不都参案了吗？这是暂时的，毕竟现在情况还不明了。”

“哟，那你理解，你为啥还一直是苦瓜脸呢？”钱加多低头瞄瞄他，戳出漏洞来了。程一丁憨憨一笑，道：“胡说，我笑得这么甜，苦吗？”

“等等，多多你别扯，到底发生了什么？你们都觉得心凉，那他费了这么大劲，那心不得凉到结冰啦？这种情况咱们应该安慰一下他啊。”邹喜男道。

一语惊醒梦中人，向小园说：“对，大邹说得对，我去。”

言罢，她毫不犹豫，径直出了门，敲响了隔壁的房间门。没应声，她直接刷卡开了门，进门却看到了让她讶异的一幕：斗十方像没事人一样，正一张一张摆着扑克牌，心无旁骛的那种，连向小园进来都没有回一下头。

确实有点不正常，失魂落魄得越看越像失恋。向小园轻轻踱了进来……

进退两难，心勇似怯

牌摆成了数列，似乎是数字相加可以翻牌，可按花色从A开始往下取牌，取开后就可以翻开下一张底牌。向小园看着，这一局渐近死局时，她有点看明白了，是按数字、花色，从小到大分类，按次序下牌，和电脑里翻扑克的游戏类似。

“这是什么玩法？”向小园问。

“看守所和监狱里的玩法，排遣无聊的方式。”斗十方思忖着，头也不回地道，“以你的心算能力，已经看出死局了。”

“对，这是随机摆牌，组合随机，并不是所有的摆牌方式都取得开，比如，如果四个A都顶头，下面的这些牌，你一张都移不走。”向小园道，这是个弱智游戏，确实是纯属无聊才玩的。

说得斗十方悻悻然收了起来，无聊地洗着牌，头靠着墙，两眼若有所思地看着前方。男人最没出息的样子有两种，一种是想钱，很下作；一种是想女人，很下贱。斗十方此时似乎就是其中之一。向小园躬身瞅瞅，鼻子里重重哼了一声，坐到了他对面的床上，踢了斗十方一脚道：“起来，瞧你那没出息的样子。”

“不要打扰我，我心里有点乱。”斗十方道。

“化装侦查任务，归队接受审查这是正常的组织程序，你要正确对待。”向小园道。

“嗯。”斗十方道。

“干这行心里憋屈点很正常，你就是个盖世英雄，立下了不世奇功，在新闻媒体表述时，也只能以‘警方’或者‘侦查员’代替，我们行里只有集体主义，而没有个人主义。”向小园道。

“嗯。”斗十方又应了一声。

“现在情况不是完全明了，根据你提供的信息正在彻查户籍，从年龄相仿的迁居人口里找出杜其安，而且又做得尽量保密，不是件容易的事。武建利、黄飞那伙人都还在，说不定还会和你联系，说不定怀疑你，会派个眼线盯着，这些都是要考虑到的细节。而这个时候，你回总队看案情进展，你觉得合适吗？”向小园道。

“嗯。”斗十方道。

“嗯？”向小园愣了，放大声音问着，“你到底听见了没有？”

“对呀，不合适啊，我何必回总队？那儿等于一个上帝视角，可以直观地看案情进展，即便看到也是警察应该看到的，他们会怎么看细节呢？”斗十方自言自语道。

“你指谁？沈曼佳吗？”向小园问，莫名地有点怒意。

“对，聪明、勤奋、漂亮、温柔……而且那么亲和，关键时候还有胆色，孤身一个女人赴宴，很不简单啊。”斗十方喃喃道。

“你在说案情，还是感情呀？她对你说什么了，这么念念不忘。”向小园哭笑不得地道。能让精似鬼的斗十方这么失魂落魄，那女人肯定不一般。

“是虚荣、嫉妒，甚至仇恨在支撑着一个底层人的成长。都是负面的东西，却包裹着一个绝美的外表……如果她没有看穿我，为什么要离开我？如果她看穿了我，又为什么让我离开呢？”斗十方自问着，他隐隐触摸到了什么，可思维被阻滞着，隔着时空无法通畅。

向小园越听越迷糊了，她低下头，仔细观摩着斗十方的样子，犹豫着问："什么看穿不看穿？她不可能看穿你的身份吧？"

"如果她没看穿，那就不应该让我走，最起码不应该那么突然，在车站毫无征兆地就给我安排好路线了。她一个单身女人，有我这么个挡箭牌总比没有强吧？何况我已经使出吃奶的劲表现了。但如果看穿了，更不应该让我走，我一走，岂不是要把这个骗局的秘密全部捅出来？"斗十方道。

斗十方说的是案情，不过让向小园更纳闷了，她愕然问着："怎么可能看穿？除非有内鬼，但即便有内鬼也应该是牛金、郑远东这类坐地虎的人，她可是彻头彻尾的海归。"

"是啊，所以问题就在这儿，在车站里我都有错觉，以为感动到她了，她靠着我的肩膀，那么温柔地说话，我感觉得出来，应该不是假的……可转眼间，她又变脸了，天哪，怪不得说女人是天生的骗子，这种状态真让我琢磨不透。"斗十方疑惑道。

听者有心了，向小园侧头剜着他问："女人是天生的骗子，这个论断成立的条件是，男人在美女面前多数表现得像个傻子。"

"我没有指你，你不要有个人情绪。"斗十方道。

"你这还算没有个人情绪？"向小园反问。

"我没有，是你们有，所以我要把你们全撵出去。你们在意的，只是我和她之间是否有了感情，是否影响到了案情，但你们想过另一种情况没有？"斗十方问。

"什么？"向小园不解。

"如果感情也是案情的一部分呢？别奇怪，这个在骗术里很正常，色骗、脱骗、仙人跳都是此类，用异性之间那种若有若无的撩拨、挑逗、调情，把你不知不觉地勾引进套，那太容易了……但这么做的前提是，她总得先看穿我，知道我的身份啊……又说不通了，假如她知道我的身份，那应该让我死得很惨才对啊，怎么可能给了我一包钱打发我回来呢？"斗十方想着就进死胡同了，绕了无数次，依然绕不出来。

"如果这样说，会不会前面挖个陷阱等你跳？"向小园顺着思路想。

"不像啊，假如知道我是警察，一回来就等于全盘曝光，她要面对的就是整个国家机器了，再大的天坑也埋不下这个团队啊？"斗十方道，他犹豫着，又道，“而且不合理的地方太多，在各地大窝点走了一趟，这不遮不掩的，岂不是欲盖弥彰吗？朱丰的案子还没了，她不可能不知道自己在嫌疑人行列，更不可能不清楚现在天眼的威力，那她走过的地方，岂不是给警察来了个自报家门……也不对，报了报张光达的家门。”

“你到底什么意思啊？”向小园听迷糊了。

斗十方此时眼又红了，戳着自己的鼻尖道：“好像我不是内线，她才是内线一样，你数数，她爆给总队的，比我带回来的还多，连杜其安的消息都是她给的。”

啊？！向小园难得地扶前额，一想似乎还真是如此，最早爆出了费才立、黄飞和王雕，之后捅了一刀惊出了郑远东、杜其安，再后来爆出来了张光达一路，直到现在，总队查杜其安的身份和藏身地点，也是基于她的信息。

“对呀！她好像才是我们最大的内线依赖。”向小园脱口而出，可这个结果离真相就相去十万八千里了。她看着斗十方，有点啼笑皆非了。

斗十方手一摊，无语了：“那么，你现在知道为什么把我绕死了。因为我无论怎么想都想不通，除非用巧合解释所有的事。”

巧合……那只是嫌疑的前奏，警察的字典里，这个词很值得玩味，很多时候是指无法给出证据的嫌疑而已。

但这件事，似乎还只能用巧合的本义，向小园思忖道：“我们来时其实长安警方已经锁定费才立了，他们的约见被惊散还是因为你的事，这确实是一个巧合；之后她刻意去捅车手窝点，那应该是几个团伙之间的纠纷，不能算巧合，因为这些人一直就在我们的监控中。”

“那最后一次呢？她完全可以派武建利或者我去，完全可以自己去，或者更简单一点，视频了解一下即可。她连招募出境的人员都那么小心，怎么可能大摇大摆地让我陪着去逛了所有大小窝点一圈，而且和张光达这个老传销分子保持这么近的距离。这类人现在只要出现在公共监控中，地方的警察可就紧张了。”斗十方道。

向小园皱着眉头，狐疑反问：“那你的意思是，这一切都是刻意布置的？”

“是啊，我怀疑是这样，做局的高手可以把任何事和人作为他的棋子，比如杜其安，那些流氓地痞、那些微商、那些银行工作人员、那些快递网点和快递员，都是他的棋子，有句老话叫‘以利驱之，则无往而不利’。这是骗子的一种境界，其实他不用骗你，只要挑动你心里的贪婪或者欲望，他就成功了，所以有了另一句老话叫‘香饵之下，必有死鱼’。”斗十方道。

“如果说杜其安有这水平我勉强相信，但沈曼佳……”向小园有点怀疑。

“她玩得一直比杜其安大，杜趋于保守，而她更激进，你想过没有，她的姘夫、网赌庄家江前胜落网时她溜了；朱丰案她躲在幕后，朱丰团伙几乎被连根拔了，而她仍然是个疑似嫌疑，案情通报里我没有看到更详细的，不过她仍然溜了；时隔半年，她又出现在内地，而且主动参与了这起虚拟传销案，这等于大玩家进小场子里啊，我怎么觉得是来卷场子的啊？”斗十方道。

“你这脑袋瓜里，到底在想什么呀？”向小园实在绕不过来了，这与总队的判断，截然相反。

“我无法确定，可我有一个可怕的想法。”斗十方道，看着向小园，可能她是唯一能吐露心声的人，他轻声道，“我觉得所有人，不管是这些大小骗子，还是我这个内线，包括警察，在她眼中都是棋子，可能她要把我们都耍一遍。而我这个棋子，可能要被她放在棋眼的位置。”

“这么看重你？”向小园不信了。

“不，是要毁了我，骗子做事的风格应该是，要么掌握在自己手里，要么毁在自己手里。如果她认为无法掌握，那就肯定要毁掉……杜其安这儿肯定是个坑，不管我站在哪一边，不管是为利所驱还是为其他目的，她算准了我肯定要跳，但跳进这个坑，肯定就万劫不复了，而我却想不出来会发生什么。”斗十方道。

他说得心悸至极，惊恐至极，那种对未知的恐惧是很明显的，哪怕身处贼窝斗十方似乎都没有这么紧张过。向小园直勾勾地看着他，无法理解，也无从安慰……

“从现在开始就要进入临战状态了，老谢，俞主任，对于计划你们还有什么意见？”副驾上的凌宏业上车后匆匆回头问。邵承华驾车急速往总队赶，接下来要分配警力、定点抓捕，那个巨繁杂的工作恐怕得持续几十个小时。

后座的谢经纬道：“没什么意见，以你们为主，我们两地省厅共同出面协调，但动作要快啊，这次涉及十几个省市，可能后台比前方还要忙。”

“嗯，晚上经侦局调拨的人员就全部到位了，我们对这个有心理准备。我再重复一下，以往我们是顺藤摸瓜，这次我们反过来，先摘瓜，后摸藤，就从这群境外的车手入手，他们的下一次取现就是行动发起的时间。这里一打响，马上定点查封蜻蜓KTV，把这群猢狲不管大小都捞进网里。牛金、费才立、郑远东等一行策划组织人员，目前已经被监控居所。现在唯一的问题是，杜其安还没有下落，这个人应该处在棋眼的位置，找到他，战果可能无限扩大；找不到他，那我们只能止步于此了。”

“零号给的信息，是从沈曼佳处得到的，可信度不知道有多大，排查已经开始十几个小时了，按理说应该有结果了啊。”邵承华提醒了句。

“我能提个建议吗？”俞骏一倾身，找到发言机会了。

“您说。”凌总队长格外客气。

“这个信息无法确定，这单活儿交给我怎么样？我们中州这个小组正闲着，零号虽然不能归队，但也不能老窝在酒店啊，他不正好名正言顺出来？万一和武建利还能搭上线，那就简单多了。”俞骏道。

凌宏业看看谢经纬，谢经纬点点头，他随即点头道：“好，辛苦你了，回头见到零号代我问候，而且一定要让他正确对待归队审查，千万不要有个人情绪。”

“您放心，不会的，他是个聪明人。”俞骏道。

“其实牛金、郑远东都有可能知道杜其安的下落。”邵承华道，估计还因为零号的事耿耿于怀，现在对中州这几位捎带着都有看法了。凌宏业打断了他的话道：“几头并进，那种狡猾的老骗子，恐怕一有动静就得脚底抹油，否则能骗这么多年一点案底都没留下？就这么定了……老谢，你和我一起指挥，我们‘7·15’憋了大半年，全亏你们追到长安才有起色，说起来可是拜你所赐啊。”

“呵呵，等你千头万绪忙起来，别落埋怨就行。”谢经纬笑道。

这句没吓住凌总队长，他兴奋道：“只要长安无诈，我宁愿积劳成疾……呵呵，这一场实战下来，我们的反诈骗队伍就算成形了。”

两个人既兴奋又有点紧张，匆匆赶回总队布置。俞骏领命离开时，已经有警车陆续开进总队。那些匆匆而来的警员不论警衔高低，都是临战的表情，都是跑步的速度，迅速向总队集合。

大战……俞骏嗅到了大战的气息，只可惜这次让他有点懊丧，斗十方后半场的表现让整个组错失了进场的机会。他这心里，像堵了块石头一样，格外沉重……

这一天接下来的事更沉重，基于零号带回来的信息对杜其安可能易地落户的情况进行摸底排查，全长安包括邻近县一共三十多个派出所的户籍警力全部拉上来了，重点针对年龄在45至55岁之间、二十年以上的落户人员进行查找。除了电子档案，户籍人员把尘封的原始档案都打开了，无电子归档的只能通过肉眼识别，这个数字是相当恐怖的，全部人员有近六万，疑似的也有好几千，但直到第二天中午，仍然一无所获。总队无奈之下，已经开始考虑放弃这个大海捞针的方式了，毕竟是女骗子提供的消息，真实性还真值得商榷。

所谓大行不顾细谨，这个细节即便无法战前突破，在战后仍然有补救的机会，相对进行倒计时的行动已经不是最重要的了。那些仍然在使着浑身解数招收会员的诈骗人员，那些在屏幕后喜滋滋地转账收款的参与人员才是此次行动要针对的主要目标。在长安，被监控居所、外勤追踪的嫌疑人，开始陆续地显示在指挥中心的各屏上。与之对应的是，开始组建以字母、数字分别编队的两个外勤序列，各队的第一件事就是认识、熟记要抓捕的人员。

这场历时数月的追踪最后一战，在一个阴霾密布的冬日徐徐拉开了帷幕……

寻寻觅觅，灵光一现

酸汤水饺葫芦鸡、八宝稀饭肉夹馍、镜糕锅盔臊子面……还有喊声最响的肉丸胡辣汤。

小吃一条街坐落在老城区边上，俨然已经成为一个景点，从早市到午市直到夜市都是人头攒动，一刻也不停歇。这儿做肉丸胡辣汤的一家子，据说收入堪比一家上市公司，那生意火爆的啊，很多人端坐在路牙子上吃，除了吃的还有排队的，可能就为了给十大名吃站回台。

味道着实不错，斗十方掏了张纸巾擦擦嘴，在热气腾腾的肉香里，在你吹我捧的八卦里，惬意地享受着这种市井快乐，仿佛又回到了中州，像在学校后的陋巷脏胡同里大块朵颐一样，那时候觉得无聊得要死，现在才发现，要能那么无聊该多幸福啊。

“这娃是不是精神不正常了啊？”邹喜男在车里伸着脑袋。从早上出来开始转悠，看花、逛公园、吃小吃，甚至兴之所至，还跟着公园里的大爷大妈扭了会儿秧歌，这可把随行的队友们从纳闷看到疑惑，从疑惑看到惊愕，最后大家一致同意：这娃是真神经了。

就连最坚定的俞骏现在也动摇了，他看到了斗十方形单影只的萧索，看到了他愁苦脸上的落寞。仿佛这人来人往中，就他是最孤独的一样，总是在一个地方发怔很久，呆呆地看着花花草草，或者车来车往，或者儿童嬉戏，或者耄耋老人，仿佛每一个普通得不能再普通的场景，在他眼中都是绝美的风景一样。

“叫住他吧，再这么下去什么都误了。”娜日丽在后座道，她看了看第三排的向小园，那埋怨的话没敢说出来。虽然谁都没说，可心里都清楚，零号身上这个说不清道不明的问题，恐怕是此次行动整个小组被排除在外的直接原因。

“要不，叫回来吧。”程一丁也动摇了。

钱加多根本就不坚持，直道：“不能他玩咱们跟着转，他吃咱们跟着看吧？”

他一开口，俞骏问了：“多多，他以前出现过这种情况吗？”

“没有啊，反正我没见过，就一天傻乐和。”钱加多道。

邹喜男道：“傻乐和是说你自己吧？”

“是啊，人以群分呀，都傻乐和……哎，我知道了。”钱加多像愚者千虑必有一得一样惊呼，众人一惊，却不料这货判断道，“失恋，绝对是失恋了，被女人骗了的都这德行，小络就经常这样子，一被哪个妞甩了就这不死不活的样子。”

“胡扯！”向小园斥道。

“啧，真的，除了失恋就是失心疯了，你们选吧。”钱加多道。

向小园白了他一眼，解释道：“是这样，他昨天是这样告诉我的，我到现在也消化不了，估计他自己也没明白……”

她简要地把两个人的讨论说了一遍。这带来的震惊可能更大，相比那个沈曼佳连警察都耍了的论调，众人宁愿相信斗十方是真失恋了。俞骏牙疼似的龇着嘴道：“倒是有几分道理，每一节都有道理，但合在一起，就有点耸人听闻，动机呢？”

“砸盘，拿走所有的钱？”娜日丽顺着这个思路道。

向小园马上否定：“不可能。金主洗钱是分批的，量不会很大；在金主眼里，其实水房和车手概念一样，一次不能给太多，最起码不能让对方见财起意。而水房呢，为了维护自己的信誉和保证长久生意，在这一点上也非常讲究，除非是金主出事，否则不可能卷走钱。”

“那这回不正好是金主要出事吗？”钱加多道。

“咱们都不知道行动时间，她能知道？就算知道，她一个女人能对付长安这么多坐地虎？就加上武建利也不行啊。”程一丁道。

这个不可能，邹喜男插话道：“要不，想挑了黑产？逆风可是排名榜上的黑客，这么多年积累的信息，比抢银行金库还划算啊。”

“黑客可都是见光死，如果有信息泄露出来，不管白道黑道，都不介意对他下黑手的。假如露出来也轮不着她呀？她才回来几天？除非朱丰告诉她，可朱丰也未必知道啊，否则朱丰被抓，逆风应该早挪窝了，既然没挪，还在作案，那说明他有恃无恐啊……这个好像不对啊，还不如抢银行金库稳妥，被警察抓还有活命机会，可要落在这些人手里，盘里的钱足够要命的了。”俞骏冷静地分析道。

这就回到原点了，向小园道：“他就是卡在这儿，所以，他只能跟着沈曼佳的思路走，不管他站在哪一方，不管前面是个什么坑，他都得跳。”

愣了片刻，俞骏道：“所以，必须找杜其安。”

“总队也是这样想的，可找不着啊，都排查几万人了。”邹喜男道。

“谁，那谁把他拉回来吧，这不能神经到把自己脑袋当大数据电脑使啊。”钱加多坐不住了，不过刚想起身，被向小园的眼神给剜回去了。就听向小园说着：“凌总队长有句话说得好，我们不能输掉信任，他是基于对我们的信任才以身涉险，也是这份信任带着我们走到了今天，扛着挨打也不愿骗钱的，临走的要求只是想穿上警服安慰下父亲的人，是可以把后背交付的同志……不管发生了什么，我选择相信他。”

“您这是轻信，要是碰壁了呢？”钱加多胆壮了，没来由地有点嫉妒。

向小园坦然一笑道：“那就碰壁，我们无非尴尬一点，这案子最难的是他。”

这倒说到心坎上了，没人吭声了。俞骏一扭头，道：“同意，一个完美的人生不应该光是经验，还应该有教训。”

话音落时，却看到远处在路牙上玩手机的斗十方动起来了。他慢步小跑着，跑着，跑了十几分钟以后，钻进了一家医院。就在大家懵然的时候，他不多会儿又出来了，又继续跑，半小时后，又进了一家医院，待了不到半小时，又出来了，继续跑。

他像强迫症一样，似乎要顺着沈曼佳给出的杜其安有病的信息，一家一家医院找……

丁零零……电话铃声响了，正在看着电脑屏幕上账目信息的郑远东顺手拿了起来，这是公司的座机，一般情况下都是公司的事务，可奇怪的是，他却听到了一个让人意外的声音：“喂，您好，郑总。”

是沈曼佳。他皱了皱眉头，这个娘儿们就算长得再让人眼馋，他也很警惕，出声问着：“你怎么知道这个内线电话？”

“很容易啊，我问牛老板了。”对方道。

“什么事？”郑远东斟酌着，下意识地猜想这娘儿们会有什么事，八成不是什么好事。

“好事。我有个生意想和郑总您商量一下，先别急着质疑，我直接说吧，现在出境账目卡得太严，我呢，恐怕过海关没那么容易。做水房这么多年，我没攒多少钱，操作数字越熟练，也就越不相信数字财富，所以呢，我攒了不少珠宝和钻石，我想想能出手的，也就您这身家不引人注意，您会帮我吗？”沈曼佳道。

珠宝、钻石……这肯定是隐匿黑钱最好的方式，郑远东随口道：“有多少？太多还真不好出。”

“我说好听点是落难，说不好听的是丧家之犬，带不了多少，原值也就两千多个，如果你有海外账户的话，那我就找对人了。要没有，我只能另想办法了，境内我可不敢操作自己的棺材本。”沈曼佳道。

郑远东斟酌片刻，这是想在境内交易，海外收钱，但凡这种急售，不是吐血也是跳楼价。他暗自笑了笑道：“我自己没有，不过这不是问题，圈里这种人有的是，你方便的话，我给你引见几位行内人，让他们估个价，能出就当帮你了。”

“您这不难为我吗？我敢和谁交易啊？也就咱们现在有生意往来，我给您打工，想着您不至于坑我这么点才敢试试，要别人，那就免谈了。”沈曼佳道。

郑远东道：“这么信得过我啊？”

“不是信得过您，是信得过您的身家。您要帮，我一个小时后把东西带过去给您掌掌眼，您要没兴趣，那我只能再等等了，反正咱们这生意还得一段时间。”沈曼佳道。

“好吧，你和谁来？我准备一下。”郑远东留了个心眼。

“这事我敢和谁来啊，我一个人，找了个你们的人领路。”沈曼佳道。

“哈哈，不怕我见财起意啊？”郑远东开了个玩笑。

却不料那边也笑着应道：“我巴不得呢，您最好人财兼收，我后半生也有个着落了。”

“快算了啊，你躺我身边我得多提心吊胆啊。那一个小时后见。”郑远东道。

“好的，我对长安不太熟，我正和费老板手下这位小姑娘在一起，让她领我去，你告诉她位置。”

“OK。”

他斟酌片刻，兴奋之余警惕仍在，拨了电话把保镖叫到了办公室，就搁办公室开始盘算着，这个落难娘儿们身上还有多少油水，这一刀下多狠才合适……

时间，指向了17时40分，斗十方从仁爱医院出来，这一次没有再跑了，朝着一直跟着他的车辆招手，那动作是都下来，这一车人终于释放了。俞骏带队，快步走向站在厅廊下的斗十方。斗十方歪着头，像初识一样打量着自己的队友们，突然说道：“你们一定认为我神经病了。”

“没有没有。”大邹摇头否认。

“就是你最先说的，你说‘这娃是不是精神不正常了啊’，说的时候脑袋还露在外面。我能读唇，别忘了我是看守出身，别人说话是听，我是看。”斗十方严肃道。

大邹脸不红不黑地指着他道：“看你现在这样，还神经着呢。”

“去，一边去……怎么了，十方？”俞骏问。

“跟我来，我跟你们解释一下我今天的神经行为：首先，一个人，不管他的出身和成就，他只要是一个人，就应该有生存和喜欢的空间、事物。我们要找的这个人，是个骗子，骗子最大的特点是什么，知道吗？”斗十方问。

“聪明呗。”娜日丽道。

“错，是孤独，骗子是站在上帝视角的人。他可以从容地化身为任何一个角色，可仅仅是角色，就像演员一样，永远都在演一个角色，这个角色，不包括他自己……所以越擅长欺诈，就越会迷失自我，我综合对杜其安的了解，出身是个王雕父亲一样的民工，一个普通的老百姓，即便他是风头的角色，也是个在市井里的下里巴人，他喜欢的，无非就是公园、遛弯、来份小吃、喝两口小酒的普通生活而已……我见过他本人，他的穿着极其普通，布鞋，老式千层底的；那种普通的老式对襟装，在他身上我找不到哪怕一点奢侈、讲究、炫耀的影子，除了那张万年不变的死人脸，再无特点……所以我想，他的思维由于某种原因一定固化在某个层次，没有变化，我从普通的市井转了一圈，就是想体味那种低俗、简陋，甚至无聊的生活。他怎么着也该腰缠万贯了，却一直被固化在这个层次，那就肯定有原因了，那个原因……沈曼佳应该没骗我，有病。”斗十方语速飞快地说着。

别人急匆匆跟着，向小园出声问着：“有病，什么病？总不能这么撞天婚地找吧？”

“本来不能，但当你知道详情后就能了。我记得旧档案里王雕的父亲叫王成，是位建筑工人，安装楼板的时候被砸死了，出事后建楼的开发商和他父亲所在的公司互相推诿，开始谁都不赔。他父亲所在的私人公司是家预制板厂，二十多年前，那时候建楼都是预制板，预制板是什么做的？这个厂里最多的是什么？”斗十方问。

“水泥呀。”钱加多道。

“我明白了，职业病。”俞骏恍然大悟。此时向小园已经翻查着手机，脱口道：“西北治尘肺病最好的医院就是这里，难道……”

“这一次，真的是巧合。”斗十方道，已经快步跑起来了，转过二楼的拐角就停下了，他伸手示意众人放轻脚步，然后慢慢从病房移步而过。病房里，一个躺在病床上看报的老人，消瘦、表情僵硬的脸，不是杜其安还能有谁？

他们一个挨一个走过，然后压抑着狂喜、激动，惊讶地多看了几眼，然后都被俞骏示意着招到远处，拉开了一段距离，那股子兴奋才开始爆发。现在看斗十方不神经了，少了个经，成神了。

“我的个天哪，几十个派出所警力在挖，没想到他躺在病床上。”俞骏哭笑不得，狠狠地捋了斗十方一把，坏笑道，“长安那位看咱们不顺眼的邵帅哥，脸要啪啪响了。”

“就是，那孙子看向组还有个笑脸，看我都像阶级敌人。”钱加多道。向小园气得把钱加多推过一边威胁道：“再胡扯收拾你啊……十方，我都激动得不知道该说什么了。接下来呢？”

“还记得昨天那句话吗？是虚荣、嫉妒，甚至仇恨在支撑着一个底层人的成长，这些负面情绪在一个底层人身上其实是共生的。当虚荣和嫉妒被残忍打击，那这个人对社会剩下的，也就只有仇恨了，这可能就是这位骗枭的成因……反正他走不了，我想会会他。”斗十方道。

向小园回头征询俞骏，俞骏干脆一摆头：“去吧，你俩是知己。”

斗十方抬步，俞骏提醒他时间，然后一翻手，把这个惊破天的消息往回传了，而且斗十方在门口回头看了眼同伴，他难得地笑了笑。许久没有见到他这样笑了，向小园报之以一个优雅的请的手势和微笑。她现在不再担心，她感觉得到，那个古灵精怪的斗十方又回来了。

斗十方推开门，闪身进去了……

此时，地下车库里一辆商务车车门洞开，郑远东从监控里看到，是费才立手下菊儿下来了。她给沈曼佳带着路，沈曼佳随身带了一个精致的手提箱，两个人正走向电梯。

两个女人，一个还是自己人。郑远东摆摆手，让两位保镖去迎接，不多会儿保镖迎着，菊儿领着，把大衣裹得严实的沈曼佳请了进来。郑远东一摁电动窗帘，她随意地脱了外套，交给了保镖，里面的穿着像出席宴会一样，迎着郑远东上来，热情地要给郑远东一个拥抱。

不过仅限于礼貌，郑远东把她让到了沙发上，亲自沏着茶，放到沈曼佳面前，虽然心里猫抓似的痒痒的，可还是耐着性子坐回了座位，出声问着：“沈总啊，怎么回长安也不说一声啊，咱们现在可是合作伙伴，一会儿一块儿吃饭，也让我尽尽地主之谊啊。”

“我这东躲西藏的，真不敢给您添麻烦。”沈曼佳客气地道。她像有点热一样，往下拉了拉衣领，不知道是天生的原因，还是刻意地打扮，胸前那个部位格外凹凸有致。

“别这样，自己人，杜先生给你面子，是因为知道你的出身。虽然你披了个海归的外衣，可根还在这里的江湖上，你姐姐沈燕和我们有旧，最早酒吧这圈里，她是个红人。”郑远东笑着道。

“厉害。”沈曼佳朝着郑远东竖竖大拇指赞道，“我在海外盘子都混了快十年了，居然还能查到我的出身。您这是高抬她，包括我，我们当年出来混也就搞搞仙人跳什么的，都是穷给逼的。这江湖啊，看来永远跳不出去。”

“为什么要跳出去呢？传统并不是一味不可取，最起码杜先生就一直给我惊喜，但你可能误会了，他是风头，不是金瘸子。”郑远东随口道。

沈曼佳看了随行人员一眼，郑远东会意，示意两名保镖和菊儿都退到门口候着。

人出了门，沈曼佳轻呷着茶水道：“我出道的时候听到金瘸子的传闻，但我一直没见过真人，经过咱们这几次合作我知道他不是金瘸子，这是杜风头的手法……不过没关系，是谁不重要，这是个成王败寇的时代，实在让我叹为观止啊。郑总啊，这波收割的，得上亿了吧？”

“那得看行情啊，你洗得不错，其实境内有大把机会，不必非舍近求远。即便在境外玩，也得靠境内支撑着……玩法得变变啊，我刚才还在看新闻，打击电信诈骗、新型诈骗等，随着宣传和普及力度的加大呀，生意的空间会被压缩得越来越小，境外会是重点打击领域。”郑远东道。

沈曼佳听出弦外之音了，可能还真有挽留之意，她笑道：“留条后路嘛，郑总您肯定也留了。”

“那是……咱们言归正传吧，你攒了多少硬货？”郑远东进主题了。

“呵呵，其实没有，我是骗您的，您知道我当过燕子，还上当啊？”沈曼佳突然换了一张笑吟吟勾死人不偿命的脸。

这表情把郑远东看得怔了下，也跟着笑了：“这个玩笑开不得，骗我有什么意义？”

“骗你没意义，但你认识的逆风，就有意义了。”沈曼佳随意说着，笑容收敛了，严肃了。

那表情带着诡异，把郑远东吓住了，他摇摇头道：“这个我真不清楚，不过你确定想坏了规矩？”

他瞟了眼监控，让他忌惮的人并没有出现，单单一个女人还是能对付的，他加重了声音道：“知道得太多，从来都不是什么好事。尤其是在这一行，可会成要命的事了。”

“你不好奇，我是怎么知道的？”沈曼佳挑逗似的问。

“不好奇，守着秘密的方式会有很多种，你一个人，还是一个女人，我只好奇你哪儿来的胆量敢来威胁我？”郑远东脸上成了狞笑，他抬手拍了下桌上的呼叫器。

门外咚咚两声，一转眼那位菊儿进来了，手里持着注射枪。郑远东手刚伸向抽屉，菊儿扬手一枪，郑远东一疼，低头看着自己肩胛的部位。一阵无力感袭来，他感到天旋地转，头一歪跌下了椅子，整个人像只大虾米一样痉挛着、抽搐着，口吐着白沫，两眼凸着。那位菊儿这才从门外把两个保镖拖了进来，其中一个像他一样，脖子上扎着一根细细的针管。

“傻瓜，我们明明是两个女人。现在该告诉我逆风在哪儿了吧？你如果真愿意用生命守护这个秘密，我成全你。”

沈曼佳微笑着蹲下了身子，饶有兴致地看着抽搐着的郑远东，像看情人那般爱怜，只不过她殷红的美甲戳向了郑远东凸出来的右眼珠……

第六章
一网打尽再踏征途

骗中有骗，骗外有骗

门轻轻地合上了，是斗十方在里面合上的。轻微的声响惊动了半躺在床上的杜其安。表情从来都平静如水的杜其安终于变色了，他使劲地皱着眉头，直勾勾地盯着斗十方，眼看着斗十方从容地拉着病房的椅子，坐到了他的床边，他的眉头才跟着缓缓舒展。

“你当……警察不久吧？”杜其安轻声问。

“你什么时候知道我是警察的？”斗十方轻声回问。

“刚才，你进门的时候。”杜其安道，声音平静了，表情也平静了。

“我也回答你的问题，我当警察确实不久，也是刚进门。”斗十方道。他微笑着看着杜其安，像看一位长者、一位故人，而不是嫌疑人。

杜其安淡淡问：“你没有什么证据，警察办案现在还这么不讲究吗？”

“但你很讲究，否则走不了这么远，也干不了这么久，抵赖、撒谎、否认自己的罪行，对你这样的人是耻辱。”斗十方道。

完全自相矛盾的话，可听在杜其安耳中像知心话一样，让他表情看起来那么释然，眼珠子动动，再一次打量着斗十方，他换了个话题问着：“你一定找到了我的前身，否则你不可能找到这儿。”

“对，你的工友、王雕的父亲王成，是他让我联想到预制板厂，联想到这种病，或者，也开始明白，为什么王雕会死心塌地听你摆布。”斗十方看着杜其安，现在，是尊崇的眼神，毫不作假。

“谢谢，我知道这一天总会来的，想逃避只是痴心妄想……我十五岁出来打工，干扛水泥的粗活儿，为了活下去；后来觉得活得太累，就铤而走险，其实也是为了活下去；直到后来的后来，我越做越大，所求无非也是活下去……活在底层的人，想上一步都难如登天，如果你想跳出那个阶层，可能就要背负这样那样的罪责，即便你跳得出来，也摆脱不了那个诅咒：有一天，总是要还的。”杜其安轻声道。

“你仇视和报复社会，即便我表示同情，但也无法理解和赞同，以坑杀更多和你一样命如草芥的普通良善为代价，即便你跳得出那个阶层，即便你活得下去，余生也要活在噩梦里！值得吗？”斗十方问，质问的眼光，犀利且愤怒。

“你说得对，确实像一场噩梦，但对于已经习惯噩梦的人，已经不愿清醒过来了。”杜其安道，很礼貌地向斗十方致意。

这个老骗子，连顽抗也表示得这么委婉。两个人互盯着，像在寻找对方薄弱的地方。这一行的人都有相当强大的精神力，杜其安很意外地发现，对这个让他走眼的年轻人，这个应该是天敌的人，他居然产生了莫名的好感。

两个人对峙着，暂时僵持了……

此时，沈曼佳的美甲锋利地划过郑远东的眼睫，他的眼光里俱是求饶。这不知道是什么药物，让他浑身脱力，却还保持着清醒的头脑。

那个菊儿有条不紊地关上门，查看了一遍电脑和监控，这才换上注射枪，噗的一声向郑远东注射了一针。郑远东觉得浑身在慢慢恢复力气，刚能动时，这个菊儿早把他的手和脚踝用扎带扎住了，他狠狠地瞪了这个雀斑妞一眼，用那种恨不得剥皮抽筋的眼神。

“郑总，既然着道了，就得认栽啊。说吧，先说手机密码。”沈曼佳蹲着，温柔地道，那几只犀利的美甲总是有意无意在他眼前晃。

郑远东说了密码，菊儿一解，开了。

“太好了，账户密码一定也记得吧？你的密保就在抽屉里，我可知道，别撒谎哦。”沈曼佳提醒着，脸凑近了，那张绝美的脸，现在像嗜血的女鬼一样，让郑远东惊恐地交代了出来。

不过下一刻，看到菊儿在登录时，他有点后悔了，口齿不清地道：“你跑不了，带着这些钱会被警察盯上的，这是明日商城的直接关联账户。”

“呵呵，等我后悔时再向你求饶哦……接下来就剩下最后一个问题了，逆风在哪儿？”沈曼佳的脸严肃了，轻轻拍着躺在地上的郑远东。

郑远东艰难地说着：“这个你搞错了，逆风一直是杜先生的后台，我怎么可能知道是谁？”

“你看，我问你在哪儿，你却回答不知道是谁，这就不老实了，真以为我什么都不知道？”沈曼佳站起身来，精致的高跟鞋尖挑着郑远东的脸道，“十多年前有一个关于私服的传说，说是三个大学生自筹了十几万搞了个游戏私服，在短短五个月里赚到了几百万……那时候连计算机犯罪这个概念都没有，他们成功地掘到了第一桶金。尔后这三人分道扬镳，其中一个出国定居；第二个因为商业间谍罪被判入狱几年，出狱后就销声匿迹了；第三个似乎最聪明，转行做起了实业……郑老板，第三个是电子科技大学毕业的，好像和你同名啊？”

郑远东由痛苦变成了惊恐，由惊恐又变成了愤怒，可愤怒的眼光刺向的却是那个叫菊儿的雀斑妞。恰在这时，雀斑妞回头和沈曼佳说着：“沈姐，全转吗？”

“等等……郑老板，要么给你留下钱，我光要人；要么你人财两空，你自己选……”沈曼佳微笑着，往往她微笑的时候，恰是下狠心的时候。

不过这一次似乎失利了。郑远东紧咬着牙关在抽搐，不知道是要抵御药物的作用，还是要死守着这个秘密，即便抽搐到额头青筋暴露，他还是没有说话。

“看来你忘了我是逼债的出身了，你要能支持过十分钟，我还真可以考虑放过你。”沈曼佳说着，打开了随身携带的银色手提箱，几寸长的针管，后面连着的注射器里是殷红的液体。沈曼佳掂在手里，眼睛直勾勾看着郑远东，然后那针管缓缓地刺进了他的腹部。郑远东恐惧得两眼外凸，鼻涕和口水直流，含混不清的语速，都赶不上他大小便失禁的速度，他躺着的地方，迅速湿了一片……

斗十方和杜其安正僵持对视着，几十秒，或者有一分多钟，这个瞬间似乎很漫长，漫长到杜其安足够把自己的半辈子回忆一遍，这个骗子居然很意外地满眼哀伤。但那只是一闪而过，很快他就恢复了那种淡定和自信，似乎在等着什么。

“你错了，其实从你自信地认为沈曼佳会任你摆布开始，这一局你就输了，你所谓的江湖已经老去，不是她的对手了。”斗十方突然道。

这恰与杜其安的思忖相反，可能他没料到斗十方会指摘他一生最得意的事，不信地问道：“你知道问不出什么，就想诈出点什么来？”

“还用诈吗？马上就揭晓了，你的风格是因势趁利，煽风点火，游走于各式的骗子和骗子团伙之间，把他们组成势，然后像一窝蜂一样群起而骗之。而你，既可以乘机取利，也方便隐身逃匿……这一次你煞费苦心招募张光达、聂媚这伙传销分子，本想在中州起势，既捞一把现钱，又可以为后面的做铺垫，不过玩砸了，聂媚进去了，于是不得不易地再做。风头做局前期投入都不小，你总不能舍弃传销团伙这么多现成的炮灰不用，所以才有后面这场……明日商城的故事吧？”斗十方道。

杜其安笑了，笑着问：“反正很快就可以水落石出，你想求证吗？”

“不想。”斗十方直接断了杜其安的念想，继续道，“骗子的排名越高，那说明行事的手段越损，风马燕雀你排首位，你的损心眼比他们可要多得多，黄飞和你大侄招募车手，是炮灰，只要出点事就首当其冲，那牛金也跑不了；至于张光达这群前传销分子，对你来说，更不介意把他们当损耗品吧？甚至沈曼佳入伙，你也没有安好心思，故意让她建水房洗钱……呵呵，我虽然不懂账务，但我想啊，她的作用无非是给你的隐匿再加上一层伪装。即便她提议想知道中层的操盘人员，你也同意，其实，你是巴不得他们一起进入警察的视线。”

“你都猜完了，希望我补充吗？”杜其安面无表情道。

“不希望，这一行从业者都有绝对的自信，我要打破你的自信……

你现在得意的无非是早看出我有问题，但你的错误在于，你低估了你的同伙，她可能比你更损。”斗十方道。

“我们同伙间骗来坑去，都是各安天命。”杜其安不在意地道。

“不，这次可不是天命，而是她要你的命……你想过没有，现在行情这么差，她为什么还费劲地买人头往海外输送？生怕警察不知道她就是逃匿的中间人？你看她像只替罪羊，而她看你们，似乎也是这个角色……你可能已经策划好了，砸盘的时候直接把她砸在盘里，让她背上一身事等着被警察收拾。可你想过没有，如果她先你一步砸盘呢？如果她根本看不上你们盘里这点小钱呢？”斗十方问。

这可能刺中杜其安的心事了，他眼神停顿了下，似乎在考虑着此事的可能性，慢慢地，他的表情开始舒缓。这时候斗十方又加码问：“你一定不知道逆风是谁，尽管他在后面支撑着你。但沈曼佳知道。”

“不可能。”杜其安直接摇头。

“把不可能变作可能，不就是骗子做的事吗？无非是找到中间的那个跳板，就可以直接通向逆风……本来我以为你可能是，但看你这种情况，肯定不是了。黄飞不可能是，牛金可能不是，如果是，你们不至于都拿他挡枪，那似乎，就剩下最不可能的那一位，可能就是了……郑远东，对吗？”

杜其安的眼睛慢慢移向斗十方，斗十方不屑地道：“可以告诉你，她并不比你差，她早看出来我有问题了，可不但没有对我下手，而且加倍地对我好，差点让我以为她是喜欢上我了……我回来是她派回来的，她告诉我，找到你就通知武建利，然后武建利会想办法从你这儿拿到逆风的消息……其实她所说的全部是真话，包括告诉我你有病、可能住在长安等，唯一在真话里夹的一句谎言就是，她根本就知道，你和逆风没有直接联系。你现在明白她想干什么了吧？”

“坏了，这个婊子要毁了所有人。”杜其安喃喃道，终于失态了，可能料想到接下来会发生什么。

斗十方一喜，心里却在道：对了，这一个方向蒙对了。

“所以恭喜你，你并没有输给警察，而是输给了一个婊子，呵呵，阴沟里翻了这么大个船还有什么得意的，笑掉人大牙了。”斗十方起身，像兴味索然。这最后一句刺激得杜其安有点变色，他咬牙切齿地说："江湖事，江湖了，她已经得手了，我也得手了，你毫无办法。"

斗十方蓦地回头，他看到了杜其安一张变形、扭曲、狰狞的脸，那是压抑着气急败坏所致。斗十方笑道："是你没有办法，我不一定……江湖路上一枝花，我花开尽他花杀。老人家，你的花期已尽，该谢幕了。"

他上前拉开了门，外面齐刷刷地站着数位等候已久的警察，他们表情肃穆地走了进来，四散围在他的病床之前。杜其安像是痛苦一样，垂下了眼帘。

斗十方自外面缓缓关上了门，像有心事一样往医院外走。整个X小组亦步亦趋跟着，等斗十方醒悟过来才发现，大家都用一种膜拜的眼神看着他。特别是俞骏，这位"中州反诈第一人"现在也变色了，可能有千言万语想问，却只能用这种惊愕的表情看着，因为不知道该问哪一个细节。

停下来的斗十方思忖已定，脱口道："郑远东，她的目标是郑远东，郑远东一定出事了。"

"不可能吧，总队设了两个监视点，要有情况早发现了。"向小园道。

"沈曼佳最惯于兵行险着，马上确认一下。"斗十方道。

向小园掏着手机，和专案组通话片刻，愕然道："监视点回报说，郑远东的办公室拉着帘子，从下午去公司，一直没出来。"

"快，快去确认一下。"斗十方催着。

这一行人挤上了车，俞骏还不死心地问着："沈曼佳不是让你找到杜其安，就和武建利联系吗？试试能不能诱捕这个危险分子。"

"不可能，我是放出来的一个弃子，目的就是扰乱侦查视线和判断，她应该早知道我是什么人。"斗十方道。

"没这种可能吧？"娜日丽不信地道。

"连杜其安都知道我有问题，伪装只能骗骗普通人，像他们这种人精本身就不会信任何人，即便不知道我的身份结果也一样。她只需要把我派到找杜其安的这条路上来，不管我是和警察还是和杜其安站在一起，结果没有区别。"斗十方道。

"什么叫没有区别，假设你和杜其安是一路，那她这么做岂不是自寻死路？"俞骏找到相悖的论点了。

斗十方摇头道："你又错了，假如她自寻死路之前，把所有人送上死路，那她就等于起死回生了。她要借刀，借警察的这把刀助她成事，所以接下来她会……"

"砸盘！"

一车人齐齐惊呼，如果这个人先下手捅破天，那她就有最大的机会脱逃了，毕竟警方不可能放任这么大的骗局不顾，而去追她这么一个既无赃款，又不是重要策划组织者的嫌疑人。

怕什么来什么。话音刚落，俞骏和向小园的手机嗡嗡响起来，两个人一看，俞骏脱口道："行动即将开始，大量的资金转向金川不明账户，那些车手动了。"

"可怜的张光达，要顶最重的一口缸了。"斗十方明白了，两个人一通密谋，恐怕是沈曼佳要给他很多钱，让他挪走，这一挪怕是万劫不复了。

"咱们怎么办呀？"大邹从到长安就无所事事，现在连行动也错失了，有点失望地问。

开车的程一丁笑道："最肥的一道硬菜是我们的，还有什么失望的。"

"快点，郑远东现在是专案组排头号的嫌疑人，如果他和逆风有直接联系，而沈曼佳没来得及动手的话，那这个案子就圆满了。"俞骏抱着万一之想。

"我觉得来不及了。没得手不会砸盘，既然砸了，那她就剩最后一件事了——直取逆风。"斗十方道。

肯定是以砸盘掩护自己真实的目标，不过全组还是抱着万一之想奔向皇城府公司，到达时写字楼门口已经泊了数辆警车，救护车几乎是后脚到的。众人还没有来得及上楼，楼上就抬下来仨，俞骏亮明身份上前查看，三个刚挂上氧的，其中一个正是郑远东。

他面如金纸，心跳骤缓，医生讲注射了什么药物尚待查证，再准备询问详细情况时，人乱糟糟的，维持秩序的连他也推出了警戒线外。再往专案组里打电话，也是一直占线，深谙这种抓骗子团伙大行动的俞骏清楚，恐怕从现在开始，将要有很长一段时间的混乱，盘里涉案的大小嫌疑人员要在极短的时间里进网，而砸盘的，恐怕就有充足的时间和机会溜之大吉了。

“这回……可能真完了。”

俞骏看着混乱的现场，救护车终于挤出来，在瑟瑟的寒风里疾驰走了，他心也跟着凉了……

动如雷霆，风起雪夜

长安县建安路建设银行分理处，ATM柜机。

一个骑着摩托车泊停的男子，像普通市民一样到柜员机前插卡，取款。他取得可能很多，手里拿了一摞，又点着继续取款，而且这个人戴着头盔，看不清长相。就在他取完最后一摞，连卡都没来得及拿走时，几位便衣哗地涌了进来，拧胳膊抱腿，瞬间把人摁倒在地，手里的钱撒了一地。用膝压住嫌疑人的便衣从此人身上搜出了两把管制刀具，摘下头盔，问话时，那人死咬着牙关，一声不吭。

有位警员拿着手机播放着一段外文，意思是：我们是中国人民警察，你因涉嫌犯罪被刑事拘捕。

那人听懂了，表情懊丧而难过，接着被套上黑布，带上随后驶来的警车迅速离开。

长安县、长安市、深安区、宝南市……长安周边的市县在两个小时里，有21名取款车手被迅速抓捕。这些从果脯加工厂出来的车手根本不知道自己已经被跟踪，而且和平时长途奔袭作案不一样，像这样就在窝边取钱还真是头一回。

长安市皇城府房地产开发公司，市刑侦大队进驻，诈骗诱发了更恶劣的刑事案件倒不意外，但就在监视小组的眼皮底下作案，就让警察有点意外了。一组现场提取证物，一组寻找作案嫌疑人的出入通道，在这里初步的发现是，整栋楼的监控被黑，硬盘被格式化了；受害人的手机、笔记本电脑、保险柜都被洗劫一空。警方找了两个小时，只找到了一辆疑似车辆，这是辆物业绿化用车，还是在路外监控里找到的，存在嫌疑的原因是，监控拍到两个裹得严严实实的人，根本无法辨认。

与皇城府房地产公司相距并不远的蜻蜓KTV在行动发起的第一时间也迎来了一群不速之客，穿着黑衣的特警负责封锁，穿着刑警制服的负责甄别人员，还有技侦和网安上的，把这里电子产品中相关的记录一一提取。正在赶来路上的牛金被拘押。唯一的意外是抓黄飞的时候出了点纰漏，这货定位在凤苑小区，四处监视早已蹲守很久，但到抓捕的时候，咦？找不到人了，手机信号在，就是死活找不到人。就在出警不知道该如何处置的时候，嗨，人自己出来了。

两个腿快的没乘电梯从步梯跑，结果撞到抓捕警员了，看这么情急八成没干好事，立时拿下。这头刚拿下，上头就乱了，哗啦哗啦奔出来一二十个男男女女，警员沿着走廊和楼梯控制了一路。等入户才发现，居然是个像模像样的地下赌场，里面的赌具、骰子、钱撒了一地，挨个儿甄别身份，其中的一个恰是黄飞。

同一个时间，不同的空间，在上演着同样的抓捕情景，这个情景在长安经侦总队作战指挥部看得一清二楚，金川、天府、川南、广安、成阳……数十个骗局泛滥的城市，在警务通平台上显示着实时进展。这一次反诈骗行动是通过两省省厅协调的，各发案地照着长安专案组列出来的名单照单拿人，如果说刚开始他们还抱着怀疑态度的话，一上手就发现不对了。那些被查的公司里面，多多少少总能找出几个有犯罪前科的人员，多数还是传销分子。再一查，账目不是混乱就是根本没有，银行卡倒是有，一查就是一柜子，而且，多数根本不是用公司人员的身份证办的……案情催促着各地迅速补充警力，调查也迅速转向深挖。

“对，我是长安……就是这个人，你们天府市的明日商城就是他负责，他的上线是张光达，你们着重查一下他的居住点，有隐匿账户，我们还没有完全掌握。”

“对，我是长安……两个涉案账号分别是……229，开户在农发行，账户名称是富四方地产，公司注册地就在你们查的现场，IP地址也在那里，你找到转账的人。”

“喂……喂……金川，能听到吗？画面有点卡，明日科技公司的情况我这里暂时看不到……什么？那儿下大雪，好好，我等等……”

没想到还受到了天气的影响，金川下雪了，一个中心地点反而比其他地方延迟了，过了很久，才传过来这个公司被连夜查封的实景。

邵承华接着和各地指挥部联络，这个抓捕并不困难，不过还是急得他满头冒汗，冒汗的原因是根本抽不开身兼顾其他事，而其他事比他现在做的更重要，郑远东出了什么事？下手嫌疑人是谁？还有在今晚突然出现大额转账分流到金川的十数个账户，迫使总队不得不马上采取行动，这原因又是什么？为什么会出现这种不合常理的现象？还有那些车手，像飞蛾扑火一样，就在长安周边犯案，结果给点着数拎回来了。负责抓捕的曾夏大队长估计都失望了，本以为会是一场棘手的抓捕，可没想到，组织外勤精英搞的几个小队，浑身劲还没使，这就完事了。

门开了，曾夏匆匆跑了进来，正皱着眉头一遍一遍踱步的凌宏业出声问：“怎么样？”

“少了四个，武建利也没找到，果脯厂被封锁了，他们应该是乘着货车早几个小时离开的，监视期间我们不敢靠太近，避免不了疏漏。”曾夏汇报道，他看了眼中州那位领导，又继续说道，“翻译到位了，正在询问。初步情况是，下午带头的就安排好了，给了他们一人一张卡，让他们跟着手机定位去取钱，取完回来就可以回家了，这是最后一笔，取的都是他们的报酬。”

“这好像是故意扔出来，让我们替他擦屁股的。”凌宏业有几分怒意道。

曾夏未敢附和，尽管事实可能就是这样。凌宏业回头看着谢经纬，出声道：“老谢，你说句话呀？”

“我们指挥员的角色，其实就是坐在这儿下行动的命令，其他的你让我说什么呀？这七绕八绕的，我也看不懂这拨骗子是咋回事，内讧啦？”谢经纬道。

“我知道我错了，我正式向您道歉。”凌宏业道。

谢经纬脸上掠过玩味的笑意，咳了声道：“不够诚恳啊。”

“好，我承认，我确实有私心，想把这些人一揽子都解决在我们总队，这是人之常情嘛，长安的案子，结果被你们中州同行给端了，说出去多尴尬啊。”凌宏业道。

“所以你就把尴尬都留给那些年轻人了？而且，一个甘冒风险、只身侦查的同志，最后惹得大家对他疑窦重重，你看这些骗子，都知道优化组合、分工协作，我们呢，还有这么深的门户之见，唉……”谢经纬轻声地说。

这话听得曾夏有点羞愧了，他敬礼道：“对不起，谢副厅长，最初的质疑是我提出的，可能我错了。”

“如果再发生一次同样的事，你还会对自己的同志质疑吗？”谢经纬问。

曾夏想了想，立正，正色道：“会！在与犯罪分子进行复杂的斗争和较量中，任何疑点都不能掉以轻心。零号的出众不假，但出格也不假，对于可能导致影响行动的任何情况，我不会坐视不理。”

“所以，没有必要道歉，有什么需要直接向他们下命令，他们是警察，警察不分你我，服从命令是天职。”谢经纬道。

“看来是我的格局小了……好，曾夏，驰援中州X小组，网安的最后一条线索交给你，能不能牵住黑产，就看你们的了……注意你的身份，你是驰援，一切听从X小组的指挥。”凌宏业给了曾夏一个降格的任务，听得邵承华都诧异回头了，不料曾夏却是兴奋了，激动得连应声也忘了，掉头边喊着“组队出发”边往外跑。

“你看他高兴的，降了级比提拔了还高兴。”凌宏业坐到了谢经纬的身侧。对这位同级但年长的同行，他似有很多抱歉的话要说，可只说了这么无关痛痒的一句。

但这一句又恰是最合情境的一句，谢经纬羡慕地说：“真怀念那个热血澎湃的时候啊，一遇上大案就生怕自己落了后，啧……我是真想亲自到一线和他们一起上阵啊。”

“等抓到了，我陪你一起去现场。”凌总队长道，做了个咧嘴的动作，又不好意思地问，“我脸皮是不是有点厚了啊？”

“作为同行我不能挤对你，现实中两种犯罪最不好对付，一种是不要命的，另一种是不要脸的。你这脸皮厚，我觉得也是工作需要，不碍事。”谢经纬道。

一个无伤大雅的玩笑，让两方的芥蒂冰释，笑意间，又一组回传的画面让两个人的脸色凝重了。

是金川市的抓捕现场。那儿乱得跟打雪仗一样，人头攒动，人声嘈杂，实时记录仪一会儿高一会儿低，画面都不稳定，一不小心画面居然成了斜的，肯定是执法警员摔倒了。行动发起得这么急，怕是要出乱子了……

意外，这绝对是个意外……

金川市接到统一行动通知，倒不是不重视，但根据经验判断，无非就是一伙组团诈骗的，这些人功夫都在嘴皮上，战斗力一般都是渣。经侦协调各派出所抽调警力迅速扑向指定地点，可谁料大雪封路，有一半警车延误，更没料到的是，恰撞上了这里的骗子组团开会。先期到场的三十余名警力刚封锁楼门和大厅，还没冲上去，对方倒先下来了，电梯里出来一拨，刚拦下还没问清楚，步梯里又出来了一拨。四五名警员组成人墙拦门，跟着又发现不对了，好家伙，那步梯里像开圈放羊一样，哗哗地往外涌人，男的女的老的少的，霎时把大厅塞满了。混乱间灯光一暗，不知道哪个肇事的敲碎了门厅玻璃，瞬间那上百人涌出了楼宇。

“别拉我，凭什么拉我啊？”一男的甩着警察。

一女的刚要被警察询问，她蓦地扑向警察，抱着人摔到了雪地上，边扑腾边大喊：“警察打人啦，警察打女人啦。”

“你这演得太浮夸了吧？你骑在人家身上喊人家打你？”有个貌似带头的同伙都看不下去了，提醒道。

那女的一起身，奔向另一位控制在场人员的警察。这次她注意细节了，噗的一声往那警察脚下一摔，抱着警察的腿喊打人了。那位小民警哪经历过这阵势，提醒道：“别血口喷人啊，我这儿有执法记录仪呢！”

嘭……一个东西砸在他脸上，眼前一黑，手里东西被夺了。等他抹一把脸，却是雪球，睁开眼不见记录仪去向了，连刚才控制的人也一起跑了。

第二拨调来的警力到场时现场已经乱成一锅粥了，雪地上抱成一团乱滚的，已经被戴上铐子，还在和警察理论，甚至试图抢钥匙的；更有甚者，十几个人把民警挤在角落里，就那么围着采取非暴力不合作态度的。泊停的警车迅速封锁路面，分散冲向聚集人群，那头的也不甘被捉，有人大喊着：“兄弟姐妹们，他们在暴力执法，我们不能屈服。”

砰……枪声响了，更暴力的动作来了，是警方一位派出所所长在大喊“全部不许动”。

这下管用，吓停了不少试图做小动作的人，骚乱像瞬间被冻住了一样。所长在大声讲着政策，拖延少许时间，第三拨更多警力到场了。

那一声枪响惊得从楼后钻出来的张光达一个哆嗦，差点在雪地上摔个狗吃屎。他顺着墙根走了几十米，瞅了个乱起的空当，然后撒丫子就跑，一跑出出事地可就安全了。以他长年作奸犯科的经验，警察顶多封锁两到三层路口，而今天恐怕要更少。沿路所见堵车的、追尾的不少，眼看着天色越来越暗，这逃出生天的可能性也就越来越大了。

嘎的一声，一车刹停在便道处，车玻璃摇下有人喊着：“张老板。”

“啊？我不是。”他下意识道，瞅了眼，一看是包神星，又跑回来了，包神星赶紧拉开后车门。跑得气喘吁吁的张光达到了车跟前，抱着包往车上一放，人跟着直扑到车里，惊恐地喊着：“快走，快走。”

驾车的王雕迅速启动，也是惊魂方定，回头问着：“咋回事啊，老总？”

“我他妈怎么知道，钱刚到账，还开着会呢这就来了。”张光达喘着气，趴在车座上道。

“完了，那头出事了。”王雕看了包神星一眼，示意了个眼神。

包神星懊丧地道：“哎哟喂，这倒霉催的，咋就几天安生日子都过不上呢？”

“趁警察没回过神来，赶紧走，我说……咦，你们俩怎么跑出来的？”张光达纳闷道。

这就多亏傻雕了，包神星笑道：“不得不佩服雕哥啊，他每天停车都停老远走着去，我都纳闷几回了，嗨，今天才发现，还是多个心眼活得长点。”

“谁不想多个心眼，防不胜防啊……沈总刚给转过钱来，老子还以为这回真发达了，雷子后脚就跟来了，这到底怎么回事啊……哎我……”张光达急着爬起，掏手机，却不料手机被包神星一把抢走了，顺手就给他扔到车窗外。包神星愤愤训着：“你不想活了，别拉着兄弟们一起死啊，我这智商都知道不敢用手机，你居然还装着手机跑，傻×。”

可能没想到平时唯唯诺诺的包神星居然还有这么横的一面，张光达愣了半晌回不过神来，刚回过神来，车嘎的一声刹停了，滑了好远，差点撞到对面墙上。张光达定睛一瞅，咦，这怎么开进一车宽的小胡同里了？前面的王雕从副驾驶的位置下来说着：“张总，你来开车，找个藏身地，我们换下车牌。”

“哦。”张光达从另一头下车，人胖，只能侧着身进驾驶室，挤了半天好容易上了车，一摸点火孔问，“车钥匙呢……嗨，干什么？”

他恰看到包神星提着他的包走，他急得往后爬，不料卡在两椅中间了，拿上包的包神星做了个鬼脸道：“咱们还是分散跑安全，多保重啊，张总。”

言罢，人瘦腿快的包神星撒腿跑了。这下张光达明白了，这俩货根本不是好心救他，而是盯上他跑路时的浮财了。这可咋办？张光达急得掀了方向盘下盖想学着偷车接火，半天没点着火反而被电打了一下，气得他重捶了方向盘几下。他艰难地挤下车，侧着身从车和墙的缝隙中往外挤，挤着挤着，眼看着就要出去，眼看着就要成功了，却先听到了警报的声音。

循着车辙追到这里的警察看到了滑稽的一幕，那个矮胖的嫌疑目标，被夹在车和墙的缝隙里动弹不得。这好歹也是个骗子吧，他涕泪横流地哭诉：这两个骗子，太欺负人了，这两个骗子，不得好死。

他哭得泪水涟涟，惹得警察们也同情心大起，赶紧几人抬车把他救出来，然后很客气地给他戴上一副锃亮的手铐……

18时40分，长安环城的高速路上，武建利驾驶着一辆越野车终于看到泊停在应急车位上的一辆普通轿车。他鸣着喇叭，打着双闪，停到那车的后面，把驾驶位置交给了车上的人，自己下车，上了前车。两车随即启动。

“还是当过兵的人靠谱，时间掌握得一分不错。”后座的沈曼佳赞了句。

武建利笑了笑道：“是沈总安排得好，说实话，干了这么久我都没发现被追踪了。”

“有些东西得靠脑子，不能光靠眼睛。杜风头搞这一出取钱，看上去是好事，实则是坑牛金他们呢。组局布子总要有人成为弃子，按风头的手法，除了他，其他人都可以是弃子。都取这么久了还没有警察追上来，那只有一种解释——他们在撒大网。”

“确实是个大网，出去的一个没漏，全进网了。”武建利掏着手机，随便按了一下，是车手毫无征兆被抓了的短视频，抓得这么精准，一点动静都没整出来，那也只有一种解释——这些车手早被盯死了，就等着下手摁人呢。

“呵呵，就是不知道杜风头怎么样了，你说那个小家伙能找到老风头吗？”沈曼佳问。武建利摇摇头，她问开车的司机道：“菊儿，你说呢？”

“我也说不上来，那个人有点邪……哎！沈姐，您确定他是警察吗？”开车的是雀斑妞，她疑惑地说，“我总觉得不太像，不像我们一路的人，可也不像是警察啊。”

“不像可不等于不是，那谁能看出我们像坏人啊？”沈曼佳笑道。这人确实邪，奇怪地勾起她的回忆，竟然有点牵挂的感觉，她像惋惜一样叹了句，“不管是不是，现在他应该都明白了。”

“那他表情一定会很精彩。”武建利道，“而且我们，会成为他一辈子的噩梦。”

“不，他不一样，他的心思很深，有时候我觉得一眼就能看透，可有时候，又觉得自己看到的是错觉。我有一种奇怪的感觉。”沈曼佳道。

“什么？”武建利问。

“总觉得没有结束。”沈曼佳心里泛起一丝不祥的预兆，可她说不清这个感觉来自哪里，想了许久，她奇也怪哉地问，“对了，我让他找到杜其安就联系你，联系了吗？”

“怎么可能？现在应该明白怎么回事了，就联系也找不到我们啊，境外转接，又是阅后即焚，除非他们长着翅膀……长着翅膀也来不及啊。”武建利笑道，却不料他话音方落，手机叮咚提示了一声。他惊得眼一滞，手一翻，看到了来的信息，是一句莫名其妙的话，他念道，“天寒，你胃不好，多喝热水……这他妈什么意思？”

可这没头没脑的话却听得沈曼佳如遭雷击，她一把抢过了手机，惊愕，甚至有些激动地看着，想输什么，却又放弃了。武建利头回见这个杀伐果断的狠娘儿们犹豫了、踟蹰了。

“他的意思是，他还没有放弃。”

沈曼佳幽幽道。她闭着眼睛想静下来，可越静仿佛越乱，仿佛又回到了那个嘈杂的车站，仿佛面前站着一个笑吟吟的大男孩，正关切地递给她一杯热水。可能一切都是假的，可那暖暖的感觉假不了，是他眼神里的，还是自己心里的呢，为什么这么久了，竟如此记忆犹新？

过了很久，沈曼佳都没有任何表示，她像思索着什么，一会儿闭目，一会儿又痴痴看着窗外。车疾驰着，渐渐黑下去的天色像预报一样下雪了，纷纷扬扬地落在车灯前、车窗上，迷乱了视线，仿佛也凌乱了思绪……

恩怨未泯，循踪追猎

时间过去九分钟，准确地讲，是九分二十秒，看着手机的钱加多终于憋不住了。他刚想开口，斗十方像脑袋后长眼睛一样，直接说了句：“闭嘴。”

“这是跟我说的吗？”钱加多愤愤道。

大邹提醒着：“好像就你一个人说话。”

“那你不也说了？”钱加多挑刺儿了。大邹闭嘴了，和这二货纠缠起来，会拉低智商以及形象的。钱加多见没人理他，左顾右盼着，不经意看到几辆车时，他终于有话了，“停车停车，好像专案组的人来了。”

程一丁也看到了，慢慢把车靠到了路边，后面的两辆黑色依维柯也跟着靠边。俞骏和向小园跳下车，曾夏快步迎了上来，敬礼，然后朗声道：“专案组外勤第七、九、十二组，奉命驰援你们，请指示。”

“这……”俞骏给吓了一跳，看着向小园问，“没接到这命令啊？你知道吗？”

“不知道啊。”向小园道。

“临时命令，现在三个组全部归X小组指挥。这是我们重案队和刑侦一、三大队挑出来的精英，全部是武警重装备，考虑到武建利的出身以及还有四名境外涉案人员未落网，专案组特命我们驰援随行。”曾夏道，又来了个敬礼。

“别别，您把我整糊涂了，我现在还没谱呢，我打个电话问问。”俞骏拨着手机，发愁地看了眼天色。电话里确认后，他又眼神复杂地看了曾夏一眼。曾夏直接道：“您如果对我个人有看法，我可以回避。没错，是我从天府回来后向专案组汇报零号的情绪不对，有可能影响到行动的实施。”

“没看法，你汇报得也没错，情绪嘛，现在还不太对。”俞骏道，上前和曾夏简要交代了几句，敢情X小组在郑远东案发后离开了现场，商量之下，居然直接和武建利联系了。这情况吓了曾夏一跳，他苦着脸道：“俞主任，这事您得给组里汇报啊。”

“汇报没有任何意义，他们的联系方式是一个虚拟的网络账号，服务器在境外，就是传说中的阅后即焚，无法做出定位，即便现在能定位，也晚了。”向小园说着，手伸出来，摊开，几粒雪花落在她细腻的手心，然后化了。她抬头看，渐暗下来的天空，今夜不知道会落下多少这样的雪花，不过阻断交通应该足够了。

曾夏顾不上提醒了，小声问着：“那结果呢？”

“这不还在等结果吗？”俞骏道。

“他们已经得手，不会有什么结果。这样贸然联系，说不定会让对方揣度到我们的意图。”曾夏道。

俞骏笑了，很损地客气问着：“那，要不您指挥，我们听您的。”

曾夏一下被噎住了，向小园扑哧一声笑了。曾夏难堪道：“俞主任，您别挤对我成不？”

“要不听听你的意见也行，他发了条信息，信息的内容是‘天寒，你胃不好，多喝热水’。您说说，这句话对方如何揣度我们的意图？”俞骏问。

曾夏皱着眉头，不明白地问：“这什么意思？”

“你可算问着了，我们都不知道。”俞骏道。

向小园又笑了，她扶着额头掩饰着自己的笑意，总不能让同行太尴尬，就听她解释道：“我们是真不知道他怎么想的，反正找杜其安的时候，在找到的前一刻我们还觉得他精神出问题了，但下一刻，确定是我们智商有问题……王雕父亲工伤死亡，关联的一个企业主是预制板厂的，他联想到了尘肺病，联想到了长安治疗尘肺病最好的医院，就那么直接找着了。

按程序办事没错，但所有的事都按程序办的话，可能总会有那么一回两回疏漏啊。”

“好吧，我服从指挥，听从命令。”曾夏道，关键时候，能者为尊，作为警察，为了不放跑嫌疑人，谁都放得下这个架子。

“现在，没有命令，得跟着他的感觉走。上前面车吧……多多，大邹，你俩下来，后面吵去。”俞骏撵下了钱加多和邹喜男。这一行人重新登车，坐到副驾的俞骏道：“撞天婚吧，上环城路，别一会儿雪大了上不去还得麻烦。”

程一丁依言驾车而走，俞骏回头看到十方闭目养神，他道：“嗨，大师，我怎么觉得武建利不可能再联系你啊？即便他不知道你身份有问题，这事捅得他也得断了一切联系疲于奔命啊。”

“我对武建利没兴趣，又不是和他联系。而且，武建利不是个疲于奔命的人，说不定是个亡命徒。”斗十方道。

“你凭什么判定？就见过一面。”俞骏问。

“别忘了我是看守，号子里的嫌疑人，死刑的都有二十几个，相信我，他们身上的味和别人身上的不一样。”斗十方道。

“到底是看，还是闻啊？闻到什么味了？”曾夏笑道。

“人味，那些不把自己的命当回事的人，身上都没多少人味。”斗十方道。这句听得曾夏肃然起敬，作为警察他很理解这种感觉，点点头道：“差不多，他是沈曼佳的黑枪，估计身上都背有命案，这些年把人骗到境外洗劫一空，没少坑人。”

“这样的人，警觉性应该相当高……别说觉得你有问题，就即便你是同伙，这情况也得扔下你了。”向小园道，她心里其实也急了。

“我都说了，我不是跟他联系。她一定会回复的。高手都是寂寞如雪啊。”斗十方道。

“你这个牛吹得没毛病，我认了。”俞骏笑道。

“我不是说我，我是指她，一个寂寞如雪的高手，对于一个知音，哪怕是观众的那种渴望，会很强烈的。如果知音还是自己的对手，她会按捺不住自己的兴奋和激动的。”斗十方道。他目光呆滞，像陷在回忆里，这段回忆给了他一个确定的答案，他又一次判断道："所以她会联系，会告诉我，会让我眼睁睁地看着她完美收官。"

这情结确实让人不敢恭维，俞骏看向小园一眼，小声问："多长时间了？"

"十七分钟。"向小园道。

"那不可能有戏，我们等网安这条线索出来吧。"曾夏道。

"曾队，你一直怀疑我出问题了，我很好奇，你为什么不怀疑可能沈曼佳有问题，就只怀疑自己人出问题呢？"斗十方道。

"她就是个嫌疑人，还有什么问题？"曾夏道。

"难道不会是，她故意让你们怀疑我有问题？"斗十方道。

"这……"曾夏愣了，没明白这个逻辑。

恰在这时，响起了一声悦耳的叮声，信息来了。一车人激动得要凑上来。斗十方慢吞吞拿出手机，上面显示着一行收到的字：小骗子，你当警察多久了？

这信息一瞅，泼众人当头一瓢冷水，对方肯定知道了，如果不知道的话，难道是诈一句？

斗十方飞快地输着：女骗子，我没骗你。我都说了，看守所，两年零八个月。不过没人问我干什么，其实我是看守。

这句话像调侃，曾夏正思忖这话可能不对，叮一声信息又来了：可惜我骗了你，知道我在什么时候发现真相的吗？

斗十方想都没想就输着：见到我第一次应该就发现了。杜其安能感觉到不对，你在他之上，自然能。

"其实比那更早，你当车手逃跑时就有人感觉不对了，他说感觉你用的是武警的动作。"对方的信息道。

斗十方啪地扇了自己一耳光，喃喃说着："不该在看守所和那帮武警天天练，那套路武建利也会，这么简单。"

叮的一声信息又来：你露的馅太多了，天天灯红酒绿的却没有正经嫖过谁，传说你喜欢男人，但那天晚上，我摸的时候你好像硬了。

这就尴尬了。斗十方看围上来的几位，那几位同情地看着他，他迅速输着字：那晚我真不应该这么做，不过反正事情都发生了。我很奇怪你为什么这么做，又准备安全套，又把我床单换了，非要搞一个酒后乱性的假象，有意义吗？

“如果没人发现，那这就没什么意义，但现在你也知道了，你知道了就是意义。”对方回答道。

啪……一声轻响，是曾夏在自己脸上打了一下。斗十方看着向小园，提醒道：“要不，你也来一下？”

“嗯，等没人了我自己来。”向小园不好意思道。

斗十方低头输着：谢谢。

片刻，对方回复：不客气。

嗯？！俞骏愣了，瞪着眼，不过马上明白了，直道：“你俩真是知音啊。”

“什么意思？”凑在后面的娜日丽没明白。

“她知道我和自己人在一起，那这一句等于为我正名了，所以我要谢谢。”斗十方说道，他又在手机上输着：我是史上最蠢的卧底，我现在明白了你为什么大大方方出来，还绕了半个中国，那是因为你知道和我在一起是最安全的……

“你没必要这样贬低自己嘛。”向小园看不过眼了。斗十方却笑着道：“女人嘛，都喜欢奉承和恭维，你还不一样？把天聊死就不好了。”

“你……”向小园气得语结了，别人一乐，叮声又来，聊天继续了，三个字：还有呢？

“看，高手寂寞如雪，我得送顶高帽。”斗十方笑道，越来越轻松了，他输着字：其实你的目标不是明日商城这个盘子，而是逆风。但你一个外来户，不但有被警察滞留之虞，而且也对付不了长安地方势力，所以你佯装入伙，给他们洗钱。其实有没有我都一样，你会寻找最好的机会砸盘，把警察都引向这些地方势力，而在砸盘之前，你会直取郑远东，这个唯一知道逆风准确信息的人，对吗？

这是已经发生的事，不过现在听来仍然让人毛骨悚然，把警力都算计进去的骗子，这胆子得有多大？

信息很快回复了：你低估了你自己，你还是挺起作用的，否则我怎么敢大摇大摆去走上一圈？而且你带回去的信息很重要，一定会让警察欣喜若狂的，毕竟一个老骗子落网了，他干的事你要查清，功劳能换个局长当当。别告诉我你没找到啊，否则我会很失望的。

斗十方迅速回复：找到了，谢谢你的信息。我代表个人感谢，警方可能不会感谢你。

“没关系，不用客气，你不会怪我吧？”对方这口吻，好酸的感觉。

斗十方输着文字：有点怪，其实我很享受被你当棋子的感觉，现在成了弃子，好凄凉。

“你想说什么？”对方问，仿佛在文字里能听出这一边的想法。

斗十方输着：我想……去找你。

“好的，我等你。”对方信息回道。

这一刹那，仿佛是心有灵犀，斗十方的手停了。他抬头看着车顶，像在回忆什么，然后打开了车窗，把手机扔向窗外。

几乎是同样的动作，沈曼佳思忖片刻，慢慢地摇下车窗，看着窗外朦胧的雪色，然后手一扬，手机飞出车窗倏忽不见。

这条若有若无的线就此中断。X小组这辆车里沉闷了好久，程一丁慢慢把车泊停在临时泊车点里大家才惊醒。曾夏打开了电子地图，不过没有什么头绪。他抱着万一之想问向小园：“有没有可能追踪到？家里能同步收到这个信息。”

向小园摇摇头：“即便我们守在服务器前也追踪不到，有一个最简单的方式，如果中间有一人在复制粘贴，和洗钱同柜取存一样，数据连线就中断了。”

“就算退一万步，即便可以追踪到，也来不及了。”俞骏道。

“那只有网安这一条线了，但是不确定，是不是能指向沈曼佳。”曾夏道。

“能……她是个感性的人，最起码骨子里的感性多于理性，也许现实让她越来越理性，但在某些时候，如果感性主导她的判断，那她就会犯错。她犯错的机会，就是我们找到她的机会，她还没有意识到自己的疏漏。”斗十方道。

“雪越下越大了。”司机程一丁提醒了句。

俞骏、向小园、曾夏交换着眼神，曾夏不敢做主了，向小园当不了这个家。俞骏看着斗十方道：“你来指挥吧，锅我们扛。”

“她在哪儿？”斗十方问。

“半小时前通过了H25公安检查站，前方最近的出口是柳泉市南。”曾夏道。

“就这个方向……走。”斗十方道。

程一丁启动前行，俞骏问道：“你确定吗？”

“不确定，但我确定这是我们唯一的机会，要么全抓到，要么，什么都抓不到。”

斗十方道，说完他又像发怔一样，呆呆地看着窗外。

窗外只有纷纷扬扬的雪花，迷乱了视线，凌乱了思绪。在这个雪夜的尽头是欣喜若狂，还是空欢喜一场，不管是什么都即将揭晓，可不论是什么，似乎都让斗十方高兴不起来……

奔袭夤夜，短兵相接

车拐下了柳泉市北出口，交费出站的时候，自动感应的摄像白光一闪，定格了下高速车辆的照片，那一刹那，司机下意识地低头，头上长檐的棒球帽，正好遮住了面部。

“妈的，现在境内越来越不好办事了，处处都是监控。”后座的武建利嘟囔了一句，欠欠身子，摸摸后腰硌得他有点疼的武器。

这个动作被沈曼佳看到了，她出声道：“我要活的，这个人是个移动的提款机啊。”

“知道，我还没和黑客打过交道，只看过黑客电影。”武建利笑道。

“没那么神秘，都是些技术宅男，胆小怕死，疏于社交。可在虚拟世界又恰恰相反，他们站在上帝的视角，所向披靡，无往不利。”沈曼佳道。

“会不会有保镖之类的？这么个大户。”武建利问。

前面的菊儿说话了：“说不准，郑总的保镖就有好几个，只是在自己公司没防备才着了道，我们还是小心为上。”

“呵呵，说得是，多亏了菊儿你啊，费才立对你的情况知道多少？”沈曼佳问。

“知道不了多少，我们等于是郑总通过牛老板给他们派的培训师，同时也监督他们手脚干净点，其实我一直以为郑总是逆风。”菊儿小声道。

说到这儿，武建利都纳闷了，他问道：“沈姐，这郑远东好歹这么大的老板，怎么背地里干这种生意啊？”

“呵呵，干过这种生意啊，其他什么生意也看不上眼了。再说了，郑远东属于没背景没靠山白手起家的，我怀疑呀，他手里的正当生意都是逆风的黑钱给他撑起来的。”沈曼佳道。

“也是，现在的富豪，没几个底是干净的……菊儿，前面停一下。”武建利示意道。

车缓缓停了，地上的积雪已厚，这种天气行车是很危险的，不过这一行人早有准备。武建利叫着后车的四位，偌大的越野车里咚咚滚下几个轮胎来，这些人有条不紊地卸轮换胎。几分钟后，换上雪地胎的车辆高了一截，重新上路时，已经可以稳稳地在雪地行驶了……

“H3，你在什么位置？”

“我们在中南路，车侧滑出了交通事故，正在解决。”

“马上解决，迅速归队。”

“是。”

“B7组，你们在什么位置？”

“我们还在高速上，出了交通事故，堵车了。”

“设法尽快返回。”

“是。”

“……”

指挥台前，邵承华满头大汗，外勤组有一半遭遇恶劣天气不能正常归队，有一部分还押解着嫌疑人。越怕出乱子的时候就越出乱子，一辆返回的警车都到门口了，“咣”的一声撞上了门栅，车刹得斜斜溜了十几米，把泊在大院的另一辆警车给撞了，气得邵承华有砸了电脑屏幕的冲动。

屏幕上清一色的白皑皑的雪色，有些地方已经挂上了冰凌。这时候想想也许还有点庆幸，如果迟几个小时，比如现在砸盘走人了，那恐怕这次行动斩获的连现在的一半都不到。等待的间隙，邵承华悄悄回瞥两位等着的领导，那两位就搁那儿坐着有一搭没一搭地聊着，都几个小时了。确认归队的组后，邵承华径直跑上去，敬礼道：“凌总队长、谢副厅，嫌疑人费才立押解回来了，他是躲回老家去了，刚带回来。”

“要不，咱们见见去？”谢副厅道。

“成，闲着也是闲着。小邵，X小组在什么位置？”凌宏业随口一问。

“还在高速上，雪下大了，行驶的速度很慢。”邵承华道。

“嗯，让他们注意安全，随时汇报。”凌宏业似乎并不着急，撂了一句，和谢经纬一前一后出去了。

总队的办公楼层和作训室全部改成了滞留室，铐在暖气管上的、几个连铐在一块儿蹲了一溜的，还有楼梯栏杆上铐了一串的，大致看过，牛金KTV的那拨黑保安、皇城府公司的一干人员，还有组织骗红包、刷单的几个教练、组织人，费才立是最后一个归案的。两个人走到三层某间不远处时，谢经纬拉拉凌宏业，示意着尽头的方向，那个方向蹲了几个女嫌疑人正等着审讯。凌宏业不解，谢经纬小声道：“似乎有……长甸那几个？”

“哦，有……教练一共有十几个，多数也是上当受骗的，而后当了骗子，又上升到教人骗人的层次。”凌宏业道，不解地看了看谢经纬问着，“怎么了？同情心出来了？”

“不是，我是说，长得一个比一个丑，你说这造化有时候也开玩笑啊，不靠脸蛋不靠才华不靠爹妈，靠骗人也能做成个事业。”谢经纬开了个玩笑。

推门的凌宏业笑着回道：“你还有心思开玩笑，要是最丑的那个错了，最漂亮的那个跑了，我看你还笑得出来吗？”

“错不了。邪不胜正，多行不义必自毙，用他们的话说叫，出来混，总是要还的，今天就是偿还的时候了。”谢经纬朗声说着进来了。两位审讯的经警起身，把座位让了出来，有点诧异怎么这么高规格，不过没敢出声，而是轻轻地掩上了门。

审讯椅上的费才立耷拉着脑袋，一副如丧考妣的死相，听到对面的敲敲桌子他才懒懒抬头，先出声狡辩着：“领导啊，政府啊，这啥事啊，莫名其妙就把我抓起来了，我都回老家村里了，我啥也没干啊？不信您让人查查我的账，这经济寒冬的，赔都快赔死了，怎么可能有经济问题呢？”

“我们不是审问，那事轮不到我们干。”凌宏业道。

“聊聊天，聊天之前，先给你看段视频。”谢经纬道。

电话接通了作战室，远程控制的墙上屏幕亮了，画面一开始就把费才立吓得眼凸了出来，居然是在长甸干活儿的录像，居然是招募学员面试的进场录像，还有出境的记录。浓缩的两分多钟的无声视频把费才立看得满头冒汗，估计开始使劲地想怎么圆谎，还没想好，又闪出几屏来：黄飞被审讯的画面、牛金交代的画面、蜻蜓KTV被查封的画面。看到尽处，费才立张口结舌，表情已经石化了。

“情况都清楚了，我拣几个问问你，这个人是谁？”凌宏业掏着手机，显示着一个女人的照片。

费才立看了眼道：“月月，教大家骗红包、裸聊的教练。”

“你哪儿请的教练，干得挺专业嘛。”谢经纬问。

“不是我请的，是牛老板介绍的。其实我不算老板，我得听她们的，下面所有组盘的，都得听她们的，弄回来的钱，是她们给我们分，她们拿的是大头。”费才立一句都不结巴地全交代了。不过听得出是全扣别人脑袋上了。

“那她们有几个人？”谢经纬问。

“我那儿有三四个，一共有十几个，原来是我们找人，她们培训，培训一段时间呢，国外有中介来招人，就就就……”费才立说着，结巴了，好像是自己把人卖了，这算多大罪他不确定了。

“就卖人头了，这个我们清楚，但我们不清楚的是，她们怎么学的？话术、话本，这可是很有讲究的。”凌宏业问。

“这个就专业了，我也弄不清，据牛老板说，有高手指点，具体什么高手我也没见过。但这些人是真厉害，反正一个生手被她们敲打几天，立马就能上了道。”费才立道。

“嗯，来认认，都是谁。”谢经纬拿着手机，显示着两排照片。

费才立一一指认，凌宏业插了一句道：“这个，这个……这个好像没见着，是不是漏网了？她叫什么？”

“我们都叫她菊儿，真名叫杨菊苹，她是大教练，里面好多人是她带出来的。”费才立道。

“看不出来啊。哪儿人？”谢经纬问。

“不知道，她原来在郑总的公司干，连牛老板和黄飞都对她挺客气的。”费才立道。

“为什么对她这么客气？有特别之处吗？”谢经纬问。

“必须有啊，管账算钱，脑袋瓜清着呢，我们拿的钱都是她给结算的，电脑什么的玩得特别溜。我们开盘都得布线、组网，还有手机模架什么的，都得人家给干不是？我们大老粗搞不了那玩意儿。”费才立交代着。

他没有注意到，两位老警察似乎对这名并不起眼的嫌疑人，有着极大的兴趣，甚至连更细的生活情况都问上了……

此时，武建利坐在驾驶的位置看到了前方的路标：丰仪镇，15公里。

“坐标离这儿不远，应该就在这一带。”副驾上的杨菊苹思忖道，她在飞速地击着键，连续出来的屏幕似乎是访问地方的门户网站。

后座的沈曼佳开着电脑，看着电子地图上追踪到的一个红点，她按照坐标匹配地图的地名标记，面露喜色道：“菊儿，你的水平不亚于逆风啊。”

“还差一点，他是我老师，我入行都是他教的，不过没见过面，他都是在视频上给我演示。”菊儿说着，提醒了句，“发到您电脑上了。”

武建利伸头看，显示的是无卫星地图，地名是丰仪银杏基地，匹配的建筑图纸不知道杨菊苹从哪儿淘出来的，那建筑应该是整整四栋楼，实验区、办公区、住宅区都标对了，公司成员不过九人。沈曼佳格外兴奋地摁着鼠标点了点其中一位执行董事徐则臣的名字道：“看来郑总没说谎，逆风应该就在这儿。谁能想到，曾经私服的风云人物，到这么个穷乡僻壤搞起园艺来了。”

“他应该已经知道出事的消息了。”杨菊苹提醒道。

沈曼佳笑着合上了电脑道：“但他主要盯的是资金，即便他知道出事，也来不及逃跑了。加速！”

“好嘞！”武建利应了声，一踩油门，雪地胎扬起一片雪泥，自岔路驶向银杏基地。

此行占尽了天时地利，新雪覆盖的路并无车辙，那肯定是没有车驶过，而且像逆风这样层层包裹的黑客似乎并没有必要急于逃亡，否则外围盘子已经砸了这么多他依旧岿然不动就说不通了。一路上沈曼佳兴奋地和杨菊苹分析着，十几公里的路，不多时便看到了亮着灯光的园区。车方泊停，杨菊苹就听到了嚓嚓拉枪栓的声音，这声音让她的心猛地跳了跳。令她惊愕的是，连沈曼佳也抽出了武器，检查完毕往枪上拧着消声器，边拧边提醒着：“菊儿，你跟着我，大武，你带人进去，照单拿人。”

六个人分成两队，手下人摞人攀上了墙头，直接从里面暴力开门，等楼上晃起电筒，这些人已经冲到了院子中央。后行一步的沈曼佳带着杨菊苹直奔停车场，几辆车的车轮挨着个儿噗噗几枪，轮胎报销了。车胎漏气的声音几乎和楼里的枪声同时响起。沈曼佳诧异侧头，那不是自己人的武器声音。她心一跳，边对着麦说着话，边奔向了楼内。

有抵抗，那就更确定目标无误了……

末路狂花，惊鸿乍现

战斗来得突然，去得也快。武建利带着手下进去时，冷不丁有人从二楼打了一枪。这方训练有素的几位迅速分散，滚地移动寻找着最佳射击位置，两次还击。随着栏杆上几簇火花，那个中弹的惨叫一声，直接顺着楼梯滚了下来。几个袭击者交替掩护上楼，寻找着目标。武建利拎起那个中枪的，已经翻白眼活不成了，他小声咒骂了一声，用缅语提醒着，尽量要活的。

很快又接火了，三楼步梯处有人伸手胡乱放枪，几个袭击者小心躲避着，判断着这人的水平，似乎没有准头。其中一个掏出个曳光弹，一甩手嗖地扔了上去，一炸开就是亮如白昼。猝不及防的抵抗者暂时失明了，等他捂住眼睛，手一疼，腕部中枪了，刚换手在地上摸武器，噔噔噔几人冲上来了，冷冰冰的枪口已经抵在了他脑袋上。

询问简单而直接，武建利一刀子戳在对方腿上。那人惨叫着，指向了楼内。这些人马不停蹄地冲进了走廊，一阵威胁呵斥声后，安静了。

等沈曼佳循着方向上楼，踩过血流一地的走廊，推开这个封闭楼层的房间，忍不住惊咦了一声。入眼的是个偌大的工作台，支架吊装的显示屏有十几个，连接着键盘、鼠标数个，靠墙的工作台摆放着几台笔记本，机器还在嗡嗡地运行着。而工作台的一旁，有已经打包好的行李，墙角蜷缩着一个男子，在几个枪口的直指下，吓得手捂着脑袋在哆嗦。

杨菊苹迅速上手，查看着电脑，翻查着存储、日志文件，片刻后抬头道："被清空了。"

"看来动手挺快的啊，要是我们什么也拿不走，那就只能拿你的命了……嗨，给我一个不杀你的理由。"沈曼佳说话了。

那人慢慢抬起头，惊恐的眼光看向了行李。杨菊苹蹲下一拉拉链，包里赫然是几块方盒子，她脸上一喜，一开盒子，抽出来一块硬盘，再看桌下的主机，一个硬盘阵列盒的门都未关好，她直接把硬盘插进了阵列盒，起身查看着。

大存储、高速网，这是吃网络饭的标配，那十盘阵列存储的有多少数据，就意味着多少财富。面露喜色的沈曼佳慢慢地看向蹲着的人，似乎和想象中有出入。这男子二十多岁，面目清秀，明显和郑远东不是同龄人，也不可能同过学。她踱步上前，斟酌片刻轻声道："转账是谁操作？"

那人茫然抬头，是一双稚嫩、恐惧的眼。武建利抬了抬枪口，他急着道："我不知道……我真的不知道，我只负责数据。"

"什么数据？"沈曼佳问。

"网络维护和服务器日……常维护……其他的我真的不知道。"那人手和嘴唇一起抖着，说话都成颤音了。

“有了。”杨菊苹说话了。沈曼佳听到声音回头，看到杨菊苹两眼放光地操作着电脑，能让懂数据的喜出望外，那肯定是见到心仪的东西了，就听她说道，“全部是脱库数据，银行客户资料、车管信息资料、医保资料、快递统计数据……这块硬盘8个T，一个阵列十块硬盘，要有接近80个T的资料。”

“看来我们运气不错，抄底了。”沈曼佳笑道，回头看那个哆嗦的年轻人，她问着，“你是谁？”

“我……我是基地员工，负责给老板整理这些数据。”

“老板呢？”

“没回来。”

“没回来你把这儿清空了，准备私逃啊？”

“不是不是，老板通知我这个点弃了，让我带走数据。”

“什么时候的事？”

“八点多。”

沈曼佳看看表，刚过去了不到一个小时，如果这个人说的是实话，那只能证明一件事，徐则臣不止这一个窝点。可如果真是这样的话，她也就没有时间，也没有机会再进一步了。

她回头示意了下，武建利掏出手机，一手用枪顶着，一手划着手机屏幕问：“老板是哪个？”

手机屏幕上放了数张照片，郑远东的、牛金的、黄飞的，包括找到的徐则臣的。那人看了半天，紧张地看武建利。武建利枪顶着提醒了一下：“看清楚啊，错了我手里的枪可要走火。”

“我……我没见过老板啊。”那人紧张道。

“上面的人都没见过？”沈曼佳诧异回头。

“只……只见过徐哥，徐……徐则臣。”那人道。

“徐则臣呢？”沈曼佳一怔，心一下子凉了。她看杨菊苹，杨菊苹也是一脸懵然，这个突来的变故，把乘兴而来的人全给打蒙了。几双眼睛都盯着这个稚嫩的小家伙，那小家伙慢慢地，手指着一个方向，似乎是另一幢楼。武建利快速移步到窗前，在他拉起帘子的同时，隐约听到了引擎的声音。

“快，漏了一个。”武建利喊着。

他麦里喊着楼下守着的，抡着钢椅砸碎了一个窗户，那个早有准备的手下放着绳子，嗖地从三楼滑下去。刚着地，一辆黑色的轿车直接从对面楼里亮着灯冲出来，拦截的两个人对着车身嗒嗒嗒就是一梭子子弹。武建利眼见拦不住，从楼上滑下支援，几个人四向围追着，边追边开枪。

楼上的沈曼佳眼见乱了，挥手道：“带上硬盘快走！”

“他呢？”杨菊苹指指畏缩在角落的男子。

“带走！”沈曼佳说。杨菊苹抽了硬盘，上前踢了那人一脚，那人畏畏缩缩走着，杨菊苹后面撵着，嫌他走得慢了，到楼口顺势又踢了一脚。不知道踢在什么地方了，那男子猝不及防，捏在手里的一样东西叮当掉到了地上，是一个液晶的微型显示屏。杨菊苹诧异道：“这是什么，你在操控什么？”

啊……那人喊着，毫无征兆地暴起，一把拽着杨菊苹往楼梯下一推。已经走了半截的沈曼佳回头朝上开枪，随着枪响，失去重心的杨菊苹扑到了她身上。她一侧身闪过了，不过开枪也失去了准头，那人连滚带爬地往回走。沈曼佳迅速跑上去追，却见得那人闪身进了一扇门，咣一声合上了。她踢了两脚踢不开，又退了两步开了一枪，却发现那是钢门。她生怕被流弹擦中只得放弃，再奔回来，摔得七荤八素的杨菊苹正捡拾着硬盘，她捡起了那男子丢的像车钥匙一样的东西，一下子认不出来是什么玩意儿，几阶楼梯下的杨菊苹提醒着：“是不是他在操控那辆车？难道他是……”

那是一种最不可能的情况，可惜马上应验了。麦里武建利喊着：“沈姐，车里没人，那小子有诈。”

沈曼佳看了眼那男子消失的方向，瞬间下了一个决定：“快走，碰到高手了。”

两个人迅速下楼，刚出楼门，又听到了黑暗中嗡嗡的声音。沈曼佳急着在麦里喊着：“大武小心，这可能才是逆风。”

武建利刚看到沈曼佳，不过听到警示已经晚了，一架无人机从空中俯冲下来，识得厉害的武建利迅速找了个垃圾桶蹲着隐身。那几个操着枪就打，不知是打中还是引爆了，无人机轰的一声炸开了，机身成了天然的杀伤利器，毫无遮掩的几名枪手捂脸的、捂腿的、捂眼睛的，齐齐惨叫倒地。

武建利顾不上这些手下，迅速奔向沈曼佳，把惊得花容失色的沈曼佳扶起来，这时候听到了一声尖锐的摩托引擎声，不过已经是在墙外了。等了片刻才看到一个骑手的影子，在雪地里迅速消失了。

“他才是逆风。”沈曼佳嘴唇抖着，看着一地狼藉，不知道是因为惊惧，还是因为错失了机会。急火攻心的她刚走一步就一个趔趄，差点摔倒。

“动静太大了，马上撤吧，这不比在境外。”武建利提醒着。

“完了，我太高估自己了。”沈曼佳失魂落魄地道。那几个重伤的手下，恐怕走不成了。

“只有逃出去才有机会。”武建利干脆顺势背起了沈曼佳，他和杨菊苹迅速往外走着，却不料刚到车边，远远地有两辆车冲了过来。他把沈曼佳塞进车里，跳上驾驶位，发动车就跑。杨菊苹都没来得及上车，那车哗的一声就蹿了。她急得直跺脚，第一辆车直接冲了过去，第二辆车上跳下来四位特警，大喊着不许动，她惊得赶紧举起了手。

两车一前一后，径直追了上去……

找到了，找到了……

作战室里捶桌子跺脚的兴奋劲，把两位总队长也感染了。凌宏业狠狠捶了谢经纬一拳道：“哎呀，老伙计，这回你可是拉着我上巅峰了。”

“快调警力，枪声和爆炸声是怎么回事？”谢经纬提醒着。

两个人到了指挥台前，下一刻传回来的实时视频，把在场的警察看得一点兴奋劲都没了。地上被控制的几个外籍嫌疑人，个个重伤，楼里死亡一个，推进到那个房间时，门口倒的一个还有一口气，四名小特警急得汇报声音都乱了。这些年缉枪治爆的，一省都难得见几起枪案，今天倒好，居然是场枪战。

“往回倒，这儿……女嫌疑人身边，那个包。”邵承华提醒着。

视频往回放，定格在杨菊苹被捕的地方。邵承华指挥着现场刑警把包打开，赫然是几组硬盘，他长舒一口气道：“可能我们的斩获要超过预期了。”

“先别管东西，抓人，绝不能让他们跑了。”凌宏业道。他的视线死死盯着那视频里忽隐忽现的逃匿车辆。那辆越野车性能极好，正在渐渐拉开与追兵的距离。通话里俞骏正在喊：“指挥部，指挥部，我们车上没带防滑，追不上他们。”

“鸣警报，开枪示警，把他们撵到大路上。”谢经纬憋不住了，吼了声。

“是。”步话里重重地回答。一时枪声大作，是打了半梭子子弹。跟着警笛响了，前面逃窜的车辆依旧未停。

“停车吧。”沈曼佳道。

早已恶从胆边生的武建利仍然在死死踩着油门，他恶狠狠地道：“沈姐，今晚我干的事就够得着打头了，横竖都是一死，说不定闯出去还有生路。”

“跑不了，他追来了。”沈曼佳幽幽地道，绝望反而让她显得冷静。

“你是说斗十方那孙子，早该做了他，您不让，什么算计算计，最终还是把咱们算计进去了。”武建利怒道。

“那你后悔跟我回来吗？”沈曼佳侧头，幽幽地问。

“这天迟早会来，要后悔，也是后悔和你在一起的时间太短了。”武建利眼光瞥到了前方隐隐闪烁的红绿警灯，他突然一踩刹车，车在雪地上斜滑、转圈，侧滑出去几十米才停了下来。停车的刹那，他的手伸向了副驾，嗒的一声开门，然后狠狠地在沈曼佳的脸蛋上亲了下，解开了安全带，把她一把推了下去。沈曼佳被推下去才反应过来，坐在雪地里大喊着：“大武，别做傻事，我们还有机会。”

来不及了，武建利倒着车，打着方向，拐了回来，远远地后面的两辆追车驶近了。他一踩油门，一手把方向，一手伸在窗外，砰砰砰开着枪冲了上去。

这头的警车迅速横亘在路上，跳下车的刑警四散着对着冲上来的车砰砰砰连续开枪。子弹在车身、车顶擦起如烟花般的火光。后车的曾夏猛地闪出了身，一匣子子弹全部往驾驶的位置打。可那辆车依旧未停，引擎吼着、雪泥溅着，直愣愣冲过来。围攻的警力四散避让，那车咣一声巨响，冲到了警车上。两车撞点爆出了一片火光，警车被撞得翻了个个儿，越野车的前引擎几乎萎缩成平的了，浓烟过后，整个车身起火了。

远处，大队的警车排着排慢慢驶近了，亮如白昼的车灯下，焦点却不是那个撞车的现场，而是距它不远的一个女人。她穿着雪白的羽绒服，一直坐在那儿哭泣，像和雪色融为一体，在这个惨烈的现场看上去是如此美丽，那是种让人心悸的邪魅之美。

她被带走了，被两位女警带上了车，锁上了铐子。这辆警车刻意驶离了一段距离，生怕嫌疑人看到现场反应太大。雪地火容易灭，灭火器和雪球交相使用下，火很快熄了。扔了几个雪球帮忙的钱加多看长安的刑警们检视被撞车辆，他远远地躲开了。车撞得变形了，人还在里头，这场景怕是看一眼都得做几天噩梦。

退了几步，眼前满是清理现场的警察，四下找找，终于瞧见斗十方了，他站得比钱加多还远。钱加多深一脚浅一脚走上来，一拍斗十方肩膀道："好可怕……我我……我回去老老实实当辅警，不不，辅警也不当了，我当小老板去。"

"支持。"斗十方道。

"这他妈也太凶悍了吧？不就几个骗子吗？搞得跟恐怖分子似的。"钱加多叹道。

"如果有足够多的钱，什么人都能变成恐怖分子。"斗十方道。

情绪似乎还有点问题，钱加多顺着他的视线，是娜日丽、向小园看守的警车方向。他有点明白了，放低了声音问着："你眼光不错啊，那女骗子确实漂亮，要不，上去打个招呼？"

"说什么呢？我对职业的忠诚，在她的世界里就是最大的背叛，她的真爱在那儿。"斗十方指指被撞毁的车辆，即便他识人超过常人，恐怕此时对武建利的悍不畏死也印象深刻。

"他还是这样比较可爱点，活着咱们受不了啊。"钱加多说了句不合时宜的话，再说时，娜日丽匆匆奔了过来，拽着斗十方就走。斗十方问干什么，娜日丽示意了下关押沈曼佳的车辆。斗十方尴尬地挣脱："别价，我见嫌疑人不合适，别又犯错误。"

“她要见你，指挥部也同意，她有重要情报提供，见你是交换条件。”娜日丽道。

斗十方愣了下：“这也行？”

“服从命令，没有条件可讲。”娜日丽拉着脸，不过却不敢把话说得太重。

斗十方无奈地跟到了车前，坐到了副驾上。后座的娜日丽、向小园挟着沈曼佳。哭过的沈曼佳脸花了，妆乱了，可更添了一种楚楚可怜的风情，手上的铐子，身边的警察，似乎都是她的陪衬，衬得让观者心生惋惜。

向小园咳了声，提醒了斗十方的失态。坐在副驾上的斗十方想开口，却噎住了。

“你是怎么找到我的？”沈曼佳开口了，却依然是那种不服气的口吻。

斗十方征询地看了向小园一眼，向小园点点头，就听斗十方缓缓道：“车手窝点被你们抄了，我在那个时候回去了。那种情况下回去，肯定会被怀疑，事实也正是如此。杜其安也怀疑我，为了安全直接把我踢出了长安的圈子，扔给了你。到你这儿，我可能就是双重被怀疑了。”

“然后呢？”沈曼佳问。

“其实回去的不仅是我，还有一部被摔碎屏的手机。”斗十方道。

沈曼佳一听，恍然大悟间痛悔不已，直骂着：“杨菊苹这个蠢货，着道了。”

“对，那部手机被嵌入了一个小程序，具体我不知道是什么。她读数据时会被追踪，可能瞒不过逆风那样的大师，但瞒她应该没问题。即便瞒不过，大不了我成了弃子，反正我在团伙里位置很低，也没有什么价值很大的情报……但那次她没小心着道了，我们这边网安里也有堪比黑客的高手，所以明日商城那个系统和网络，也就不是秘密了。”斗十方道。

“好像不对。杨菊苹是郑远东培养出来的心腹，你怎么可能知道我收买了杨菊苹？”沈曼佳思维清晰地又挑出了毛病。

“你犯了一个错误，不该通过她去查我的出身。单凭网络查不到我的出身，而你却查到了我在中州因为一部破手机抢了傻雕和包神星几回。这个事没几个人知道，傻雕和包神星你肯定看不上，黄飞肯定和你不是一路，那得到这个消息并传给你的人，只能是杨菊苹了。”斗十方道，他看沈曼佳还疑惑着，解释道，“她和包神星有过一腿，恰巧被我知道了……她最后使用电脑的地方，网安捕捉到是在皇城府公司，你们的踪迹掩饰得很好，但找她就容易多了，或者可以说，找到她，也就可能找到你了。”

这个疏漏听得沈曼佳脑袋直磕后座。斗十方又轻声道：“你是个很注重细节的人，我一直不确定是不是能骗过你，其实……”

“最后的信息，其实是扰乱我的心神，让我无暇梳理细节，然后你们通过这个疏漏得到最大的收益？”沈曼佳道，现在全梳清了，她话里带着几分愤意，又道，“你才是这个局里最可恶的骗子，骗了所有的人，把所有的人都埋坑里了。”

“理论上这是给我的赞誉，但我……一点也高兴不起来。”斗十方道。

看着他的沈曼佳冷不丁地呸一声啐到了他的脸上。这个发泄气得娜日丽斥道：“老实点，别给你脸不要脸。”

“命都没了，要脸干什么？”沈曼佳恶毒地道。

“不，你还是惜命，今天让我佩服的只有一个人，你不算。虽然他坏得很彻底，可仍然让我佩服，不要脸很多人能做到，可不要命，并不是所有人都做得到。看得出他是为了你，可我看不出你很在乎他。”斗十方道，轻轻开了车门，下车了。

车里安静了几秒钟，沈曼佳像被斗十方的话打蔫了，她好一会儿才幽幽道：“我可能真的错过了，真该和大武一起远走高飞……唉……”

“你罪不至死，还有机会，丰仪银杏基地有一个逃走的，究竟是谁？”向小园问。

沈曼佳银牙错咬咯咯直响，表情绝望而凄厉，她恶狠狠给出了这个已经为时晚矣的信息：“我不知道他姓什么叫什么，不过我很确定，他……就是逆风。”

围绕着两个案发地，更大范围的搜捕开始了。寒冷、雪夜、交通阻塞，处处都是障碍，一直持续到天亮都没有发现那个惊鸿一现，又杳无踪影的嫌疑人……

由终而始，前路漫漫

丰仪银杏基地一案并没有引起更大的轰动，案发次日在长安却发生了轰动的事。

该市有数家银行遇到经警上门办案，现场带走的银行工作人员有十数名，全市银行业像来了场不大不小的地震，跟着是银监部门正式下文处理了一批涉案的银行工作人员。第二场轰动是在政务大厅，车管、交通、税务等数个窗口，包括数名警务人员被高调带走，随即爆出了信息泄密的事，包括银行、车管以及数名被查的警务人员，其中已经有人靠出售公民信息发家致富了，据说最多的都赚上百万了。

在专案组内部，更大的变故是案发当日，部督警务队伍就飞抵了长安。银杏基地起获的十枚硬盘，存储着海量的信息，来自全国各地，这次起获相当于端了黑产的一个窝点。在了解情况后，该案涉案主要嫌疑人沈曼佳、杨菊苹被异地关押，黑产案另案处理。

经过两方协商后，中州这个小组的使命也就暂时结束了，案发后第四天参案人员做完汇报后，撤出了专案组，准备归程。

这日早早起床的娜日丽收拾好行装，拉开门时恰好看到了钱加多出来，这货有点兴奋，催着道："快点快点，回家不着急，脑袋有问题……开门开门，起床了。"

大邹在房间里嚷了句："还早着呢。"斗十方根本没回音，钱加多敲着门回头问娜日丽："咦，领导呢？"

"一大早去专案组了，告别一下嘛。"娜日丽道。

"咱们迎新娘，人家进洞房，这雷锋当的，别告别，永别吧……咦，十方是不是也去了？"钱加多擂门没人答应，又问着。却不料话音刚落，门蓦地开了，斗十方穿戴整齐笑着道："我去干什么？我急着回家呢。"

"哦……看，正常了。"钱加多看斗十方，如是判断之后，又故意问道，"你就没那个飞黄腾达的命啊，到末了，还跑了一个，跑的他娘的还是最牛逼的一个，啥都不说了，庆功会也不开了。"

"开什么开呀，逆风是排第四的黑客，部里都惊动了，哪顾得上庆功会……真不敢想象啊，无人机当飞行炸弹用，车也能改成遥控无人驾驶，这手法，也就电影上能看到，我当刑警这么久可是头回见。”娜日丽道。了解了当夜发生的事，都有点庆幸晚去了一点点，雷全让沈曼佳的人扛了，四个重伤，现在还躺着呢，最重的双眼都失明了。

“你们说什么呢？”另一间房门开了，程一丁探出脑袋来，看着娜日丽问着，“不是九点吗？好不容易睡个懒觉，多多你平时那么懒，今天咋勤快啦？”

“这不激动得睡不着吗，赶紧洗漱……来来，娜姐，咱商量下，落地了去哪家吃，这段时间都没吃好，我都掉膘了，十方，你起这么早干吗呢？”

“我跟我爸通电话呢。”

“你爸说话又不利索，有啥扯的？”

“你爸才说话不利索，滚。”

“别呀，跟你商量个事，我妈又叫我相亲呢，赶紧再给我找个人骗骗我妈去。”

钱加多不容分说，挤进了斗十方的房间。平时可能觉得这种又没劲且心烦的事，今天娜日丽听得饶有兴味，悄悄地把耳朵贴上去听钱加多和斗十方商量个啥，敢情是想让斗十方在他的女同学里找个扮女朋友去糊弄家长。斗十方的道德底线也没提高，正讨价还价着到哪儿吃两顿当报酬，听着听着娜日丽笑出声来了，冷不丁门一开，两个人就站在门口呢。钱加多惊愕道：“居然偷听我们谈事？”

“啊，偷听了，怎么着？”娜日丽剽悍道。

钱加多一摆手说着：“听就听吧，跟你搭档这么长时间，也没啥秘密了。”

“多多，这事你求我呀，他讹两顿，我一顿就打发了。”娜日丽提醒着。斗十方急着道：“还有这样抢生意的？”

“一边去。”钱加多眼里一喜，兴奋道，“对呀，来来来，娜姐，你给咱找一个，反正就是糊弄糊弄我妈，她那股劲过去就不催我了。”

“那假戏可别真唱啊。”娜日丽警示道。

“当然不，单身多好呢！过几天一说谈吹啦，唉，就糊弄过去了。”钱加多道。

“这样。”娜日丽瞅瞅钱加多，发现新大陆一样教唆着，“要不我直接扮一下，中介和演员报酬都算我的，打八折。”

“你……你不行，你不开口像个爷们儿，一开口比爷们儿还凶，我妈说话也咋咋呼呼的，你俩照面非打起来不可，不行不行。”钱加多否决了。娜日丽听得脸红了，直揪着钱加多耳朵斥着：“说谁呢，谁像个爷们儿？姐这么国色天香的，让你说得还不像女人了。”

“呀呀呀，放开……疼疼……”钱加多夸张道。被娜日丽揪着转了个圈放开后，他正要发飙，恰好看到向小园从走廊拐角进来了。娜日丽不好意思地吐吐舌头，向小园笑道：“你不能老欺负多多啊。”

“这货就欠抽，三天不打，上房揭瓦。”娜日丽道，侧头看钱加多。钱加多瞧着领导，眼睛又直了，她故意问着：“哎，多多，要不让领导帮你这个忙？”

“不不不，不用不用……太漂亮的也不行，我以前花钱雇过，一眼就让我妈识破了。”钱加多道，羞赧似的逃了。

向小园好奇地问了这个小插曲，听得原委之后也是忍俊不禁。她拍着手叫大家集合，安排了最后一件事，全组要去专案组参加一个简短的告别仪式，当然，着重强调了一句：斗十方例外，只能在这儿等。不让斗十方出席，其他人也鼓噪着不去。向小园又多解释了句：这是命令，保密起见。

这个职业就怕听到命令，服从是不附加条件的，几人结伴离开。斗十方回房间时，被向小园叫住了，她观察了他几眼，奇也怪哉地问了句：“你似乎还在那个旋涡里没出来，有点情绪？”

“有点。为什么不让我们继续往下办？”斗十方道。

“银杏基地里又是飞行炸弹，又是遥控汽车的，还有制式武器，起获的数据80个T，涉及医卫、交通、银行、车管等几个民生领域，逃走的那位到现在为止还在恢复画像……这明显已经超出了我们的办案能力。”向小园道。

“我知道，我们确实不具备这个专业素质，黑产另案可以理解，可这

‘7 · 15专案’总该让我们参与吧？杜其安、黄飞也是我们案卷里的嫌疑人啊！”斗十方牢骚了句。

“两地协调，先尽量办这个……我们离开这么久了，总不能一直跨着区吧？哦，对了，国办几位要来找你了解点情况，不要耍小性子啊。”向小园提醒道。斗十方没有表示，推门进去了。

两个人分开未久就响起了敲门声，让斗十方意外的是，领头的居然是曾夏，还有一男一女不认识，年纪都不大，两个人都是一脸肃穆，没有更多表情，落座之后，直接递给了斗十方一张电脑恢复的画像。斗十方看了一眼，摇头表示不认识。

这肯定是期待他在化装侦查期间见过这个人，那位男警好奇道：“我们还没问，你就摇头？”

“再问我也不认识啊？”斗十方道。

“这是漏网的嫌疑人，你肯定不认识。我们的问题是，本案涉案嫌疑人你都接触过，你觉得谁最有可能认识他？”那位女警开口道，说话的时候还打着手势，补充了一句，“对了，他就是根据沈曼佳、杨菊苹的描述恢复的肖像，极有可能是逆风。”

“杜其安怎么样了？”斗十方没有回答，而是直接问曾夏了。曾夏回答了句：“尘肺病已经三级，看守所都得给他开单间了，看这情况活不了几天了，八成得保外。”

“涉案资金丢了多少？”斗十方又问。

“你怎么知道涉案资金丢了？”那位男警警惕地问了句。

斗十方笑笑道：“肯定要丢，否则杜其安这么辛苦，到最后身无分文，就说不通了。正常人都知道留下积蓄，干坏事的，又做这么大，怎么可能不给自己留点后路？”

“你的意思是，他们后面还有人？”女警问，眼里满是疑惑。

“肯定有，不过，和我无关了。”斗十方道。

态度十分不好，那两位警官面色稍有不悦，曾夏赶紧解释着：“十方，这是部里来的同志，要追踪黑产案，我们要全力配合扫清这块毒瘤。”

“我已经配合了。”斗十方道。

“你这叫配合？”女警气得反问了句。

“对，这就是配合，我告诉过你了。”斗十方道。

“等等，你的意思是，杜其安？！”男警纳闷地问。那个老江湖骗子，似乎和这种玩网络的骗子，并不是一路。

“对，不一定认识，但线索只能从他这儿找。我所知的货到付款案，牛金、郑远东并未参与，他是通过什么和逆风联线的？那个案子的非法数据来源是逆风。第二点，赃款的去向，到目前为止没有查到杜其安的任何财产或者藏匿资金，这么多年的积累在哪儿？是个地方，还是个人？第三点，郑远东所说的徐则臣即便不是逆风，也肯定涉案，银杏又经营那么大场面，我觉得……”斗十方犹豫着，未敢下这个定论。

那位女警倒急了，催着问着：“你觉得什么？”

“可能是几个人，或者是一个团队……虚拟世界再千变万化，也是现实世界的投影，完全可以用分析案情的方式分析这些黑客的心态，黑客最高明的手法叫什么社会工程学，无非也是一种欺诈技巧而已……所谓逆风，我觉得就像我们追踪的‘金瘸子’一样，有多个冒名或者他刻意制造的假象，都叫这个名字。狡兔三窟、分身无数，是那些作奸犯科的人惯用的手法嘛。”斗十方道。

不知道是被说服了，还是觉得没有什么可问的了，那位男警思忖片刻道：“好的，谢谢你的提醒，我们试着从杜其安这儿找找线索，希望……有机会合作。”

他客气地伸出了手，既是礼貌，又是道别。和那位女警握手的时候，那位女警意外地道：“零号同志，如果你不介意的话，我给你一句忠告。”

“当然不介意。”斗十方怔了，初次见面他倒很好奇对方有什么忠告。

“我看过你的档案和你所写的情况汇报，所有卧底归来的同志，可能都要有一段心理适应的过程，就像演员入戏深了有时候分不清戏里和现实一样，容易混淆，也容易出现认知偏差……就像你，现在可能对那个犯罪团伙的兄弟念念难忘，反而和自己人有点生分了。我的忠告是，尽快忘掉他们，在你的职业生涯里将会遇到无数形形色色的坏人，哪怕有人性、有感情，甚至有可取之处的坏人，毕竟都是坏人，我们双脚站的位置不能有偏差，一个位置是公平，另一个是——公正。”那女警朗声道。

斗十方颓废的神态被刺激了一下，他缩回了手，立正，向这两位郑重敬礼，诚恳道了句：“谢谢！我可以有幸知道您的名字吗？”

“巫茜……女巫的巫，草字头的茜。”那位女警很大方地道，“朋友都叫我女巫，为什么想知道我的名字？”

“因为我感觉得到您的善意，我也给您一句忠告。”斗十方道，很客气地用上了“您”字。

“洗耳恭听。”巫茜笑道，不严肃的时候，很亲和。

斗十方正色说着：“坏人也是人，如果你单纯选择憎恶、无视或者遗忘他们，你永远没有机会去理解和了解他们，比如杜其安，可能会是个零口供的结果。比如逆风，你无法理解和了解他，又如何找到他？”

这话怎么这么不中听呢？那位男警撇了撇嘴，移步走了。巫茜怔了下，笑了笑，移到门口才回头给斗十方做了个使劲睁眼挑眉的动作告诉他：“我记住了，不过需要事实检验，而且……结果我会告诉你。”

说完闭门离开了。这就结束了，黯然坐下来的斗十方总觉得心里有点不甘，似乎这种不甘并不是没有办完案子，可除了没有办完案子，他却又说不清自己还有什么不甘的。

或许，真的像巫茜所说的，自己混淆了？出现认知偏差了？对团伙的兄弟念念不忘，反过来反而对自己的同志生分了？

他躺在床上，一幕一幕回忆着，傻雕、包神星、费才立、黄飞、武建利，等等，在脑海里的影像放到沈曼佳时，自动宕机了，思维一直停留在这个人身上，再也思忖不下去了……

整9时，欢送会开罢，中州的两辆警车是在长安经侦总队的夹道欢送中走的，总队长凌宏业一路直送到高速路口。在这儿停留的时候，另车载来的斗十方作为本小组保密成员才悄然登车，踏上归程。

归程尚未抵达，长安警方侦破特大网络诈骗案的新闻已经攀上头条，这次以低收入阶层、打工群体，甚至学生，包括小学生也不放过的“虚拟传销”模式，又一次刷新了人们对骗子底线的认知。新闻发言人哪怕再含糊其词，上亿的未完全统计案值、十几个省市的蔓延范围，都足够让人咋舌不已了。

不过在亲历者眼中可就没看头了，钱加多拿着手机瞄了半天，失落地道：“对我们，只字未提；我们小组，只字未提；还有我们的功勋零号，也是只字未提…… 十方啊，给你零号这个代号别有用意啊，意思就是干多少都等于零。”

俞骏听得抬手“啪”地就是一巴掌，钱加多捂着脑袋回头看大伙都在笑，他不服气地道：“咋，我说得不对啊？别以为我看不出来，撤出专案你们心里都不舒服。包括你俞主任。”

这直言无忌倒把俞骏将住了，他笑了笑看看大家，好奇地问了句：“看来历练得都有长进啊，连多多都会看人了。”

“是啊，俞主任，这案子办得我们心有不甘啊。”娜日丽道了句。

可能没人像钱加多一样心里藏不住话，嘴上不说而已，这么大的案子花落别家搁谁都有点遗憾。向小园叹了口气接茬说道：“部督命令，厅里也得服从啊，不过，再追下去我们办案能力也跟不上了啊，这案子办得就相当吃力了。”

“有没有这种可能啊，现在都在追逆风嘛，回头我们把逆风追到，哇…… 又放卫星啦。”钱加多两眼放光。这想法听得在座的瞠目结舌，敢情这货也成长了，想象力突破天际了。

愣了半天才有人哧哧地笑，钱加多悻悻然地被一阵嗤笑给湮没了。谈笑间向小园下意识地偷瞄车后座，她悄悄地扯了扯俞骏，示意了一下斗十方的方向。斗十方一路话不多说，总是那么思虑重重的样子。俞骏不忍地开口了：“十方啊，别这么颓废啊，你的格局不应该这么小啊。”

“颓废？”斗十方愣了下，然后似笑非笑地看着向小园，向小园刻意躲闪着他的眼光，这个躲闪让斗十方笑意更甚了，他悠悠说着：“我可是头回找到了反骗的乐趣，怎么可能颓废？”

“乐趣？什么乐趣？”大邹愣了。

“嗯，洞悉人心的乐趣你无法想象有多大。”斗十方笑道，眼睛盯上了俞骏。俞骏饶是绞尽脑汁也听蒙了，他脱口问着：“你看我…… 像乐趣？”

“是啊，您和您家属……”斗十方慢条斯理道。俞骏一吧唧嘴，失望及释然的表情微微一露，斗十方道：“我看到答案了……离了，已经办证了对吧？”

“作为反诈骗中心主任，这招我也会，我的表情告诉你了。”俞骏无所谓地道。

众人哧哧笑着，斗十方接着道：“我不光洞悉到这些，还看到您……恐怕一时半会儿得与我们单身一族为伍了。”

娜日丽笑得捂上了嘴，敢这样没上没下开玩笑的也就后进来的这两位，钱加多属于没心眼，而这一位属于浑身长心眼的，那开口噎死人的本事比俞主任有过之而无不及。

就连向小园也忍俊不禁了。俞骏尴尬片刻愤然指着斗十方道：“你小子故意让我难堪是吧？老拿这个旧梗说事？”

“不，新梗倒是有，但说出来您会更难堪。”斗十方笑道。

“有吗？”俞骏瞪着眼道。

“您没说的，或者准备说的，不就是了？”斗十方微微一笑，眼光所向，却是向小园的方向。俞骏一指向小园说道：“你露馅了，责任你负。”

“不要推卸责任好不好，我是副手。”向小园道。

众人一头雾水，看看两位领导，又看看斗十方，大邹愕然说着：“什么意思？打哑谜呢？”

“怎么回事啊？”娜日丽愣了。钱加多瞅瞅俞骏和向小园，突然灵机一动要张口，向小园赶紧警示着：“闭嘴。”

斗十方笑道：“再没人吭声，多多要猜测俞主任您的终身大事了啊。”

“哟，你咋知道啊？不会是俩领导……”钱加多兴奋地支身起来了，不料被俞骏一把拽下，顺手捂上了嘴。就听俞骏道：“好，我来解释一下，这事本来要回到中州由谢副厅布置的，属于保密范畴，看来保不了密了……十方，你是……我们哪儿露馅儿了？多多你闭嘴。”

把钱加多放开，两位领导回看向斗十方，斗十方笑道：“你一贯蔑视上级，牢骚满腹的，这次却一直安慰大家撤出专案要想开点，这么反常谁信啊？还有你……组长，你有喜事时眉是往上翘的，想掩饰那个与生俱来的下意识动作没那么容易……那么喜从何来呢？”

“好吧，我们都有责任。”向小园笑了，跟俞骏说道。

俞骏“啪啪”一拍手，示意众人道：“详细部署还在讨论之中，针对黑产和这些骗枭，我们两地即将以本次大案为契机，组织‘三侦合一’的模式深度打击诈骗犯罪。我们的大致任务是，对‘6·12’涉案人员深挖余罪、细查漏罪。其实多多猜对了，我们的终极目标除了金瘸子，现在又多了一个逆风……同志们，不是我非要瞒，而是领导用人都这种策略，先闲你一段时间，然后一上案子，都嗷嗷叫着拼命往前跑。不过这个策略失效了，骗不了咱们反诈骗中心的。”

此话一出，众人又惊又喜，有瞪眼惊诧的、有努着嘴吸凉气的、有兴奋得吧唧嘴搓手的，看得俞骏得意说着：“向组你看，我就跟谢副厅说过，这策略是不对的，咱们当警察的都是贱骨头，忙起来牢骚一堆可谁都扛得住，但一闲，绝对受不了，两场实战下来都已经信心爆棚了。以前我觉得抓金瘸子是天方夜谭，现在啊，呵呵，我都跃跃欲试了。”

“你现在的乐观和之前的悲观，都同样盲目，我现在只相信……”向小园慢慢回头，直视着斗十方，不经意间，所有的目光都看向了斗十方。斗十方摇摇头道：“你信错了，这事谁也没把握。”

“我并不是相信你，而是相信，运气不能老让骗子得逞，总会有那么一两次站在公道和正义这一边，或者说，站在我们这一边。”向小园道，微笑而热切地看着斗十方。

半晌，斗十方看着美靥如玉，怔了。俞骏笑催着：“激励你呢，给点反应啊？”

“我不一直和向组长站在一起吗？”斗十方道。

俞骏一拍手道：“我算是也洞悉到你的内心了，女骗子和女警花，都能让你的心神失守。”

众人被逗得喷笑了，向小园给憋得两腮飞红，正要斥责几句，没个正形的俞骏赶紧拱手道歉表示失言了。向小园几次看斗十方的反应，不知道他这句话是诚心的，还是成心的，可惜那个人在她眼中越来越高深莫测，他微笑且一点也不羞赧的表情里，捕捉不到任何端倪。

一路满载笑声归心似箭，归队的当天进入了正常工作。长安诈骗大案新闻的影响力极其有限，普通群众以及网络上的吃瓜群众更津津乐道的是那些娱乐八卦、明星逸事以及桃色花边，只有这些警察依旧在紧张地忙碌着，嫌疑人尚有在逃的，案情尚须补充侦查，涉案的资金尚未完全追回。这些都亟待解决。

案子，有结案，但没有结束。反诈骗，依然在路上……

（第二部完）

《反骗案中案3》即将出版，精彩预告：

长安警方对杜其安的审讯陷入瓶颈，“逆风”再次消失，至此，黑产案的线索全部中断。国家网络安全总局派人奔赴中州，探寻“逆风”的身世。

返回中州的反诈骗小组，接到了中州市各分局的求助，开始着手处理各分局的一系列积案，一切似乎回到正轨。但一段录像突然在网络上疯传，斗十方的职业生涯面临着前所未有的危机……

幕后黑手究竟是何用意？

斗十方最终能否揭开“逆风”和“金瘸子”的神秘面纱？

敬请期待《反骗案中案3》！

激发个人成长

多年以来，千千万万有经验的读者，都会定期查看熊猫君家的最新书目，挑选满足自己成长需求的新书。

读客图书以“激发个人成长”为使命，在以下三个方面为您精选优质图书：

1. 精神成长

熊猫君家精彩绝伦的小说文库和人文类图书，帮助你成为永远充满梦想、勇气和爱的人！

2. 知识结构成长

熊猫君家的历史类、社科类图书，帮助你了解从宇宙诞生、文明演变直至今日世界之形成的方方面面。

3. 工作技能成长

熊猫君家的经管类、家教类图书，指引你更好地工作、更有效率地生活，减少人生中的烦恼。

每一本读客图书都轻松好读，精彩绝伦，充满无穷阅读乐趣！